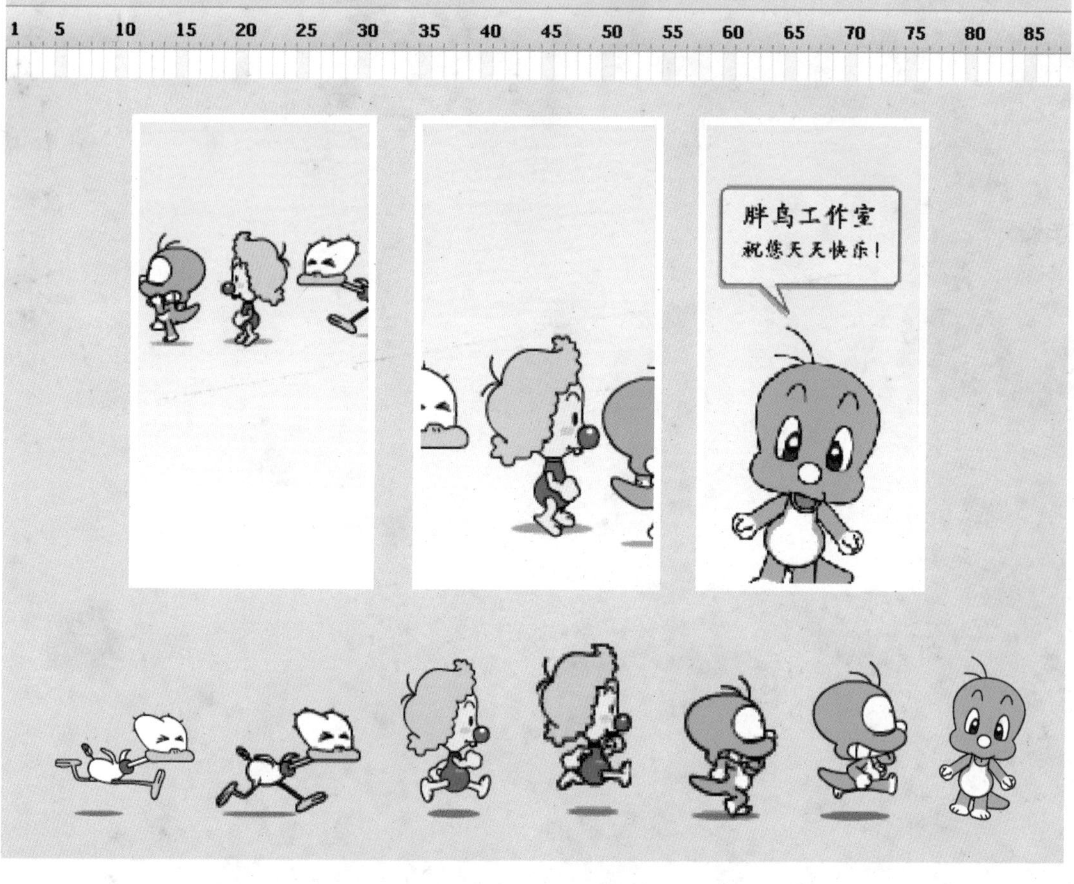
胖鸟工作室
祝您天天快乐！

1　5　10　15　20　25　30　35　40　45　50　55　60　65　70　75　80　85

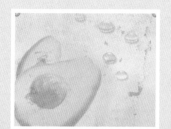

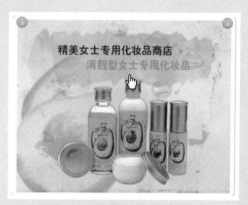

1　5　10　15　20　25　30　35　40　45　50　55　60　65　70　75　80　85

1　5　10　15　20　25　30　35　40　45　50　55　60　65　70　75　80　85

1　5　10　15　20　25　30　35　40　45　50　55　60　65　70　75　80　85

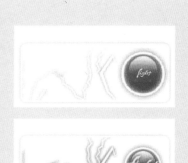

入门实战与提高
GETTING STARTED WITH THE ACTUAL RAISING

Flash
CS3 中文版

Fl

览众　郑竣天　　　编著
飞思数码产品研发中心　监制

入门实战与提高
GETTING STARTED WITH THE ACTUAL RAISING

电子工业出版社
Publishing House of Electronics Industry
北京·BEIJING

内容简介

Flash CS3的面世为网页设计师、动画设计师的创作提供了完美的技术支持，借助该软件设计师可以轻松地进行动画创作。全书共分13章，第1章主要介绍了Flash CS3的特点、安装和卸载；第2章介绍了利用时间轴与帧制作动画；第3章讲解了如何绘制图形；第4章介绍了图像和文本的使用；第5章介绍了音频和视频的使用；第6章介绍了图层及场景的使用；第7章讲解了元件和库的使用；第8章介绍了按钮的使用；第9章介绍了ActionScript脚本语言的使用；第10章介绍了影片的测试和发布；第11～13章结合实际讲解了一些基本实例供广大读者练习。

本书适合于广大高校师生和学习Flash CS3的初级读者，以及从事网页设计工作与动画制作的爱好者学习参考。随书配套光盘除包含视频教程外，还提供了书中范例的源程序。

未经许可，不得以任何方式复制或抄袭本书之部分或全部内容。

版权所有，侵权必究。

图书在版编目（CIP）数据

Flash CS3中文版入门实战与提高／览众，郑竣天编著.—北京：电子工业出版社，2008.11
（入门实战与提高）
ISBN 978-7-121-07153-9

I. F… Ⅱ.①览…②郑… Ⅲ.动画－设计－图形软件，Flash CS3 Ⅳ.TP391.41

中国版本图书馆CIP数据核字（2008）第110841号

责任编辑：王树伟　孙佳志
印　　刷：北京东光印刷厂
装　　订：三河市皇庄路通装订厂
出版发行：电子工业出版社
　　　　　北京市海淀区万寿路173信箱　邮编：100036
开　　本：787×1092　1/16　印张：24.75　字数：633.6千字　彩插：12
印　　次：2008年11月第1次印刷
印　　数：5 000册　　定价：49.80元（含光盘1张）

凡所购买电子工业出版社图书有缺损问题，请向购买书店调换。若书店售缺，请与本社发行部联系，联系及邮购电话：（010）88254888。

质量投诉请发邮件至zlts@phei.com.cn。盗版侵权举报请发邮件至dbqq@phei.com.cn。

服务热线：（010）88258888。

出版说明

Foreword

关于丛书

在竞争日趋激烈的今天，不懂电脑，就好像缺少一件取胜的法宝，无论在职场，还是日常生活中，都会遇到与电脑亲密接触的机会。鉴于此，我们特别设计了本套丛书，从电脑的基础知识到办公自动高效，从图形图像处理到网页制作，从Flash动画到三维图形设计……涵盖了在人们的日常生活工作中电脑的方方面面应用。

特色一览

➔ 知识全面，内容丰富

我们采用知识点与实例相结合的方式，突破传统讲解的束缚，根据实例的具体操作需要，将各项功能充分融合到实例中，使实例和知识点功能达到完美的融合。同时在每章最后还有针对每章内容的大量习题，帮助读者通过填空、选择、判断等多种复习方式，重温本章所学重点知识，以此帮助读者巩固并掌握本章的相关知识点，提升读者解决实际问题的能力。

➔ 视频教学，书盘互动

考虑到读者朋友们的学习兴趣与习惯，本套书绝大部分图书均配有多媒体视频讲解，基本上每个实例配一个视频文件。读者在看书学习的过程中，如果遇到疑难问题，可以通过观看配书视频文件来解决学习过程中遇到的难点，同时还可以在学习之余，换一种方式来轻松掌握各个知识点的内容。

➔ 双栏排版，超大容量

本套书采用了双栏排版方式，版面既美观，同时又超出了396页内容的范畴，该套书目前的知识容纳了560页的内容，使读者既节省了费用，又得到了超值的实惠。我们在有限的篇幅内，通过科学的排版加工，来为读者奉献更多的知识与实例。

➔ 光盘饱满，融会精华

本套书的光盘采用两种方式，即DVD与CD，图形图像类图书基本采用DVD方式，包括了实例视频讲解、各种使用技巧、各式各样的素材，真正做到了物有所值、物超所值的双值理念；而基础类图书基本采用CD方式，包括大量实例视频讲解、大量来源于实际工作的经典模板等内容。本套书的配套光盘采用了全程语音讲解、详细的图文对照等方式，紧密结合书中的内容对各个知识点进行了深入的讲解，大大扩充了本书的知识范围。

 光盘运行方式：

（1）将光盘放入光驱中，注意有字的一面朝上，几秒钟后，光盘会自动运行，读者可根据运行画面中的提示来进行操作。

（2）如果没有自动运行光盘，请双击桌面上的"我的电脑"图标，打开"我的电脑"窗口，双击光盘图标，或者在光盘图标上单击鼠标右键，在弹出的菜单中选择【自动播放】命令，光盘就会运行了。

提示：

光盘所配的文件中，除视频讲解文件外，其他文件如实例源文件、各式素材、模板等，需要复制到硬盘上方可正常使用，否则在使用过程中，是无法存盘的，但可以另存到硬盘上。

全书共分13章，第1章主要介绍了Flash CS3 的特点、安装和卸载，以及工作界面；第2章介绍了如何利用时间轴与帧制作动画；第3章讲解了绘图工具的使用及如何绘制图形；第4章介绍了图像和文本的使用；第5章介绍了音频和视频的导入及使用；第6章介绍了运动引导层、遮罩层及场景的使用；第7章讲解了元件的创建及使用，还介绍了库的使用；第8章介绍了按钮的使用、反应区的应用，以及按钮设计的原则；第9章介绍了ActionScript脚本语言的使用，以及ActionScript中的常用命令；第10章介绍了影片的测试和发布；第11章具体讲解了商业广告动画、网站按钮动画、网站导航动画的制作；第12章具体讲解了导航动画、产品展示动画、Flash 游戏动画的制作；第13章具体讲解了宣传类型动画、导航类型动画的制作。

本书特色

全面的知识点讲解＋34个经典实例＋13个光盘演示讲解实例
＋若干个小型实例＋实用技巧＝超值

- ➡ 160分钟实例视频讲解，全方位学习软件各个知识点。
- ➡ 100种以上的不同样式的练习题，便于读者理解和深入地学习。
- ➡ 300个使用技巧，使本书真正物超所值。
- ➡ 900种Flash动画音效素材，轻松搞定动画配音。
- ➡ 700种矢量素材图，6000张位图素材图，成为您设计工作中的好帮手。

读者对象

本书适合从事网页设计的人员与动画制作爱好者阅读。本书每章中都通过精美的范例进行技能讲解，能够在提高软件的应用能力的同时与创意相结合，设计思想与实际操作相结合，使读者在做练习的过程中不但掌握了Flash CS3的使用方法，而且能够掌握设计的思路，给读者带去更多的收获。

编 著 者

e 联系方式

咨询电话： （010）88254160　88254161-67
电子邮件：support@fecit.com.cn
服务网址：http://www.fecit.com.cn　http://www.fecit.net
通用网址：计算机图书、飞思、飞思教育、飞思科技、FECIT

目　录

Contents

第 1 章 初识Flash CS3中文版

学习提要

目前全球正在运行的网站中大多都使用了Flash技术；绝大多数的网站广告都是用Flash制作的；几乎所有的网站动画都是用Flash完成的；很多Web数据库应用的用户界面也都是采用Flash来实现的；一些追求效果的网站，甚至整个网站也都是用Flash来开发的。可以看出Flash在网站制作开发中是不可或缺的。本章将针对Flash的基础知识进行学习，通过学习，帮助读者快速走入Flash动画世界。

学习要点

- Flash CS3的新增功能
- Flash CS3的安装和卸载
- Flash CS3的工作界面

01

Chapter

1.1

1.2

1.3

1.4

1.5

1.1 Flash CS3的特点和新增功能

Flash CS3

在网络盛行的今天，Flash已成为一个新的专有名词，在全球网络掀起了一股划时代的旋风，并成为交互式矢量动画的标准。

1.1.1 Flash CS3的特点

Flash CS3的前身是Future Splash，是早期网络流行的矢量动画插件，它主要包含的是矢量图形，同时也可以包含导入的位图图像和声音，Flash CS3的启动界面如图1-1所示。

Flash影片允许访问者输入内容以产生交互，也可以创建非线性影片和其他网络应用程序产生交互。站点设计者使用Flash可以创建导航控件、动画徽标、具有音响效果的MTV影片，甚至具有完美视觉效果的整个站点。Flash影片使用的是文件量小的矢量图形，所以它可以在网络上快速下载并任意缩放至访问者的屏幕大小，Flash的操作界面如图1-2所示。

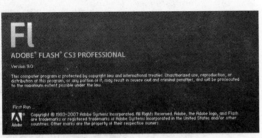

图1-1 Flash CS3启动界面

图1-2 Flash的操作界面

Flash文档的文件扩展名为.fla。Flash文档由4个主要部分组成：舞台、时间轴、"库"面板和ActionScript代码。这4个部分及其他一些工具、面板将在本章进行详细介绍。完成Flash文档的创作后，可以执行【文件】→【发布】命令，如图1-3所示。创建一个扩展名为.swf的压缩版本，然后就可以使用Flash Player 在Web浏览器中播放SWF文件，或者将其作为独立的应用程序进行播放，如图1-4所示。

图1-3 执行【发布】命令

图1-4 浏览SWF文件

1.1.2 Flash CS3的新增功能

针对初学者，Flash CS3增加了一些新功能，进一步提高了效率，增加了对Photoshop和Illustrator文件的本地支持，以及复制和移动。下面将介绍Flash CS3的新增功能。

1）Photoshop和Illustrator的导入

在Flash CS3中可以直接导入Photoshop（PSD）和Illustrator（AI）文件，并且可以保留图层和结构，如图1-5所示。在Flash CS3中编辑AI文件，可以使用高级选择在导入过程中优化和自定义文件。

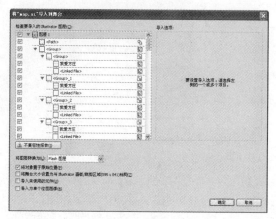

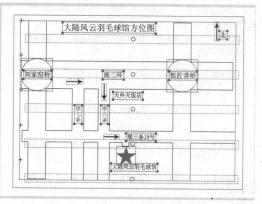

图1-5 导入AI文件

2）将动画转换为ActionScript

在Flash CS3中可以将动画从一个对象复制到另一个对象。并且可以将时间轴动画转换为ActionScript 3.0代码，这样设计者可以轻松地编辑和再次使用该代码，将动画从一个对象复制到另一个对象。

3）统一的Adobe界面

Flash CS3是Macromedia被Adobe收购后推出的全新版本。Flash CS3的界面更加简洁，并且该界面与其他一同推出的Adobe

Creative Suite 3 应用程序保持了一致性。在Flash CS3中还可以自定义工作区以改进工作流程和最大化工作区空间，如图1-6所示。

4）ActionScript 3.0脚本语言

在Flash CS3中提供了对最新的ActionScript 3.0脚本语言的支持，该语言改进了性能，灵活性增强，且更加直观，开发结构化，如图1-7所示。

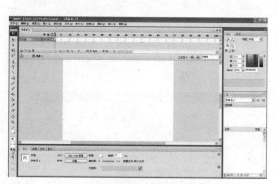

图1-6 Flash CS3工作区

图1-7 动作面板中ActionScript 3.0脚本

01

Chapter

1.1

1.2

1.3

1.4

1.5

5）高级调试器

在Flash CS3中提供了全新的功能强大的ActionScript调试器，来测试脚本语言的正确性。该调试器具有极好的灵活性和用户反馈，并且能够与Adobe Flex Builder2调试保持一致性，如图1-8所示。

6）Adobe Device Central

在Adobe推出的新套装Adobe Creative

Suite3中加入了Adobe Device Central，在Adobe Device Central中可以设计、预览和测试移动设备内容，包括可以测试交互式 Adobe Flash Lite应用程序和界面，如图1-9所示。

图1-8　高级调试器

图1-9　Adobe Device Central

7）丰富的绘图功能

在Flash CS3中可以使用智能形状绘制工具以可视的方式调整工作区中的形状属性，改进的"钢笔工具"可以创建精确的矢量图形，如图1-10所示，还可以从Illustrator CS3中将插图粘贴到Flash CS3中。

8）用户界面组件

在Flash CS3中提供了全新的、并且可以轻松设置外观的界面组件，可以为ActionScript 3.0创建交互式内容。如图1-11所示。使用绘图工具可以以可视的方式修改组件的外观，而不需要进行编码。

图1-10　精确的矢量图形

图1-11　UI组件

9）省时编码工具

Flash CS3中新的代码编辑器增强了功能并且能够节省编码的时间。可以使用代码折叠和注释功能对相关的代码进行操作，还可以使用错误导航功能跳到代码出错处，如图1-12所示。

10）高级QuickTime导出

在Flash CS3中提供了高级的QuickTime导出器，使用它可以将在SWF文件中发布的内容渲染为 QuickTime 视频。导出包含嵌套的MovieClip的内容、ActionScript生成的内容和运行时的效果（如投影和模糊等），如图1-13所示。

图1-12　代码编码工具

图1-13　QuickTime导出器

11）复杂的视频工具

新的Flash Video使用全面的视频支持，创建、编辑和部署流及渐进式下载。并且新的Flash视频工具使用独立的视频编码器、Alpha 通道支持、高质量视频编解码器、嵌入的提示点、视频导入支持、QuickTime 导入和字幕显示等，确保获得最佳的视频质量和功能，如图1-14所示。

图1-14　视频编辑

1.2　Flash CS3的安装和卸载

Flash CS3

与其他应用程序一样，Flash CS3的安装和卸载过程并不复杂，下面就按照以下的安装和卸载步骤完成安装及卸载Flash CS3的过程。

1.2.2　Flash CS3的安装

Flash CS3在操作系统中运行的系统要求如表1-1和表1-2所示。

表1-1　Flash CS3在Windows系统中运行的系统要求

CPU	Intel Pentium4、Intel Centrino、Intel Xeon 或 Intel Core Duo处理器或同等性能的兼容型处理器
操作系统	Windows XP（带有 Service Pack 2）或Windows Vista Home Premium、Business、Ultimate 或 Enterprise
内存	512MB内存，建议使用1GB以上内存
硬盘空间	2.5GB的可用硬盘空间（在安装过程中需要的其他可用空间）
显示器	16位色显示器，1 024像素×768像素分辨率（推荐百万色）
光盘驱动器	DVD-ROM驱动器
多媒体功能	需要QuickTime 7.1.2 多媒体软件
产品激活	需要Internet或电话连接进行产品激活

表1-2　Flash CS3在苹果机中运行的系统要求

CPU	PowerPC G4 或 PowerPC G5 或多核 Intel 处理器
操作系统	Mac OS X v.10.4.8及更高版本
内存	512MB内存，建议使用1GB以上内存
硬盘空间	2.5GB的可用硬盘空间（在安装过程中需要的其他可用空间）
显示器	16位色显示器，1 024像素×768像素分辨率（推荐百万色）
光盘驱动器	DVD-ROM驱动器
多媒体功能	需要QuickTime 7.1.2 多媒体软件
产品激活	需要Internet或电话连接进行产品激活

将Flash CS3的安装光盘放入光盘驱动器，这时系统会自动运行Flash CS3的安装程序。屏幕上会弹出一个自动解压窗口，这个过程大约需要几分钟的时间。

稍等片刻，Flash CS3的安装程序会自动弹出一个安装向导对话框，如果系统中有程序正在运行，则会提示关闭所打开的运行程序，如图1-15所示。关闭系统中打开的运行程序，然后单击【Next】按钮。此时会打开Flash CS3授权协议对话框，如图1-16所示。单击【Next】按钮。

01
Chapter

1.1

1.2

1.3

1.4

1.5

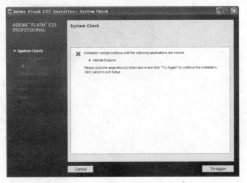

图1-15　检测系统运行程序

图1-16　Flash CS3授权协议

出现Flash插件安装选项，选择需要一起安装的Flash插件，如图1-17所示。单击【Next】按钮。安装过程中需要创建一个文件夹，用来存放Flash CS3的全部内容。如果

用户希望将Flash CS3安装到默认的文件夹中，则直接单击【Next】按钮即可。如果想要更改安装路径，则可以在磁盘列表中选择需要安装到的磁盘，如图1-18所示。

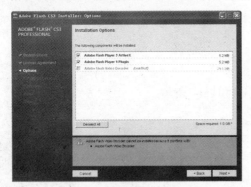

图1-17　Flash插件安装选项

图1-18　选择安装路径

用户选择好安装路径之后，单击【Next】按钮，安装程序将显示已做好安装的准备，如图1-19所示，单击【Next】按

钮，进行安装。Flash CS3开始软件的安装过程，如图1-20所示。

图1-19　做好安装准备

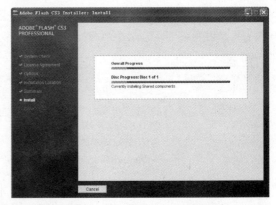

图1-20　正在安装Flash CS3软件

Flash CS3安装完成后，会显示一个安装完成界面，如图1-21所示。单击【Finish】按钮完成Flash CS3的安装。软件安装结束后，

Flash CS3会自动在Windows程序组中添加一个Flash CS3的快捷方式，如图1-22所示。

图1-21　完成Flash CS3的安装

图1-22　Flash CS3的快捷方式

1.2.2　Flash CS3的卸载

执行【开始】→【设置】→【控制面板】菜单命令，打开"控制面板"窗口，如图1-23所示。双击"控制面板"窗口中的

"添加或删除程序"图标，弹出"添加或删除程序"窗口，在"当前安装的程序"列表中找到安装的Flash CS3 Professional，如图1-24所示。

图1-23　"控制面板"窗口

图1-24　"添加或删除程序"窗口

单击【更改/删除】按钮，弹出Flash CS3安装程序对话框，选中卸载选项，单击【Next】按钮，如图1-25所示。出现Flash

插件卸载选项，选择需要一起卸载的Flash插件，单击【Next】按钮，如图1-26所示。

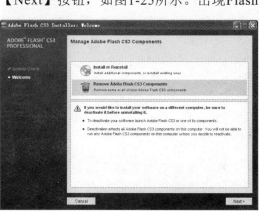

图1-25　选中卸载选项

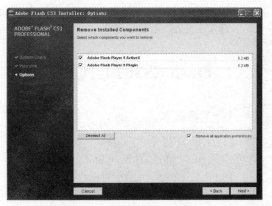

图1-26　卸载的Flash插件

01
Chapter

1.1

1.2

1.3

1.4

1.5

卸载程序将显示已做好卸载的准备，单击【Remove Conponents】按钮，对Flash CS3软件进行卸载，如图1-27所示。开始卸载Flash CS3软件，如图1-28所示。

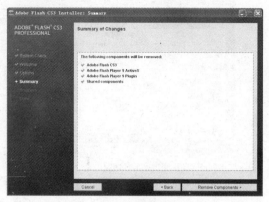

图1-27　做好卸载准备

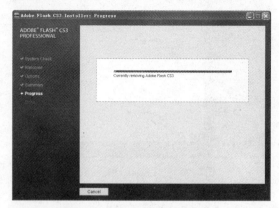

图1-28　开始卸载Flash CS3软件

Flash CS3卸载完成后，会显示一个卸载完成界面，单击【Finish】按钮完成Flash CS3的卸载，如图1-29所示。

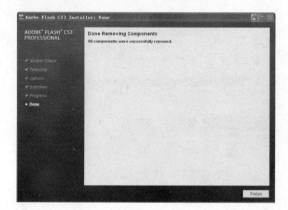

图1-29　完成Flash CS3的卸载

1.3　Flash CS3的工作界面

Flash CS3

在Flash中无论是动画场景的绘制还是动画的制作，都是在其工作界面中完成的。Flash的工作界面主要由工具箱、时间轴、工具栏、舞台、属性面板及面板几大部分组成，各部分负责相应的工作。下面将对各部分内容进行一一介绍。

1.3.1　Flash CS3的工具箱和舞台

1．工具箱

Flash工具箱中的工具可以用来绘图、填色、选择、修改图形，以及改变舞台视图。Flash工具箱可以分为6个部分，执行【窗口】→【工具】菜单命令，可以显示或隐藏工具箱，如图1-30所示。

需要选择某一工具，可以单击要使用的工具。根据所选工具的不同，在工具箱的底部将出现相应的修改设置。也可以按不同工具所对应的快捷键，如箭头工具的快捷键为【V】。

2．工具栏

Flash CS3的工具栏中包含了常用的

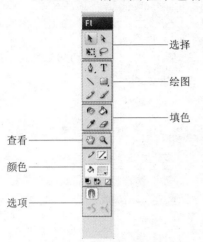

选择

绘图

填色

查看————

颜色————

选项————

图1-30 工具箱

菜单命令的快捷方式。因为可以很方便地通过主程序菜单访问工具栏中的很多命令，所以可以将它们关闭，从而节省屏幕空间。可以执行【窗口】→【工具栏】→【主工具栏】菜单命令，显示主工具栏，如图1-31所示。

打开 保存 剪切 粘贴 重做 平滑 旋转与倾斜

新建————

转到 打印 复制 撤销 贴紧至 伸直 缩放
Bridge 对象

图1-31 工具栏

可以执行【窗口】→【工具栏】→【控制器】菜单命令，显示控制器工具栏，通过控制器工具栏可以访问一系列类似VCR的按钮，从而在Flash影片编辑器中控制和测试动画，如图1-32所示。

编辑栏位于文档标题的下方，提供了编辑元件及场景的信息和控件，如图1-33所示。

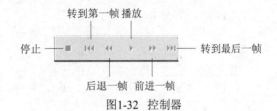

转到第一帧 播放

停止————

转到最后一帧

后退一帧 前进一帧

图1-32 控制器

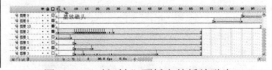

图1-33 编辑栏

3．"时间轴"面板

"时间轴"面板可以对图层和帧中的影片内容进行组织及控制，使这些内容随着时间的推移而发生相应的变化。图层就像多重影片胶片叠放在一起，每一层中都包含不同的图像，它们同时出现在舞台上。在"时间轴"面板中最重要的组件就是帧、图层、帧标题和播放磁头。

影片中的图层列表出现在时间轴窗口的左边，每一层中包含的帧出现在图层名

称的右边。帧标题出现在"时间轴"面板的上边，可以显示动画的帧数。时间轴的播放磁头可以在时间轴中随意移动，指示舞台上的当前帧。播放磁头有红色标记，如图1-34所示。

图1-34 "时间轴"面板上的播放磁头

"时间轴"面板的底部，还有一个状态栏。该栏显示的是当前帧数、用户在影片属性中设置的帧频率，以及播放到当前帧所需的时间。

在默认状态下，"时间轴"面板出现

在舞台的上面。要改变"时间轴"面板的默认位置，用户可以将"时间轴"面板拖动到应用程序的底部或边缘位置，使之固定，也可以使之成为一个独立的窗口或直接隐藏它，如图1-35所示。

01

Chapter

1.1

1.2

1.3

1.4

1.5

用户可以重新调整"时间轴"面板的大小，改变层和帧的显示数目。如果在

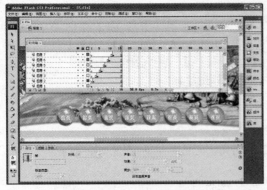

图1-35　"时间轴"面板

当影片中包含有大量的帧，时间轴无法一次显示完全时，用户可以将时间轴中的播放磁头居中显示，这样可以更快地定位到当前帧。要使影片中的播放磁头居中显示，可以单击"时间轴"面板底部状态栏上的"滚动到播放头"按钮。

用户可以改变时间轴中帧的大小，使用着色的方格来显示帧序列。此外，在时间轴中还可以显示帧内容的缩略图预览，这些缩略图对于了解动画的内容是非常有用的，只是它们需要占用更多的屏幕空间，如图1-37所示。

要改变时间轴中帧的显示宽度，可以选择"很小"、"小"、"标准"、"中"和"大"选项。"大"选项对于查看声音的波形细节特别有用。要降低帧的显示高度，可以选择"较短"选项。要使帧显示色彩，可以选择"彩色显示帧"选项。要将动画内容缩小显示在时间轴中，可以选择"预览"选项。这些缩略图可以让用户对整个动画中所有的帧一目了然。

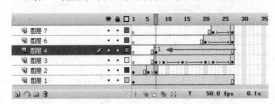

图1-38　帧标签显示

时间轴中包含多个层，以至于显示不下，则在"时间轴"面板的右侧显示滚动条，拖动滚动条可显示其他层。播放磁头可以在时间轴中任意移动，指示舞台上的当前帧，帧标题则显示了动画的帧数。要显示舞台上的某一帧，用户可以将播放磁头移动到该帧上，如图1-36所示。

图1-36　移动播放磁头

图1-37　时间轴扩展菜单

除此之外，还可以设置"帧标签"，"帧标签"的作用是使Flash影片导航变得更简单，因为它允许用户使用浏览器中的"前进"和"后退"按钮在影片场景中跳转。被标注"帧标签"的关键帧将在时间轴中显示一个小红旗的图标，如图1-38所示。要给选定的"关键帧"标注"帧标签"，可选中该关键帧，然后在"属性"面板上的"帧"文本框中输入"帧标签"，如图1-39所示。

图1-39　设置帧标签

4．舞台

舞台是创建Flash文档时放置图形内容的矩形区域，这些图形内容包括矢量图形、文本框、按钮、导入的位图图形或视频剪辑。Flash中各种活动都发生在舞台上，在舞台上看到的内容就是在导出的影片中观众所看到的内容。

工作区是环绕舞台的灰色区域。可以将工作区看作是背景。像在舞台上放置东西一样，也可以在工作区上放置元件，但工作区中的元件在导出或测试的Flash影片中是看不到的，如图1-40所示。

图1-40 Flash CS3舞台

1）自定义舞台尺寸

执行【修改】→【文档】菜单命令，或按快捷键【Ctrl+J】，弹出"文档属性"对话框。在宽度和高度文本框中输入像素值，单击【确定】按钮，就可以更改舞台的尺寸，如图1-41所示。

2）自定义舞台的颜色

单击"属性"面板上的"文档属性"按钮，弹出"文档属性"对话框。单击"背景颜色"的拾色器按钮，选择一种颜色设置为舞台的背景颜色，如图1-42所示。

图1-41 设置文档大小

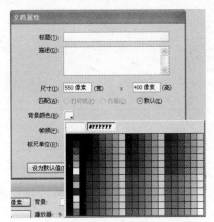

图1-42 自定义舞台颜色

3）查看舞台

要更好地查看舞台，用户可以根据需要改变舞台的显示比例或移动舞台。使用Flash中的【视图】菜单可以调整舞台的视图。

4）改变舞台的显示比例

用户可以在屏幕上查看整个舞台，也可以在绘图时放大显示比例，使之只显示一个特定的区域。用户可以调整的最大显示比例取决于显示器的分辨率和影片的大小，如图1-43所示。

5）移动舞台视图

在使用放大工具放大显示舞台后，用户可能无法查看全部元素，因此，要进行查看就需要移动视图。工具箱中的"手形工具"可以帮助用户移动视图而无需改变舞台的显示比例。

单击"工具箱"中的"手形工具"按钮，从其他工具切换为手形移动状态，或按住空格键都可以拖动舞台，如图1-44所示。

01
Chapter

1.1

1.2

1.3

1.4

1.5

图1-43 放大镜工具

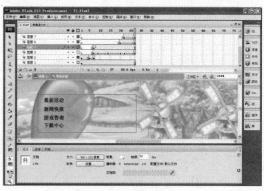

图1-44 移动舞台

如果用户选择了在Flash编辑环境中显示网格，则它们将以纵横交叉的线条出现在舞台的最底层。用户可以使对象对齐网格，如图1-45所示，也可以执行【视图】→

【网格】→【编辑网格】菜单命令，弹出"网格"对话框，在其中修改网格的大小和颜色，如图1-46所示。

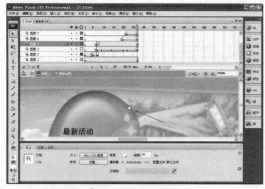

图1-45 对齐网格

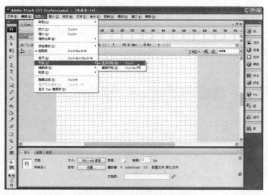

图1-46 改变网格属性

如果用户选择了在Flash编辑环境中显示标尺，则它们将出现在工作区的上端和左侧。用户可以选择标尺的度量单位。当用户移动舞台上的对象时，标尺将指示当前对象的位置。

如果工作区中已经显示了标尺，则用户可以从标尺上拖出横向或纵向的辅助

线，以帮助舞台上的对象定位。用户可以移动、锁定、隐藏和删除辅助线，也可以使对象对齐辅助线，还可以改变辅助线的颜色。注意，辅助线只出现在编辑窗口中而不会在Flash影片中显示。要创建自定义的辅助线或不规则的辅助线，可以使用引导层，如图1-47所示。

执行【视图】→【辅助线】→【编辑辅助线】菜单命令，弹出"辅助线"对话框，在该对话框中可以对辅助线的颜色等相关选项进行设置，如图1-48所示。

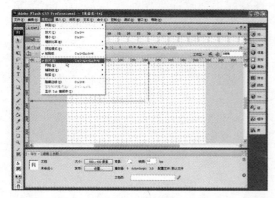

图1-47 使用辅助线

图1-48 设置辅助线

5. "属性"面板

文档"属性"面板允许用户轻松访问文档最常用的属性。它打开了访问任何给定对象（如一些文字、形状、按钮、影片剪辑或者组件）属性的一扇大门，因此使文档的创建过程变得更加简单。用户不必通过菜单或面板就可以立即在文档"属性"面板中修改文档的属性，如图1-49所示。

"属性"面板是动态的，因为它所显示的属性将根据用户所选择的对象而变化。

图1-49 "属性"面板

1.3.2 Flash CS3的面板

1. 面板的组织和管理

面板是Flash CS3界面中最重要的一个部分，使用它们可以查看、组织和更改文档中的元素。面板中的可用选项控制着元件、实例、颜色、类型、帧和其他元素的特征。可以通过显示特定任务所需的面板并隐藏其他面板来自定义Flash界面。

1）"项目"面板

执行【窗口】→【项目】菜单命令，或者按快捷键【Shift+F8】，可以打开"项目"面板，该面板为用户提供了管理和处理Flash项目的一个中心位置，如图1-50所示。

2）"对齐"面板

执行【窗口】→【对齐】菜单命令，或者按快捷键【Ctrl+K】，打开"对齐"面板，这个面板允许用户根据一系列预置的标准来对齐对象（或成组的对象）。每一种预置标准都被表示为一个按钮，如图1-51所示。

图1-50 "项目"面板

图1-51 "对齐"面板

3）"颜色"面板

执行【窗口】→【颜色】菜单命令，或按快捷键【Shift+F9】，可以打开"颜色"面板，该面板允许用户使用RGB、HSB或十六进制代码创建颜色，并将它们作为一个样本保存到"样本"面板中。"颜色"面板还允许用户将颜色指派给笔触或填充，如图1-52所示。

4）"样本"面板

执行【窗口】→【样式】菜单命令，或按快捷键【Ctrl+F9】，打开"样本"面板，该面板可以帮助用户从当前使用的调色板中组织、加载、保存和删除单独的颜色，如图1-53所示。

Flash CS3中文版入门实战与提高

01

Chapter

1.1

1.2

1.3

1.4

1.5

图1-52 "颜色"面板

图1-53 "样本"面板

5）"信息"面板

执行【窗口】→【信息】菜单命令，或按快捷键【Ctrl+I】，打开"信息"面板，该面板为用户提供了通过数字更改选定对象的尺寸（在"宽"和"高"文本框中）和位置在（"X"和"Y"文本框中）的方法。在"信息"面板的底部提供了鼠标当前位置的相关信息，左下角显示的是鼠标当前位置的颜色（为RGB格式），右下角则显示了鼠标当前位置的精

确定位（为X/Y坐标的形式），如图1-54所示。

6）"场景"面板

执行【窗口】→【其他面板】→【场景】菜单命令，或者按快捷键【Shift+F2】，打开"场景"面板，该面板为用户提供了在场景之间切换、重命名场景、添加和删除场景的功能，如图1-55所示。

图1-54 "信息"面板

图1-55 "场景"面板

7）"变形"面板

执行【窗口】→【变形】菜单命令，或者按快捷键【Ctrl+T】，打开"变形"面板，与"信息"面板类似，该面板为用户提供了通过数字来处理选定对象的能力。面板的顶部包含了两个文本框，通过这两个文本框可以水平和垂直缩放对象，如图1-56所示。

8）"动作"面板

执行【窗口】→【动作】菜单命令，或者按快捷键【F9】，打开"动作-帧"面板，该面板允许用户从预置的ActionScript列表中进行选择，也允许用户手动编写自己的脚本，如图1-57所示。

图1-56 "变形"面板

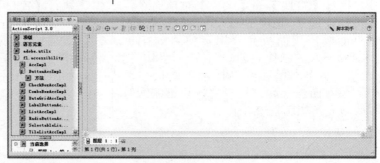

图1-57 "动作-帧"面板

9）"行为"面板

执行【窗口】→【行为】菜单命令，或按快捷键【Shift+F3】，打开"行为"面板，该面板为用户提供了一个添加管理行为的中心。所谓行为，实际上就是预先制作的ActionScript，用来给Flash影片添加交互效果，这样就不用再编写代码了，如图1-58所示。

10）"调试器"面板

执行【窗口】→【调试面板】→

图1-58　"行为"面板

11）"影片浏览器"面板

执行【窗口】→【影片浏览器】菜单命令，或者按快捷键【Alt+F3】，打开"影片浏览器"面板，影片浏览器是在Flash 5中被引入的一个非常便利的小工具，它为用户提供了一个访问所有影片资料的中心。在该面板中，可以按照名称搜

图1-60　"影片浏览器"面板

13）"Web服务"面板

执行【窗口】→【其他面板】→【Web服务】菜单命令，或者按快捷键【Ctrl+Shift+F10】，打开"Web服务"面

【ActionScript 2.0调试器】菜单命令，或者按快捷键【Shift+F4】，打开"调试器"面板，因为ActionScript是脚本编写语言，所以会提供一个调试器。ActionScript调试器在Flash 5中被引入，用户可以使用它来诊断、排除与ActionScript有关的问题，如图1-59所示。

图1-59　"调试器"面板

索对象或元素，显示和更改给定元素的属性，以及使用一种字体替换另一种字体的所有实例，如图1-60所示。

12）"输出"面板

执行【窗口】→【输出】菜单命令，或按快捷键【F2】，打开"输出"面板，当用户导出Flash影片后，它将为用户提供有关所有场景的文件大小、对象、文字、元件和实例的数据，如图1-61所示。

图1-61　"输出"面板

板，该面板将动态数据放入Flash影片入口。使用该面板，可以设计外部数据源，然后将这些数据源绑定到Flash中的数据组件上，如图1-62所示。

01

Chapter

1.1

1.2

1.3

1.4

1.5

14）"辅助功能"面板

执行【窗口】→【辅助功能】菜单命令，或者按快捷键【Alt+F2】，打开"辅助

功能"面板，该面板可以使残疾人更方便地使用Flash软件，如图1-63所示。

图1-62 "Web服务"面板

图1-63 "辅助功能"面板

15）"组件"面板

执行【窗口】→【组件】菜单命令，或者按快捷键【Ctrl+F7】，打开"组件"面板，该面板存放Flash专用的、预先制作的、复杂的影片剪辑。如果想创建相对复杂的用户界面组件（如可滚动的窗口或下拉菜单等），使用它是非常方便的，如图1-64所示。

16）"组件检查器"面板

执行【窗口】→【组件检查器】菜单命令，或者按快捷键【Ctrl+F7】，打开"组件检查器"面板，通过这个工具可以编辑添加到影片中的组件的参数。另外，"组件检查器"面板能够将数据从其他组件或者外部数据源绑定到Flash影片中使用的特定组件上，如图1-65所示。

图1-64 "组件"面板

图1-65 "组件检查器"面板

17）起始页面

起始页面是一个非常方便的工具，当用户打开Flash软件时，它提供了一个中心位置，让用户选择要开始执行的任务。使用它，可以打开最近使用的文档，创建新的文档或者根据模板创建新的文档。另外，起始页还为用户提供了各种链接，通过它们可以链接到Adobe站点上各种有效的资源，如图1-66所示。

18）"库"面板

执行【窗口】→【库】菜单命令，或者按快捷键【Ctrl+L】，打开"库"面板，该面板是存储用户为Flash影片所创建的元件或Flash影片所要使用元件的地方。不管是影片剪辑、按钮或是图形元件，都在"库"面板中，如图1-67所示。

图1-66　起始页面

图1-67　"库"面板

19）"公用库"面板

执行【窗口】→【公用库】菜单命令，打开"公用库"面板，它与"库"面板稍有不同。"库"面板中包含的只是与当前打开的Flash影片有关的元件，"公用库"面板中包含的是一系列元件组（按钮、学习交互和声音）。每个元件组都包含Flash提供的一组预先制作的元件。"公用库"面板为用户提供了大量的元件，这样用户就不用自己创建了，如图1-68所示。

图1-68　"公用库"面板

21）"字符串"面板

执行【窗口】→【其他面板】→【字符串】菜单命令，或者按快捷键【Ctrl+F11】，打开"字符串"面板，该面板通过跟踪字符串实现区域化，使得多语言影片的发布更灵活，如图1-70所示。

20）"历史"面板

执行【窗口】→【其他面板】→【历史记录】菜单命令，或者按快捷键【Ctrl+F10】，打开"历史记录"面板。该面板中显示了当前活动文档自从创建或者打开以来曾经执行过的操作。另外，可以将"历史记录"面板上的步骤应用到文档中同样的对象或不同对象上。除了在同一个文档中使用记录的步骤外，还可以将步骤（或者整个序列中步骤的子集）保存为命令，以便在其他文档中使用，如图1-69所示。

图1-69　"历史记录"面板

图1-70　"字符串"面板

01
Chapter
1.1
1.2
1.3
1.4
1.5

2．使用面板

（1）打开面板：从【窗口】菜单中选择所需要的面板，如图1-71所示。

图1-71　选择所需要的面板

（3）使用面板的弹出菜单：单击面板标题栏中最右边的控件可以查看弹出菜单。

（4）调整面板大小：直接拖动面板的边框即可。

（5）展开面板或将面板折叠为标题栏：双击面板标题栏即可打开或折叠面板。

（6）折叠为面板图标：在Flash CS3中还可以将面板组折叠为图标，单击Flash

图1-73　折叠为面板图标

（7）关闭所有面板：执行【窗口】→【隐藏面板】菜单命令。

（8）排列面板。

在Flash中，可以将面板组织到组中。用户可以重新排列各面板在面板组内出现的顺序，也可以创建新的面板组，以及将面板放入现有的面板组中，如图1-75所示。

移动面板：单击面板的标题栏拖动面板即可。

向现有面板添加面板：拖动面板的标题栏将它放到另一个面板上。目标面板旁边显示一条黑线，以显示面板将放置到的位置。

（2）关闭面板：从【窗口】菜单中选择所要关闭的面板，或者用鼠标右键单击面板标题栏，然后从快捷菜单中选择【关闭组】命令，如图1-72所示。

图1-72　关闭面板

CS3界面右上方的向右方向双箭头，可以将面板组折叠为图标，如图1-73所示。执行【窗口】→【工作区】→【默认】命令，可以将面板恢复到最初默认状态，如图1-74所示。

图1-74　重新排列各面板

图1-75　重新排列各面板

（9）使用面板设置。

可以创建自定义面板排列方式，并将它们保存为自定义面板设置。还可以将面板显示切换为默认布局（显示"颜色"、"动作"、"属性"和"库"面板）或切换为以前保存的自定义布局，如图1-76所示。

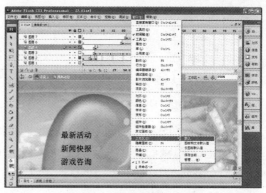

图1-76 使用默认面板

1.4 本章技巧荟萃

Flash CS3

1．在安装Flash CS3时，为什么安装过程中断退出？

答：Flash CS3对系统要求较高，当检测系统内存小于1GB时，即会提示内存太小；如果检测发现内存小于512MB，即会中断安装退出。

2．常用的绘图软件有哪些？

答：一般在绘制图形时，经常用到的绘图软件有Photoshop、Fireworks、CorelDRAW、AutoCAD。

3．在Flash CS3中如何新建Flash文档？

答：执行【文件】→【新建】命令，在弹出的"新建文档"对话框中即可选择新建Flash文档的类型。

4．在Flash中如何获得更多的帮助文档？

答：在使用Flash CS3时，按【F1】键，打开"帮助"文档，即可查找到更多的帮助信息。

1.5 学习效果测试

Flash CS3

一、选择题

1．Flash动画是一种（ ）。

（A）流式动画 　　（B）GIF动画 　　（C）AVI动画 　　（D）FLC动画

2．下列名词中不是Flash专业术语的是（ ）。

（A）关键帧 　　（B）引导层 　　（C）遮罩效果 　　（D）交互图标

3．下面哪种工具不可以用来绘制图形？（ ）

（A）刷子工具 　　（B）矩形工具 　　（C）椭圆工具 　　（D）选择工具

4. 打开"动作"面板的快捷键是：（　　　）。

（A）【Ctrl+R】　　　（B）【F9】　　　（C）【F2】　　　（D）【Ctrl+D】

5. 把视图的显示比例改为100%的快捷键是：（　　　）。

（A）【Ctrl+1】　　　（B）【Ctrl+2】　　　（C）【Ctrl+3】　　　（D）【Ctrl+4】

二、判断题

1. 使用"颜料桶工具"可以进行笔触颜色的填充。（　　　）

2. 按键盘上的快捷键【F4】可以快速隐藏/显示面板。（　　　）

3. 在Flash中只能导入PNG、JPEG和SWF格式文件，其他格式无法导入到Flash中。
（　　　）

4. 使用"选择工具"选择图形或元件时，按住【Shift】键可以选择多个对象。（　　　）

5. 在Flash中面板打开以后就无法再将面板关闭。（　　　）

三、填空题

1. Flash创作流程可分为：剧本创作—（　　　）—背景设计—分镜头设计—原动画设计—（　　　）—配音—后期校正等步骤。

2. 要设置新文档或现有文档的大小、帧频、背景颜色和其他属性，可以单击"属性"面板上的（　　　）按钮。

3. （　　　）在时间轴中出现的顺序决定它们在Flash应用程序中显示的顺序。

四、操作题

根据本章所学内容实际操作Flash CS3的安装与卸载。

参考答案

一、选择题

1. A　2. D　3. D　4. B　5. A

二、判断题

1. 错　2. 对　3. 错　4. 对　5. 错

三、填空题

1. 造型设计　　动画合成

2. 文档属性　3. 帧和关键帧

第 2 章 时间轴与帧

学习提要

任何一个Flash动画都包含帧，每个帧上都包含一个静态或动态图像，当这个图像与其他帧中的图像按顺序进行播放时，就会产生运动的效果。在Flash中帧在时间轴上以小方框的形式显示。帧是创建动画的基本要素。时间轴用来组织动画中的各个元素，对于创建动画也是非常重要。本章将通过实例详细介绍Flash动画制作中时间轴和帧的使用方法及技巧。

学习要点

- "时间轴"面板的使用
- 帧、关键帧、空帧的使用

2.1 时间轴

在Flash中，时间轴位于工作区的正上方，是进行Flash作品创作的核心部分。时间轴由图层、帧和播放头组成，影片的进度通过帧来控制。时间轴从形式上可以分为两部分，分别是左侧的图层操作区和右侧的帧操作区。在时间轴的上端有帧号，播放头指示当前帧的位置。

2.1.1 时间轴表示动画

1. 时间轴概念

在时间轴上，帧是用小格符号来表示的，关键帧带有一个黑色的圆点。在帧与帧之间可以产生逐帧动画、运动补间动画、形变动画等。"时间轴"面板如图2-1所示。

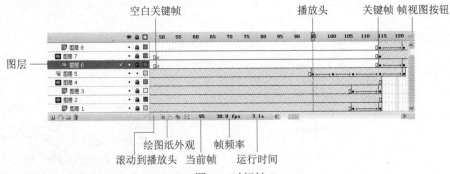

图2-1 时间轴

可以更改帧在时间轴中的显示方式，也可以在时间轴中显示帧内容的缩略图。时间轴可以显示文档中哪些地方有动画，包括逐帧动画、补间动画、路径跟随动画和补间动画。

时间轴图层部分中的控件使用户可以隐藏、显示、锁定或解锁图层，以及将图层内容显示为轮廓。时间轴通过不同的方式表示不同类型的动画。接下来对每种动画类型的时间轴表达形式进行学习。

- 逐帧动画通常是通过一个具有一系列连续关键帧的图层来表示的，如图2-2所示。
- 补间动作动画在开始和结束时是关键帧，并且关键帧上必须为元件，关键帧之间是黑色箭头和蓝色背景，如图2-3所示。

图2-2 逐帧时间轴

图2-3 动作补间时间轴

- 补间形状动画在开始和结束时是关键帧，并且关键帧上必须为图形，关键帧之间是黑色箭头和绿色背景，如图2-4所示。

- 当关键帧后面跟随的是虚线时，表明补间动画是不完整的（通常是由于最后的关键帧被删除或者类型不匹配的缘故），如图2-5所示。

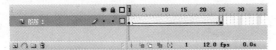

图2-4　形状补间时间轴

图2-5　动画不完整

- 如果一系列帧是以一个关键帧开头，并以一个空帧结尾，那么在关键帧后面的所有帧都具有相同的内容，如图2-6所示。

- 如果帧或关键帧上带有小写的字母a，则表示它是动画中帧动作（全局函数）被添加的位置，如图2-7所示。

图2-6　相同内容时间轴

图2-7　给帧添加动画

- 带有红色小旗的帧或关键帧表示在这帧位置添加了帧标签，方便控制。如图2-8所示。

图2-8　设置帧标签

2．更改时间轴显示

在Flash动画制作中，为了方便对时间轴的使用和管理，可以修改时间轴中帧的大小，以及向帧序列添加颜色以加亮显示。还可以在时间轴中查看包括帧内容的缩略图预览。这些缩略图是动画的概况，对于动画的制作是非常有用的，但是会需要更多的屏幕空间。更改帧显示可以单击时间轴右侧的"帧视图"按钮，如图2-9所示。

在"帧视图"菜单中，可以从菜单中选择"很小"、"小"、"中"和"大"等选项，与默认状态下的"标准"视图进

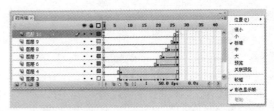

图2-9　单击"帧视图"按钮弹出菜单

行比较，如图2-10所示为不同选项下的时间轴效果，多种显示效果可以满足制作不同动画时的需要。

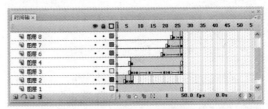

（a）　"很小"帧视图选项

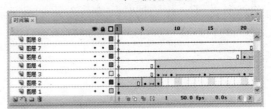

（b）　"小"帧视图选项

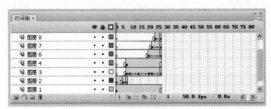

（c）　"中"帧视图选项

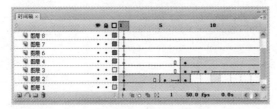

（d）　"大"帧视图选项

图2-10　比较不同的时间轴显示方法

Flash CS3中文版入门实战与提高

02
Chapter

2.1
2.2
2.3
2.4

当时间轴中图层数较多时，可以选择"帧视图"菜单中的"较短"命令，缩短图层高度，方便同时查看更多的图层。如图2-11所示。

其他几个选项分别是：

彩色显示帧：打开或关闭彩色显示帧顺序。这样做的目的是为了方便管理时间轴，但是也会增加系统内存的使用。

预览：显示每个帧的内容缩略图（其缩放比例适合时间轴的大小），但注意选择该命令可能导致内容的外观大小发生变化，如图2-12所示。

图2-11　改变图层高度

关联预览：显示每个完整帧（包括空白空间）的缩略图。如果要查看元素在动画期间在它们的帧中的移动方式，可使用该选项，但是这些预览通常比用"预览"选项生成的缩略图小，如图2-13所示。

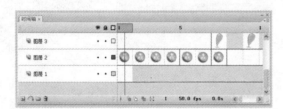

图2-12　"预览"效果

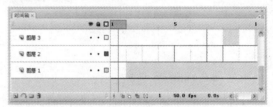

图2-13　"关联预览"效果

3．时间轴特效

在Flash中预设了时间轴特效。所谓的时间轴特效其实就是将复杂的动画用最少的步骤创建。时间轴特效可以应用以下对象：文本、图形（包括形状、组及图形元件）、位图图像、按钮元件。

在Flash中执行【插入】→【时间轴

特效】命令，即可看到内建Flash时间轴特效，共有3种类型："变形/转换"、"帮助"和"效果"，如图2-14所示。"效果"类型下包括4种时间轴特效，分别是"分离"、"展开"、"投影"和"模糊"，如图2-15所示。

图2-14　执行【时间轴特效】命令

图2-15　效果类型

在Flash中添加时间轴特效时，必须在场景中选中要添加时间轴特效的对象，然后执行【插入】→【时间轴特效】菜单，将具体的某一种类型时间轴特效添加到选中对象上。

每种时间轴特效都以一种特定方式处理图形或元件，并允许用户更改所需特效的个别参数。在预览窗口中，可以在变更设置之后快速查看所做的更改。

如表2-1为动画特效名称、说明及参数设置。

表2-1 动画特效名称和说明

动画特效名称和说明	参 数 设 置
复制到网格	
按列数直接复制选定对象，然后乘以行数，以便创建元素的网格	行数
	列数
	行间距（像素）
	列间距（像素）
分散式直接复制	
直接复制选定对象一定的次数，第一个元素是原始对象的副本。对象将按一定增量发生改变，直至最终对象反映设置中输入的参数为止	副本数量
	偏移距离，x位置（像素）
	偏移距离，y位置（像素）
	偏移旋转（度）
	偏移起始帧（帧）
	按x、y缩放比例进行指数级缩放（百分比）
	按x、y缩放比例进行线性缩放（百分比）
	最终Alpha值（百分比）
	更改颜色（选择）
	最终颜色（RGB十六进制）
	复制延迟（帧）
模糊	
通过更改对象在一段时间内的Alpha值、位置或比例创建运动模糊特效	效果持续时间（帧）
	分辨率（数值）
	缩放比例（百分比）
	模糊方向（水平、垂直）
	移动方向
投影	
在选定元素下方创建阴影	颜色（十六进制RGB）
	Alpha透明度（百分比）
	阴影偏移（像素）
展开	
在一段时间内展开、压缩或者展开和压缩对象。此特效组合在一起或在影片剪辑、图形元件中组合的两个或多个对象上使用效果最好，在包含文本或字母的对象上使用效果也很好	效果持续时间（帧）
	展开、压缩、两者皆是
	移动方向
	组中心转换方式（像素）
	碎片偏移（像素）
	碎片大小更改量（像素）
分离	
产生对象分离的效果，文本或复杂对象组（元件、形状或视频片段）的元素裂开、自旋和向外弯曲	特效持续时间（帧）
	分离方向
	弧线大小
	碎片旋转量（度）
	碎片大小更改量（像素）
	最终Alpha值（百分比）
变形	
调整选定元素的位置、缩放比例、旋转、Alpha和色调。使用"变形"可应用单一特效或特效组合，从而产生淡入/淡出、放大/缩小，以及左旋/右旋特效	效果持续时间（帧）
	更改位置方式（像素）
	缩放比例（百分数）
	旋转（度）
	自旋（次数）
	次数（顺时针、逆时针）
	更改颜色（选择）

动画特效名称和说明	参 数 设 置
变形 调整选定元素的位置、缩放比例、旋转、Alpha和色调。使用"变形"可应用单一特效或特效组合，从而产生淡入/淡出、放大/缩小，以及左旋/右旋特效	最终颜色（RGB十六进制） 最终Alpha值（百分比） 移动减慢
转换 使用淡化、涂抹或两种特效的组合向内擦除或向外擦除选定对象	效果持续时间（帧） 方向（入、出） 移动减慢（数值）

2.1.2 制作时间轴动画

熟悉了基本的技术之后，下面将通过实际的案例来进一步学习时间轴动画的制作方法和技巧。

本实例最终效果图（见图2-16）：

设计思路

遥远的天空中白云点点，碧绿的草地上风车徐徐转动，多么美丽的景色啊！

练习要求

通过上述的学习，要了解动画制作中时间轴动画的制作方法和步骤。

制作流程预览

○ 制作重点

1．在Flash中使用时间轴特效时会在"时间轴"面板上产生相应的图层名称。

2．在使用"变形"特效时应注意调整元件的中心点位置。

图2-16 实例最终效果图

Step 01 执行【文件】→【新建】命令，新建一个Flash文档，如图2-17所示，单击"属性"面板上的"文档属性"按钮，在弹出的"文档属性"对话框中设置"尺寸"为710像素×200像素，"背景颜色"为#FFFFFF，帧频为12fps，其他设置如图2-18所示。

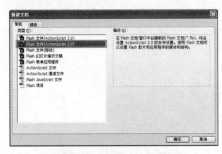

图2-17 新建Flash文档

图2-18 设置文档属性

Step **02** 执行【插入】→【新建元件】命令，新建一个"名称"为"风车叶"的图形元件。单击"工具箱"中的"钢笔工具"按钮 ，设置其"属性"面板上的"笔触颜色"为#66FF33，"笔触高度"为0.5像素，"笔触样式"为"实线"，如图2-19所示，在场景中绘制如图2-20所示的路径。

Step **03** 执行【窗口】→【颜色】命令，打开"颜色"面板，在"颜色"面板上设置从#FFE13F到#FF970的线性渐变效果，如图2-21所示，使用"颜料桶工具"调整填充路径，如图2-22所示。

图2-21　"颜色"面板

图2-19　"属性"面板

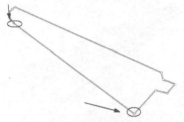

图2-20　绘制路径

图2-22　填充路径

Step **04** 使用"颜料桶工具"调整填充颜色效果，如图2-23所示，单击"工具箱"中的"选择工具"按钮 ，选择绘制的路径，按【Del】键，将路径删除，如图2-24所示。

Step **05** 单击"时间轴"面板上"插入图层"按钮，新建"图层2"，单击"工具箱"中的"线条工具"按钮 ，设置其"属性"面板上的"笔触颜色"为#DF5000，"笔触高度"为0.7像素，"笔触样式"为"实线"，如图2-25所示，在场景中绘制如图2-26所示的线条。

图2-23　调整填充颜色效果

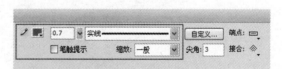

图2-25　"属性"面板

图2-24　删除路径

图2-26　绘制线条

Step 06 单击"时间轴"面板上的"插入图层"按钮，新建"图层3"，单击"工具箱"中的"钢笔工具"按钮，设置其"属性"面板上的"笔触颜色"为#FF0000，"笔触高度"为0.5像素，"笔触样式"为"实线"，如图2-27所示，在场景中绘制如图2-28所示的路径。

Step 07 执行【窗口】→【颜色】命令，打开"颜色"面板，在"颜色"面板上设置从#FFE13F到#FF970的线性渐变效果，如图2-29所示，使用"颜料桶工具"调整填充路径，如图2-30所示。

图2-29 "颜色"面板

图2-27 "属性"面板

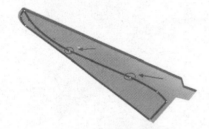

图2-28 绘制路径

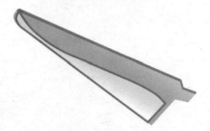

图2-30 填充路径

Step 08 使用"颜料桶工具"调整填充颜色效果，如图2-31所示，单击"工具箱"中的"选择工具"按钮，选择绘制的路径，按【Del】键，将路径删除，如图2-32所示。

Step 09 使用同样方法新建其他图层，制作其他两个风车叶，如图2-33所示。

图2-31 调整填充颜色效果

图2-33 绘制其他风车叶

○ **小技巧**

此时可以使用同样方法绘制另外两个图形，也可以执行【编辑】→【直接复制】命令，从而得到相同的图形。

图2-32 删除路径

Step 10 执行【插入】→【新建元件】命令，新建一个"名称"为"风车底部"的"图形"元件，如图2-34所示，使用"椭圆工具"在场景中绘制一个如图2-35所示的椭圆。

Step 11 单击"时间轴"面板上的"插入图层"按钮，新建"图层2"，使用"矩形工具"在场景中绘制如图2-36所示的圆角矩形。单击"时间轴"面板上的"插入图层"按钮，新建"图层3"，使用"矩形工具"在场景中绘制如图2-37所示的圆角矩形。

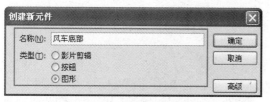

图2-34 创建新元件

图2-35 绘制椭圆

图2-36 绘制圆角矩形　图2-37 绘制圆角矩形

Step 12 使用同样方法新建其他图层，绘制出如图2-38所示的图形。执行【插入】→【新建元件】命令，新建一个"名称"为"风车"的"影片剪辑"元件，如图2-39所示，将"库"面板中的"风车底部"元件拖入到场景的适当位置。

Step 13 单击"时间轴"面板上的"插入图层"按钮，新建"图层2"，将"库"面板中的"风车叶"元件拖入到场景的适当位置，如图2-40所示。选中该元件，执行【插入】→【时间轴特效】→【变形/转换】→【变形】命令，在弹出的"变形"对话框中进行设置，如图2-41所示。

图2-40 拖入元件

图2-38 绘制其他图形

图2-39 创建新元件

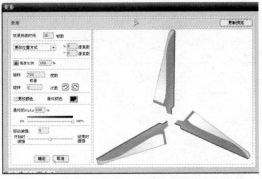

图2-41 设置"变形"对话框

○ 小技巧

　　使用时间轴特效时，会在"时间轴"面板上产生相应的图层名，如使用了"变形"特效，在图层名处显示为"变形"。

Step 14 单击"时间轴"面板上的"插入图层"按钮，新建"图层3"，使用"椭圆工具"在场景中绘制一个如图2-42所示的图形，在"图层1"第30帧位置按【F5】键插入帧，"时间轴"面板如图2-43所示。

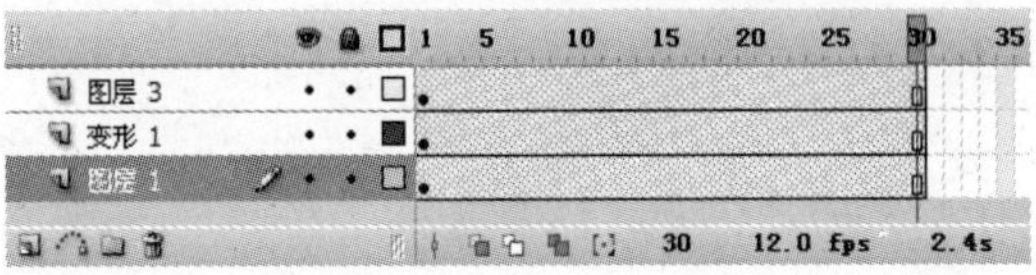

Step 15 单击"编辑栏"上的"场景1"文字，返回到场景1中。单击第1帧，执行【文件】→【导入】→【导入到舞台】命令，将图像"光盘\实例素材源文件\第2章\素材\image1.jpg"导入到场景中，并调整位置及大小，如图2-44所示。

图2-44 导入图像

图2-42 绘制椭圆

Step 16 使用同样方法新建其他图层，将光盘中相应的素材导入到场景中，如图2-45所示。

图2-43 "时间轴"面板

图2-45 导入图像

Step 17 单击"时间轴"面板上的"插入图层"按钮，新建"图层5"，将"库"面板中的"风车"元件拖入到场景的适当位置，如图2-46所示。

Step 18 执行【文件】→【保存】命令，将动画保存为2-1-2.fla文件，完成动画制作。同时按【Ctrl+Enter】组合键预览效果，预览效果如图2-47所示。

图2-46 导入图像

图2-47 预览效果

2.2 帧

Flash CS3

影 片的制作原理是改变连续帧的过程，不同的帧代表不同的时间，包含不同的对象。影片中的画面随着时间的变化逐个出现。无内容的帧是空的单元格，有内容的帧显示一定的颜色，不同的帧代表不同的动画。

2.2.1 使用帧

1. 帧的类型

1）帧

在影片背景的制作中，经常在一个含有背景图的关键帧后添加一些帧，从而实现背景延续的动画效果。其中这些延续的帧就是普通帧。

2）关键帧

关键帧是定义动画的关键因素，在其中可以定义对动画的对象属性所做的更改，该帧的对象与前、后的对象属性均不相同。

3）空白关键帧

当新建一个图层时，图层的第1帧默认为一个空白关键帧，即一个黑色轮廓的圆圈，当向该图层添加内容后，这个空心圆圈将变成一个小的实心圆圈，该帧即为关键帧。

2. 编辑帧

帧的类型比较复杂，在影片中起到的作用也各不相同，但是对于帧的各种编辑操作都是相同的。下面将介绍帧的插入、删除、移动、复制、翻转、清除，以及同时编辑多个帧。如图2-48所示。

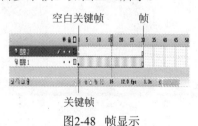

空白关键帧　　　　帧

关键帧

图2-48 帧显示

1）插入帧

插入帧的方法有以下几种：

插入一个帧：执行【插入】→【时间轴】→【帧】命令，或直接按【F5】键，即会在当前帧的后面插入一个帧。

插入一个关键帧：执行【插入】→【时间轴】→【关键帧】命令，或直接按【F6】键。也可以右键单击要插入关键帧的帧，在弹出的快捷菜单中选择【插入关键帧】命令，即可完成关键帧的插入。

插入一个空白关键帧：执行【插入】→【时间轴】→【空白关键帧】命令，或者直接按【F7】键，即可在播放头所在的位置添加空白关键帧。

2）选择帧

要选择一个帧，直接单击该帧。如果执行【编辑】→【首选参数】命令，在弹出的"首选参数"对话框中选中"基于整体范围的选择"复选框，则单击某个帧将会选择两个关键帧之间的整个帧序列。如图2-49所示。

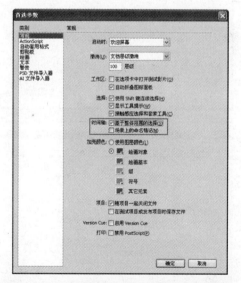

图2-49 选择帧

Flash CS3中文版入门实战与提高

02
Chapter

2.1
2.2
2.3
2.4

要选择多个连续的帧，可以按住【Shift】键并单击其他帧。要选择多个不连续的帧，可以按住【Ctrl】键再单击其他帧。要选择时间轴中的所有帧，执行【编辑】→【时间轴】→【选择所有帧】命令即可。如图2-50所示。

图2-50　选中所有帧

5）复制关键帧

按住【Alt】键将要复制的关键帧拖动到复制的位置，然后释放鼠标即可。另一种复制方法是选择【编辑】→【复制】命令复制关键帧，然后在要复制的位置选择【编辑】→【粘贴】命令。也可以通过使用右键快捷菜单进行操作，如图2-51所示。

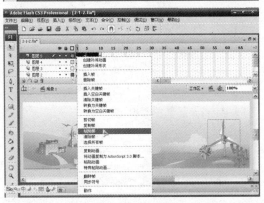

图2-51　复制帧

3）删除帧

要删除帧、关键帧或帧序列，首先要选择该帧、关键帧或序列，然后执行【编辑】→【时间轴】→【删除帧】命令，或者右键单击该帧、关键帧或序列，在弹出的快捷菜单中选择【删除帧】命令即可完成删除帧操作。在删除关键帧的操作中，选中要删除的关键帧，如果按【Shift+F5】组合键，可以将关键帧删除；如果按【Shift+F6】组合键，可以将关键帧转换为普通帧。

4）移动帧

要移动关键帧或帧序列及其内容，只需要将该关键帧或序列拖到所需的位置。

6）清除帧

【清除帧】命令用于清除帧和关键帧，它清除帧中的内容，即帧内容的所有对象应用了【清除帧】命令后，帧中将没有任何对象。

7）翻转帧

选择一个或多个图层中的合适帧，然后选择【修改】→【时间轴】→【翻转帧】命令，可以完成翻转帧，使影片的播放顺序相反。有一点需要注意，就是所选序列的起始和结束位置必须是关键帧，如图2-52所示。

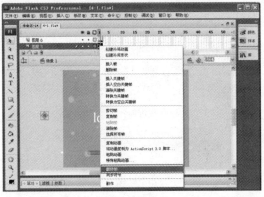

图2-52　翻转帧

2.2.2　制作逐帧动画

熟悉了基本的技术之后，下面将通过实际的案例来学习利用帧的属性制作逐帧动画效果。

本实例最终效果图（见图2-53）：

制作流程预览

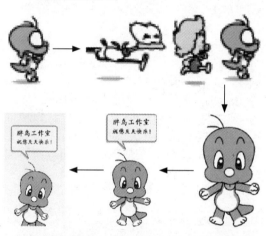

制作重点

1．场景中导入位图时要注意不要轻易移动位图的位置，以保证元件动画播放的流畅。

2．动画制作中要注意元件的排列顺序，以保证动画的播放效果。

Step 02 执行【插入】→【新建元件】命令，新建一个"名称"为"卡通动画1"的"影片剪辑"元件，如图2-56所示，执行【文件】→【导入】→【导入到舞台】命令，将图像"光盘\实例素材源文件\第2章\素材\ 7-2-201.png"导入到场景中，在弹出的"询问是否导入序列中的所示图像"对话框中单击【是】按钮，导入图像如图2-57所示，"时间轴"如图2-58所示。

图2-53　实例最终效果图

Step 01 执行【文件】→【新建】命令，弹出"新建文档"对话框，单击【确定】按钮，新建一个Flash文档，如图2-54所示。单击"属性"面板上的"文档属性"按钮，在弹出的"文档属性"对话框中设置"尺寸"为128像素×250像素，"背景颜色"为#FFFFFF，"帧频"为12fps，如图2-55所示。

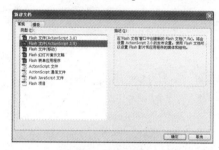

图2-54　新建Flash文档

图2-55　文档属性

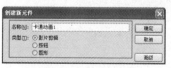

图2-56　创建新元件　　　图2-57　导入图像

图2-58　"时间轴"面板

小技巧

导入图像的操作可以通过按【Ctrl+R】组合键快速完成。

02
Chapter

2.1
2.2
2.3
2.4

Step 03 执行【插入】→【新建元件】命令，新建一个"名称"为"卡通动画2"的"影片剪辑"元件，如图2-59所示，执行【窗口】→【库】命令，打开"库"面板，将"卡通动画1"元件从"库"面板中拖入到场景中，"库"面板如图2-60所示。

图2-59 "库"面板　　图2-60 场景效果1

○ 小技巧

打开"库"面板可以按【Ctrl+L】组合键。

Step 05 单击"工具箱"中的"选择工具"按钮，选择"图层1"第1帧位置场景中的元件，将元件的中心点放到直线的起始端上，如图2-62所示，再次使用"选择工具"选择第24帧位置场景中的元件，将元件的中心点放到直线的末端上，如图2-63所示。

图2-62 场景效果2　　图2-63 场景效果3

○ 提示

使用"任意变形工具"也可以达到对齐中心点的目的。

Step 07 用步骤02～06的制作方法，制作出其他"卡通动画"元件。执行【插入】→【新建元件】命令，新建一个"名称"为"卡通人动画"的"影片剪辑"元件，如图2-65所示。执行【窗口】→【库】命令，打开"库"面板，将"卡通动画2"元件从"库"面板中拖入场景中，"库"面板如图2-66所示，场景效果如图2-67所示，在第25帧位置按【F5】键插入帧。

Step 04 在第24帧位置按【F6】键插入关键帧，设置第1帧上的"补间"类型为"动画"。单击"时间轴"面板上的"插入图层"按钮，新建"图层2"，单击"工具箱"中的"线条工具"按钮，设置其"属性"面板上的"笔触颜色"为#000000，"笔触高度"为1，"笔触样式"为"实线"，"属性"面板如图2-61所示，在场景中绘制一根长度为160像素的直线。

图2-61 "属性"面板

○ 提示

在本步骤中，"图层2"是作辅助作用的。

Step 06 在"图层2"上单击，选择"图层2"，单击"时间轴"面板上的"删除图层"按钮，单击"时间轴"面板上的"插入图层"按钮，新建"图层3"，在第24帧位置，按【F6】键插入关键帧，执行【窗口】→【动作】命令，在弹出的"动作-帧"面板中输入"stop();"脚本语言，输入脚本语言后的"时间轴"面板如图2-64所示。

图2-64 输入脚本语言后的"时间轴"面板

图2-65 创建新元件

图2-66 "库"面板　　图2-67 场景效果4

Step **08** 单击"时间轴"面板上的"插入图层"按钮，新建"图层2"，执行【窗口】→【库】命令，打开"库"面板，将"卡通动画8"元件从"库"面板中拖入到场景中，"库"面板如图2-68所示，场景效果如图2-69所示。单击"时间轴"面板上的"插入图层"按钮，新建"图层3"，打开"库"面板，将"卡通动画14"元件从"库"面板中拖入到场景中，场景效果如图2-70所示。

Step **09** 单击"时间轴"面板上的"插入图层"按钮，新建"图层4"，在第26帧位置，按【F6】键插入关键帧，执行【窗口】→【库】命令，打开"库"面板，将"卡通动画4"元件从"库"面板中拖入到场景中，"库"面板如图2-71所示，场景效果如图2-72所示，在第55帧位置，按【F5】键插入帧，"时间轴"面板如图2-73所示。

图2-68 "库"面板　　图2-69 场景效果5

图2-71 "库"面板　　图2-72 场景效果7

图2-70 场景效果6

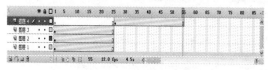

图2-73 "时间轴"面板

Step **10** 单击"时间轴"面板上的"插入图层"按钮，新建"图层5"，在第26帧位置，按【F6】键插入关键帧，打开"库"面板，将"卡通动画10"元件从"库"面板中拖入到场景中，场景效果如图2-74所示，单击"时间轴"面板上的"插入图层"按钮，新建"图层6"，在第26帧位置，按【F6】键插入关键帧，打开"库"面板，将"卡通动画16"元件从"库"面板拖入场景中，场景效果如图2-75所示。

图2-74 场景效果8

图2-75 场景效果9

Step 11 单击"时间轴"面板上的"插入图层"按钮,新建"图层7",在第56帧位置,按【F6】键插入关键帧,执行【窗口】→【库】命令,打开"库"面板,将"卡通动画6"元件从"库"面板拖入到场景中,"库"面板如图2-76所示,场景效果如图2-77所示,在第84帧位置,按【F5】键插入帧,"时间轴"面板如图2-78所示。

图2-76 "库"面板　　图2-77 场景效果10

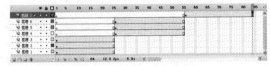

图2-78 "时间轴"面板

Step 13 执行【插入】→【新建元件】命令,新建一个"名称"为"卡通动画19"的"影片剪辑"元件,如图2-81所示,执行【文件】→【导入】→【导入到舞台】命令,将图像"光盘\实例素材源文件\第2章\素材\7-2-501.png"导入到场景中,在弹出的"询问是否导入序列中的所示图像"对话框中单击【是】按钮,导入图像如图2-82所示,"时间轴"面板如图2-83所示。

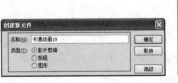

图2-81 创建新元件　　图2-82 导入图像

图2-83 "时间轴"面板

Step 12 用步骤11的制作方法,新建"图层8"和"图层9",分别将"卡通动画12"和"卡通动画18"插入到"图层8"和"图层9"的场景中,完成后的场景效果如图2-79所示,"时间轴"面板如图2-80所示,单击"时间轴"面板上"插入图层"按钮,新建"图层10",在第84帧位置,按【F6】键插入关键帧,执行【窗口】→【动作】命令,在弹出的"动作-帧"面板中输入"stop();"脚本语言。

图2-79 场景效果11

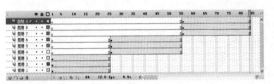

图2-80 "时间轴"面板

Step 14 执行【插入】→【新建元件】命令,新建一个"名称"为"动画1"的"影片剪辑"元件,在第85帧位置,按【F6】键插入关键帧,执行【窗口】→【库】命令,打开"库"面板,将"卡通动画19"元件从"库"面板中拖入到场景中,"库"面板如图2-84所示,单击"工具箱"中的"任意变形工具"按钮,将场景中的元件缩小,场景效果如图2-85所示。

图2-84 "库"面板　　图2-85 场景效果12

○ **提示**

调整图像大小可以将图像选中,在"属性"面板中进行准确尺寸的设置。

Step **15** 分别在第91帧和第130帧位置，按【F6】键插入关键帧，单击"工具箱"中的"选择工具"按钮，向下移动第1帧场景中的元件，并设置其"属性"面板上"颜色"样式下的Alpha值为0%，"属性"面板如图2-86所示，场景效果如图2-87所示，分别设置第85帧和第91帧上的"补间"类型为"动画"。

图2-86 "属性"面板

+

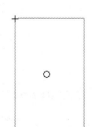

图2-87 场景效果13

Step **17** 在第92帧位置，按【F6】键插入关键帧，单击"工具箱"中的"选择工具"按钮，向上移动元件，场景效果如图2-90所示，选择第88帧位置场景中的元件，设置其"属性"面板上"颜色"样式下的Alpha值为0%，"属性"面板如图2-91所示，场景效果如图2-92所示，设置第88帧上的"补间"类型为"动画"。

Step **18** 单击"时间轴"面板上的"插入图层"按钮，新建"图层3"，在第130帧位置，按【F6】键插入关键帧，执行【窗口】→【动作】命令，在弹出的"动作-帧"面板中输入"stop();"脚本语言。单击"编辑栏"上的"场景1"文字，返回到"场景1"编辑状态，单击"工具箱"中的"矩形工具"按钮，执行【窗口】→【颜色】命令，打开"颜色"面板，设置从Alpha值为100%的#FEFD85到Alpha值为100%的#FFFFFF的线性渐变效果，"颜色"面板如图2-93所示，在场景中绘制一个尺寸为128像素×250像素的矩形，如图2-94所示。单击"工具箱"中的"渐变变形工具"按钮，调整渐变的角度，如图2-95所示。

Step **16** 单击"时间轴"面板上的"插入图层"按钮，新建"图层2"。在第88帧位置，按【F6】键插入关键帧，执行【文件】→【导入】→【导入到舞台】命令，将图像"光盘\实例素材源文件\第2章\素材\7-2-01.png"导入到场景中，导入图像如图2-88所示。单击"工具箱"中的"选择工具"按钮，选择刚刚导入的图像，按【F8】键将图像转换成"名称"为"图形1"的"图形"元件，如图2-89所示。

图2-88 导入图像　　图2-89 转换为元件

○ 提示

　　执行【修改】→【转换为元件】命令，也可以将图像或图形转换为元件。

图2-90 场景效果14

图2-91 "属性"面板

图2-92 场景效果15

02

Chapter

2.1

2.2

2.3

2.4

图2-93 "颜色"面板

图2-94 绘制矩形

图2-95 调整渐变角度

Step **19** 单击"时间轴"面板上的"插入图层"按钮，新建"图层2"，执行【窗口】→【库】命令，打开"库"面板，将"卡通人动画"元件从"库"面板中拖入到场景中，"库"面板如图2-96所示，场景效果如图2-97所示。

Step **20** 单击"时间轴"面板上的"插入图层"按钮，新建"图层3"，执行【窗口】→【库】命令，打开"库"面板，将"动画1"元件从"库"面板中拖入到场景中，"库"面板如图2-98所示，场景效果如图2-99所示。

图2-96 "库"面板

图2-98 "库"面板

图2-97 场景效果16

图2-99 场景效果17

Step **21** 执行【文件】→【保存】命令，将动画保存为2-2-2.fla文件。同时按【Ctrl+Enter】组合键测试影片，预览效果如图2-100所示。

图2-100 预览效果

2.3　本章技巧荟萃

Flash CS3

1．如何一次在时间轴上连续插入多个关键帧？

答：拖动选中时间轴上要添加关键帧的位置后，按【F6】键即可完成同时添加多个关键帧的操作。

2．时间轴特效还能够添加吗？

答：在Flash中，可以通过安装外部插件实现时间轴特效的添加。外部插件可以通过购买和互联网上免费下载获得。

3．时间轴特效完成后，能不能对其进行再次编辑？

答：选中该特效，可以单击"属性"面板上的【编辑】按钮，实现对动画的面板编辑。也可以通过在"库"面板中双击实现对时间轴的再次编辑。如果对时间轴进行了编辑操作，那么将失去了对该特效的面板修改功能。

4．如何保持时间轴上帧的长度？

答：要保证时间轴上帧的长度，也就是一个元件的持续时间，最好的方法是在时间轴的相应位置添加帧，以确保动画长度。

2.4　学习效果测试

Flash CS3

一．选择题

1．Flash 影片频率最大可以设置到多少：（　　　）。

（A）99　　　　（B）100　　　　（C）120　　　　（D）150

2．以下关于逐帧动画和补间动画的说法正确的是（　　　）。

（A）对于两种动画模式，Flash都必须记录完整的各帧记录

（B）前者必须记录各帧的完整记录，而后者不用

（C）前者不必记录各帧的完整记录，而后者必须记录完整的各帧记录

（D）以上说法均不对

3．（　　　）是用来连接两个相邻的关键帧，过渡帧可以有不同的形态，它有时作为移动渐变动画产生的过渡帧，有时作为无移动渐变动画之间的过渡帧，还可以是空白关键帧之间的过渡。

（A）空白帧　　　（B）关键帧　　　　（C）转换帧　　　　（D）动画帧

4．下列关于关键帧说法不正确的是：（　　　）。

（A）关键帧是指在动画中定义的更改所在的帧

（B）修改文档的帧动作的帧

（C）Flash 不可以在关键帧之间补间或填充

（D）可以在时间轴中排列关键帧，以便编辑动画中事件的顺序

5．在"时间轴"面板上插入空白关键帧的快捷键是：（　　　）。

（A）【F5】　　（B）【F6】　　　　（C）【F7】　　　　（D）【F9】

Flash CS3中文版入门实战与提高
02
Chapter
2.1
2.2
2.3
2.4

二、判断题

1．使用关键帧与空白关键帧的作用效果是一样的。（　　）

2．补间形状动画在开始和结束时是关键帧，关键帧之间是黑色箭头，蓝色背景。（　　）

3．选择一个或多个图层中的合适帧，然后选择【修改】→【时间轴】→【翻转帧】命令，可以完成翻转帧。（　　）

4．在"时间轴"面板中插入一个空白关键帧，会出现一个黑色轮廓的圆圈，当向该图层添加内容后，这个空心圆圈一定是一个黑色轮廓的圆圈。（　　）

5．复制帧的方法是先将帧选中，执行【编辑】→【复制】命令复制关键帧，然后在要复制的位置执行【编辑】→【粘贴】命令即可。（　　）

三、填空题

1．在时间轴特效中"效果"选项中包含了（　　）、（　　）、（　　）和（　　）四个选项。

2．时间轴特效持续的时间长度以（　　）为单位。

3．模糊特效的作用是，通过改变对象的（　　）值、（　　）或（　　），创建运动模糊特效。

四、操作题

根据本章对时间轴与帧的学习，制作一个Flash动画，效果如图2-101所示。

图2-101　Flash动画

参考答案

Flash CS3

一、选择题

1．C　　2．C　　3．B　　4．C　　5．C

二、判断题

1．错　　2．错　　3．对　　4．错　　5．对

三、填空题

1．分离　　展开　　投影　　模糊

2．帧

3．Alpha　　位置　　缩放比例

第 3 章 绘制图形

学习提要

计算机中所看到的图像都可以被归为两大类：矢量图形和位图图像。在Flash中所有直接绘制出来的图像都为矢量图。矢量图形实际上是通过数学计算绘制出来的。使用Flash中的直线和曲线工具可以直接绘制出矢量图形，再通过保存图形的颜色和位置信息使得矢量图形效果更加丰富多彩，本章将带领读者通过使用Flash中常用的各种绘图工具和命令绘制出各种效果丰富的矢量图形。

学习要点

- 绘图工具的使用
- "颜色"面板的运用

03
Chapter
3.1
3.2
3.3
3.4
3.5

3.1 绘制图形

Flash CS3

矢量图形通过带有方向的直线和曲线来描述图形。这种图形可以任意地缩放大小而不会对画质有任何影响，所以这种图形适用于界限分明，色块较大，具有图画特点的图形。而且完成的图形体积相对于位图来说要小得多。使用Flash中提供的多种绘图工具可以轻松绘制各种图形。可以将这些静态的图形制作成动态的动画，应用到互联网上。熟练掌握Flash中的各种绘图工具和绘制方法，能够有效地帮助动画制作者绘制出精美的动画元素，将设计者心中的动画创意更加完美地呈现出来。

3.1.1 绘图工具简介

1. 铅笔工具

使用铅笔工具可以绘制自由的线条，如图3-1所示。铅笔工具还提供了一个辅助选项，如图3-2所示。对于经常绘制较复杂图形的用户，尤其是用鼠标绘制的使用者，这几个功能是非常有用的。

图3-1 绘制线条　　图3-2 铅笔辅助选项

- 直线化：这是铅笔工具中功能最强的模式。它具有很强的线条形状识别能力，可以自动校正所绘线条；还可以自动识别椭圆、矩形、半圆等。
- 平滑：使用此模式绘制线条，可以自动平滑曲线，减少抖动造成

的误差，从而明显地减少线条中的碎片，达到一种平滑的线条效果。
- 墨水：使用此模式绘制的线条就是绘制过程中鼠标所经过的实际轨迹，此模式可以在很大程度上保持实际绘制出的线条形状，而只做轻微的平滑处理。

2. 钢笔工具

钢笔工具的作用是以单击或拖动来绘制连续的直线或弧线。使用钢笔工具可以绘制出效果丰富的图形，它是Flash中相对自由的绘制工具，如图3-3所示。钢笔工具"属性"面板如图3-4所示。

图3-3 钢笔绘制效果　　图3-4 钢笔"属性"面板

- 笔触颜色：选中绘制的直线，单击该图标，在弹出的颜色"样本"面板中选择颜色样本，为绘制的直线修改颜色，其颜色可以为Flash支持的纯色、渐变或位图

填充。
- 笔触高度：可以是0.25～200之间的任意数字（精确到小数点后2位）。
- 笔触样式：共有7种

外形表现形式，其中"极细"是指该线在任何比例下显示的效果均为一条细线，不发生明显的效果改变。

- 自定义 自定义... ：单击该按钮，在弹出的"笔触样式"对话框中可以对笔触做出更详细的制定，得到更多有个性的线条。

钢笔工具仅有一个辅助选项"贴紧至对象"。使用此选项后，当前后绘制的两条线段的端点接近到一定程度时，此两点将被自动连接在一起。

在绘制线段时，按住【Shift】键可以绘制出水平、垂直及45°线。按住【Alt】键，可以以开始拖动的坐标为中心点绘制线段。按【Ctrl】键，可以暂时切换到选择工具，对工作区中的对象进行选择；当放开【Ctrl】键时，又会自动切换到钢笔工具。

3. 线条工具 ✎

线条工具的作用是根据拖动动作的起、终点绘制一条线段。线条的绘制技巧同钢笔工具的使用一样。线条工具的"属性"面板如图3-5所示。其中各选项可参考钢笔工具的设置。线条工具有以下两个辅助选项。

图3-5 线条工具"属性"面板

- 对象绘制：是从Flash 8.0开始具有的功能。使用该项会使绘制的笔触都是独立成组的。
- 贴紧至对象：使用该功能后，当前后绘制的两条线段的端点接近到一定程度时，这两点将被自动连接在一起。

4. 矩形工具 ▢、椭圆工具 ◯、基本矩形工具 ▢、基本椭圆工具 ◯、多角星形工具 ◉

这几个工具在"工具箱"中是叠加在一起的，如图3-6所示。矩形工具和椭圆工具都是直接拖动产生的图形，并且可以通过"属性"面板直接对齐进行设置。基本属性与钢笔工具一致，如图3-7所示。

图3-6 绘图工具

图3-7 矩形"属性"面板

- 填充颜色：选中绘制的填充，单击该图标可以选择修改其填充。颜色可以以Flash支持的纯色、渐变或位图填充。

- 边角半径：可以分别为矩形的四个边角设置不同的半径值从而达到不同的图形效果。如图3-8所示。

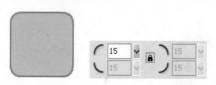

图3-8 绘制圆角矩形

椭圆工具的使用与矩形工具基本是相同的。在绘制矩形或者椭圆时，按住【Shift】键可以直接绘制正方形或正圆。按住【Alt】键可以以起始坐标为圆心绘制椭圆。

03

Chapter

3.1

3.2

3.3

3.4

3.5

多角星形工具可以绘制出边数为3～32的正多边形与星形。其中绘制星形时，"星形顶点大小"是指星形每个顶点的"锐利"程度（0～1），其值越小，星形的顶点越锋利；其值越大，星形就越向多边形靠拢。如图3-9所示。

图3-9　设置星形工具

对于绘制完成的矩形和圆形就不能再精确控制其形状的大小或边角半径的值。所以在Flash CS3中增加了"图元"的概念。所谓"图元"就是允许用户在"属性"检查器中调整其特征的图形形状。这使用户可以在创建了形状之后，任何时候都可以精确地控制形状的大小、边角半径及其他属性，而无需从头开始重新绘制。目前只有椭圆和矩形两种可用的图元。如图3-10所示。

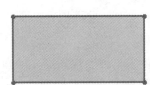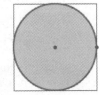

图3-10　绘制图元

3.1.2　绘制人物

熟悉了基本的技术之后，下面将通过实际的案例来进一步掌握Flash中使用绘图工具绘图的方法。

本实例最终效果图（见图3-11）：

○ **设计思路**

漂亮的动画中，使用具有个人特点的动画人物是多么美妙的事情啊，飘逸的长发，美丽的大眼睛，微微上翘的嘴唇都是那么让人激动人心。

○ **练习要求**

通过上述的学习，熟练使用Flash中各个绘图工具，掌握图形的基本属性。

图3-11　实例最终效果图

制作流程预览

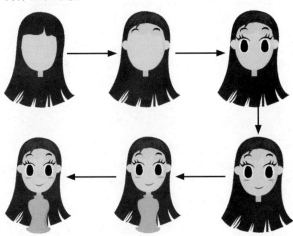

○ **制作重点**

1. 绘制图形时要注意钢笔工具的使用方法和技巧。

2. 人物的效果是由多个图层组成的。各个组成部分的层次关系要注意调整。

3. 两个直接绘制的图形会自动产生加减操作，在制作不相关图形时要注意这个问题，可以使用"对象绘制"按钮。

Step 01 执行【文件】→【新建】命令，新建一个Flash文档，如图3-12所示，单击"属性"面板上的"文档属性"按钮，在弹出的"文档属性"对话框中设置"尺寸"为190像素×280像素，"背景颜色"为#FFFFFF，帧频为12fps，其他设置如图3-13所示。

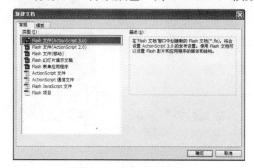

图3-12 新建Flash文档

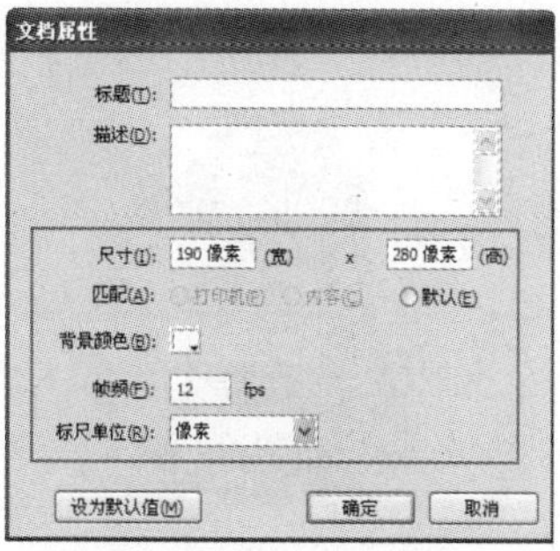

图3-13 设置文档属性

Step 02 单击"工具箱"中的"钢笔工具"按钮，设置其"属性"面板上的"笔触颜色"为#FF0000，"笔触高度"为1，"笔触样式"为"实线"，如图3-14所示，在场景中绘制人物头发的轮廓，如图3-15所示。

图3-14 "属性"面板

Step 03 单击"工具箱"中的"颜料桶工具"按钮，设置其"属性"面板上的"填充颜色"为#6B0C60，在刚刚绘制的路径中单击并填充颜色，如图3-16所示。单击"工具箱"中的"选择工具"按钮，选择绘制的路径，按【Del】键，将路径删除，如图3-17所示。

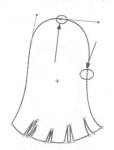

图3-15 绘制路径

图3-16 填充路径

图3-17 删除路径

Step 04 单击"时间轴"面板上的"插入图层"按钮，新建"图层2"。单击"工具箱"中的"钢笔工具"按钮，设置其"属性"面板上的"笔触颜色"为#FF0000，"笔触高度"为1，"笔触样式"为"实线"，如图3-18所示，在场景中绘制人物脸部的轮廓，如图3-19所示。

Step 05 单击"工具箱"中的"颜料桶工具"按钮，设置其"属性"面板上的"填充颜色"为#FFE6C9，在刚刚绘制的路径中单击并填充颜色，如图3-20所示。单击"工具箱"中的"选择工具"按钮，选择绘制的路径，按【Del】键将路径删除，如图3-21所示。

03

Chapter

3.1

3.2

3.3

3.4

3.5

图3-18 "属性"面板

图3-19 绘制路径

图3-20 填充路径

图3-21 删除路径

Step 06 单击"时间轴"面板上的"插入图层"按钮,新建"图层3"。使用"钢笔工具"绘制人物脸部阴影的轮廓,如图3-22所示。单击"工具箱"中的"颜料桶工具"按钮,设置其"属性"面板上的"填充颜色"为#FFDEB8,在刚刚绘制的路径中单击并填充颜色。单击"工具箱"中的"选择工具"按钮,选择绘制的路径,按【Del】键,将路径删除,图像效果如图3-23所示。

Step 07 单击"时间轴"面板上的"插入图层"按钮,新建"图层4"。单击"工具箱"中的"椭圆工具"按钮,设置其"属性"面板上的"笔触颜色"为无,"填充颜色"为#FFE6C9,如图3-24所示,在场景中绘制一个椭圆,如图3-25所示。

图3-24 "属性"面板

图3-22 绘制路径

图3-23 图像效果

图3-25 绘制椭圆

Step 08 单击"工具箱"中的"选择工具"按钮,将椭圆的右半部分选中,如图3-26所示,按【Del】键,将选中的部分删除,并移动椭圆剩下的部分,如图3-27所示。单击"时间轴"面板上的"插入图层"按钮,新建"图层5",使用同样方法绘制另一侧的椭圆,图像效果如图3-28所示。

图3-26 选中椭圆

图3-27 移动图形位置

图3-28 图像效果

<table>
<tr><td>

Step **09** 单击"时间轴"面板上的"插入图层"按钮，新建"图层6"。单击"工具箱"中的"椭圆工具"按钮 ⊙，设置其"属性"面板上的"笔触颜色"为无，"填充颜色"为#000000，如图3-29所示。在场景中绘制一个椭圆，如图3-30所示。

</td><td>

Step **10** 再次单击"工具箱"中的"椭圆工具"按钮 ⊙，设置其"属性"面板上的"笔触颜色"为无，"填充颜色"为#FF0000，如图3-31所示。在刚刚绘制的椭圆下方绘制一个大一些的椭圆，如图3-32所示。

</td></tr>
</table>

图3-29 "属性"面板

图3-31 "属性"面板

图3-30 绘制椭圆

图3-32 绘制椭圆

Step **11** 使用"选择工具"选中"填充颜色"为#FF0000的椭圆，按【Del】键将其删除，如图3-33所示。使用"选择工具"调整椭圆剩下的部分，调整后的图形效果如图3-34所示。单击"时间轴"面板上的"插入图层"按钮，新建"图层7"，使用同样方法绘制另一侧的椭圆并进行调整，调整后的图像效果如图3-35所示。

图3-33 图形效果

图3-34 图形效果

图3-35 绘制另一个椭圆

Step **12** 单击"时间轴"面板上的"插入图层"按钮，新建"图层8"，使用"钢笔工具"绘制人物头发光亮部分的轮廓，如图3-36所示。单击"工具箱"中的"颜料桶工具"按钮 ⊙，设置其"属性"面板上的"填充颜色"为#8F1080，在刚刚绘制的路径中单击并填充颜色。单击"工具箱"中的"选择工具"按钮 ▶，选择绘制的路径，按【Del】键，将路径删除，图像效果如图3-37所示。

Step **13** 单击"时间轴"面板上的"插入图层"按钮，新建"图层9"，单击"工具箱"中的"钢笔工具"按钮 ◊，设置其"属性"面板上的"笔触颜色"为#FF0000，"笔触高度"为1，"笔触样式"为"实线"，如图3-38所示，在场景中绘制人物眉部的轮廓，如图3-39所示。

Flash CS3中文版入门实战与提高

03

Chapter

3.1

3.2

3.3

3.4

3.5

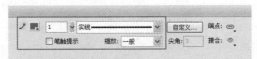

图3-36 绘制路径　　图3-37 图像效果　　　　　　图3-38 "属性"面板　　　　　　图3-39 绘制路径

Step **14** 单击"工具箱"中的"颜料桶工具"按钮，设置其"属性"面板上的"填充颜色"为#000000，在刚刚绘制的路径中单击并填充颜色，如图3-40所示。单击"工具箱"中的"选择工具"按钮，选择绘制的路径，按【Del】键，将路径删除，图像效果如图3-41所示。

Step **15** 单击"时间轴"面板上的"插入图层"按钮，新建"图层10"，使用"钢笔工具"绘制人物另一侧眼眉部分的轮廓，如图3-42所示。单击"工具箱"中的"颜料桶工具"按钮，设置其"属性"面板上的"填充颜色"为#000000，在刚刚绘制的路径中单击并填充颜色。单击"工具箱"中的"选择工具"按钮，选择绘制的路径，按【Del】键，将路径删除，图像效果如图3-43所示。

图3-40 填充路径　　　图3-41 删除路径

图3-42 绘制路径　　　图3-43 图像效果

Step **16** 单击"时间轴"面板上的"插入图层"按钮，新建"图层11"，单击"工具箱"中的"椭圆工具"按钮，设置其"属性"面板上的"笔触颜色"为无，"填充颜色"为#FFFFFF，如图3-44所示。在场景中绘制一个椭圆，如图3-45所示。

Step **17** 使用"选择工具"调整刚刚绘制的椭圆，调整至如图3-46所示的形状，单击"时间轴"面板上的"插入图层"按钮，新建"图层12"，使用同样方法绘制另一侧的椭圆并调整椭圆的形状，图形效果如图3-47所示。

图3-44 "属性"面板

图3-45 绘制椭圆

图3-46 调整椭圆形状　　　图3-47 图形效果

Step 18 单击"时间轴"面板上的"插入图层"按钮，新建"图层13"，单击"工具箱"中的"椭圆工具"按钮◎，设置其"属性"面板上的"笔触颜色"为无，"填充颜色"为#000000，如图3-48所示。在场景中绘制一个椭圆，如图3-49所示。

Step 19 使用"选择工具"调整刚刚绘制的椭圆，调整至如图3-50所示的形状，单击"时间轴"面板上的"插入图层"按钮，新建"图层14"，使用同样方法绘制另一侧的椭圆并调整椭圆的形状，图形效果如图3-51所示。

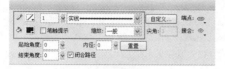

图3-48 "属性"面板

图3-49 绘制椭圆

图3-50 调整椭圆形状

图3-51 图形效果

Step 20 单击"时间轴"面板上的"插入图层"按钮，新建"图层15"，单击"工具箱"中的"椭圆工具"按钮◎，设置其"属性"面板上的"笔触颜色"为无，"填充颜色"为#FF9C9C，如图3-52所示。在场景中绘制一个椭圆，如图3-53所示。单击"时间轴"面板上的"插入图层"按钮，新建"图层16"，使用同样方法绘制另一侧的椭圆，如图3-54所示。

图3-52 "属性"面板

图3-53 绘制椭圆

图3-54 绘制其他椭圆

Step 21 单击"时间轴"面板上的"插入图层"按钮，新建"图层17"，单击"工具箱"中的"钢笔工具"按钮◎，设置其"属性"面板上的"笔触颜色"为#FF9900，"笔触高度"为1，"笔触样式"为"实线"，如图3-55所示，在场景中绘制人物眉部的轮廓，如图3-56所示。

Step 22 单击"工具箱"中的"颜料桶工具"按钮◎，设置其"属性"面板上的"填充颜色"为#EF5454，在刚刚绘制的路径中单击并填充颜色，如图3-57所示。单击"工具箱"中的"选择工具"按钮◎，选择绘制的路径，按【Del】键，将路径删除，图像效果如图3-58所示。

Flash CS3中文版入门实战与提高

03
Chapter

3.1
3.2
3.3
3.4
3.5

图3-55 "属性"面板

图3-57 填充路径

图3-58 删除路径

图3-56 绘制路径

Step 23 单击"时间轴"面板上的"插入图层"按钮，新建"图层18"，单击"工具箱"中的"矩形工具"按钮，设置其"属性"面板上的"笔触颜色"为无，"填充颜色"为#FFD3A1，如图3-59所示。在场景中绘制一个矩形，如图3-60所示。选中"图层18"，将该图层调至"图层2"的下方。

Step 24 选中第17帧，单击"时间轴"面板上的"插入图层"按钮，新建"图层19"，单击"工具箱"中的"钢笔工具"按钮，设置其"属性"面板上的"笔触颜色"为#FF9900，"笔触高度"为1，"笔触样式"为"实线"，如图3-61所示，在场景中绘制人物衣服的轮廓，如图3-62所示。

图3-59 "属性"面板

图3-61 "属性"面板

图3-60 绘制矩形

图3-62 绘制路径

Step 25 单击"工具箱"中的"颜料桶工具"按钮，设置其"属性"面板上的"填充颜色"为#F0AD05，在刚刚绘制的路径中单击并填充颜色，如图3-63所示。单击"工具箱"中的"选择工具"按钮，选择绘制的路径，按【Del】键，将路径删除，如图3-64所示。

Step 26 单击"时间轴"面板上的"插入图层"按钮，新建"图层20"，单击"工具箱"中的"钢笔工具"按钮，设置其"属性"面板上的"笔触颜色"为#FF9900，"笔触高度"为1，"笔触样式"为"实线"，如图3-65所示，在场景中绘制人物衣服的轮廓，如图3-66所示。

图3-63 填充路径

图3-65 "属性"面板

图3-64 删除路径

图3-66 绘制路径

Step 27 单击"工具箱"中的"颜料桶工具"按钮，设置其"属性"面板上的"填充颜色"为#F0AD05，在刚刚绘制的路径中单击并填充颜色，如图3-67所示。单击"工具箱"中的"选择工具"按钮，选择绘制的路径，按【Del】键，将路径删除，如图3-68所示。

Step 28 执行【文件】→【保存】命令，将动画保存为3-1-2.fla文件，完成动画制作。同时按【Ctrl+Enter】组合键测试动画，预览效果如图3-69所示。

图3-69 预览效果

图3-67 填充路径

图3-68 删除路径

3.2 编辑图形

Flash CS3

任何情况下的绘图都不会一次就能满足动画制作的需要，所以对已经绘制完成的图形进行编辑是不可避免的事情。使用"选择工具"可以实现对图形的选择和复制等操作，以下具体介绍各个工具的使用。

03
Chapter
3.1
3.2
3.3
3.4
3.5

3.2.1 选择类工具的使用

在Flash中绘制出的图形往往无法一次性满足需求，这时就需要选中对象，对其进行修改。选择工具共有三种：选择工具、部分选取工具和套索工具。它们都有共同的特点，即在"属性"面板上没有与之相对应的特有的"属性"。

1. 选择工具

使用选择工具可以选中图形中的一个对象或同时选中多个对象。对于打散的对象，还可以用选择工具选中它的一部分。

● 单选：单击要选择的对象，可选中单个对象。所选中的群组、元件或位图显示轮廓，如图3-70所示。而打散为填充与线条的对象会以反白显示，如图3-71所示。

图3-70 选中位图和群组

图3-71 选中对象

● 多选：在Flash中，可以通过拖动出选框的方法将选框所包围的选区内的所有对象选中，如图3-72所示。对于已经打散为填充与线条的对象，拖出的矩形框可以选中它所包含的部分，如图3-73所示。

图3-72 选中多个对象　　　　图3-73 选中图形部分

要选择场景中多个对象时，按住【Shift】键，同时在选择对象上单击，就可以将对象逐个选择。如果选错了不需要的对象，也可以按住【Shift】键单击不需要的对象减选。

2. 部分选取工具

部分选取工具与选择工具的功能非常相似，但使用部分选取工具不能通过拖动选中所包围的对象。而且使用部分选取工具单击打散为线条与填充的对象时，图形边缘出现节点，方便对图形进行调整。如图3-74所示。拖动选中要编辑的节点也是一种比较好的方法。如图3-75所示。

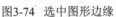

图3-74 选中图形边缘　　　　图3-75 选中节点

要选择场景中多个对象时，按住【Shift】键，同时在要选择的对象上单击，可以将对象逐个选择。如果选错不需要的对象，也可以按住【Shift】键，单击不需要的对象减选。

3. 套索工具

套索工具是Flash中惟一专门用于选择的工具，使用套索工具可以选中图形的部分，使用其辅助的选项可以让图形的选择更加自由。

4. 魔术棒

魔术棒的运用主要针对场景中打散的位图。在图形上单击即可选中该图形相连的颜色相近的区域。如图3-76所示。可以单击魔术棒设置按钮，对魔术棒的阈值进行设置，如图3-77所示。从而选中更多颜色相近的区域。

"阈值"设定了选区颜色的近似范围。阈值越大，并入的近似颜色越多，选择范围越大。如图3-78和3-79所示，分别为

阈值设置为5和60时选择白色区域的结果，显然阈值越大，选择范围越大。

图3-76　使用魔术棒

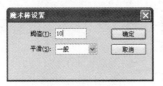
图3-77　设置阈值

图3-78　阈值为5

图3-79　阈值为60

"平滑"下拉列表框中共有4种模式：像素、粗略、一般和平滑。它们分别代表了用魔术棒选中的区域边缘的平滑程度，像素是最不平滑的方式，然后依次为粗略、一般，最平滑的方式为平滑。

另外套索工具还提供了一种多边形模式可以使用，该模式是以单击确定多边形顶点的选取方式。单击增加一个节点，双击则确定选区结束选取。

3.2.2　编辑图形的应用

了解了Flash中的基本绘图工具后，下面将通过实际的案例来进一步使用绘图工具对图像进行编辑操作。

本实例最终效果图（见图3-80）：

○ **设计思路**

蓝天上漂浮着朵朵白云，多么让人心旷神怡。白云下那粉红色的屋顶和原木制作的小屋是那么的协调。空气中到处洋溢着快乐、轻松的氛围。

○ **练习要求**

通过上述的学习，结合各种绘图工具，体会在绘制Flash场景中选择工具的使用方法和技巧。

制作流程预览

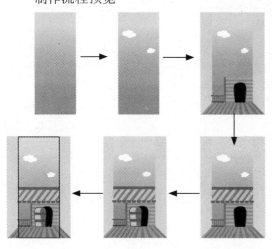

图3-80　实例最终效果图

○ **制作重点**

1. 绘制场景时，注意使用颜料桶工具调整渐变方向及效果的方法。

2. 制作地板和墙面时，注意复制图形的方法和技巧。

03
Chapter

3.1

3.2

3.3

3.4

3.5

Step 01 执行【文件】→【新建】命令,弹出"新建文档"对话框,单击【确定】按钮,新建一个Flash文档,如图3-81所示。单击"属性"面板上的"文档属性"按钮,在弹出的"文档属性"对话框中设置"尺寸"为250像素×600像素,"背景颜色"为#FFFFFF,"帧频"为30fps,如图3-82所示。

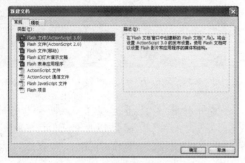

图3-81 新建Flash文档

图3-82 文档属性

Step 02 单击"工具箱"中的"矩形工具"按钮,执行【窗口】→【颜色】命令,打开"颜色"面板,设置从Alpha值为100%的#C0F3FE到Alpha值为100%的#0AB7EF的线性渐变效果,"颜色"面板如图3-83所示,在场景中绘制一个尺寸为250像素×600像素的矩形,单击"工具箱"中的"渐变变形工具"按钮,调整渐变的角度,场景效果如图3-84所示。

图3-83 "颜色"面板

图3-84 场景效果1

Step 03 单击"时间轴"面板上的"插入图层"按钮,新建"图层2",单击"工具箱"中的"刷子工具"按钮,设置其"属性"面板上的"填充颜色"为#FFFFFF,"平滑"值为50,"属性"面板如图3-85所示,在场景中绘制如图3-86所示的图形。用同样的制作方法在"图层3"中绘制图形,完成后的场景效果如图3-87所示。

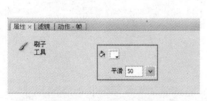

图3-85 "属性"面板

图3-86 场景效果2

图3-87 场景效果3

Step 04 单击"时间轴"面板上的"插入图层"按钮,新建"图层4",单击"工具箱"中的"矩形工具"按钮,设置其"属性"面板上的"笔触颜色"为无,"填充颜色"为#C9A885,"属性"面板如图3-88所示,在场景中绘制如图3-89所示的矩形,单击"工具箱"中的"任意变形工具"按钮,按【Ctrl】键调整刚刚绘制的矩形,调整后的图形如图3-90所示。

图3-88 "属性"面板

图3-89 场景效果4

图3-90 场景效果5

Step 05 单击"时间轴"面板上的"插入图层"按钮，新建"图层5"，单击"工具箱"中的"矩形工具"按钮，设置其"属性"面板上的"笔触颜色"为无，"填充颜色"为#AD865B，"属性"面板如图3-91所示，在场景中绘制如图3-92所示的矩形，单击"工具箱"中的"任意变形工具"按钮，按住【Ctrl】键调整图形，完成后的图形如图3-93所示。

图3-91 "属性"面板

图3-92 场景效果6

图3-93 场景效果7

Step 06 用步骤05的制作方法，绘制其他矩形并调整矩形，完成后的场景效果如图3-94所示。单击"时间轴"面板上的"插入图层"按钮，新建"图层6"，单击"工具箱"中的"矩形工具"按钮，设置其"属性"面板上的"笔触颜色"为无，"填充颜色"为#4C3D2A，在场景中绘制如图3-95所示的矩形。

Step 07 单击"时间轴"面板上的"插入图层"按钮，新建"图层7"，单击"矩形工具"，设置其"属性"面板上的"笔触颜色"为无，"填充颜色"为#856139，"属性"面板如图3-96所示，在场景中绘制如图3-97所示的矩形。

图3-94 场景效果8

图3-96 "属性"面板

图3-95 场景效果9

图3-97 场景效果10

Step 08 单击"时间轴"面板上的"插入图层"按钮，新建"图层8"，单击"矩形工具"，执行【窗口】→【颜色】命令，打开"颜色"面板，设置从Alpha值为100%的#6E532A到Alpha值为100%的#B29871，再到Alpha值为100%的#6E532A的线性渐变效果，"颜色"面板如图3-98所示，在场景中绘制如图3-99所示的矩形。用同样的方法绘制其他矩形，完成后的场景效果如图3-100所示。

Flash CS3中文版入门实战与提高

03

Chapter

3.1

3.2

3.3

3.4

3.5

图3-98 "颜色"面板

图3-99 场景效果11　　　　　图3-100 场景效果12

Step 09 单击"时间轴"面板上的"插入图层"按钮，新建"图层9"，单击"工具箱"中的"矩形工具"按钮，设置其"属性"面板上的"笔触颜色"为无，"填充颜色"为#BDA282，"属性"面板如图3-101所示，在场景中绘制如图3-102所示的矩形，单击"工具箱"中的"任意变形工具"按钮，按住【Ctrl】键调整场景中的矩形，调整矩形后的场景效果如图3-103所示。

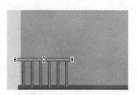

图3-101 "属性"面板　　　　图3-102 场景效果13　　　　图3-103 场景效果14

Step 10 单击"时间轴"面板上的"插入图层"按钮，新建"图层10"，单击"工具箱"中的"矩形工具"按钮，设置其"属性"面板中的"笔触颜色"为无，"填充颜色"为#735B3F，"属性"面板如图3-104所示，在场景中绘制一个尺寸为82像素×4像素的矩形，场景效果如图3-105所示。

图3-104 "属性"面板　　　　　　　图3-105 场景效果15

Step 11 单击"时间轴"面板上的"插入图层"按钮，新建"图层11"，使用"矩形工具"，设置其"属性"面板上的"笔触颜色"为无，"填充颜色"为#E0BC94，在场景中绘制一个尺寸为178像素×148像素的矩形，场景效果如图3-106所示，单击"时间轴"面板上的"插入图层"按钮，新建"图层12"，单击"矩形工具"，设置其"属性"面板上的"笔触颜色"为无，"填充颜色"为#C99C6A，在场景中绘制一个尺寸为178像素×9.5像素的矩形，场景效果如图3-107所示，用同样的方法绘制其他矩形，最终的场景效果如图3-108所示。

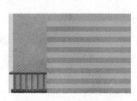

图3-106 场景效果16　　　　图3-107 场景效果17　　　　图3-108 场景效果18

Step 12　单击"时间轴"面板上的"插入图层"按钮，新建"图层13"，单击"工具箱"中的"矩形工具"按钮，设置其"属性"面板上的"笔触颜色"为无，"填充颜色"为#A17F59，在场景中绘制一个尺寸为9像素×150像素的矩形，场景效果如图3-109所示，再次设置"属性"面板上的"笔触颜色"为无，"填充颜色"为#735B3F，在场景中绘制一个尺寸为2像素×150像素的矩形，场景效果如图3-110所示。

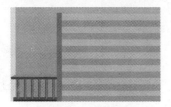

图3-109　场景效果19

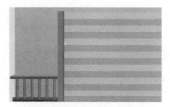

图3-110　场景效果20

Step 13　单击"时间轴"面板上的"插入图层"按钮，新建"图层14"，单击"工具箱"中的"钢笔工具"按钮，设置其"属性"面板上的"笔触颜色"为#A17F59，"笔触高度"为3，"笔触样式"为"实线"，"属性"面板如图3-111所示，在场景中绘制如图3-112所示的路径。

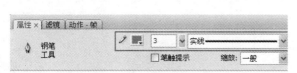

图3-111　"属性"面板

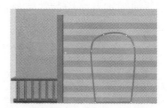

图3-112　场景效果21

Step 14　单击"工具箱"中的"颜料桶工具"按钮，设置其"属性"面板上的"填充颜色"为#A17F59，"属性"面板如图3-113所示，在刚刚绘制的路径中单击，场景效果如图3-114所示。用同样的制作方法在"图层15"中绘制图形，场景效果如图3-115所示。

图3-113　"属性"面板

图3-114　场景效果22

图3-115　场景效果23

Step 15　单击"时间轴"面板上的"插入图层"按钮，新建"图层16"，单击"工具箱"中的"矩形工具"按钮，设置其"属性"面板上的"笔触颜色"为无，"填充颜色"为#FF6666，"属性"面板如图3-116所示，在场景中绘制一个尺寸为250像素×75像素的矩形，场景效果如图3-117所示。

图3-116　"属性"面板

图3-117　场景效果24

03

Chapter

3.1

3.2

3.3

3.4

3.5

Step 16 单击"时间轴"面板上的"插入图层"按钮，新建"图层17"，单击"工具箱"中的"线条工具"按钮 \，设置其"属性"面板上的"笔触颜色"为#FFCCCC，"笔触高度"为10，"笔触样式"为"实线"，"属性"面板如图3-118所示，在场景中绘制一条如图3-119所示的线条。用同样的方法绘制其他线条，最终场景效果如图3-120所示。

图3-118 "属性"面板　　　　图3-119 场景效果25　　图3-120 场景效果26

Step 17 单击"时间轴"面板上的"插入图层"按钮，新建"图层18"，单击"工具箱"中的"椭圆工具"按钮 ⬭，设置其"属性"面板上的"笔触颜色"为#FFCCCC，"笔触高度"为2，"笔触样式"为"实线"，"填充颜色"为#FF0066，"属性"面板如图3-121所示，按住【Shift】键在场景中绘制一个正圆，场景效果如图3-122所示。用同样的制作方法绘制其他圆，最终场景效果如图3-123所示。

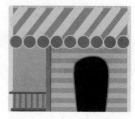

图3-121 "属性"面板　　　　图3-122 场景效果27　　图3-123 场景效果28

Step 18 单击"工具箱"中的"橡皮擦工具"按钮 ⌫，设置"工具箱"底部的"橡皮擦模式"为"标准擦除"，"橡皮擦形状"为第五个，工具箱如图3-124所示，设置"橡皮擦模式"如图3-125所示，设置"橡皮擦形状"如图3-126所示，将其他图层锁定，在场景中将多余部分擦除，擦除后的场景效果如图3-127所示。

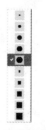

图3-124 工具箱　　图3-125 设置橡皮擦模式　　图3-126 设置橡皮擦形状　　图3-127 场景效果29

Step 19 单击"时间轴"面板上的"插入图层"按钮，新建"图层19"，单击"工具箱"中的"矩形工具"按钮，设置其"属性"面板上的"笔触颜色"为无，"填充颜色"为#FF0066，"属性"面板如图3-128所示，在场景中绘制一个尺寸为250像素×16像素的矩形，场景效果如图3-129所示。

图3-128 "属性"面板

图3-129 场景效果30

Step 20 单击"时间轴"面板上的"插入图层"按钮，新建"图层20"，单击"工具箱"中的"钢笔工具"按钮，设置其"属性"面板上的"笔触颜色"为#DF0000，"笔触高度"为4，"笔触样式"为"实线"，"属性"面板如图3-130所示，在场景中绘制如图3-131所示的路径。

图3-130 "属性"面板

图3-131 场景效果31

Step 21 单击"时间轴"面板上的"插入图层"按钮，新建"图层21"，单击"工具箱"中的"矩形工具"按钮，设置其"属性"面板上的"笔触颜色"为无，"填充颜色"为#DF0000，"属性"面板如图3-132所示，在场景中绘制一个如图3-133所示的矩形，用同样的方法再绘制一个矩形，场景效果如图3-134所示。

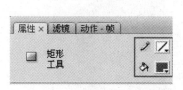

图3-132 "属性"面板

图3-133 场景效果32

图3-134 场景效果33

Step 22 单击"时间轴"面板上的"插入图层"按钮，新建"图层22"，单击"工具箱"中的"钢笔工具"按钮，设置其"属性"面板上的"笔触颜色"Alpha值为50%的#FDFFE8，"笔触高度"为4，"笔触样式"为"实线"，"属性"面板如图3-135所示，在场景中绘制如图3-136所示的路径。

图3-135 "属性"面板

图3-136 场景效果34

Flash CS3中文版入门实战与提高

03

Chapter

3.1

3.2

3.3

3.4

3.5

Step 23 单击"工具箱"中的"颜料桶工具"按钮，设置其"属性"面板上的"填充颜色"Alpha值为50%的#FDFFE8，"属性"面板如图3-137所示，在刚刚绘制的路径中单击，场景效果如图3-138所示。将"图层22"拖到"图层20"的下边，"时间轴"面板如图3-139所示。

图3-137 "属性"面板

图3-138 场景效果35

图3-139 "时间轴"面板

Step 24 单击"时间轴"面板上的"插入图层"按钮，新建"图层23"，单击"工具箱"中的"矩形工具"按钮，设置其"属性"面板上的"笔触颜色"为#000000，"填充颜色"为无，"属性"面板如图3-140所示，在场景中绘制一个尺寸为250像素×600像素的矩形，场景效果如图3-141所示。

图3-140 "属性"面板

图3-141 场景效果36

Step 25 执行【文件】→【保存】命令，将动画保存为3-2-2.fla文件。同时按【Ctrl+Enter】组合键测试动画，预览效果如图3-142所示。

图3-142 预览效果

3.3 修饰图形

Flash CS3

绘 制完图形后，常常为了达到更好的效果，会使用渐变等工具对图形进行修饰，以增加图形的空间立体感。通过修饰图形还可以实现一些其他效果，如水晶效果、金属效果等。

3.3.1 填充类工具的使用

使用填充类工具可以帮助用户绘制出更多效果丰富的图形，填充类工具可以分为颜料桶工具、墨水瓶工具和渐变变形工具。

1．颜料桶工具

颜料桶工具可以改变填充的样式。它有空隙大小和锁定填充两个辅助选项。

1）空隙大小：在Flash中很多时候绘制的草稿的线条或填充间都有空隙，有时一个很小的空隙是肉眼难以发现的，但是却会影响填充效果。改变该选项设置，将决定线条间有多大空隙时能够填充填充色。

空隙大小设置有四个选项，如图3-143所示。

图3-143 填充空隙设置

- 不封闭空隙：只有完全闭合的区域能够填充颜色。
- 封闭小空隙：当线条间留有小空隙时也能填充颜色。
- 封闭中等空隙：当线条间留有中等空隙时也能填充颜色。
- 封闭大空隙：当线条间有大空隙时也能填充颜色，但比较狭窄的边角就不能填充颜色了。

2）锁定填充：锁定选项针对填充为非纯色时的填充连贯性。不选中该选项时，即使填充色相同，每次填充出的渐变色也会相互独立。当激活此选项时，在同种填充色下的填充会相互融合。

2．墨水瓶工具

墨水瓶工具的功能是为图形的边线进行填充。墨水瓶工具只有其属性的设置。并且墨水瓶的颜色可以设置为纯色、渐变和图案。

3．渐变变形工具

渐变变形工具用于改变渐变填充的形状，主要是针对线性填充、放射性填充和位图填充。如图3-144所示。

图3-144 渐变变形工具的使用

3.3.2 使用填充工具

掌握了对图像的编辑后，下面通过学习掌握Flash使用填充类工具对图形进行修饰的方法。

本实例最终效果图（见图3-145）：

⊙ **设计思路**

　艺术家坐在椅子怡然自得，微微向上的桌子腿狂放不羁，纯银的咖啡壶，微微放光的瓷器，品味在一刹那间流露出来，生活就该是如此。

⊙ **练习要求**

　通过上述学习，使用绘图工具和编辑工具结合填充类工具表现出图形的质感效果。

图3-145 实例最终效果图

制作流程预览

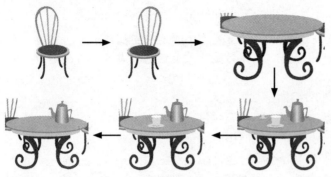

03

Chapter

3.1

3.2

3.3

3.4

3.5

○ **制作重点**

1. 绘制椅子靠背时，为了避免出现错误，可以使用"对象绘制"模式。

2. 使用渐变工具对图形填充时，可以按住【Shift】键拖动填充，实现直线渐变效果。

Step **01** 执行【文件】→【新建】命令，新建一个Flash文档，如图3-146所示，单击"属性"面板上的"文档属性"按钮，在弹出的"文档属性"对话框中设置"尺寸"为260像素×200像素，"背景颜色"为#FFFFFF，帧频为12fps，其他设置如图3-147所示。

图3-146　新建Flash文档

图3-147　设置文档属性

Step **02** 单击"工具箱"中的"钢笔工具"按钮，设置其"属性"面板上的"笔触颜色"为#FF0000，"笔触高度"为1，"笔触样式"为"实线"，如图3-148所示，在场景中绘制椅子背部的轮廓，如图3-149所示。

图3-148　"属性"面板

图3-149　绘制路径

Step **03** 单击"工具箱"中的"颜料桶工具"按钮，设置其"属性"面板上的"填充颜色"为#AB9AA2，在刚刚绘制的路径中单击并填充颜色，如图3-150所示。单击"工具箱"中的"选择工具"按钮，选择绘制的路径，按【Del】键，将路径删除，如图3-151所示。

图3-150　填充路径

图3-151　删除路径

Step 04 单击"时间轴"面板上的"插入图层"按钮，新建"图层2"。单击"工具箱"中的"矩形工具"按钮，设置其"属性"面板上的"笔触颜色"为无，"填充颜色"为#CFBAC4，如图3-152所示，在场景的适当位置绘制一个矩形，如图3-153所示，使用选择工具将刚刚绘制的矩形调整至如图3-154所示的形状。

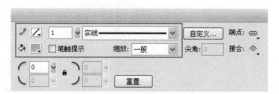

图3-152　"属性"面板

图3-153　绘制矩形

图3-154　调整矩形形状

Step 05 分别单击"时间轴"面板上的"插入图层"按钮，新建"图层3"和"图层4"。依次在各图层上绘制矩形，如图3-155所示，并使用"选择工具"调整各矩形的形状，如图3-156所示。

Step 06 将"时间轴"面板上的"图层2"、"图层3"、"图层4"拖至"图层1"下方，场景效果如图3-157所示。选中"图层1"，单击"时间轴"面板上的"插入图层"按钮，新建"图层5"。单击"工具箱"中的"椭圆工具"按钮，设置其"属性"面板上的"笔触颜色"为无，"填充颜色"为#AB9AA2，在场景中绘制一个椭圆，如图3-158所示。

图3-155　绘制矩形

图3-156　调整矩形形状

图3-157　场景效果

图3-158　绘制椭圆

Step 07 使用"工具箱"中的"选择工具"调整刚刚绘制的椭圆至如图3-159所示的形状。单击"时间轴"面板上的"插入图层"按钮，新建"图层6"。单击"工具箱"中的"矩形工具"按钮，设置其"属性"面板上的"笔触颜色"为无，"填充颜色"为#EDD5E1，如图3-160所示，在场景中绘制一个椭圆，如图3-161所示。

图3-159　调整椭圆形状

图3-160　"属性"面板

图3-161　绘制椭圆

Flash CS3中文版入门实战与提高

03

Chapter

3.1

3.2

3.3

3.4

3.5

Step 08 单击"时间轴"面板上的"插入图层"按钮，新建"图层7"。单击"工具箱"中的"矩形工具"按钮，设置其"属性"面板上的"笔触颜色"为无，"填充颜色"为#B53E78，如图3-162所示，在场景中绘制一个椭圆，如图3-163所示。

图3-162 "属性"面板

图3-163 绘制椭圆

Step 10 单击"工具箱"中的"颜料桶工具"按钮，设置其"属性"面板上的"填充颜色"为#7A2A51，在刚刚绘制的路径中单击并填充颜色，如图3-166所示。单击"工具箱"中的"选择工具"按钮，选择绘制的路径，按【Del】键，将路径删除，如图3-167所示。

图3-166 填充路径　　图3-167 删除路径

Step 12 单击"工具箱"中的"选择工具"按钮，将场景中绘制的图形全部选中，如图3-170所示，执行【编辑】→【直接复制】命令，复制一个同样的椅子图形，使用"任意变形工具"将直接复制后得到的图形变形并调整至场景的适当位置，如图3-171所示。

Step 09 单击"时间轴"面板上的"插入图层"按钮，新建"图层8"。单击"工具箱"中的"钢笔工具"按钮，设置其"属性"面板上的"笔触颜色"为#FF0000，"笔触高度"为1，"笔触样式"为"实线"，如图3-164所示，在场景中绘制椅子背部的轮廓，如图3-165所示。

图3-164 "属性"面板

图3-165 绘制路径

Step 11 分别单击"时间轴"面板上的"插入图层"按钮，新建"图层9"、"图层10"、"图层11"，使用同样方法绘制椅子的其他部分，如图3-168所示。选中"图层8"、"图层9"、"图层10"、"图层11"拖至"图层5"下方，场景效果如图3-169所示。

图3-168 绘制椅子其他部分　　图3-169 场景效果

Step 13 选中"图层7"，单击"时间轴"面板上的"插入图层"按钮，在"图层7"上新建"图层12"，单击"工具箱"中的"钢笔工具"按钮，设置其"属性"面板上的"笔触颜色"为#33CC00，"笔触高度"为1，"笔触样式"为"实线"，如图3-172所示，在场景中绘制桌子底部的轮廓，如图3-173所示。

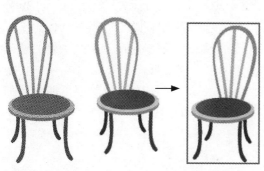

图3-170 选中图形　　图3-171 复制并调整图形

图3-172 "属性"面板

图3-173 绘制路径

单击"工具箱"中的"颜料桶工具"按钮，设置其"属性"面板上的"填充颜色"为#7A2A51，在刚刚绘制的路径中单击并填充颜色，如图3-174所示。单击"工具箱"中的"选择工具"按钮，选择绘制的路径，按【Del】键，将路径删除，如图3-175所示。

单击"时间轴"面板上"插入图层"按钮，新建"图层13"，使用"钢笔工具"绘制人物脸部阴影的轮廓，如图3-176所示。单击"工具箱"中的"颜料桶工具"按钮，设置其"属性"面板上的"填充颜色"为#FFDEB8，在刚刚绘制的路径中单击并填充颜色。单击"工具箱"中的"选择工具"按钮，选择绘制的路径，按【Del】键，将路径删除，场景效果如图3-177所示。

图3-176 绘制路径

图3-174 填充路径

图3-175 删除路径

图3-177 场景效果

03

Chapter

3.1

3.2

3.3

3.4

3.5

Step 16 单击"时间轴"面板上的"插入图层"按钮，新建"图层14"，设置其"属性"面板上的"笔触颜色"为无，"填充颜色"为#E0E0E0，在场景的适当位置绘制一个矩形，如图3-178所示，使用"选择工具"将刚刚绘制的矩形调整至如图3-179所示的形状。

图3-178 绘制矩形

图3-179 调整矩形形状

Step 18 单击"时间轴"面板上的"插入图层"按钮，新建"图层16"，单击"工具箱"中的"矩形工具"按钮，设置其"属性"面板上的"笔触颜色"为无，"填充颜色"为#E8C2AE，如图3-182所示，在场景中绘制一个椭圆，如图3-183所示。

图3-182 "属性"面板

图3-183 绘制椭圆

Step 17 单击"时间轴"面板上的"插入图层"按钮，新建"图层15"，设置其"属性"面板上的"笔触颜色"为无，"填充颜色"为#D19A7D，在场景的适当位置绘制一个矩形，如图3-180所示，使用"选择工具"将刚刚绘制的矩形调整至如图3-181所示的形状。

图3-180 绘制矩形

图3-181 调整矩形形状

Step 19 单击"时间轴"面板上的"插入图层"按钮，新建"图层17"，单击"工具箱"中的"钢笔工具"按钮，设置其"属性"面板上的"笔触颜色"为#33CC00，"笔触高度"为1，"笔触样式"为"实线"，如图3-184所示，在场景中绘制茶壶的轮廓，如图3-185所示。

图3-184 "属性"面板

图3-185 绘制路径

Step **20** 单击"工具箱"中的"颜料桶工具"按钮 ，设置其"属性"面板上的"填充颜色"为#A9B5A9，在刚刚绘制的路径中单击并填充颜色，如图3-186所示。单击"工具箱"中的"选择工具"按钮 ，选择绘制的路径，按【Del】键，将路径删除，如图3-187所示。

Step **21** 单击"时间轴"面板上的"插入图层"按钮，新建"图层18"，单击"工具箱"中的"钢笔工具"按钮 ，设置其"属性"面板上的"笔触颜色"为#33CC00，"笔触高度"为1，"笔触样式"为"实线"，如图3-188所示，在场景中绘制茶壶的轮廓，如图3-189所示。

图3-186 填充路径

图3-188 "属性"面板

图3-187 删除路径

图3-189 绘制路径

Step **22** 执行【窗口】→【颜色】命令，打开"颜色"面板，在"颜色"面板上设置从#75947F到#EBF7EA，再到#86A28E的线性渐变效果，如图3-190所示，使用"颜料桶工具"调整填充效果，如图3-191所示。

图3-190 "颜色"面板

图3-191 填充效果

Step **23** 单击"时间轴"面板上的"插入图层"按钮，新建"图层19"，单击"工具箱"中的"钢笔工具"按钮 ，设置其"属性"面板上的"笔触颜色"为#33CC00，"笔触高度"为1，"笔触样式"为"实线"，如图3-192所示，在场景中绘制茶壶手柄的轮廓，如图3-193所示。

Step **24** 单击"工具箱"中的"颜料桶工具"按钮 ，设置其"属性"面板上的"填充颜色"为#97B297，在刚刚绘制的路径中单击并填充颜色，如图3-194所示。单击"工具箱"中的"选择工具"按钮 ，选择绘制的路径，按【Del】键，将路径删除，如图3-195所示。

03

Chapter

3.1

3.2

3.3

3.4

3.5

图3-192 "属性"面板

图3-193 绘制路径

图3-194 填充路径

图3-195 删除路径

Step 25 单击"时间轴"面板上的"插入图层"按钮，新建"图层20"，使用"钢笔工具"绘制茶壶顶部的轮廓，如图3-196所示。单击"工具箱"中的"颜料桶工具"按钮，设置其"属性"面板上的"填充颜色"为#97B297，在刚刚绘制的路径中单击并填充颜色。单击"工具箱"中的"选择工具"按钮，选择绘制的路径，按【Del】键，将路径删除，场景效果如图3-197所示。

Step 26 单击"时间轴"面板上的"插入图层"按钮，新建"图层21"，单击"工具箱"中的"矩形工具"按钮，设置其"属性"面板上的"笔触颜色"为无，"填充颜色"为#A0A7AD，如图3-198所示，在场景中绘制一个椭圆，如图3-199所示。

图3-196 绘制路径

图3-197 图像效果

图3-198 "属性"面板

图3-199 绘制椭圆

Step 27 单击"时间轴"面板上的"插入图层"按钮,新建"图层22"和"图层23",依次使用"椭圆工具"在场景中的适当位置绘制椭圆,如图3-200所示。

图3-200 绘制椭圆

Step 28 单击"时间轴"面板上的"插入图层"按钮,新建"图层24",使用"钢笔工具"绘制茶杯杯身部分的轮廓,如图3-201所示。单击"工具箱"中的"颜料桶工具"按钮🖌️,设置其"属性"面板上的"填充颜色"为#E3F1FF,在刚刚绘制的路径中单击并填充颜色。单击"工具箱"中的"选择工具"按钮🖱️,选择绘制的路径,按【Del】键,将路径删除,场景效果如图3-202所示。

图3-201 绘制路径　　　图3-202 场景效果

Step 29 单击"时间轴"面板上的"插入图层"按钮,新建"图层25",使用"钢笔工具"绘制茶杯手柄部分的轮廓,如图3-203所示。单击"工具箱"中的"颜料桶工具"按钮🖌️,设置其"属性"面板上的"填充颜色"为#ACC7E0,在刚刚绘制的路径中单击并填充颜色。单击"工具箱"中的"选择工具"按钮🖱️,选择绘制的路径,按【Del】键,将路径删除,场景效果如图3-204所示。

Step 30 单击"时间轴"面板上的"插入图层"按钮,新建"图层26",单击"工具箱"中的"矩形工具"按钮▢,设置其"属性"面板上的"笔触颜色"为无,"填充颜色"为#FFFFFF,如图3-205所示,在场景中绘制一个椭圆,如图3-206所示。

图3-205 "属性"面板

图3-203 绘制路径

图3-204 场景效果　　　图3-206 绘制椭圆

03
Chapter

3.1

3.2

3.3

3.4

3.5

Step 31 使用同样方法绘制另外一个茶杯，如图3-207所示。执行【文件】→【保存】命令，将动画保存为3-3-2.fla文件，完成动画制作。同时按【Ctrl+Enter】组合键测试动画，预览效果如图3-208所示。

图3-207 绘制另一个茶杯

图3-208 预览效果

3.4 本章技巧荟萃

Flash CS3

1. 在当前使用的工具为"矩形工具"时，如何快速切换到"椭圆工具"？

答：在当前使用的工具为"矩形工具"时，按【O】键可以快速切换到"椭圆工具"。

2. 如何为一个没有笔触的矩形添加笔触？

答：首先使用"选择工具"将该矩形选中，在"属性"面板中设置矩形笔触的属性，即可为矩形添加笔触。

3. "任意变形工具"在绘制图形时有何作用？

答：在绘制图形时，使用"任意变形工具"可以调整场景中图形的大小、位置及角度。

3.5 学习效果测试

Flash CS3

一、选择题

1. 在Flash中，使用"钢笔工具"创建路径时，关于调整曲线和直线的说法错误的是（　　）。

（A）当使用部分选取工具单击路径时，定位点即可显示

（B）使用部分选取工具调整线段可能会增加路径的定位点

（C）在调整曲线路径时，要调整定位点两边的形状，可拖动定位点或拖动正切调整柄

（D）拖动定位点或拖动正切调整柄，只能调整一边的形状

2. 在Flash中用以下何种绘图工具可以绘制笔直的线段：（　　）。

（A）使用铅笔工具，按住【Shift】键拖动鼠标

（B）使用铅笔工具，采用伸直绘图模式

（C）线条工具　　　　　　　　　　（D）钢笔工具

3．在Flash中绘图时，可按住键盘中的（　　　）键切换到抓手工具。

（A）【Ctrl】　（B）【Alt】　（C）【Shift】（D）空格

二、判断题

1．使用"铅笔工具"只能绘制曲线，而无法绘制直线。（　　　）

2．使用"颜料桶工具"只能填充完全闭合的路径。（　　　）

3．在使用"椭圆工具"绘制椭圆时，如果按住【Shift】键可以绘制一个正圆。（　　　）

4．在使用"选择工具"移动对象时，如果按住【Alt】键移动对象可以复制该对象。（　　　）

5．在使用"线条工具"绘制线条时，按住【Shift】键可将线条的角度限制为45度。（　　　）

三、填空题

1．在渐变填充类型中，可分为（　　　）和（　　　）两种类型。

2．使用（　　　）进行擦除可删除笔触和填充，也可以快速擦除场景中任何内容。

3．线条的端点可分为（　　　）、（　　　）和（　　　）三种类型。

四、操作题

使用绘图工具绘制一个小熊图形，效果如图3-209所示。

图3-209　小熊图形

 参考答案

Flash CS3

一、选择题

1．B　　2．C　　3．D

二、判断题

1．错　2．错　3．对　4．对　5．对

三、填空题

1．线性　　放射状

2．橡皮擦工具

3．无　　圆角　　方型

读书笔记

第4章 图像和文本的使用

学习提要

漂亮的Flash动画如果只依靠Flash本身的绘图功能来制作元件，将是很辛苦的工作。通过导入位图图像可以使Flash动画更加美观。除了使用位图美化动画外，使用丰富的文本效果也是不错的选择。本章将针对位图和文本的使用进行学习，掌握在Flash中使用位图的格式和技巧，文本属性的设置和文本动画的制作方法。

学习要点

■ 位图的导入方法
■ 文本属性的设置
■ 文本动画制作的关键

04
Chapter
4.1
4.2
4.3
4.4
4.5

4.1 图像的导入与编辑

Flash CS3

在 Flash动画中使用位图是经常有的情况，一般情况下可以使用位图作为动画的背景；或者直接制作炫目的逐帧动画；或者直接应用位图图像制作动画效果等。在Flash中一般导入的图像格式有JPEG、PNG和GIF三种。

4.1.1 图像的格式和编辑

Flash是一种基于矢量的图形软件，处理位图并不是它的强项，滥用位图会带来很多隐患。如文件的增大、运行时位图出现错位、抖动等情况。只有详细地掌握位图的特性，才能正确地使用位图。

1．JPEG

JPEG是最常用的图像文件格式之一，是一种有损压缩格式，能够将图像压缩在很小的存储空间，但当使用过高的压缩比例时，会使图像质量明显降低，如果追求高品质图像，不宜采用过高压缩比例。

JPEG格式的应用非常广泛，特别是在网络和光盘读物上，都能找到它的身影。

目前各类浏览器均支持JPEG这种图像格式，因为JPEG格式的文件尺寸较小，下载速度快。

在Flash动画中使用JPG图像时，为了使动画体积更小的同时质量又不会太差，所以在选择JPG图像压缩比时要注意。图4-1和图4-2所示是两种不同压缩比的图像效果。

图4-1　压缩级别为6

图4-2　压缩级别为1

2．PNG

PNG是目前保证最不失真的格式，它汲取了GIF和JPG二者的优点。PNG是采用无损压缩方式来减少文件的大小，能把图像文件压缩到极限以利于网络传输，但又能保留所有与图像品质有关的信息。它的特点是显示速度很快，只需下载1/64的图像

信息就可以显示出低分辨率的预览图像；其次，PNG支持透明图像的制作，透明图像在制作Flash动画时很有用，避免了在Flash里需要再次对背景重复的操作。如图4-3和图4-4所示分别是透底效果和不透底效果。

图4-3　透底效果

图4-4　不透底效果

3. GIF

GIF格式的特点是压缩比高，磁盘空间占用较少，所以这种图像格式迅速得到了广泛的应用。最初的GIF只是简单地用来存储单幅静止图像（称为GIF87a）。后来随着技术的发展，可以同时存储若干幅静止图像进而形成连续的动画，使之成为当时支持2D动画为数不多的格式之一（称为GIF89a），而在GIF89a图像中可指定透明区域，使图像具有非同一般的显示效果。

考虑到网络传输中的实际情况，GIF图像格式还增加了渐显方式。也就是说，在图像传输过程中，用户可以先看到图像的大致轮廓，然后随着传输过程的继续，逐步看清图像中的细节部分，从而适应了用户的"从朦胧到清楚"的观赏心理。但GIF有个小小的缺点，即不能存储超过256色的图像，相对于JPG和PNG来说图像的质量就差得多，如图4-5和图4-6所示是JPG图像和GIF图像的差别。

图4-5 JPG图像效果

图4-6 GIF图像效果

在Flash中将位图导入到场景中后，如果只是把它作为背景使用，不需要很高的显示质量，可以考虑将位图转换为矢量图，通常可以减小文件的大小。但是如果需要很高的显示质量，最好不要进行转换，因为转换后的矢量图很可能比原来的位图还要大许多，而且还会有一个很漫长的转换过程。还有一种比较原始的方式，就是用手工将位图在Flash中描绘下来，这样可以获得最小的文件尺寸及最快的运行速度。但这需要有很大的耐心，付出更多的时间，而且要求图像不复杂。

最好不要在位图的上方进行Alpha补间动画、形状补间动画、渐变、蒙版等操作，这样的组合视觉效果确实不错，但是会严重消耗系统资源。如果必须要实现以上效果，可遵循以下规则，以减少位图对动画的影响。

- 将位图在舞台上的X、Y坐标设为整数。
- 双击"库"面板中的位图，在弹出的"位图属性"对话框中取消选中"允许平滑"和"使用导入的JPEG数据"复选框。在发布时再对位图进行全局压缩，如图4-7所示。
- 凡是Alpha值设为100%和0%的地方都改为99%和1%。

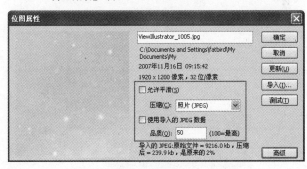

图4-7 设置"位图属性"对话框

4.1.2 渐隐文字动画

熟悉了图片的基础知识后，下面将通过实际的案例制作一个图片应用广告动画。

本实例最终效果图（见图4-8）：

04
Chapter
4.1
4.2
4.3
4.4
4.5

设计思路

美丽的脸颊，嫩白的肌肤是多少女人的梦想。富含木瓜的营养元素，是女人更加速入美丽的化妆水，突出木瓜的绿色特点和女士专用的尊贵。

练习要求

通过上述的学习，集合基本动画类型的使用，体会图像在动画制作中的作用。

制作流程预览

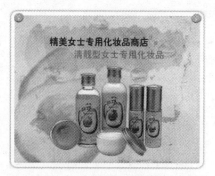

图4-8 实例最终效果图

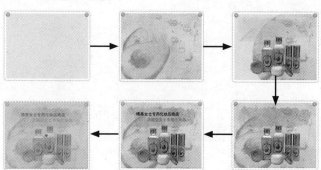

制作重点

1．了解在Flash中如何设置文本工具的属性。

2．制作动画时，为了保证动画制作的完整性，可以通过执行【修改】→【分离】命令将文字打散为单个文字，再次分离可以将文字分离为图形。

Step 01 执行【文件】→【新建】命令，新建一个Flash文档，如图4-9所示，单击"属性"面板上的"文档属性"按钮，在弹出的"文档属性"对话框中设置"尺寸"为348像素×276像素，"背景颜色"为#FFFFFF，帧频为40fps，其他设置如图4-10所示。

Step 02 单击第1帧，执行【文件】→【导入】→【导入到舞台】命令，将图像"光盘\实例素材源文件\第4章\素材\ image1.png"导入到场景中，并调整位置及大小，如图4-11所示。选择刚才导入到场景中的图像，按【F8】键，将图像转换成"名称"为"场景图像1"的"图形"元件，如图4-12所示。

图4-9 新建Flash文档

图4-11 导入图像

图4-10 设置文档属性

图4-12 转换为元件

Step 03 在第39帧位置，按【F6】键插入关键帧，单击第1帧位置，使用"任意变形工具"调整该帧上的元件的方向，如图4-13所示。设置其"属性"面板上"颜色"样式下的Alpha值为0%，"属性"面板如图4-14所示。

图4-13　调整元件方向

图4-14　"属性"面板

Step 05 单击"时间轴"面板上"插入图层"按钮，新建"图层2"，在第55帧位置，按【F6】键插入关键帧，执行【文件】→【导入】→【导入到舞台】命令，将图像"光盘\实例素材源文件\第4章\素材\image3.png"导入到场景中，并调整位置及大小，如图4-17所示，选择刚刚导入到场景中的图像，按【F8】键，将图像转换成"名称"为"场景图像2"的"图形"元件，如图4-18所示。

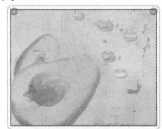

图4-17　导入图像

图4-18　转换为元件

Step 04 设置第1帧上的"补间"类型为"动画"，场景效果如图4-15所示。在第305帧位置，按【F5】键插入帧，"时间轴"面板如图4-16所示。

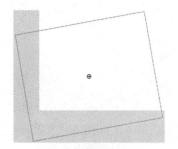

图4-15　场景效果

图4-16　"时间轴"面板

Step 06 单击"时间轴"面板上的"插入图层"按钮，新建"图层3"，在第55帧位置，按【F6】键插入关键帧，单击"工具箱"中的"椭圆工具"按钮，设置其"属性"面板上的"笔触颜色"为无，"填充颜色"为#666666，如图4-19所示，在场景中绘制一个正圆，如图4-20所示。选择刚刚绘制的正圆，按【F8】键，将正圆转换成"名称"为"遮罩图形1"的"图形"元件。

图4-19　"属性"面板

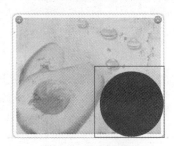

图4-20　绘制正圆

04
Chapter

4.1
4.2
4.3
4.4
4.5

Step 07 使用"任意变形工具"调整第55帧上元件的位置，如图4-21所示。在第111帧位置，按【F6】键插入关键帧，使用"任意变形工具"调整该元件的形状及大小，将整个场景全部遮住，如图4-22所示。设置第55帧上的"补间"类型为"动画"。

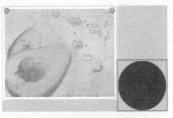

图4-21 调整元件位置

图4-22 调整元件形状及大小

Step 09 单击"时间轴"面板上"插入图层"按钮，新建"图层4"，在第82帧位置，按【F6】键插入关键帧，执行【文件】→【导入】→【导入到舞台】命令，将图像"光盘\实例素材源文件\第4章\素材\image4.png"导入到场景中，并调整位置及大小，如图4-25所示，选择刚刚导入到场景中的图像，按【F8】键，将图像转换成"名称"为"场景图像3"的"图形"元件，如图4-26所示。

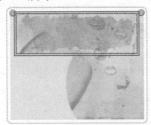

图4-25 导入图像

图4-26 转换为元件

Step 08 在"图层3"图层名处单击鼠标右键，在弹出的快捷菜单中选择【遮罩层】命令，将图层转换为遮罩层，场景效果如图4-23所示，"时间轴"面板如图4-24所示。

图4-23 场景效果

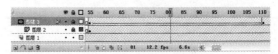

图4-24 "时间轴"面板

Step 10 在第116帧位置，按【F6】键插入关键帧。选中第82帧位置上的元件，设置其"属性"面板上的"颜色"样式下的Alpha值为0%，"属性"面板如图4-27所示，图像效果如图4-28所示。

图4-27 "属性"面板

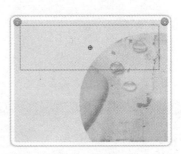

图4-28 图像效果

Step 11 设置第82帧上的"补间"类型为"动画","时间轴"面板如图4-29所示,场景效果如图4-30所示。

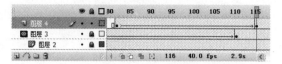

图4-29 "时间轴"面板

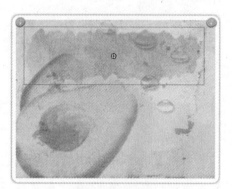

图4-30 场景效果

Step 12 单击"时间轴"面板上的"插入图层"按钮,新建"图层5",在第52帧位置,按【F6】键插入关键帧,执行【文件】→【导入】→【导入到舞台】命令,将图像"光盘\实例素材源文件\第4章\素材\image2.png"导入到场景中,并调整位置及大小,如图4-31所示,选择刚刚导入到场景中的图像,按【F8】键,将图像转换成"名称"为"场景图像4"的"图形"元件,如图4-32所示。

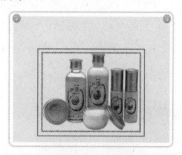

图4-31 导入图像

图4-32 转换为元件

Step 13 在第91帧位置,按【F6】键插入关键帧,使用"任意变形工具"向下适当地调整该帧上元件的位置,如图4-33所示。选中第52帧上的元件,设置其"属性"面板上"颜色"样式下的Alpha值为0%,"属性"面板如图4-34所示。设置第52帧上的"补间"类型为"动画"。

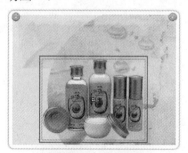

图4-33 调整元件位置

图4-34 "属性"面板

Step 14 单击"时间轴"面板上的"插入图层"按钮,新建"图层6",在第123帧位置,按【F6】键插入关键帧。单击"工具箱"中的"文本工具"按钮,设置其"属性"面板上的"字体"为"经典粗圆简","字体大小"为16,"文本颜色"为#333333,如图4-35所示,在场景中的适当位置输入文字,如图4-36所示。

04
Chapter

4.1

4.2

4.3

4.4

4.5

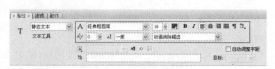

图4-35　"属性"面板

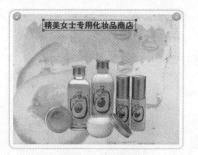

图4-36　输入文字

Step 15 选择刚刚在场景中输入的文字，按【F8】键，将其转换成"名称"为"广告文字1"的"图形"元件，如图4-37所示。分别在第146帧、第154帧位置，按【F6】键插入关键帧，依次向下适当地调整各帧上元件的位置，如图4-38所示。

图4-37　转换为元件

图4-38　移动元件位置

Step 16 选中第123帧上的元件，设置其"属性"面板上"颜色"样式下的Alpha值为0%，"属性"面板如图4-39所示，场景效果如图4-40所示。

Step 17 设置第123帧、第146帧上的"补间"类型为"动画"，"时间轴"面板如图4-41所示，场景效果如图4-42所示。

图4-39　"属性"面板

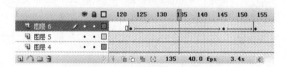

图4-41　"时间轴"面板

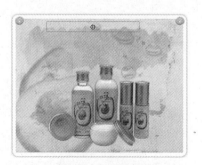

图4-40　场景效果

图4-42　场景效果

Step
18　单击"时间轴"面板上的"插入图层"按钮，新建"图层7"，在第123帧位置，按
【F6】键插入关键帧。单击"工具箱"中的"文本工具"按钮，设置其"属性"面
板上的"字体"为"经典粗圆简"，"字体大小"为16，"文本颜色"为#669966，如图
4-43所示，在场景中的适当位置输入文字，如图4-44所示。

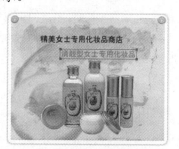

图4-44　输入文字

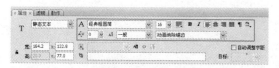

图4-43　"属性"面板

Step
19　选择刚刚在场景中输入的文字，按【F8】键将其转换成"名称"为"广告文字2"的
"图形"元件，如图4-45所示。分别在第146帧、第154帧位置，按【F6】键插入关
键帧，依次向上适当地调整各帧上元件的位置，如图4-46所示。

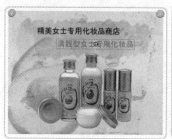

图4-46　移动元件位置

图4-45　转换为元件

Step
20　选中第123帧上的元件，设置其"属性"面板上"颜色"样式下的Alpha
值为0%，"属性"面板如图4-47所示，场景效果如图4-48所示。

Step
21　设置第123帧、第146帧上的"补间"类型为"动画"，"时间轴"面板如图4-49所示，场景效果如图4-50所示。

图4-47　"属性"面板

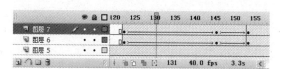

图4-49　"时间轴"面板

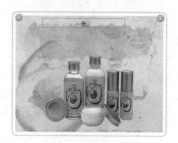

图4-48　场景效果

图4-50　场景效果

04
Chapter

4.1

4.2

4.3

4.4

4.5

Step
22 单击"时间轴"面板上的"插入图层"按钮,新建"图层8",在第294帧位置,按【F6】键插入关键帧。将"库"面板中的"场景图像1"元件拖入到场景的适当位置,如图4-51所示,在第305帧位置,按【F6】键插入关键帧,"时间轴"面板如图4-52所示。

Step
23 选中第294帧上的元件,设置其"属性"面板上"颜色"样式下的Alpha值为0%,场景效果如图4-53所示,设置第294帧上的"补间"类型为"动画","时间轴"面板如图4-54所示。

图4-51 拖入元件

图4-53 场景效果

图4-52 "时间轴"面板

图4-54 "时间轴"面板

Step
24 执行【插入】→【新建元件】命令,新建一个"名称"为"反应区"的"按钮"元件,在"点击帧"位置,按【F6】键插入关键帧,单击"工具箱"中的"矩形工具"按钮,设置其"属性"面板上的"笔触颜色"为无,"填充颜色"为#FF6600,如图4-55所示,在场景中绘制一个330像素×260像素的矩形,如图4-56所示。

Step
25 单击"编辑栏"上的"场景1"文字,返回到场景1中。单击"时间轴"面板上的"插入图层"按钮,新建"图层9",单击第1帧,将"库"面板中的"反应区"元件拖入到场景的适当位置,如图4-57所示,"时间轴"面板如图4-58所示。

图4-55 "属性"面板

图4-57 拖入元件

图4-56 绘制矩形

图4-58 "时间轴"面板

<table>
<tr><td>Step
26</td><td>执行【文件】→【保存】命令，将动画保存为4-1-2.fla文件，完成动画制作。同时按【Ctrl+Enter】组合键测试动画，预览效果如图4-59所示。</td></tr>
</table>

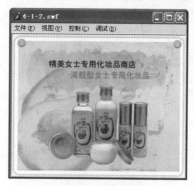

图4-59　预览效果

4.2　文本的使用

Flash CS3

在Flash中，可以创建3种类型的文本字段：静态文本字段、动态文本字段和输入文本字段。所有的文本字段都支持Unicode。

4.2.1　文本的基本属性

1．创建文本

尽管静态文本、动态文本，以及输入文本都是用"工具箱"中的"文本工具"创建的，但三者之间存在极大的区别，文本"属性"面板如图4-60所示。

图4-60　文本"属性"面板

静态文本用于创建动画中那些永远不需要发生变化的文本，比如一些标题或说明性的文字等。在某种意义上静态文本更像是一幅图片，如图4-61所示。动态文本可以在播放期间动态地改变其文本的内容，动态地显示某些不可预知的数据，或是控制某些操作。动态文本有自己的属性和若干种方法，如图4-62所示。动态文本只允许动态地显示，不允许动态地输入。输入文本拥有和动态文本同样的一组属性和方法，其主要作用是用来开发表单应用程序，如图4-63所示。

图4-61　静态文本

图4-62　动态文本

图4-63　输入文本

Flash CS3中文版入门实战与提高

04

Chapter

4.1

4.2

4.3

4.4

4.5

2．文本的设置

关于文本的基本设置，如字体、字号、颜色、粗体和斜体，在前面的制作中都已经用到，这里就不再详细讲解。下面对文本段落的设置进行学习。

图4-64　段落对齐

默认状态下，静态文本段落都是水平方向的，但在有些情况下，需要将文本垂直方向显示。这时可以单击"属性"面板中的"改变文本方向"按钮，选择需要的

图4-66　设置文本方向

很多字体都有内建的字符间距，如果想修改字符的间距，可以通过修改"属性"面板上的"字符间距"值，也可以选择"自动调整字距"复选框，如图4-68所示。静态文本都是经过抗锯齿处理的，可以使文本的可读性和美观性大大增加。如果希望对文件体积进行优化，可以将文本

图4-68　设置字符间距

2）动态文本的设置

对于动态文本和输入文本，可以通过"属性"面板上的"线条类型"选项来设置文本对象是否可以显示多行，如图4-70所示。

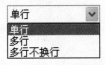

图4-70　设置动态文本线条类型

1）静态文本的设置

单击"属性"面板上的文本对齐按钮，可实现文本段落的不同对齐方式，如图4-64所示。单击"属性"面板上的"编辑格式选项"按钮¶，弹出如图4-65所示的"格式选项"对话框。

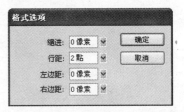

图4-65　"格式选项"对话框

文本方向，如图4-66所示。文本效果如图4-67所示。也可以使用"旋转"按钮调整文本方向。

图4-67　文本效果

设置为"位图文本"。当然，通过将水平方向的静态文本设置为"使用设备字体"也可以减小文件的体积，如图4-69所示。使用设备字体的动画，在发布的文件中不会有任何字体轮廓被嵌入，从而减小了文件的大小。

图4-69　使用设备字体

示。对于"输入文本"可以设置"线条类型"为密码，主要用来创建表单中输入密码的文本域，如图4-71所示。

图4-71　设置输入文本线条类型

动态文本和输入文本在没有显示或得到数据前，其内部是没有任何文本的，这将无法确定文本的位置和范围，单击"在文本周围显示边框"按钮为文本框添加一个边框，便于控制文本。单击"将文本呈现为HTML"按钮，在"属性"面板上的"URL链接"文本框中输入链接地址，完成为动态文本添加超链接的操作。

可以使用的HTML标记有\<a\>、\<B\>、\<front\>、\<I\>、\<P\>、\<U\>、\<img\>和\<body\>等。单击时间轴第1帧位置，在"动作-帧"面板中输入以下代码可以实现超链接效果。

```
myText.htmlText= "<B><I><a href=\http:
//www.5ifz.cn\>我的主页</a></I></B>";
```

4.2.2 制作文本动画

熟悉了文本的基本属性后，下面将通过制作一个导航动画来理解文本在Flash动画制作中的作用。

本实例最终效果图（见图4-72）：

<table>
<tr><td>○ 设计思路</td></tr>
<tr><td>一杯冰红茶，透着轻松甜美，享受的感觉通过工作室的努力得到。动感的字体，让设计的感觉跃然纸上。</td></tr>
</table>

<table>
<tr><td>○ 练习要求</td></tr>
<tr><td>通过上述的学习，了解在Flash动画制作中如何使用文本制作动感十足的效果。</td></tr>
</table>

图4-72 实例最终效果图

制作流程预览

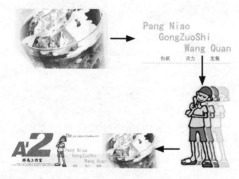

<table>
<tr><td>○ 制作重点</td></tr>
<tr><td>1. 制作文本动画是为了便于控制文本内容，要将文本内容转换为图形元件。
2. 由于制作文本动画时，文本内容很多，为了便于控制可以将文本分别放置在不同图层。</td></tr>
</table>

Step 01 执行【文件】→【新建】命令，弹出"新建文档"对话框，单击【确定】按钮，新建一个Flash文档，如图4-73所示。单击"属性"面板上的"文档属性"按钮，在弹出的"文档属性"对话框中设置"尺寸"为900像素×203像素，"背景颜色"为#FFFFFF，"帧频"为20fps，如图4-74所示。

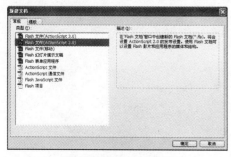

图4-73 新建Flash文档

图4-74 文档属性

04
Chapter

4.1

4.2

4.3

4.4

4.5

Step 02 执行【插入】→【新建元件】命令，新建一个"名称"为"图形动画1"的"影片剪辑"元件，如图4-75所示，单击第16帧位置，按【F6】键插入关键帧，执行【文件】→【导入】→【导入到舞台】命令，将图像"光盘\实例素材源文件\第4章\素材\4-001.png"导入到场景中，调整图像大小及位置，如图4-76所示。

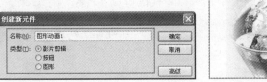

○ **小技巧**

导入图像时可以按【Ctrl+R】组合键。

图4-75 创建新元件　　　　图4-76 导入图像

Step 03 单击"工具箱"中的"选择工具"按钮，选择刚刚导入的图像，按【F8】键将图像转换成"名称"为"图形1"的"图形"元件，如图4-77所示，分别单击第25帧和第30帧位置，依次按【F6】键插入关键帧，选中第1帧上的元件，设置其"属性"面板上的"颜色"样式下的Alpha值为0%，场景效果如图4-78所示。

图4-77 转换为元件　　　　图4-78 场景效果

Step 04 单击"工具箱"中的"选择工具"按钮，选择第25帧位置场景中的元件，设置其"属性"面板上"颜色"样式下的"亮度"值为80%，"属性"面板如图4-79所示，场景效果如图4-80所示，分别设置第1帧、第16帧和第25帧上的"补间"类型为"动画"，完成后的"时间轴"面板如图4-81所示。

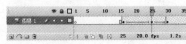

图4-79 "属性"面板　　　图4-80 场景效果　　　图4-81 完成后的"时间轴"面板

Step 05 单击"时间轴"面板上的"插入图层"按钮，新建"图层2"，执行【窗口】→【库】命令，打开"库"面板，将"图形1"元件从"库"面板中拖入到场景中，"库"面板如图4-82所示，场景效果如图4-83所示。

图4-82 "库"面板　　　　图4-83 场景效果

Step **06** 分别在第10帧和第15帧位置按【F6】键插入关键帧，单击"工具箱"中的"选择工具"按钮，选择第1帧位置场景中的元件，设置其"属性"面板上"颜色"样式下的Alpha值为0%，"属性"面板如图4-84所示，选择第10帧位置场景中的元件，设置其"属性"面板上"颜色"样式下的"亮度"值为80%，"属性"面板如图4-85所示，分别设置第1帧和第10帧位置上的"补间"类型为"动画"。

图4-84 "属性"面板　　　　　　　　　图4-85 "属性"面板

Step **07** 单击拖动鼠标选择图层2的第16帧到第130帧之间的所有帧，如图4-86所示，单击鼠标右键，在弹出的菜单中选择【删除帧】命令，如图4-87所示，完成后的"时间轴"面板如图4-88所示。

图4-86 "时间轴"面板　　　图4-87 【删除帧】命令　　图4-88 完成后的"时间轴"面板

Step **08** 单击"时间轴"面板上的"插入图层"按钮，新建"图层3"，单击"工具箱"中的"刷子工具"按钮，设置其"属性"面板上的"填充颜色"为#681516，"平滑"值为50，"属性"面板如图4-89所示，在场景中绘制如图4-90所示的图形，单击"工具箱"中的"选择工具"选择刚刚绘制的图形，按【F8】键将图形转换成"名称"为"图形2"的"图形"元件，如图4-91所示。

图4-89 "属性"面板　　　图4-90 场景效果　　　图4-91 转换为元件

Step **09** 在第15帧位置，按【F6】键插入关键帧，使用"选择工具"调整元件在场景中的位置，场景效果如图4-92所示，设置第1帧上的"补间"类型为"动画"，完成后的"时间轴"面板如图4-93所示。

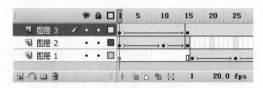

图4-92 场景效果　　　　　　　图4-93 完成后的"时间轴"面板

Step **10** 在第16帧位置，按【F7】键插入空白关键帧，单击"工具箱"中的"矩形工具"按钮，设置其"属性"面板上的"笔触颜色"为无，"填充颜色"为#000000，"属性"面板如图4-94所示，在场景中绘制如图4-95所示的多个矩形，使用"选择工具"选择刚刚绘制的所有矩形，按【F8】键将矩形转换成"名称"为"图形3"的"图形"元件。

04

Chapter

4.1

4.2

4.3

4.4

4.5

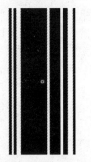

图4-94 "属性"面板　　　　　　　　图4-95 场景效果

Step 11 使用"选择工具"选择刚刚转换的元件，执行【窗口】→【变形】命令，打开"变形"面板，设置其"变形"面板中"旋转"值为45度，"变形"面板如图4-96所示，场景效果如图4-97所示。

○ **小技巧**

手动旋转：单击"工具箱"中的"任意变形工具"按钮，也可以达到旋转的目的。

图4-96 "变形"面板　　　　　图4-97 场景效果

Step 12 分别在第23帧、第29帧、第30帧和第130帧，按【F6】键插入关键帧，单击"工具箱"中的"选择工具"按钮，调整第23帧中元件在场景中的位置，场景效果如图4-98所示，单击"工具箱"中的"任意变形工具"按钮，调整第29帧位置场景中元件的大小，如图4-99所示。用同样的方法调整第30帧和第130帧场景中的元件，设置第23帧、第29帧和第30帧上的"补间"类型为"动画"。

图4-98 场景效果　　　　　　　　图4-99 场景效果

Step 13 按住鼠标左键不放，将"图层3"拖到"图层2"的下边，在"图层3"上单击鼠标右键，在弹出的菜单中选择【遮罩层】命令，如图4-100所示，"时间轴"面板如图4-101所示，按住鼠标左键不放将"图层2"拖到"图层3"的下边，完成后的"时间轴"面板如图4-102所示。

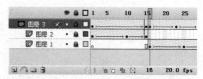

图4-100 【遮罩层】命令　　　　图4-101 "时间轴"面板　　　　图4-102 完成后的"时间轴"面板

Step 14 执行【插入】→【新建元件】命令，新建一个"名称"为"文字动画1"的"影片剪辑"元件，如图4-103所示，单击"工具箱"中的"文本工具"按钮 T，设置其"属性"面板上的"字体"为"黑体"，"字体大小"为30，"文本颜色"为#BED110，"切换粗体"，"属性"面板如图4-104所示，在场景中输入"PangNiao"文字，如图4-105所示。

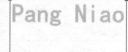

图4-103 创建新元件　　　　　图4-104 "属性"面板　　　　　图4-105 场景效果

Step 15 单击"工具箱"中的"选择工具"按钮，选择刚刚输入的文字，按【F8】键将文字转换成"名称"为"文字1"的"图形"元件，如图4-106所示，分别在第12帧、第14帧和第15帧位置按【F6】键插入关键帧，使用"选择工具"选择第1帧位置场景中的元件，设置其"属性"面板上"颜色"样式下的Alpha值为0，"属性"面板如图4-107所示，分别移动第14帧和第15帧场景中的元件。设置第1帧、第12帧和第14帧上的"补间"类型为"动画"，在第120帧位置按【F5】键插入帧。

图4-106 转换为元件　　　　　　　　图4-107 "属性"面板

Step 16 用步骤14~15的制作方法，制作出"图层2"和"图层3"的动画，完成后的场景效果如图4-108所示，"时间轴"面板如图4-109所示。

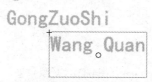

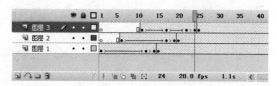

图4-108 场景效果　　　　　　　　图4-109 "时间轴"面板

Step 17 单击"时间轴"面板上的"插入图层"按钮，新建"图层4"，在第11帧位置，按【F6】键插入关键帧，单击"工具箱"中的"文本工具"按钮，设置其"属性"面板上的"字体"为"黑体"，"字体大小"为14，"文本颜色"为#BED110，"切换粗体"，"属性"面板如图4-110所示，在场景中输入"创新"文字，如图4-111所示。

Flash CS3中文版入门实战与提高

04

Chapter

4.1

4.2

4.3

4.4

4.5

图4-110　"属性"面板　　　　　　　　图4-111　场景效果

Step 18 单击"工具箱"中的"选择工具"按钮，选择刚刚输入的文字，按【F8】键将文字转换成"名称"为"文字4"的"图形"元件，如图4-112所示，分别在第16帧、第17帧和第20帧位置，按【F6】键插入关键帧，使用"选择工具"选择第1帧的元件，设置其"属性"面板上"颜色"样式下的Alpha值为0，"属性"面板如图4-113所示，场景效果如图4-114所示。

图4-112　转换为元件　　　　图4-113　"属性"面板　　　　图4-114　场景效果

Step 19 单击"工具箱"中的"任意变形工具"按钮，将第16帧位置场景中的元件扩大，场景效果如图4-115所示，再次使用"任意变形工具"，将第17帧位置场景中的元件扩大，分别设置第11帧、第16帧和第17帧上的"补间"类型为"动画"，完成后的"时间轴"面板如图4-116所示。

Step 20 用步骤19的制作方法，制作出"图层5"和"图层6"的动画，完成后的"时间轴"面板如图4-117所示，场景效果如图4-118所示。

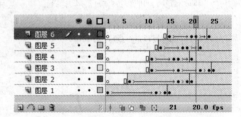

图4-117　完成后的"时间轴"面板

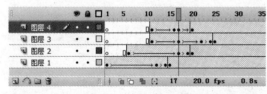

图4-115　场景效果

图4-116　"时间轴"面板　　　　　　图4-118　场景效果

Step 21 执行【插入】→【新建元件】命令，新建一个"名称"为"文字动画2"的"影片剪辑"元件，如图4-119所示，执行【文件】→【导入】→【导入到舞台】命令，将图像"光盘\实例素材源文件\第4章\素材\4-002.png"导入到场景中，导入图像如图4-120所示。

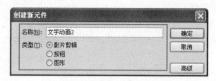

图4-119　创建新元件

图4-120　导入图像

Step 22 单击“工具箱”中的“选择工具”按钮，选择刚刚导入的图像，按【F8】键将图像转换成“名称”为“图形4”的“图形”元件，如图4-121所示，在第10帧位置，按【F6】键插入关键帧，使用“选择工具”选择第1帧位置场景中的元件，设置其“属性”面板上“颜色”样式下的Alpha值为0%，“属性”面板如图4-122所示，设置第1帧上的“补间”类型为“动画”，在第80帧位置，按【F5】键插入帧。

Step 23 单击“时间轴”面板上的“插入图层”按钮，新建“图层2”，在第11帧位置，按【F6】键插入关键帧，执行【文件】→【导入】→【导入到舞台】命令，将图像“光盘\实例素材源文件\第4章\素材\4-003.png”导入到场景中，使用“选择工具”选择刚刚导入的图像，按【F8】键将图像转换成“名称”为“图形5”的“图形”元件，如图4-123所示。再次使用“选择工具”调整元件在场景中的位置，场景效果如图4-124所示。

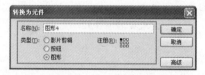

图4-121　转换为元件

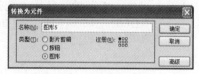

图4-123　转换为元件

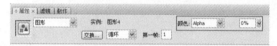

图4-122　“属性”面板

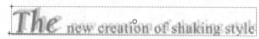

图4-124　场景效果

Step 24 在第20帧位置，按【F6】键插入关键帧，单击“工具箱”中的“选择工具”按钮，调整第11帧中的元件在场景中的位置，场景效果如图4-125所示，设置第11帧上的“补间”类型为“动画”，完成后的“时间轴”面板如图4-126所示。

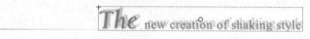

图4-125　场景效果

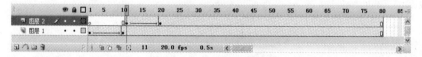

图4-126　“时间轴”面板

Step 25 执行【插入】→【新建元件】命令，新建一个“名称”为“人物动画”的“影片剪辑”元件，如图4-127所示，在第15帧位置，按【F6】键插入关键帧，执行【文件】→【导入】→【导入到舞台】命令，将图像“光盘\实例素材源文件\第4章\素材\4-004.png”导入到场景中，导入图像如图4-128所示。

Step 26 单击“工具箱”中的“选择工具”按钮，选择刚刚导入的图像，按【F8】键将图像转换成“名称”为“人物”的“图形”元件，在第25帧位置，按【F6】键插入关键帧，使用“选择工具”选择第15帧位置场景中的元件，设置其“属性”面板中“颜色”样式下的“亮度”值70%，“属性”面板如图4-129所示，场景效果如图4-130所示，设置第15帧上的“补间”类型为“动画”，在第100帧位置按【F5】键插入帧。

04
Chapter

4.1

4.2

4.3

4.4

4.5

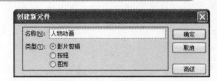

图4-127　创建新元件

图4-129　"属性"面板

图4-128　导入图像

图4-130　场景效果

Step 27 单击"时间轴"面板上的"插入图层"按钮，新建"图层2"，在第10帧位置，按【F6】键插入关键帧，使用"选择工具"选择场景中的元件，设置其"属性"面板上的"亮度"值为100%，"属性"面板如图4-131所示，场景效果如图4-132所示，设置第10帧上的"补间"类型为"动画"。

图4-131　"属性"面板

图4-132　场景效果

Step 28 单击拖动选择"图层2"第21～100帧之间的所有帧，如图4-133所示，单击鼠标右键，在弹出的菜单中选择【删除帧】命令，如图4-134所示，删除后的"时间轴"面板如图4-135所示。

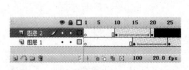

图4-133　选择帧

图4-134　【删除帧】命令

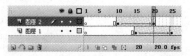

图4-135　删除后的"时间轴"面板

Step 29 用步骤27～28的制作方法，制作出"图层3"和"图层4"的动画，完成后的"时间轴"面板如图4-136所示。

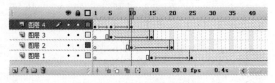

图4-136　"时间轴"面板

Step 30 执行【插入】→【新建元件】命令，新建一个"名称"为"动画1"的"影片剪辑"元件，在第10帧位置，按【F6】键插入关键帧，执行【文件】→【导入】→【打开外部库】命令，将"光盘\实例素材源文件\第4章\素材\sucai.fla"文件打开，如图4-137所示，将"背景动画"元件从"外部库"面板拖入到场景中，场景效果如图4-138所示，在第20帧位置，按【F5】键插入帧。

图4-137 打开外部库

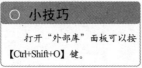

> ○ **小技巧**
>
> 打开"外部库"面板可以按【Ctrl+Shift+O】键。

图4-138 场景效果

Step 31 单击"时间轴"面板上的"插入图层"按钮，新建"图层2"，在第20帧位置，按【F6】键插入关键帧，执行【窗口】→【库】命令，打开"库"面板，将"图形动画1"元件从"库"面板中拖入到场景中，"库"面板如图4-139所示，场景效果如图4-140所示。

图4-139 "库"面板

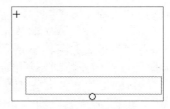

图4-140 场景效果

Step 32 单击"时间轴"面板上的"插入图层"按钮，新建"图层3"，在第14帧位置，按【F6】键插入关键帧，打开"库"面板，将"文字动画1"元件从"库"面板中拖入到场景中，"库"面板如图4-141所示，场景效果如图4-142所示。

图4-141 "库"面板

图4-142 场景效果

Step 33 单击"时间轴"面板上的"插入图层"按钮，新建"图层4"，在第3帧位置，按【F6】键插入关键帧，执行【文件】→【导入】→【导入到舞台】命令，将图像"光盘\实例素材源文件\第4章\素材\4-006.png"导入到场景中，导入的图像如图4-143所示，单击"工具箱"中的"选择工具"按钮，选择刚刚导入的图像，按【F8】键将图像转换成"名称"为"图形6"的"图形"元件，如图4-144所示。

图4-143 导入图像

图4-144 转换为元件

04

Chapter

4.1

4.2

4.3

4.4

4.5

Step 34 在第10帧位置，按【F6】键插入关键帧，使用"选择工具"向左移动元件，场景效果如图4-145所示，设置第3帧上的"补间"类型为"动画"，"时间轴"面板如图4-146所示。

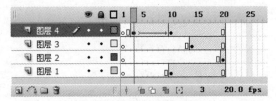

图4-145 场景效果

图4-146 "时间轴"面板

Step 36 在第12帧位置，按【F6】键插入关键帧，使用"选择工具"调整元件在场景中的位置，场景效果如图4-149所示，再次使用"选择工具"向左移动第1帧场景中的元件，设置第1帧上的"补间"类型为"动画"，完成后的"时间轴"面板如图4-150所示。

胖鸟工作室

Best viewed on 1024 X 768 pixels. Full screen with Internet Explorer 5.X+
2006 Ah-2 International Multiple Store, All rights reserved, Legal & Privacy notices

图4-149 场景效果

图4-150 完成后的"时间轴"面板

Step 38 在第12帧位置，按【F6】键插入关键帧，使用"选择工具"调整元件在场景中的位置，场景效果如图4-153所示，设置第1帧上的"补间"类型为"动画"，完成后的"时间轴"面板如图4-154所示。

Step 35 单击"时间轴"面板上的"插入图层"按钮，新建"图层5"，执行【文件】→【导入】→【导入到舞台】命令，将图像"光盘\实例素材源文件\第4章\素材\4-007.png"导入到场景中，导入图像如图4-147所示。单击"工具箱"中的"选择工具"按钮，选择刚刚导入的图像，按【F8】键将图像转换成"名称"为"图形7"的"图形"元件，如图4-148所示。

图4-147 导入图像

图4-148 转换为元件

Step 37 单击"时间轴"面板上的"插入图层"按钮，新建"图层6"，执行【文件】→【导入】→【导入到舞台】命令，将图像"光盘\实例素材源文件\第4章\素材\4-008.png"导入到场景中，导入的图像如图4-151所示。单击"工具箱"中的"选择工具"按钮，选择刚刚导入的图像，按【F8】键将图像转换成"名称"为"图形8"的"图形"元件，如图4-152所示。

胖鸟工作室

图4-151 导入图像

图4-152 转换为元件

Step 39 单击"时间轴"面板上的"插入图层"按钮，新建"图层7"，在第20帧位置，按【F6】键插入关键帧，执行【窗口】→【库】命令，打开"库"面板，将"文字动画2"元件从"库"面板中拖入到场景中，"库"面板如图4-155所示，场景效果如图4-156所示。

图4-155 "库"面板

图4-153 场景效果

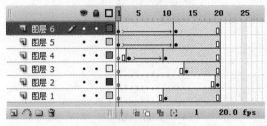

图4-154 完成后的"时间轴"面板

图4-156 场景效果

Step **40** 单击"时间轴"面板上的"插入图层"按钮，新建"图层8"，在第9帧位置，按【F6】键插入关键帧，执行【窗口】→【库】命令，打开"库"面板，将"人物动画"元件从"库"面板中拖入到场景中，"库"面板如图4-157所示，场景效果如图4-158所示。

图4-157 "库"面板

图4-158 场景效果

Step **41** 单击"时间轴"面板上的"插入图层"按钮，新建"图层9"，在第20帧位置，按【F6】键插入关键帧，执行【窗口】→【动作】命令，在弹出的"动作-帧"面板中输入"stop();"脚本语言，"时间轴"面板如图4-159所示。

图4-159 "时间轴"面板

Flash CS3中文版入门实战与提高

04

Chapter

4.1

4.2

4.3

4.4

4.5

Step **42** 单击"编辑栏"上的"场景1"文字，返回到场景编辑状态，在第5帧位置，按【F6】键插入关键帧，执行【窗口】→【库】命令，打开"库"面板，将"动画1"元件从"库"面板中拖入到场景中，"库"面板如图4-160所示，场景效果如图4-161所示。

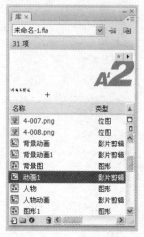

图4-160 "库"面板

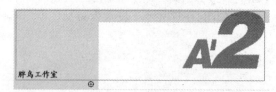

图4-161 场景效果

Step **43** 单击"时间轴"面板上的"插入图层"按钮，新建"图层2"，执行【窗口】→【动作】命令，在弹出的"动作-帧"面板中输入如图4-162所示的代码。在第2帧位置，按【F6】键插入关键帧，执行【窗口】→【动作】命令，在弹出的"动作-帧"面板中输入如图4-163所示的脚本语言。

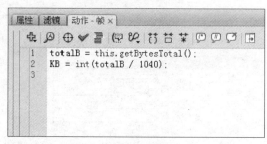

```
1  totalB = this.getBytesTotal();
2  KB = int(totalB / 1040);
3
```

图4-162 输入脚本语言1

```
1  loadB = this.getBytesLoaded();
2  percent = int(loadB / totalB * 100);
3  bar.gotoAndStop(_root.percent);
4
```

图4-163 输入脚本语言2

Step **44** 在第3帧位置，按【F6】键插入关键帧，执行【窗口】→【动作】命令，在弹出的"动作-帧"面板中输入如图4-164所示的代码。在第4帧位置，按【F6】键插入关键帧，执行【窗口】→【动作】命令，在弹出的"动作-帧"面板中输入"play();"脚本语言。在第5帧位置，按【F6】键插入关键帧，执行【窗口】→【动作】命令，在弹出的"动作-帧"面板中输入如图4-165所示的脚本语言。

```
1  if (percent < 100)
2  {
3      gotoAndPlay(2);
4  }
5  else
6  {
7      gotoAndStop(4);
8  } // end else if
9
```

图4-164 输入脚本语言3

```
1  _root.ball.onEnterFrame = function ()
2  {
3      mc = this.duplicateMovieClip("ball" + i, i);
4      mc._x = random(900);
5      mc._y = random(203);
6      mc._xscale = mc._yscale = random(50) + 50;
7      ++i;
8  };
9  stop ();
```

图4-165 输入脚本语言4

Step **45** 执行【文件】→【保存】命令，将动画保存为4-2-2.fla文件。同时按【Ctrl+Enter】组合键测试动画，预览效果如图4-166所示。

图4-166 预览效果

Flash CS3

4.3 动态文本的应用

在Flash中使用文本工具制作简单文本的动画效果固然可以让动画看起来炫目精彩，但是对于一些文本的高级应用，如导入文本、滚动文本等效果就显得无能为力了。这时就需要使用到动态文本中的变量名。

4.3.1 动态文本和输入文本的变量名

1．文本变量名的使用

在Flash的ActionScript 2.0脚本中，可以像使用实例名称那样使用实例的变量名来连接对象实例。一个文本对象实例的变量名只等价于这个文本对象实例的两个属性，即htmlText和text，具体是哪个属性要根据用户为这个变量所赋予的值而定。要为动态文本和输入文本指定变量，只需选择这个文本，然后在其"属性"面板的"变量"文本框中输入设定的变量名即可，如图4-167所示。

图4-167 文本"属性"面板

如果将一个文本对象的"实例名称"命名为myTextInstance，而把这个文本对象的"变量名"命名为myTextVariable。可以通过下面代码为变量赋值。

```
myTextVariable="动态文本的使用";
```

这种赋值方式还可以使用实例名称的text属性赋值。

```
myTextInstance.text="动态文本的使用";
```

Flash系统会自动为每一个实例赋予一个内部自动生成的实例名，其实也就是把自动生成的名字修改成自己的名称，以便方便调用。如果没有为文本对象实例命名，将会自动产生一个默认的实例名。如以下代码：

```
myTextVariable="<B><I>为文本实例命名
</B></I>";
```

这种赋值方式还可以使用实例名称的htmlText属性赋值。

```
myTextInstance.htmlText="<B><I>为文本
实例命名</B></I>";
```

由此可以看出Flash中文本对象实例的变量名是可有可无的。也正是由于这一点，所以在最新版本的Flash CS3中，就取消了文本的变量名命名。

04
Chapter
4.1
4.2
4.3
4.4
4.5

2．柔和动态文本边缘

静态文本具有柔和的字体边缘，这是因为事先就可以把要显示的字符经过处理的柔和的字体轮廓嵌入到SWF文件中，而动态文本要显示的字符是未知的，所以无法事先把要显示的字符的字体轮廓嵌入到SWF文件中。因此动态文本在显示时，字体的边缘总是很粗糙，就好像取消了抗锯齿处理时的样子。解决的办法是可以使用"编辑字符选项"。

因为动态文本要显示的信息是未知的，但这些信息都会有一个取值范围，通常都是数字或者英文字母，也可能是固定的少量的一些汉字，所以可以为这些少量的字符实现嵌入字体轮廓，这样当动态显示时，就可以调用这些字体轮廓来显示这些字符。

如果一个动态文本需要显示的是数值，首先选择这个动态文本，设置其"属性"面板上"变量名"为myNumText，如图4-168所示。单击右侧的【嵌入】按钮，如图4-169所示。

图4-168　设置文本变量名

图4-169　嵌入文本按钮

在弹出的"字符嵌入"对话框中选择"数字[0..9]（11字型）"选项，如图4-170所示。并在下方的范围列表框中选择"数字"选项，由于这个动态文本只要求显示数值，所以只需选择数字字体轮廓即可。

如果某个动态文本既要显示数值，又要显示英文大小写字母，就需要按住【Ctrl】键选择多个。

如果动态文本需要显示以下汉字，如姓名、年龄、身高、体重中的某个或某几个汉字，只需要在"包含这些字符"文本框中输入"姓名年龄身高体重"即可，如图4-171所示。自动填充的作用是把选中的文本添加到包含这些字符的文本框中。

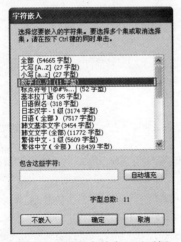

图4-170　设置字符嵌入对话框

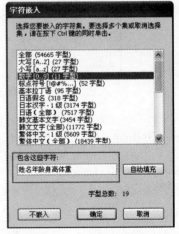

图4-171　设置包含字符

单击时间轴第1帧位置，在"动作-帧"面板中输入以下代码。

```
myNumText=12345678;
```

将文件保存，测试动画，如图4-172和图4-173所示分别显示嵌入字体轮廓前后的测试效果。

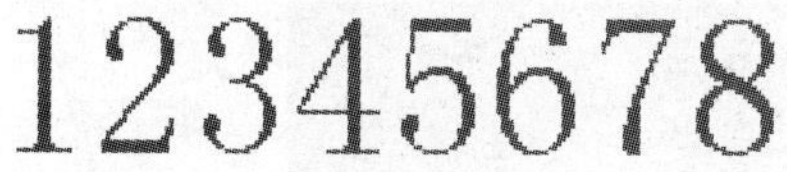

12345678　12345678

图4-172　未嵌入字体轮廓 　　　　图4-173　嵌入字体轮廓

3．创建使用新字体

Flash中通过创建字体元件来产生某种意义上的"新字体"。通过创建字体元件可以定制一种现有的字体并把它做成一个元件，使文本应用这种字体更加快捷，而且可以实现多个SWF文件通过共享字体来减少SWF文件体积的目的。

创建一个新的字体元件步骤如下：

单击"库"面板右上方的扩展按钮，在弹出的快捷菜单中选择"新建字型"选项，如图4-174所示。在弹出的"字体元件属性"对话框的"名称"文本框中将新字体命名为myFont，在"字体"下拉列表框中选择一种字体，其他属性设置如图4-175所示。

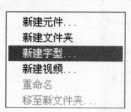

图4-174　执行"新建字型"选项

图4-175　设置字体元件属性

单击【确定】按钮，在"库"面板中可以看到增加了一个新的字体元件，如图4-176所示。当用户需要使用这种新字体时，可以选中该文本，在"属性"面板的"字体"下拉列表框中选中创建的新字体即可，如图4-177所示。

图4-176　新建字体元件

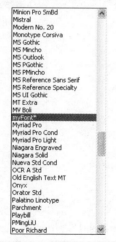

图4-177　使用新建字体

> ○ 小技巧
>
> 在"字体"下拉列表框中凡是用户创建的"新字体"的旁边都会以*作标志。

4.3.2　制作动态贺卡

熟悉了基本的技术之后，下面将通过实际的案例来学习使用组件调用外部文本的方法。

本实例最终效果图（见图4-178）：

04
Chapter
4.1
4.2
4.3
4.4
4.5

设计思路

静静的夜里，一束幽幽的灯光带来无限的思念之情，在节日来临之时，祝愿遥远的朋友节日快乐。

练习要求

通过上述的学习，使用动态文本制作一张美丽的贺卡，了解文本的更多用途。

制作流程预览

图4-178 实例最终效果图

制作重点

1．要将文本文档保存在与Flash动画相同的根目录下。

2．掌握在Flash中使用组件制作滚动文本时组件的应用技巧。

Step 01 执行【文件】→【新建】命令，新建一个Flash文档，如图4-179所示，单击"属性"面板上的"文档属性"按钮，在弹出的"文档属性"对话框中设置"尺寸"为437像素×561像素，"背景颜色"为#FFFFFF，帧频为12fps，其他设置如图4-180所示。

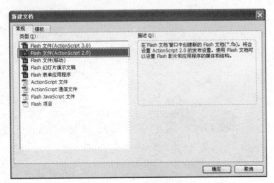 

图4-179 新建Flash文档　　　　　　　图4-180 设置文档属性

Step 02 新建一个文本文档，在文档内输入文字，如图4-181所示，并将文本保存为text1.txt文件。将文本编码设置为UTF-8，如图4-182所示。

小技巧

在本例中，要将文本文件text1.txt与源文件4-3-2.fla保存到同一根目录下，才能保证动画测试时的正常效果，将文本导入到动画中。

图4-181 在文本文档内输入文字　　　图4-182 保存文本文档

Step **03** 执行【文件】→【导入】→【导入到舞台】命令，将图像"光盘\实例素材源文件\第4章\素材\image12.png"导入到场景中，并调整位置及大小，如图4-183所示。单击"时间轴"面板上的"插入图层"按钮，新建"图层2"，单击"工具箱"上的"文本工具"按钮，在场景中拖出一个如图4-184所示的文本框。

图4-183　导入图像

图4-184　绘制文本框

Step **04** 选中动态文本框，将其"属性"面板上的"实例名称"命名为story，如图4-185所示。并命名其变量名为text，如图4-186所示。

图4-185　命名实例名

图4-186　命名变量名

Step **05** 单击"图层2"的第1帧位置，执行【窗口】→【动作】命令，在弹出的"动作-帧"面板中输入如图4-187所示的代码。

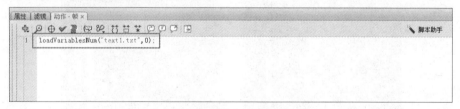

图4-187　输入脚本语言

Step **06** 单击"时间轴"面板上"插入图层"按钮，新建"图层3"，执行【窗口】→【组件】命令，打开"组件"面板，将UIScrollBar组件拖入场景中，如图4-188所示。调整组件的大小及位置，效果如图4-189所示。

○ 小技巧

　　UIScrollBar 组件形状基本与浏览器中的滚动条相似，其功能也与浏览器中的滚动条相似。它可以附加至文本框的任何一边，既可以垂直使用也可以水平使用。或者使用ActionScript脚本代码进行控制。

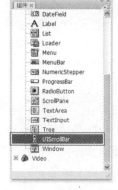

图4-188　"组件"面板

图4-189　拖入组件

04
Chapter

4.1

4.2

4.3

4.4

4.5

Step
07 设置组件的"参数"面板，如图4-190所示。

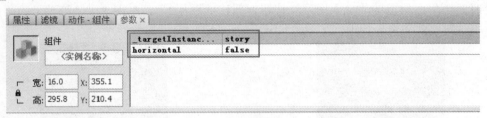

图4-190 "参数"面板

Step
08 单击"图层3"的第1帧位置，执行【窗口】→【动作】命令，在弹出的"动作-帧"面板中输入如图4-191所示的代码。

```
1  aa = new LoadVars();    //创建一个 LoadVars 对象的实例，这里的实例名字叫aa
2  aa.load("text1.txt");   //创建的aa实例需要载入的对象是text1.txt文本文件。
3  aa.onLoad = function(s) {   //开始载入外部文件，
4   if (s) {
5  story.text =aa.test;
6   }                          //如果载入成功，则story等于aa.实例中的test的内容！
7  };
8
```

图4-191 输入脚本语言

Step
09 执行【文件】→【保存】命令，将动画保存为4-3-2.fla文件，完成动画制作。同时按【Ctrl+Enter】组合键测试动画，预览效果如图4-192所示。

图4-192 预览效果

4.4 本章技巧荟萃

1. 在利用HTML编写代码时，符号"\"有何作用？

答：在Flash中使用href时前后各有一个"\"，这个符号在Flash中被称为"转译"字符，也称为"逃逸"字符。在Flash中是有特殊意义的字符（用来指出字符串的起始点），并且其结合规律是自左边起每两个两个地结合。"逃逸"字符会让Flash把紧跟在它后面的那个字符当做普通的字符。

2．为什么制作的Flash动画在播放时字体发生了变化，与原来的设置不同了？

答：由于Flash的文本显示与本地计算机安装的字体有关，当检测本地计算机没有该字体时，就会默认使用宋体替换，所以在制作动画时尽量将文本转换为图形。

3．如何制作效果很酷、很炫的文字动画？

答：直接利用Flash制作这一类动画比较耗费精力，所以建议使用一些外部软件制作，如图4-193所示的软件SWISHmax。

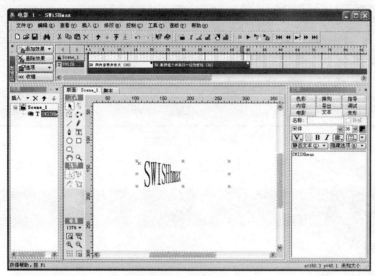

图4-193 SWISHmax界面

4.5 学习效果测试

Flash CS3

一、选择题

1．文字样式不包括（　　）。

　　（A）正常　　　　　　（B）粗体　　　　　　（C）下画线　　　　　　（D）斜体

2．在处理颜色时，（　　）不可以对文本进行填充。

　　（A）纯色　　　　　　　　　　　　　（B）渐变色

　　（C）位图图像　　　　　　　　　　　（D）矢量图图像

3．下面对Flash中文本的描述正确的是（　　）。

　　（A）可以使用输入文本　　　　　　　（B）可以使用动态文本

　　（C）可以将文本类型改为手写文本　　（D）可以使用静态文本

二、判断题

1．在Flash中不支持导入透底图片。（　　）

2．文字分离成图形后，就无法再修改文本内容。（　　）

04
Chapter
4.1
4.2
4.3
4.4
4.5

3．位图怎么扩大或缩小都不会影响图像的质量。（　　　）

三、填空题

1．在Flash中文本类型包括（　　　）、（　　　）和（　　　）三种类型。

2．可以使用（　　　）面板设置选定文本的字体、磅值、样式和颜色。

四、操作题

使用文字及图像制作Flash广告动画，效果如图4-194所示。

图4-194　广告动画

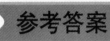

参考答案

一、选择题

1．C　　2．D　　3．C

二、判断题

1．错　　2．对　　3．错

三、填空题

1．静态文本　　动态文本　　输入文本

2．属性

第 5 章 使用音频和视频

学习提要

Flash动画制作中为了增加动画的娱乐性和可观赏性，常常会在动画制作中使用音频元素和视频元素。使用背景音乐可以增加动画的感染力，使用音效可以让动画更具娱乐性，使用视频可以使动画更具观赏性。本章将针对在Flash动画制作中使用音频和视频的方法进行学习，帮助读者快速掌握音频和视频在Flash动画中的导入方法及编辑技巧。通过制作实例学习综合利用视频、音频制作动画的方法。

学习要点

■ 音频文件的导入和编辑
■ 视频文件的导入和编辑

5.1 使用音频

在 Flash动画中运用声音元素，可以使Flash动画本身效果更加丰富，并且对Flash起到很大的烘托作用。本章针对Flash动画制作中关于使用音频进行学习。帮助读者学习如何使用音频，并使用ActionScript脚本控制音频的播放。

5.1.1 音频的导入和编辑

1．音频的导入

1）Flash中可以导入的音频格式

在Flash中可以通过【导入】命令，将外界各种类型的声音文件导入到动画场景中，表5-1中列出了在Flash中支持被导入的声音类型。

表5-1 Flash中支持的声音类型

文 件 格 式	适 用 环 境
WAV	Windows
MP3	Windows或Macintosh
AIFF	Macintosh

如果系统中安装了QuickTime4或更高版本，则可导入如表5-2所示的声音文件格式。

表5-2 安装QuickTime支持的声音类型

文 件 格 式	适 用 环 境
AIFF	Windows或Macintosh
SOUND Designer II	Macintosh
QuickTime声音影片	Windows或Macintosh
Sun AU	Windows或Macintosh
System 7 声音	Macintosh
WAV	Windows或Macintosh

Flash动画的声音主要用于按钮、主时间轴和声音对象三个方面。在Flash动画中，为主时间轴加入声音是最常用的。为声音对象加入声音较为少用。

由于声音文件本身比较大，所以会占用较大的磁盘空间和内存，因此在制作动画时尽量选择效果相对较好、文件较小的声音文件。MP3声音数据是经过压缩处理的，所以比WAV或AIFF文件较小。如果使用WAV或AIFF文件，要使用16位22kHz单声，如果要向Flash中添加声音效果，最好导入16位声音。当然，如果内存有限，就尽可能使用短的声音文件或用8位声音文件。

2）设置音频属性

将声音加入时间轴后，选中声音所在的图层，可以看到相应的"属性"面板，如图5-1所示。右侧显示声音属性，可以进行声音选择、音效设置、同步模式选择和重复次数的设定。向当前编辑环境中添加的声音最终要体现在生成的动画作品中，声音和动画采用什么形式协调播放关系到整个作品的总体效果及播放质量，这就要用到同步模式，如图5-2所示。

图5-1 设置"属性"面板1

图5-2 设置"属性"面板2

为了使声音和影片在播放时能够达成一致,可以在其"属性"面板中选择不同的同步类型,如图5-2所示。

- 事件:该模式是默认的声音同步模式。选择该模式后,事先在编辑环境中选择的声音就会与事件同步。不论在何种情况下,只要动画播放到插入声音的开始帧,就开始播放选择的声音,而且不受时间轴的限制,直到声音播放完毕为止。

- 开始:在同一个动画中使用了多个声音并且在时间轴上有重合时,如果应用事件模式,每个声音不论有没有其他声音正在播放,只要到时间就会开始播放直至播放完。这样就会造成声音的重叠,使音效杂乱。可以将声音设为开始模式,到了声音开始播放的帧时,如果有其他声音正在播放,也会自动取消将要进行的

声音播放;如果此时没有其他声音播放,选择的声音才会开始播放。

- 停止:该模式用于停止声音。如果将某个声音设为停止模式,当动画播放到所选声音的起始帧时,声音不会开始播放。如果当时有其他声音正在播放,则所有正在播放的声音也都会在该时刻停止。

- 数据流:该模式通常用在网络传输中。在这种模式下,动画的播放被强制与声音的播放保持同步。如果动画帧的传输速度比声音传输慢,则会跳过这些帧进行播放。当动画播放完毕时,如果声音还没播放完,也会与动画同时停止,这点与事件模式不同。使用数据流模式可以在下载的同时播放声音,而事件模式中必须等到声音下载完毕后才可以播放。

2.音频的编辑

导入Flash中的声音文件,并不是每一个都适合动画。常常要对声音进行编辑,如实现声道选择、音量变化等特殊效果,可以使用声音属性中的音效功能。单击"属性"面板中的"效果"下拉列表框,在弹出的下拉列表中有8个选项,如图5-3所示。

图5-3 设置"属性"面板3

选择需要的音效,当前编辑环境下被选择的声音就会具备相应的声音特效了。可以利用"控制器"面板中的播放按钮试听改变后的声音效果。

Flash内置了一个简单的声音编辑元

件,可以对声音进行一些简单的处理。选中需要编辑声音的帧,在"属性"面板上单击"编辑"按钮,如图5-4所示。在弹出的"编辑封套"对话框中进行声音文件的各种编辑,如图5-5所示。具体操作如下:

图5-4　设置"属性"面板4

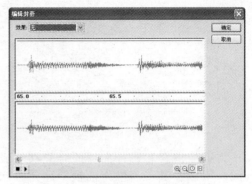

图5-5　"编辑封套"对话框

拖动对话框中的"开始点"和"终止点"控制器，可以改变声音播放的开始点和终止点的时间位置，如图5-6所示。

要想改变声音封套，拖动封套手柄可以改变声波不同点处的音级，封套线显示了声音播放时的音量。单击封套线可以增加封套手柄，最多可达到八个手柄。将封套线拖至对话框外面，则将手柄删除。如图5-7所示。

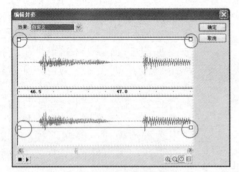

图5-6　调整控制点

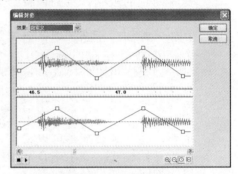

图5-7　控制封套线

单击"放大"或"缩小"按钮，可以显示较多或者较少的声音波形。

单击"秒"或"帧"按钮，可以"秒"或者"帧"为时间单位转换。

引用到时间轴上的声音，往往还需要在声音"属性"面板中进行适当的属性设置，才能更好地发挥声音的效果。在"编辑封套"对话框中通过设置声音"效果"来编辑声音属性，如图5-8所示。

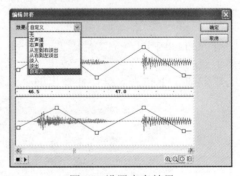

图5-8　设置声音效果

5.1.2　制作音乐导航

熟悉了基本的技术之后，下面将通过实际的案例来进一步学习音频在Flash动画制作中的作用。

本实例最终效果图（见图5-9）：

○ **设计思路**

缤纷的花朵、动听的音乐那么让人心旷神怡。仔细倾听吧! 一切尽在不言中。

○ **练习要求**

通过上述的学习,结合其他工具的使用,掌握音频文件的导入方法。

图5-9 实例最终效果图

制作流程预览

○ **制作重点**

1. 注意在将外部合适的音频文件导入到Flash中,要选择合适的音频格式,如果不能导入,则可使用专业软件转换后再导入。

2. 在Flash中使用音频时要注意设置"属性"面板上相应的同步方式,以达到最好的播放效果。

Step 01 执行【文件】→【新建】命令,新建一个Flash文档,如图5-10所示,单击"属性"面板上的"文档属性"按钮,在弹出的"文档属性"对话框中设置"尺寸"为802像素×206像素,"背景颜色"为#33CCFF,帧频为30fps,其他设置如图5-11所示。

图5-10 新建Flash文档

图5-11 设置文档属性

Step 02 执行【插入】→【新建元件】命令,新建一个"名称"为"文字按钮1"的"影片剪辑"元件。单击"工具箱"中的"矩形工具"按钮,设置其"属性"面板上的"笔触颜色"为无,"填充颜色"为#FFFFFF,如图5-12所示。在场景中的适当位置绘制一个矩形,如图5-13所示。

图5-12 "属性"面板

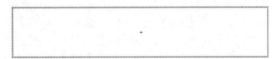

图5-13 绘制矩形

Step 03 选择刚刚在场景中绘制的矩形,按【F8】键,将矩形转换成"名称"为"矩形背景"的"图形"元件,如图5-14所示。选中第1帧上的元件,设置其"属性"面板上"颜色"样式下的Alpha值为45%,"属性"面板如图5-15所示。

Flash CS3中文版入门实战与提高

05

Chapter

5.1

5.2

5.3

5.4

图5-14 转换为元件

图5-15 "属性"面板

Step 04 分别在第5帧、第8帧、第9帧、第10帧、第11帧、第12帧、第14帧位置,按【F6】键插入关键帧,选中各帧上的元件,设置其"属性"面板上"颜色"样式下的Alpha值为80%、50%、80%、50%、80%、50%、50%,"属性"面板如图5-16所示。

图5-16 "属性"面板

Step 05 设置第1帧、第5帧、第12帧上的"补间"类型为"动画","时间轴"面板如图5-17所示,场景效果如图5-18所示。

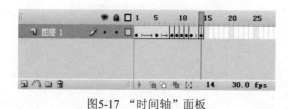

图5-17 "时间轴"面板

图5-18 场景效果

Step 06 单击"时间轴"面板上的"插入图层"按钮,新建"图层2",单击"工具箱"中的"文本工具"按钮 T,设置其"属性"面板上的"字体"为Arial,"字体大小"为12,"文本颜色"为#000000,如图5-19所示,在场景中的适当位置输入文字,如图5-20所示。

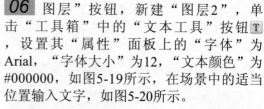

图5-19 "属性"面板

图5-20 输入文字

Step 07 单击"时间轴"面板上的"插入图层"按钮,新建"图层3",在第2帧位置,按【F6】键插入关键帧,设置其"属性"面板上的"帧标签"为s,如图5-21所示。在第9帧位置,按【F6】键插入关键帧,设置其"属性"面板上的"帧标签"为e。选中"图层3"第10~14帧,单击鼠标右键,在弹出的快捷菜单中选择【删除帧】命令,时间轴效果如图5-22所示。

Step 08 单击"时间轴"面板上的"插入图层"按钮,新建"图层4",单击第1帧,执行【窗口】→【动作】命令,打开"动作-帧"面板,在"动作-帧"面板中输入"stop();"脚本语言,在第8帧位置,按【F6】键插入关键帧,在"动作-帧"面板中输入"stop();"脚本语言,选中"图层4"第9~14帧,单击鼠标右键,在弹出的快捷菜单中选择【删除帧】命令,时间轴效果如图5-23所示,场景效果如图5-24所示。

图5-21 "属性"面板

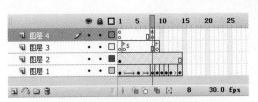

图5-23 "时间轴"效果

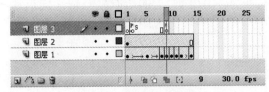

图5-22 "时间轴"面板

图5-24 场景效果

Step 09 使用同样方法制作其他3个"文字按钮"元件，如图5-25所示，"库"面板如图5-26所示。

Step 10 执行【插入】→【新建元件】命令，新建一个"名称"为"反应区"的"按钮"元件。在"点击帧"位置，按【F6】键插入关键帧，单击"工具箱"中的"矩形工具"按钮，设置其"属性"面板上的"笔触颜色"为无，"填充颜色"为#FFFFFF，如图5-27所示，在场景中绘制一个100像素×20像素的矩形，如图5-28所示。

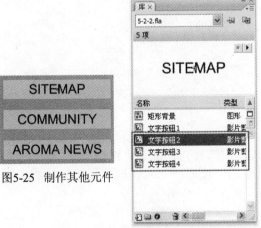

图5-25 制作其他元件

图5-26 "库"面板

图5-27 "属性"面板

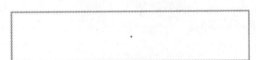

图5-28 绘制矩形

Step 11 执行【插入】→【新建元件】命令，新建一个"名称"为"按钮动画"的"影片剪辑"元件。单击第1帧，将"库"面板中的"文字按钮4"元件拖入到场景的适当位置，如图5-29所示，设置其"属性"面板上的"实例名称"为b2，在第7帧位置，按【F6】键插入关键帧，将该帧上的元件适当地向下移动位置，如图5-30所示。

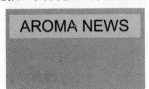

图5-29 拖入元件

图5-30 移动元件位置

Step 12 选中第1帧上的元件，设置其"属性"面板上"颜色"样式下的Alpha值为0%，场景效果如图5-31所示。设置第1帧上的"补间"类型为"动画"，"时间轴"面板如图5-32所示。

图5-31 场景效果

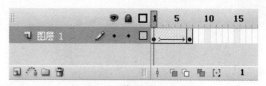

图5-32 "时间轴"面板

Step 13 分别单击"时间轴"面板上的"插入图层"按钮，新建"图层2"、"图层3"、"图层4"，依次将"库"面板中的"文字按钮3"、"文字按钮2"、"文字按钮1"元件拖入到场景中，设置元件的"实例名称"并制作动画，场景效果如图5-33所示，"时间轴"面板如图5-34所示。

Step 14 分别选中"图层2"、"图层3"、"图层4"上的所有帧，依次向后移动两帧，场景效果如图5-35所示，"时间轴"面板如图5-36所示。

图5-33 场景效果

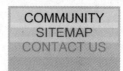

图5-35 场景效果

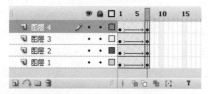

图5-34 "时间轴"面板

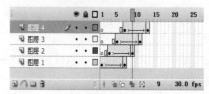

图5-36 "时间轴"面板

Step 15 分别在"图层1"、"图层2"、"图层3"、"图层4"的第18帧位置，按【F5】键插入帧。单击"时间轴"面板上的"插入图层"按钮，新建"图层5"，在第13帧位置，按【F6】键插入关键帧，将"库"面板中的"反应区"元件拖入到场景的适当位置，如图5-37所示，"时间轴"面板如图5-38所示。

图5-37 拖入元件

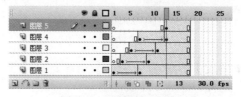

图5-38 "时间轴"面板

Step 16 选中刚刚拖入到场景中的"反应区"元件，在"动作-按钮"面板中输入如图5-39所示的脚本语言。

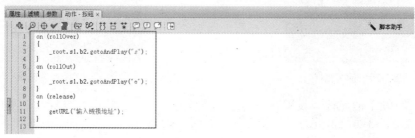

图5-39 输入脚本语言

Step 17 使用同样方法新建其他图层，并将"反应区"元件拖入到场景中，并在"动作-按钮"面板中输入脚本语言，场景效果如图5-40所示，"时间轴"面板如图5-41所示。单击"时间轴"面板上的"插入图层"按钮，新建最后一个图层，在第18帧位置，按【F6】键插入关键帧，在"动作-帧"面板中输入"stop();"脚本语言。

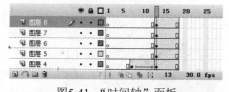

图5-40 场景效果

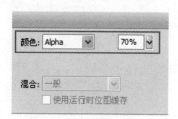

图5-41 "时间轴"面板

Step 19 执行【插入】→【新建元件】命令，新建一个"名称"为"飘雪动画"的"影片剪辑"元件，将"库"面板中的"飘雪"元件拖入到场景中，分别在第4帧、第11帧、第14帧、第21帧位置，按键盘上的【F6】键插入关键帧，选中第4帧位置上的元件，设置其"属性"面板上"颜色"样式下的Alpha值为70%，"属性"面板如图5-45所示，图像效果如图5-46所示。

图5-45 "属性"面板

图5-46 图像效果

Step 18 执行【插入】→【新建元件】命令，新建一个"名称"为"飘雪"的"图形"元件，单击"工具箱"中的"椭圆工具"按钮，设置其"属性"面板上的"笔触颜色"为无，"填充颜色"样式下的Alpha值为33%的#FFFFFF，如图5-42所示，在场景中绘制一个正圆，如图5-43所示，使用同样方法新建其他图层，绘制其他圆形，如图5-44所示。

图5-42 "属性"面板

图5-43 绘制正圆   图5-44 绘制其他圆形

Step 20 选中第14帧上的元件，设置其"属性"面板上"颜色"样式下的Alpha值为60%，图像效果如图5-47所示，设置第1帧、第4帧、第11帧、第14帧上的"补间"类型为"动画"，"时间轴"面板如图5-48所示。

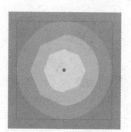

图5-47 图像效果

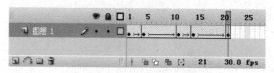

图5-48 "时间轴"面板

Step 21 执行【插入】→【新建元件】命令，新建一个"名称"为"遮罩动画"的"影片剪辑"元件，执行【文件】→【导入】→【导入到舞台】命令，将图像"光盘\实例素材源文件\第5章\素材\image2.png"导入到场景中，并调整位置及大小，如图5-49所示，在第57帧位置，按【F5】键插入帧，"时间轴"面板如图5-50所示。

Step 22 单击"时间轴"面板上的"插入图层"按钮，新建"图层2"，单击工具箱中的"椭圆工具"按钮，设置其"属性"面板上的"笔触颜色"为无，"填充颜色"为#0000FF，在场景中的适当位置绘制一个椭圆，如图5-51所示，在第37帧位置，按【F6】键插入关键帧，使用任意变形工具调整椭圆的大小，如图5-52所示，设置第1帧上的"补间"类型为"形状"。

图5-49 导入图像

图5-51 绘制椭圆

图5-50 "时间轴"面板

图5-52 调整椭圆大小

Step 23 在"图层2"图层名处单击鼠标右键，在弹出的快捷菜单中选择【遮罩层】命令，将图层转换为遮罩层，新建图层，将image2.png拖入到场景中，再新建图层，在场景中绘制椭圆，制作椭圆的动画，并将该层转换为遮罩层，使用同样方法制作其他图层动画，场景效果如图5-53所示，"时间轴"效果如图5-54所示。

图5-53 场景效果

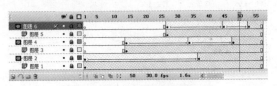

图5-54 "时间轴"面板

Step 24 单击"时间轴"面板上的"插入图层"按钮，最后新建一个图层，在第57帧位置，按【F6】键插入关键帧，在"动作-帧"面板上输入"stop();"脚本语言。"时间轴"面板如图5-55所示。

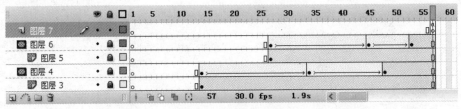

图5-55 "时间轴"面板

Step 25 执行【插入】→【新建元件】命令，新建一个"名称"为"背景音乐"的"影片剪辑"元件，如图5-56所示，执行【文件】→【导入】→【导入到库】命令，将图像"光盘\实例素材源文件\第5章\素材\sound2.mp3"导入到"库"中，如图5-57所示。

Step 26 右键单击"库"面板中的sound2.mp3，在弹出的快捷菜单中选择【属性】命令，在弹出的"声音属性"对话框中设置"压缩"为mp3，如图5-58所示，将"库"面板中的声音文件拖入到场景中，并在第708帧位置，按【F5】键插入帧，"时间轴"面板如图5-59所示。

图5-56　创建新元件

图5-57　"库"面板

图5-58　设置声音属性

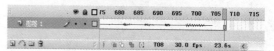

图5-59　"时间轴"面板

Step 27 单击第1帧位置，单击"属性"面板上的"编辑"按钮，在弹出的"编辑封套"对话框中设置其"效果"为"淡入"，如图5-60所示，"属性"面板如图5-61所示。

Step 28 单击"编辑栏"上的"场景1"文字，返回到场景1中。单击"工具箱"中的"矩形工具"按钮，执行【窗口】→【颜色】命令，打开"颜色"面板，在"颜色"面板上设置从#7A9F02到#EFF686的线性渐变效果，如图5-62所示，设置"属性"面板上的"矩形边角半径"为15，如图5-63所示。

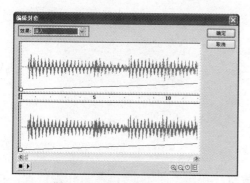

图5-60　"编辑封套"对话框

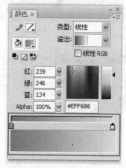

图5-62　"颜色"面板

图5-61　"属性"面板

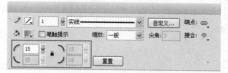

图5-63　"属性"面板

Step 29 使用"矩形工具"在场景中绘制一个802像素×206像素的圆角矩形，如图5-64所示，使用"油漆桶工具"调整圆角矩形的渐变方向，如图5-65所示。在第59帧位置，按【F5】键插入帧。

Step 30 单击"时间轴"面板上的"插入图层"按钮，新建"图层2"，在第2帧位置，按【F6】键插入关键帧，将"库"面板中的"遮罩动画"元件拖入到场景中，如图5-66所示，"时间轴"面板如图5-67所示。

图5-66 拖入元件

图5-64 绘制圆角矩形

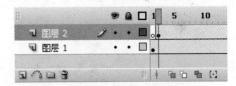

图5-67 "时间轴"面板

图5-65 调整渐变方向

Step 31 单击"时间轴"面板上的"插入图层"按钮，新建"图层3"，在第59帧位置，按【F6】键插入关键帧，将"库"面板中的"按钮动画"拖入到场景的适当位置，如图5-68所示，"时间轴"面板如图5-69所示。

Step 32 选中第59帧上的元件，设置其"属性"面板上的"实例名称"为s1，如图5-70所示，场景效果如图5-71所示。

图5-70 "属性"面板

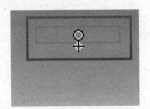

图5-68 拖入元件

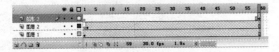

图5-69 "时间轴"面板

图5-71 场景效果

Step 33 单击"时间轴"面板上的"插入图层"按钮，新建"图层4"，在第59帧位置，将"库"面板中的"飘雪动画"元件拖入到场景的适当位置，如图5-72所示，选中该元件，设置其"属性"面板上的"实例名称"为p0，如图5-73所示，选中第59帧上的元件，在"动作-影片剪辑"面板中输入如图5-74所示的脚本语言。

图5-72　拖入元件

图5-73　"属性"面板

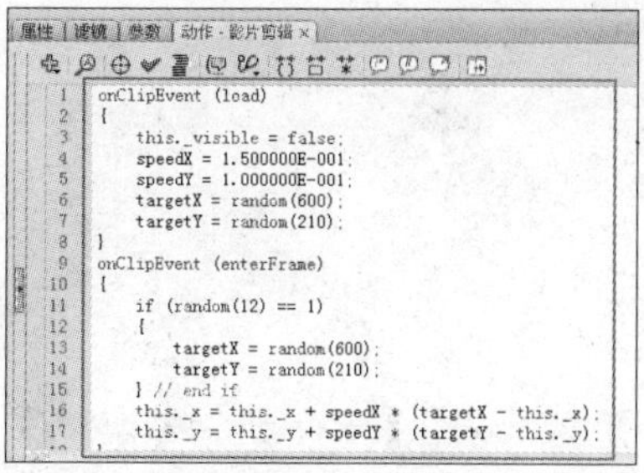

图5-74　输入脚本语言

Step 34 使用同样方法新建其他图层，将"飘雪动画"元件拖入到场景中，选中元件并在"动作-帧"面板中输入脚本语言，场景效果如图5-75所示，"时间轴"面板如图5-76所示。

Step 35 单击"时间轴"面板上的"插入图层"按钮，新建"图层12"，将"库"面板中的"背景音乐"元件拖入到场景的适当位置，如图5-77所示，"时间轴"面板如图5-78所示。

图5-75　场景效果

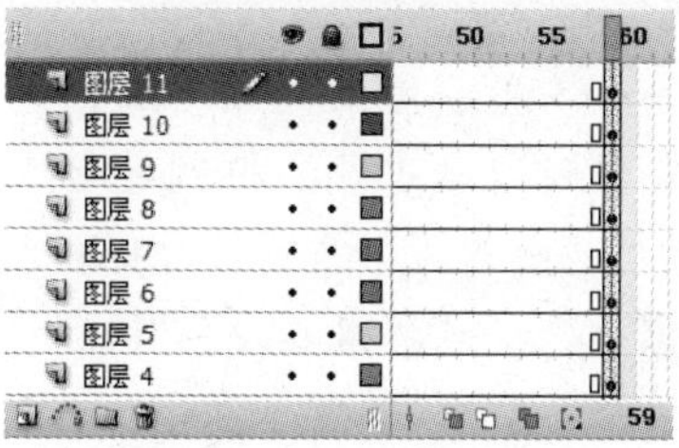

图5-77　拖入元件

图5-76　"时间轴"面板

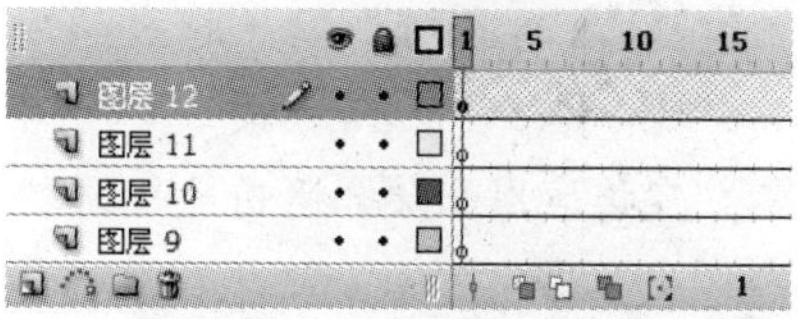

图5-78　"时间轴"面板

Step 36 单击"时间轴"面板上的"插入图层"按钮，新建"图层13"，执行【文件】→【导入】→【导入到舞台】命令，将图像"光盘\实例素材源文件\第5章\素材\image1.png"导入到场景中，并调整位置及大小，如图5-79所示。

图5-79　导入图像

Step 37 单击"时间轴"面板上的"插入图层"按钮，新建"图层14"，在第59帧位置，按【F6】键插入关键帧，在"动作-帧"面板中输入如图5-80所示的脚本语言，"时间轴"面板如图5-81所示。

图5-80　输入脚本语言　　　　　　　　　　图5-81　"时间轴"面板

Step 38 执行【文件】→【保存】命令，将动画保存为5-1-2.fla文件，完成动画制作。同时按【Ctrl+Enter】组合键测试动画，预览效果如图5-82所示。

图5-82　预览效果

5.2　使用视频

随着网络的快速发展，网站内容越来越丰富多彩。使用视频增加网站效果的成功案例也越来越多。除了被直接应用到网站中外，视频也越来越多地参与到Flash动画中，被用来制作更多炫目的动画效果，本章将针对视频元素的直接运用和综合运用进行详细的学习，以帮助读者深刻理解视频的运用技巧。

5.2.1　视频的导入和编辑

1．视频的导入

1）Flash中可以导入的视频格式

系统中安装了适用Macintosh的QuickTime 7、适用于Windows系统的QuickTime 6.5或安装了DirectX 9或更高版本（仅限于Windows），则可以导入多种文件格式的视频剪辑，如MOV、AVI和MPG/MPEG等格式，还可以导入MOV格式的链接视频剪辑。可以将带有嵌入视频的Flash文档发布为SWF文件。如果用带有链接的Flash文档，就必须以QuickTime格式发布。

如果安装了QuickTime 7，则导入嵌入视频时支持的格式如表5-3所示。

如果系统安装了DirectX 9或更高版本（仅限Windows），则在导入嵌入视频时支持如表5-4所示的视频文件格式。

表5-3　安装QuickTime 7后Flash支持的视频格式

文 件 类 型	扩 展 名
音频视频	.avi
数字视频	.dv
运动图像专家组	.mpg、.mpeg
QuickTime视频	.mov

表5-4　安装DirectX 9后支持的视频格式

文 件 类 型	扩 展 名
音频视频	.avi
运动图像专家组	.mpg、.mpeg
Windows Media文件	.wmv、.asf

Flash CS3支持多种视频文件的导入和应用。在Flash CS3中，可以导入QuickTime或Windows播放器支持的标准媒体文件。对于导入的视频对象，可以进行缩放、旋转、扭曲和遮罩处理，也可以通过编写脚本来创建视频动画。Flash 6 Player播放器加入了Sorenson Spark解码器，可以直接支持视频播放。

Flash CS3中应用的视频可以分为嵌入视频文件和链接视频文件两种形式。嵌入视频文件导入后视频成为动画的一部分，就像导入的位图一样，最后发布为Flash动画，以链接方式导入的视频不能成为Flash的一部分，而是保存在一个指向的电影链接。

导入嵌入视频的步骤如下：

Step 01 执行【文件】→【导入】→【导入视频】命令，选择需要导入的视频文件，单击【下一个】按钮，如图5-83所示。打开部署对话框，选择"在SWF中嵌入视频并在时间轴上播放"单选按钮，单击【下一个】按钮，如图5-84所示。

Step 02 打开嵌入对话框，选择"符号类型"下拉列表框中的"嵌入的视频"选项，如图5-85所示。单击【下一个】按钮。打开完成视频导入对话框，单击【完成】按钮，如图5-86所示。

图5-83　选择视频对话框

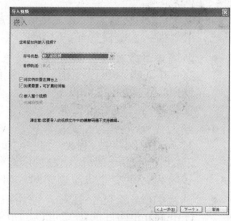

图5-85　嵌入对话框

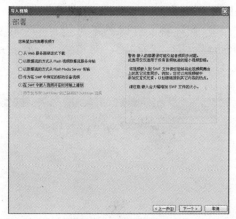

图5-84　部署对话框

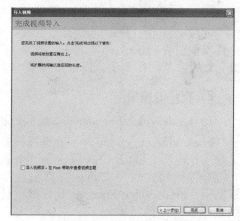

图5-86　完成视频导入对话框

Step 03 将视频导入场景中，选中视频，在"属性"面板上将显示出该视频的属性，如图5-87所示。

Flash CS3中文版入门实战与提高

05

Chapter

5.1

5.2

5.3

5.4

图5-87 "属性"面板

在影片测试时，影片中的视频多数是可控制播放的，控制视频的播放多使用ActionScript来控制。为了方便初级学者来控制视频的播放，Flash还提供了一种行为，通过使用行为便可控制视频的播放，其使用方法如下：

执行【窗口】→【行为】命令，打开"行为"面板，单击"行为"面板中的"添加行为"按钮，在弹出的菜单中选择"嵌入的视频"选项，在级联菜单中选择想要的控制行为。此时"行为"面板中将出现添加的行为。单击此行为，可以选择激活事件的条件，即可轻松地控制视频的播放。

2）Flash中视频的传送方法

Flash中的视频根据文件的大小及网络条件，可以采用三种方式进行视频的传送：渐进下载、嵌入视频、链接视频。下面依次对这三种方式进行学习。

- 渐进式下载视频：渐进式下载允许用户使用脚本将外部FLV格式文件加载到SWF文件中，并且可以在播放时控制给定文件的播放或回放。由于视频内容独立于其他Flash内容和视频回放控件，因此只更新视频内容而无需重新发布SWF文件，使视频内容的更新更加容易。
- 嵌入式视频：嵌入式视频需将视频文件嵌入SWF文件。使用这种方法导入视频时，该视频将被直接放置在时间轴上，与导入的其他文件一样，嵌入视频成为Flash文档的一部分。在使用嵌入的视频创建SWF文件时，视频文件的播放帧频必须和SWF文件的帧频相同。如果帧频不同，那将会影响动画的播放效果。
- 链接的QuickTime视频：使用Flash可以创建QuickTime影片，在计算机中安装QuickTime插件的用户可以回放影片。并且可以从Flash文件链接到QuickTime视频，而不是将该视频嵌入Flash文件中。导入到Flash中的链接QuickTime视频并不会成为Flash文件的一部分，而是在Flash中指向源文件。

视频文件有多种不同的类型格式，当在Flash中导入视频文件时，不可能每一个视频文件都能适合Flash文件的需求。这就需要通过Flash自带的一些功能，对视频文件进行编辑与修改，从而得到适合Flash文件需求的视频。

2．视频的编辑

1）Flash Video Encoder基本编码流程

Flash Video Encoder 为了改进视频专业人员的工作流程，Flash CS3 包含了一个新的独立视频编码器，它可安装在视频编码专用计算机上。Flash Video Encoder 允许批量处理视频编码，可以同时编码多个视频剪辑。使用Flash Video Encoder 还可以编辑视频剪辑、嵌入提示点及裁切和修剪视频的帧大小，如图5-88所示。

"视频导入"向导经过改进，可帮助用户部署视频内容，以供嵌入、渐进下载和流视频传输。可以导入存储在本地计算机上的

图5-88 Flash Video Encoder编码器

视频，或导入已部署到 Web 服务器或 Flash Communication Server 上的视频。

Step 01 单击编码器上的【增加】按钮，添加需要编辑的文件，如图5-89所示。单击【设置】按钮，即可对视频进行编辑。在"编码配置文件"选项卡上显示视频的基本属性，如图5-90所示。

图5-89　添加文件　　　　　　　　　　图5-90　"编码配置文件"选项卡

Step 02 打开"视频"选项卡，默认情况下，"对视频编码"复选框应处于选中状态。在"视频编解码器"弹出的下拉列表中选择用于编码视频内容的视频编解码器。如果是Flash Player 6 或Flash Player7 创作，需要选择 Sorenson Spark 编解码器；如果是Flash Player 8 创作，则需要选择 On2 VP6 编解码器。如图5-91所示。

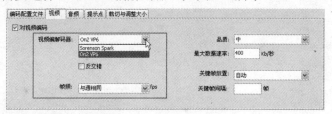

图5-91　"视频"选项卡

默认情况下，Flash Video Encoder 使用的帧频与源视频的帧频相同。如果需要更改帧频，首先应了解修改帧频会对视频品质所产生的影响。

2）选择视频的关键帧位置

关键帧指包含完整数据的视频帧。默认情况下，Flash Video Encoder 在回放时间中每两秒放置一个关键帧。例如，如果要编码的视频的帧频为30fps，则每 60 帧插入一个关键帧。通常在视频剪辑内搜寻时，默认的关键帧值可以提供合理的控制级别。如果需要选择自定义的关键帧值，关键帧间隔越小，文件就越大。

在"品质"下拉列表框中指定了视频的品质。

品质设置决定了编码视频的数据速率（即比特率）。数据速率越高，嵌入的视频剪辑的品质就越好。如图5-92所示。

图5-92　设置"帧频"

Flash CS3中文版入门实战与提高

05

Chapter

5.1

5.2

5.3

5.4

每个提示点由名称及其出现的时间组成。可以用"小时:分钟:秒:毫秒"的格式指定提示点时间；默认帧频为每秒 30 帧 (fps)。可以用任意帧频指定提示点时间，并且还可以用毫秒表示，而不用帧数。如图5-93所示。

图 5-93 设置"提示点"

3）视频的裁切和修剪

Flash Video Encoder提供了多种编辑选项，使用这些编辑选项，可以在编码视频剪辑之前先裁切和修剪它们。

①裁切：可以调整视频剪辑的尺寸，消除视频中的一些区域，以强调帧中特定的焦点，如图5-94所示。

②调整大小：对所编辑的视频整体大小进行调整，而不去掉任何部分，如图5-95所示。

图5-94 "裁切与调整大小"选项卡

图5-95 调整大小选项

③修剪：调整视频的长度，可以只截取整个视频中的一部分，这样在使用视频时将会更加方便，如图5-96所示。

图5-96 修剪选项

5.2.2 制作视频播放界面

熟悉了基本的技术之后，下面将通过实际的案例来实现在Flash动画中使用视频元素。

本实例最终效果图（见图5-97）：

图5-97 实例最终效果图

○ **设计思路**

　　蓝色的天空中飘着白云，雄伟的城堡静静地矗立在河岸边。一切都那么恬静。一只小猫出现了，透过镜头能看到什么呢？

○ **练习要求**

　　通过上述的学习，掌握在Flash中使用视频文件，并能通过脚本控制视频文件。

制作流程预览

○ **制作重点**

　　1．利用Flash的逐帧动画，制作水波的动感效果。
　　2．利用"行为"面板，为按钮添加行为，从而达到按钮控制视频停止、播放的效果。

Step 01 　执行【文件】→【新建】命令，弹出"新建文档"对话框，单击【确定】按钮，新建一个Flash文档，如图5-98所示。单击"属性"面板上的"文档属性"按钮，在弹出的"文档属性"对话框中设置"尺寸"为800像素×400像素，"背景颜色"为#FFFFFF，"帧频"为12fps，如图5-99所示。

Step 02 　执行【插入】→【新建元件】命令，新建一个"名称"为"水动画"的"影片剪辑"元件，如图5-100所示，在第16帧位置，按【F6】键插入关键帧，执行【文件】→【导入】→【导入到舞台】命令，将图像"光盘\实例素材源文件\第5章\素材\image5-3-201.jpg"导入到场景中，在弹出的询问是否导入序列中的所有图像对话框中单击【是】按钮，如图5-101所示，导入图像如图5-102所示，完成后的"时间轴"面板如图5-103所示。在第20帧位置，按【F5】键插入帧。

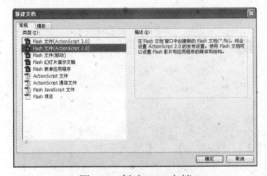

图5-98　新建Flash文档

图5-99　文档属性

图5-100　创建新元件

图5-101　询问是否导入序列中的所有图像对话框

图5-102　导入图像

图5-103　完成后的"时间轴"面板

Flash CS3中文版入门实战与提高

05
Chapter

5.1

5.2

5.3

5.4

Step 03　执行【插入】→【新建元件】命令，新建一个"名称"为"小旗动画"的"影片剪辑"元件，如图5-104所示，单击"工具箱"中的"钢笔工具"按钮，设置其"属性"面板上的"笔触颜色"为#DAA95D，"笔触高度"为5，"笔触样式"为"实线"，"属性"面板如图5-105所示，在场景中绘制如图5-106所示的路径。

图5-104　创建新元件

图5-105　"属性"面板

图5-106　绘制路径

Step 04　单击"工具箱"中的"颜料桶工具"按钮，设置其"属性"面板上的"填充颜色"为#DAA95D，"属性"面板如图5-107所示，在刚刚绘制的路径内单击即可填充颜色，场景效果如图5-108所示。

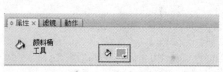

图5-107　"属性"面板

图5-108　场景效果

○ 小技巧

设置填充颜色：可以在"工具箱"中设置填充颜色。

Step 05　单击"工具箱"中的"选择工具"按钮，双击用"钢笔工具"绘制的路径，如图5-109所示，按【Del】键将路径删除，场景效果如图5-110所示，用同样的制作方法，在其他帧上绘制路径并填充颜色，完成后的"时间轴"面板如图5-111所示。

图5-109　选择路径

图5-110　场景效果

图5-111　完成后的"时间轴"面板

Step 06　执行【插入】→【新建元件】命令，新建一个"名称"为"翅膀动画1"的"影片剪辑"元件，如图5-112所示，执行【文件】→【导入】→【导入到舞台】命令，将图像"光盘\实例素材源文件\第5章\素材\5-3-201.png"导入到场景中，导入图像如图5-113所示，使用"选择工具"选择刚刚导入的图像，按【F8】键将图像转换成"名称"为"翅膀"的"图形"元件。

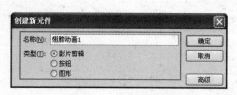

图5-112　创建新元件

图5-113　导入图像

Step **07** 分别在第5帧、第6帧和第9帧位置，按【F6】键插入关键帧，单击"工具箱"中的"选择工具"按钮，选择第5帧场景中的元件，执行【窗口】→【变形】命令，打开"变形"面板，设置"变形"面板中的"旋转"值为15度，"变形"面板如图5-114所示，场景效果如图5-115所示。

图5-114 "变形"面板

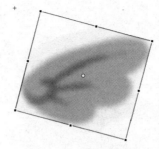

图5-115 场景效果

○ 小技巧

手动旋转：单击"工具箱"中的"任意变形工具"按钮，可以对图形进行任意角度的旋转。

Step **08** 使用"选择工具"选择第6帧场景中的元件，执行【窗口】→【变形】命令，打开"变形"面板，设置"变形"面板中的"旋转"值为10度，"变形"面板如图5-116所示，场景效果如图5-117所示。分别设置第1帧、第5帧和第6帧上的"补间"类型为"动画"。

图5-116 "变形"面板

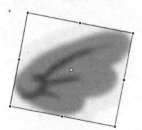

图5-117 场景效果

Step **09** 执行【插入】→【新建元件】命令，新建一个"名称"为"按钮1"的"按钮"元件，如图5-118所示，单击"工具箱"中的"椭圆工具"按钮，设置其"属性"面板上的"笔触颜色"为无，"填充颜色"为#00FFFF，"属性"面板如图5-119所示。

图5-118 创建新元件

图5-119 "属性"面板

Step **10** 在"点击"状态下，按【F6】键插入关键帧，"时间轴"面板如图5-120所示，按住【Shift】键在场景中绘制一个尺寸为57像素×57像素的正圆，场景效果如图5-121所示。

图5-120 "时间轴"面板

图5-121 场景效果

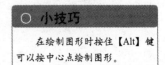

○ 小技巧

在绘制图形时按住【Alt】键可以按中心点绘制图形。

Step 11 执行【插入】→【新建元件】命令，新建一个"名称"为"飞行动画1"的"影片剪辑"元件，如图5-122所示，执行【窗口】→【库】命令，打开"库"面板，将"翅膀动画1"元件从"库"面板拖入到场景中，"库"面板如图5-123所示。

图5-122　创建新元件　　　　图5-123　"库"面板

Step 12 单击"时间轴"面板上的"插入图层"按钮，新建"图层2"，打开"库"面板，再次将"翅膀动画1"拖入到场景中，场景效果如图5-124所示，执行【修改】→【变形】→【水平翻转】命令，如图5-125所示，场景效果如图5-126所示。

  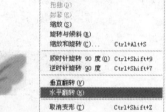

图5-124　场景效果　　　图5-125　执行【水平翻转】命令　　　图5-126　场景效果

Step 13 单击"时间轴"面板上的"插入图层"按钮，新建"图层3"，执行【文件】→【导入】→【导入到舞台】命令，将图像"光盘\实例素材源文件\第5章\素材\5-3-203.png"导入到场景中，导入图像如图5-127所示。单击"时间轴"面板上的"插入图层"按钮，新建"图层4"，执行【窗口】→【库】命令，打开"库"面板，将"按钮1"元件从"库"面板拖入到场景中，"库"面板如图5-128所示，场景效果如图5-129所示。

 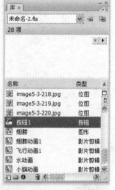 

图5-127　导入图像　　　图5-128　"库"面板　　　图5-129　场景效果

Step 14 执行【插入】→【新建元件】命令，新建一个"名称"为"飞行动画2"的"影片剪辑"元件，如图5-130所示，执行【窗口】→【库】命令，打开"库"面板，将"飞行动画1"元件从"库"面板拖入到场景中，"库"面板如图5-131所示。

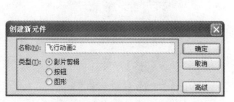

图5-130 创建新元件   图5-131 "库"面板

Step 15 在第16帧位置，按【F6】键插入关键帧，单击"工具箱"中的"选择工具"按钮，向右移动元件在场景中的位置，"时间轴"面板如图5-132所示，在第22帧位置，按【F6】键插入关键帧，使用"选择工具"向下移动元件在场景中的位置，分别设置第1帧和第16帧上的"补间"类型为"动画"。用同样的方法插入其他关键帧并调整元件在场景中的位置，完成后的"时间轴"面板如图5-133所示。

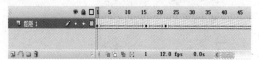

图5-132 "时间轴"面板   图5-133 完成后的"时间轴"面板

Step 16 执行【插入】→【新建元件】命令，新建一个"名称"为"按钮2"的"按钮"元件，如图5-134所示，将图像"光盘\实例素材源文件\第5章\素材\5-3-205.png"导入到场景中，导入图像如图5-135所示，分别在"指针经过"、"按下"和"点击"状态下，按【F6】键插入关键帧，"时间轴"面板如图5-136所示。用同样的制作方法，制作出"按钮3"和"按钮4"元件。

图5-134 创建新元件   图5-135 导入图像   图5-136 "时间轴"面板

Step 17 执行【插入】→【新建元件】命令，新建一个"名称"为"动画1"的"影片剪辑"元件，如图5-137所示，执行【文件】→【导入】→【导入到舞台】命令，将图像"光盘\实例素材源文件\第5章\素材\5-3-208.png"导入到场景中，导入图像如图5-138所示。

图5-137 创建新元件   图5-138 导入图像

Step 18 单击"时间轴"面板上的"插入图层"按钮，新建"图层2"，执行【窗口】→【库】命令，打开"库"面板，将"小旗动画"元件从"库"面板中拖入到场景中，"库"面板如图5-139所示。

Step 19 用步骤18的制作方法，新建其他图层，将"库"面板中的"小旗动画"拖入场景的各个图层中，完成后的场景效果如图5-140所示，"时间轴"面板如图5-141所示。

图5-140 完成后的场景效果

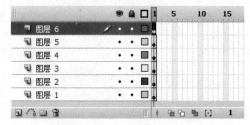

图5-139 "库"面板和场景效果

图5-141 "时间轴"面板

Step 20 执行【插入】→【新建元件】命令，新建一个"名称"为"视频"的"影片剪辑"元件，执行【文件】→【导入】→【导入视频】命令，弹出"导入视频"对话框，如图5-142所示，单击对话框上的【浏览】按钮，将"光盘\素材实例源文件\第5章\素材\视频1.flv"文件打开，如图5-143所示。

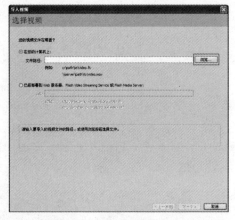

图5-142 "导入视频"对话框

图5-143 打开视频文件所在的文件夹

Step 21 单击【下一个】按钮，进入部署对话框，在这里选择"在SWF中嵌入视频并在时间轴上播放"单选按钮，如图5-144所示，单击【下一个】按钮，进入嵌入对话框，如图5-145所示。

图5-144 设置部署对话框

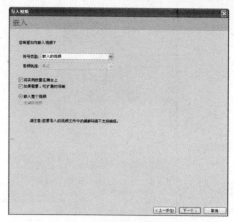

图5-145 嵌入对话框

Step **22** 单击【下一个】按钮，进入完成视频导入对话框，单击【完成】按钮。完成后的场景效果如图5-146所示，单击"工具箱"中的"选择工具"按钮，选择嵌入的视频，设置其"属性"面板上的"实例名称"为xiaomao，"属性"面板如图5-147所示。

Step **23** 执行【插入】→【新建元件】命令，新建一个"名称"为"视频动画"的"影片剪辑"元件，如图5-148所示，执行【文件】→【导入】→【导入到舞台】命令，将图像"光盘\实例素材源文件\第5章\素材\5-3-204.png"导入到场景中，导入图像如图5-149所示。

图5-146 场景效果

图5-148 创建新元件

图5-147 "属性"面板

图5-149 导入图像

Step **24** 单击"时间轴"面板上的"插入图层"按钮，新建"图层2"，执行【窗口】→【库】命令，打开"库"面板，将"视频"元件从"库"面板拖入到场景中，单击"工具箱"中的"任意变形工具"按钮，按住【Shift】键将刚刚拖入的元件等比例缩小，场景效果如图5-150所示，设置其"属性"面板上的"实例名称"为xiaomao2，"属性"面板如图5-151所示。

Step **25** 单击"时间轴"面板上的"插入图层"按钮，新建"图层3"，单击"工具箱"中的"矩形工具"按钮，设置其"属性"面板上的"笔触颜色"为无，"填充颜色"为#00FFFF，"矩形边角半径"值为8，"属性"面板如图5-152所示，在场景中绘制如图5-153所示的矩形。

Flash CS3中文版入门实战与提高

05
Chapter

5.1

5.2

5.3

5.4

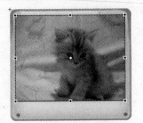

图5-150　场景效果

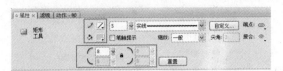

图5-152　"属性"面板

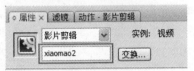

图5-151　"属性"面板

图5-153　场景效果

Step 26　在"图层3"上单击鼠标右键，在弹出的菜单中选择【遮罩层】命令，如图5-154所示，完成后的"时间轴"面板如图5-155所示，场景效果如图5-156所示。

图5-154　遮罩层

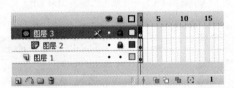

图5-155　完成后的"时间轴"面板

图5-156　场景效果

Step 27　单击"编辑栏"上的"场景1"文字，返回到场景编辑状态，执行【窗口】→【库】命令，打开"库"面板，将"动画1"元件从"库"面板拖入到场景中，"库"面板如图5-157所示，单击"时间轴"面板上的"插入图层"按钮，新建"图层2"，打开"库"面板，将"水动画"元件从"库"面板拖入到场景中，场景效果如图5-158所示。

图5-157　"库"面板

图5-158　场景效果

Step 28　单击"时间轴"面板上的"插入图层"按钮，新建"图层3"，执行【文件】→【导入】→【导入到舞台】命令，将图像"光盘\实例素材源文件\第5章\素材\5-3-202.png"导入到场景中，导入图像如图5-159所示。单击"时间轴"面板上的"插入图层"按钮，新建"图层4"，将"飞行动画2"元件从"库"面板中拖入到场景中，场景效果如图5-160所示。

图5-159 导入图像

图5-160 场景效果

Step 29 单击"时间轴"面板上的"插入图层"按钮，新建"图层5"，将"视频1"元件从"库"面板拖入到场景中，场景效果如图5-161所示，设置其"属性"面板上的"实例名称"为shipin，如图5-162所示。

图5-161 场景效果

图5-162 "属性"面板

Step 30 单击"时间轴"面板上的"插入图层"按钮，新建"图层6"，打开"库"面板，将"按钮2"元件从"库"面板中拖入到场景中，"库"面板如图5-163所示，场景效果如图5-164所示。单击"工具箱"中的"选择工具"按钮，选择刚刚拖入的元件，设置其"属性"面板上的"实例名称"为bofang。

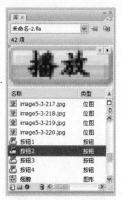

图5-163 "库"面板

图5-164 场景效果

Step 31 单击"工具箱"中的"选择工具"按钮，选择刚刚拖入的元件，设置其"属性"面板上的"实例名称"为bofang。执行【窗口】→【行为】命令，打开"行为"面板，单击"行为"面板中的"添加行为"按钮，如图5-165所示，在打开的"嵌入的视频"级联菜单中选择"播放"选项，如图5-166所示，在弹出的"播放视频"对话框中选择"xiaomao"选项，如图5-167所示。

 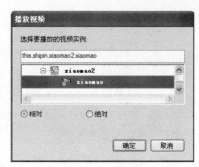

图5-165 "行为"面板　　　图5-166 "行为"面板　　　图5-167 "播放视频"对话框

Step 32 用步骤29～30的制作方法，新建"图层7"和"图层8"，将"按钮3"和"按钮4"元件从"库"面板中分别拖入到"图层7"和"图层8"中，"库"面板如图5-168所示，场景效果如图5-169所示，分别为"图层7"和"图层8"中的"按钮"元件添加"行为"。

图5-168 "库"面板　　　　　　　图5-169 场景效果

Step 33 单击"时间轴"面板上的"插入图层"按钮，新建"图层9"，执行【文件】→【导入】→【打开外部库】命令，将"光盘\实例素材源文件\第5章\素材\sucai.fla"文件打开，将"飞行的鸟2"元件拖入到场景中，"外部库"面板如图5-170所示，场景效果如图5-171所示。按住鼠标左键不放将"图层9"拖到"图层4"下边。

图5-170 "外部库"面板　　　　　　图5-171 场景效果

| Step 34 | 执行【文件】→【保存】命令，将动画保存为5-2-2.fla文件。同时按【Ctrl+Enter】组合键测试动画，预览效果如图5-172所示。 |

图5-172 预览效果

5.3 本章技巧荟萃

Flash CS3

1．Flash中导入的视频，在不改变分辨率和品质时，怎样做才能最大压缩Flash影片的大小？

答：在Flash中用户只能选择默认的几种视频质量修改简单的参数，尽量注重视频质量，尽量压缩音频，而且视频压缩Flash是它控制的。

2．自己在Flash中导入的视频文件，生成.exe文件后，文件消失是什么原因？如何来解决这个问题？

答：可以删掉那个视频模板，再添加一次视频文件即可。

3．在Flash中导入视频，总是很模糊，如何让画面清晰？

答：首先，要保证源文件的分辨率足够高。如果要导入的视频分辨率不够高，导入后，全屏播放即会模糊。其次，在导入的时候先设置视频格式，将分辨率设置得高一些，当然这样会使文件变得很大。

5.4 学习效果测试

Flash CS3

一、选择题

1．当Flash 导出较短小的事件声音（如按钮单击的声音）时，最适合的压缩选项是：（　　）。

　　（A）ADPCM 压缩选项　　　　　　（B）MP3 压缩选项

　　（C）Speech 压缩选项　　　　　　（D）Raw 压缩选项

2．（　　）就是一边下载一边播放的驱动方式。

　　（A）流式声音　　　　　　　　　　（B）事件声音

　　（C）开始　　　　　　　　　　　　（D）数据流

3．标准CD音频采样率是：（　　）。

　　（A）5 kHZ　　　　（B）11 kHZ　　　　（C）22 kHZ　　　　（D）44 kHZ

Flash CS3中文版入门实战与提高

05

Chapter

5.1

5.2

5.3

5.4

4．在Flash CS3中，下面关于导入视频说法错误的是：（　　　）。

（A）在导入视频片段时，用户可以将它嵌入到Flash 电影中

（B）用户可以将包含嵌入视频的电影发布为Flash 动画

（C）一些支持导入的视频文件不可以嵌入到Flash 电影中

（D）用户可以让嵌入的视频片段的帧频率同步匹配主电影的帧频率

5．在设置电影属性时，设置电影播放的速度为12fps，那么在电影测试时，时间轴上显示的电影播放速度应该可能是：（　　　）。

（A）等于12fps　　　　　　　　（B）小于12fps

（C）大于12fps　　　　　　　　（D）大于或小于12fps均有可能

二、判断题

1．执行【窗口】→【行为】命令，或按键盘上的【Shift+F3】组合键，可以打开"行为"面板。（　　　）

2．在Flash中声音是无法进行调整的。（　　　）

3．对于视频来讲，只能用行为控制停止和播放，利用其他功能是无法控制视频的停止和播放的。（　　　）

三、填空题

1．Flash支持（　　　）到（　　　）的不变位速率，输出声音时，应选择16Kbps或更高以获得较好的效果。

2．如果系统里安装了QuickTime 4，则还可以导入下列类型的声音文件:（　　　）、（　　　）、（　　　）。

3．完成裁切和修剪视频后，可以选择（　　　）或（　　　）选项卡，进一步修改视频的编码设置。

图5-173　儿童教育网

四、操作题

制作一个Flash动画，并在动画中添加声音，效果如图5-173所示。

参考答案

Flash CS3

一、选择题

1．A　　2．A　　3．D　　4．C　　5．A

二、判断题

1．对　　2．错　　3．错

三、填空题

1．8Kbps　　160Kbps

2．Sound Designer II　　Sound Only Quick Time Movies　　Sun Au

3．指令点　　编码

第 6 章 图层与场景

学习提要

使用前面学过的补间动画基本上可以满足大部分动画的制作要求。但是如果要制作更加丰富的效果，单单依靠补间动画是远远不够的，还要使用更多的动画制作手法：使用特殊图层就是一个不错的方法。本章将学习使用路径引导层及遮罩层制作跟随动画和遮罩动画的方法。制作大型动画时，过多的图层和元件互相会有影响。本章将使用场景功能来解决这个问题。

学习要点

- 路径引导层的使用
- 遮罩层的使用
- 场景的功能

06
Chapter

6.1

6.2

6.3

6.4

6.5

6.1 制作路径跟随动画

Flash CS3

单纯依靠设置"时间轴"上的补间动画，有时仍然无法实现一些复杂的动画效果，有很多运动是弧线或不规则的路线，如月亮围绕地球旋转、鱼儿在大海里遨游等。这样的不规则运动效果，可以通过引导层来实现。

6.1.1 运动引导层的使用

1．创建引导线

单击"时间轴"面板上的"添加运动引导层"按钮，即可创建一个路径引导层，如图6-1所示。使用"工具箱"上的"钢笔工具"可以绘制出如图6-2所示的引导线。引导线动画是通过引导层和引导线两部分来完成的，这两部分都是不可缺少的。

图6-1 创建路径引导层

图6-2 绘制引导线

1）引导线

引导线即物体运动的轨迹，一般使用"钢笔工具"来绘制。主要起到轨迹或辅助线的作用，可以让物体沿着引导线路径运动。

2）引导层

引导线必须绘制在引导层中，而需要使用引导线作为轨迹线的物体，所在层必须在引导层的下方，一个引导层可以为多个图层提供运动轨迹。同时在一个引导层中可以有多条运动轨迹。制作效果如图6-3所示。

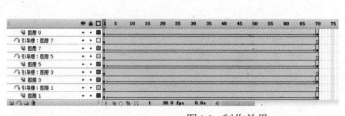

图6-3 制作效果

2．创建环形引导线

环形引导线是在引导层中绘制一个圆环形状的路径以作引导线来引导对象。使用环形引导线可以使对象该圆环形状运动，这种效果广泛地运用在各种动画中。

在绘制环形引导线时，多采用Flash中的"椭圆工具"绘制一条椭圆路径，再通过使用"橡皮擦工具"将圆环的某处擦去并成为一个缺口，如图6-4所示。这样便出现了两个端点，分别为引导动画的起始点和结束点，场景效果如图6-5所示。在测试动画时便可使对象沿圆环的形状运动。

图6-4　环形引导线

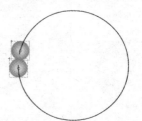

图6-5　对齐后的场景效果

将图层和运动引导层链接起来可执行下列操作之一。

- 将现有图层拖到运动引导层的下面。该图层在运动引导层下面以缩进形式显示。该图层上的所有对象自动与运动路径对齐。

- 在运动引导层下面创建一个新图层。在该图层上补间的对象自动沿着运动路径补间。

- 在运动引导层下面选择一个图层。执行【修改】→【时间轴】→【图层属性】命令，在打开的对话框中选择"被引导"单选按钮，如图6-6所示。

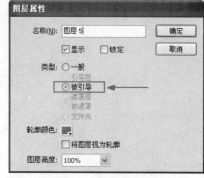

图6-6　设置图层属性1

断开图层和运动引导层的链接可执行下列操作之一。

- 拖动运动引导层上面的图层。

- 执行【修改】→【时间轴】→【图层属性】命令，然后选择"一般"作为图层类型，如图6-7所示。

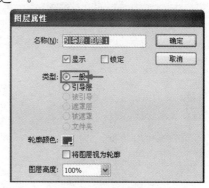

图6-7　设置图层属性2

6.1.2　制作摇奖动画

熟悉了基本技术之后，下面通过实例来学习路径跟随动画的使用方法和技巧。

本实例最终效果图（见图6-8）：

○ **设计思路**

摇啊摇，摇到几就中大奖了，梦寐以求的结果就要出现了，一切愿望都能实现了！

○ **练习要求**

通过上述学习，结合补间动画的运用，掌握制作路径跟随动画的要点和步骤。

图6-8　实例最终效果图

制作流程预览

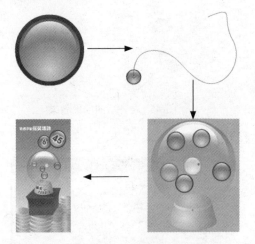

06
Chapter

6.1

6.2

6.3

6.4

6.5

○ **制作重点**

1．使用椭圆工具绘制水晶玻璃球，掌握绘制水晶感元件的方法。

2．利用引导层制作玻璃球沿路径运动动画，理解路径跟随动画的原理。

Step 01 执行【文件】→【新建】命令，新建一个Flash文档，如图6-9所示，单击"属性"面板上的"文档属性"按钮，在弹出的"文档属性"对话框中设置"尺寸"为286像素×573像素，"背景颜色"为#FFFFFF，帧频为12fps，其他设置如图6-10所示。

Step 02 执行【窗口】→【颜色】命令，打开"颜色"面板，在"颜色"面板上设置从#66FFFF到#0066CC的线性渐变效果，如图6-11所示，使用"颜料桶工具"调整填充效果，如图6-12所示。

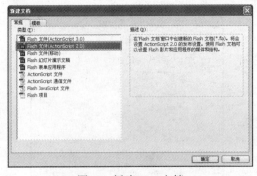

图6-9　新建Flash文档

图6-11　"颜色"面板

图6-10　设置文档属性

图6-12　调整渐变效果

Step 03 单击"时间轴"面板上的"插入图层"按钮，新建"图层2"，使用"椭圆工具"在场景中绘制一个正圆，在"颜色"面板上设置从Alpha值为0%的#FFFFFF到Alpha值为100%的#FFFFFF的线性渐变效果，如图6-13所示，使用"颜料桶工具"调整填充效果，如图6-14所示。

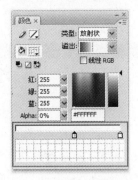

图6-13 "颜色"面板

图6-14 调整渐变效果

Step 04 使用同样方法新建其他元件，并绘制正圆，如图6-15所示。

Step 05 执行【插入】→【新建元件】命令，新建一个"名称"为"小球动画1"的"影片剪辑"元件，如图6-16所示，将"库"面板中的"球1"元件拖入到场景的适当位置，在第8帧位置，按【F6】键插入关键帧，单击"时间轴"面板上的"添加运动引导层"按钮添加引导层，"时间轴"面板如图6-17所示。

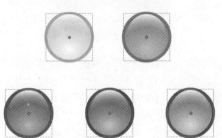

图6-15 制作其他元件

图6-16 创建新元件

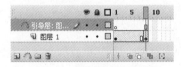

图6-17 "时间轴"面板

Step 06 单击"工具箱"中的"钢笔工具"按钮，设置其"属性"面板上的"笔触颜色"为#FF0000，"笔触高度"为1，"笔触样式"为"实线"，如图6-18所示，在场景中绘制路径，如图6-19所示。

图6-18 "属性"面板

图6-19 绘制路径

○ **小技巧**

在绘制引导图层时，除了使用"钢笔工具"外，也可以使用"铅笔工具"绘制路径。

Step 07 选中"图层1"第8帧上的元件，使用"选择工具"将其调整到刚刚绘制的路径的另一个端点，如图6-20所示，设置"图层1"第1帧上的"补间"类型为"动画"，"时间轴"面板如图6-21所示。

Step 08 执行【插入】→【新建元件】命令，新建一个"名称"为"小球动画2"的"影片剪辑"元件，如图6-22所示，将"库"面板中的"球2"元件拖入到场景的适当位置，在第8帧位置，按【F6】键插入关键帧，单击"时间轴"面板上的"添加运动引导层"按钮添加引导层，"时间轴"面板如图6-23所示。

06

Chapter

6.1

6.2

6.3

6.4

6.5

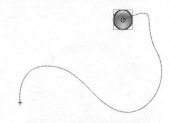

图6-20　调整元件位置

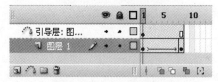

图6-21　"时间轴"面板

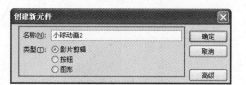

图6-22　创建新元件

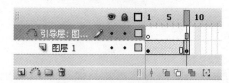

图6-23　"时间轴"面板

Step 09 单击"工具箱"中的"钢笔工具"按钮，设置其"属性"面板上的"笔触颜色"为#FF0000，"笔触高度"为1，"笔触样式"为"实线"，如图6-24所示，在场景中绘制路径，如图6-25所示。

Step 10 选中"图层1"第8帧上的元件，使用"选择工具"将其调整到刚刚绘制的路径的另一个端点，如图6-26所示，设置"图层1"第1帧上的"补间"类型为"动画"，"时间轴"面板如图6-27所示。使用同样方法制作其他小球动画元件。

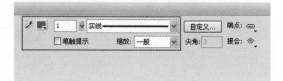

图6-24　"属性"面板

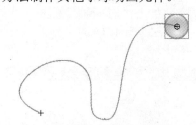

图6-26　调整元件位置

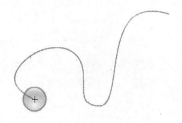

图6-25　绘制路径

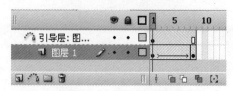

图6-27　"时间轴"面板

Step 11 执行【插入】→【新建元件】命令，新建一个"名称"为"玻璃瓶"的"影片剪辑"元件，如图6-28所示，在场景中绘制一个如图6-29所示的图形。

图6-28　创建新元件

图6-29　绘制图形

Step **12** 为了方便观看绘图效果，在"属性"面板上设置其"背景颜色"为#33CCFF。单击"时间轴"面板上的"插入图层"按钮，新建"图层2"。使用"椭圆工具"在场景中绘制一个形状如图6-30所示的椭圆，新建其他图层，并绘制如图6-31所示的椭圆。

图6-30 绘制椭圆　　　图6-31 绘制其他椭圆

○ **小技巧**

当背景为白色，绘制的图形也为白色时，绘制的图形会看不清楚，此时可以先更改背景颜色为其他颜色。

Step **13** 单击"时间轴"面板上的"插入图层"按钮，新建"图层5"，将"库"面板中的"小球动画1"元件拖入到场景的适当位置，如图6-32所示，"时间轴"面板如图6-33所示。

Step **14** 使用同样方法新建其他图层，将其他的小球动画元件拖入到场景中，如图6-34所示，并使用"任意变形工具"将主场景中的元件适当地调整大小，如图6-35所示。

图6-34 拖入元件

图6-32 拖入元件

图6-35 调整元件大小

图6-33 "时间轴"面板

Step **15** 单击"时间轴"面板上的"插入图层"按钮，新建一个图层，使用"文本工具"在场景的适当位置输入文字，如图6-36所示，单击"时间轴"面板上的"插入图层"按钮，新建一个图层，在场景中绘制如图6-37所示的图形。

图6-36 输入文字　　　图6-37 绘制图形

Flash CS3中文版入门实战与提高

06
Chapter

6.1

6.2

6.3

6.4

6.5

Step **16** 执行【插入】→【新建元件】命令，新建一个"名称"为"数字"的"图形"元件，使用"椭圆工具"在场景中绘制一个椭圆，如图6-38所示，单击"时间轴"面板上的"插入图层"按钮，新建"图层2"，将"库"面板中的"球5"元件拖入到场景的适当位置，单击"时间轴"面板上的"插入图层"按钮，新建"图层3"，使用"文本工具"在场景的适当位置输入文字，如图6-39所示。使用同样方法制作另一个数字元件，如图6-40所示。

图6-38 绘制椭圆

图6-39 输入文字

图6-40 制作其他元件

Step **17** 执行【插入】→【新建元件】命令，新建一个"名称"为"反应区"的"按钮"元件，如图6-41所示。在"点击"帧位置绘制一个矩形，如图6-42所示。

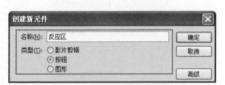

图6-41 创建新元件

图6-42 绘制矩形

Step **18** 单击"编辑栏"上的"场景1"文字，返回到场景1中。使用"矩形工具"在场景中绘制如图6-43所示的矩形，单击"时间轴"面板上的"插入图层"按钮，新建"图层2"，执行【文件】→【导入】→【导入到舞台】命令，将图像"光盘\实例素材源文件\第6章\素材\ image001. png"导入到场景中，并调整位置及大小，如图6-44所示。

Step **19** 单击"时间轴"面板上的"插入图层"按钮，新建"图层3"，在场景的适当位置绘制如图6-45所示的图形，单击"时间轴"面板上的"插入图层"按钮，新建"图层4"，将"库"面板中的"玻璃瓶"元件拖入到场景的适当位置，如图6-46所示。

图6-43 绘制矩形

图6-44 导入图像

图6-45 绘制图形

图6-46 拖入元件

Step 20 单击"时间轴"面板上的"插入图层"按钮，新建"图层5"，依次将"库"面板中的"数字"、"数字2"元件拖入到场景中，如图6-47所示。单击"时间轴"面板上的"插入图层"按钮，新建"图层6"，使用"文本工具"输入文字，如图6-48所示。

Step 21 单击"时间轴"面板上的"插入图层"按钮，新建"图层7"，将"库"面板中的"反应区"元件拖入到场景中，如图6-49所示。执行【文件】→【保存】命令，将动画保存为6-1-2.fla文件，完成动画制作。同时按【Ctrl+Enter】组合键测试动画，预览效果如图6-50所示。

图6-47　拖入元件　　图6-48　输入文字　　图6-49　拖入元件　　图6-50　预览效果

6.2　制作遮罩动画

Flash CS3

遮罩是Flash中很常用的功能之一。一般的图层都可以作为遮罩层，遮罩层下的图层是被遮罩层遮住的，只有在遮罩层上的填充色块遮住的内容才可见，而遮罩层上的填充色块本身是不可见的。

6.2.1　遮罩层的使用

在Flash的作品中，经常会看到很多眩目神奇的效果，而其中很多是利用最简单的"遮罩"来完成的，如水波、闪电、万花筒、百叶窗、放大镜、望远镜等。

1．关于遮罩层

在Flash中，若要获得聚光灯效果或过渡效果，可以使用遮罩层创建一个孔，通过这个孔可以看到下面图层中的对象。遮罩项目可以是填充的形状、文字对象、图形元件的实例或影片剪辑。将多个图层组织在一个遮罩层下可创建复杂的效果，"时间轴"如图6-51所示。

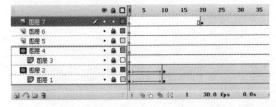 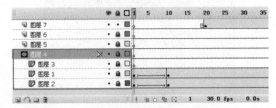

图6-51　"时间轴"面板

若要创建动态效果，可以在遮罩层中制作动画。对于用作遮罩的填充形状，可以使用补间形状；对于类型对象、图形实例或影片剪辑，可以使用补间动画。当使用影片剪辑实例作为遮罩时，可以使遮罩层中的影片剪辑实例沿着路径运动。

06
Chapter

6.1

6.2

6.3

6.4

6.5

2．遮罩动画的概念

"遮罩"，顾名思义就是遮挡住下面的对象。在Flash CS3中，"遮罩动画"是通过"遮罩层"来有选择地显示位于其下方的"被遮罩层"中的内容。在一个遮罩动画中，"遮罩层"只有一个，而"被遮罩层"可以有多个。其主要用途有两种，一种作用是用在整个场景或一个特定区域，使场景外的对象或特定区域外的对象不可见。另一种作用是用来遮罩某一元件的一部分，从而实现一些特殊的效果，如图6-52所示。

图6-52　遮罩效果

可以使用遮罩层来显示下方图层中图片或图形等对象的部分区域。若要创建遮罩，先将图层指定为遮罩层，然后在该图层上绘制或放置一个填充形状。透过遮罩层可查看该填充形状下被遮罩层的区域。

创建遮罩层后遮住其他图层的基本操作步骤如下：

1）将现有的图层直接拖到遮罩层下面。

2）在遮罩层下面的任何地方创建一个新图层。

3）执行【修改】→【时间轴】→【图层属性】命令，然后选择"遮罩层"单选按钮，"图层属性"对话框如图6-53所示，"时间轴"面板效果如图6-54所示。

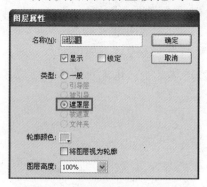

图6-53　"图层属性"对话框1

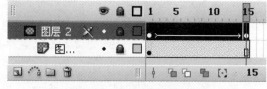

图6-54　创建"遮罩层"

选择要断开链接的图层，可执行下列操作之一。

● 将图层拖到遮罩层的上面。

● 选择【修改】→【时间轴】→【图层属性】命令，然后选择"一般"单选按钮，"图层属性"对话框如图6-55所示，"时间轴"面板如图6-56所示。

图6-55　"图层属性"对话框2

图6-56　"时间轴"面板

6.2.2 宣传动画

熟悉了基本的技术之后，下面将通过实际的案例来学习遮罩动画的制作方法和流程。

本实例最终效果图（见图6-57）：

图6-57 实例最终效果图

制作流程预览

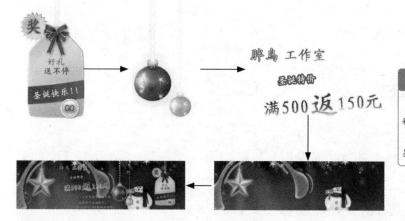

○ **设计思路**

雪花飘飘，圣诞就要来到，闪烁的星星、可爱的雪人，还有一份大礼等着你来拿！赶紧来吧！

○ **练习要求**

通过上述的学习，结合其他几种动画类型，掌握制作遮罩动画的方法和步骤。

○ **制作重点**

1．突出宣传的主题，注意色彩搭配。

2．在制作中有些帧的"帧标签"上需要命名。

Step 01 执行【文件】→【新建】命令，弹出"新建文档"对话框，单击"确定"按钮，新建一个Flash文档，如图6-58所示。单击"属性"面板上的"文档属性"按钮，在弹出的"文档属性"对话框中设置"尺寸"为1 010像素×290像素，"背景颜色"为#FFFFFF，"帧频"为46fps，如图6-59所示。

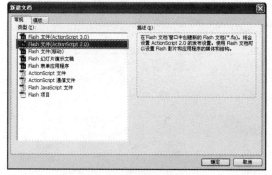

图6-58 新建Flash文档

图6-59 文档属性

Step 02 执行【插入】→【新建元件】命令，新建一个"名称"为"礼品"的"影片剪辑"元件，如图6-60所示，执行【文件】→【导入】→【导入到舞台】命令，将图像"光盘\实例素材源文件\第6章\素材\ 6-2-201.png"导入到场景中，如图6-61所示。单击"工具箱"中的"选择工具"按钮，选择刚刚导入的图像，按【F8】键将图像转换成"名称"为"礼包"的"图形"元件。

06

Chapter

6.1

6.2

6.3

6.4

6.5

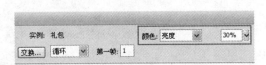

图6-60　创建新元件

图6-61　导入图像

Step 03 分别在第8帧和第18帧位置单击，依次按【F6】键插入关键帧，单击"工具箱"中的"变形工具"按钮，旋转第8帧场景中的元件，设置其"属性"面板上的"颜色"样式下的"亮度"值为30%，如图6-62所示，场景效果如图6-63所示，分别设置第1帧、第8帧上的"补间"类型为"动画"，在第52帧位置单击，按【F5】键插入帧。

图6-62　"属性"面板

图6-63　场景效果

○ 小技巧

可以执行【窗口】→【变形】命令，在"变形"面板的"旋转"选项下输入准确值。

Step 04 单击"时间轴"面板上的"插入图层"按钮，新建"图层2"，执行【文件】→【导入】→【导入到舞台】命令，将图像"光盘\实例素材源文件\第6章\素材\6-2-202.png"导入到场景中，调整图像在场景中的位置，如图6-64所示。单击"工具箱"中的"选择工具"按钮，选择刚刚导入的图像，按【F8】键将图像转换成"名称"为"图形1"的"图形"元件，如图6-65所示。

图6-64　场景效果

图6-65　转换为元件

Step 05 分别在第4帧、第7帧、第11帧和第15帧位置单击，依次按【F6】键插入关键帧，单击"工具箱"中的"任意变形工具"按钮，旋转第4帧场景中的元件并移动元件在场景中的位置，场景效果如图6-66所示，旋转第7帧场景中的元件并移动元件在场景中的位置，如图6-67所示。

图6-66　旋转元件后的场景效果

图6-67　场景效果

Step 06 再次使用"任意变形工具"旋转第11帧场景中的元件并移动元件在场景中的位置，场景效果如图6-68所示，分别设置第1帧、第4帧、第7帧和第11帧上的"补间"类型为"动画"，按住鼠标左键不放选择"图层2"，将"图层2"拖到"图层1"下边，"时间轴"面板如图6-69所示。

图6-68 场景效果

图6-69 移动图层后的"时间轴"面板

Step 07 单击"时间轴"面板上的"插入图层"按钮，新建"图层3"，执行【文件】→【导入】→【导入到舞台】命令，将图像"光盘\实例素材源文件\第6章\素材\ 6-2-203.png"导入到场景中，调整图像在场景中的位置，如图6-70所示。单击"工具箱"中的"选择工具"按钮，选择刚刚导入的图像，按【F8】键将图像转换成"名称"为"文字1"的"图形"元件，如图6-71所示。

图6-70 导入图像

图6-71 转换为元件

Step 08 分别在第4帧、第8帧、第34帧和第41帧位置单击，依次按【F6】键插入关键帧，单击"工具箱"中的"选择工具"按钮，向上移动第4帧场景中的元件，并设置其"属性"面板上"颜色"样式下的Alpha值为50%，"属性"面板如图6-72所示，场景效果如图6-73所示。

图6-72 "属性"面板

图6-73 场景效果

Step 09 使用"选择工具"向上移动第8帧场景中的元件，并设置其"属性"面板上"颜色"样式下的Alpha值为0%，"属性"面板如图6-74所示，场景效果如图6-75所示。用同样的方法调整第34帧和第41帧场景中的元件，分别设置第1帧、第4帧、第8帧和第34帧上的"补间"类型为"动画"。

图6-74 "属性"面板

图6-75 场景效果

Step 10 用步骤07～09的制作方法，制作出"图层4"和"图层5"的动画，完成后的"时间轴"面板如图6-76所示，场景效果如图6-77所示。

06
Chapter

6.1

6.2

6.3

6.4

6.5

图6-76 完成后的"时间轴"面板   图6-77 场景效果

Step 11 单击"时间轴"面板上的"插入图层"按钮，新建"图层6"，执行【文件】→【导入】→【导入到舞台】命令，将图像"光盘\实例素材源文件\第6章\素材\6-2-206.png"导入到场景中，调整图像在场景中的位置，如图6-78所示。单击"时间轴"面板上的"插入图层"按钮，新层"图层7"，在第2帧位置单击，按【F6】键插入关键帧，在第2帧位置单击，设置其"属性"面板上的"帧标签"为over，"属性"面板如图6-79所示，在第28帧位置，按【F6】键插入关键帧，在第28帧上单击，设置其"属性"面板上的"帧标签"为out。

图6-78 导入图像   图6-79 "属性"面板

Step 12 按住鼠标左键不放选择"图层7"第29～52帧位置，"时间轴"面板如图6-80所示，在选择的帧上单击鼠标右键，在弹出的菜单中选择【删除帧】命令，如图6-81所

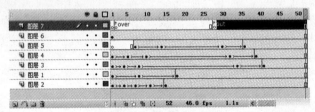

图6-80 选择"帧"   图6-81 删除帧

Step 13 单击"时间轴"面板上的"插入图层"按钮，新建"图层8"，在第1帧上单击，执行【窗口】→【动作】命令，在弹出的"动作-帧"面板中输入"stop();"脚本语言。在第27帧位置单击，按【F6】键插入关键帧，执行【窗口】→【动作】命令，在弹出的"动作-帧"面板中输入"stop();"脚本语言。在第52帧位置单击，按【F6】键插入关键帧，执行【窗口】→【动作】命令，在弹出的"动作-帧"面板中输入"stop();"脚本语言，完成后的"时间轴"面板如图6-82所示。

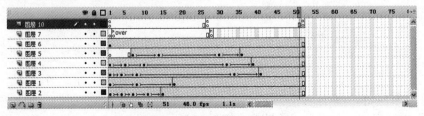

图6-82 "时间轴"面板

Step 14 执行【插入】→【新建元件】命令，新建一个"名称"为"按钮1"的"按钮"元件，如图6-83所示，在"点击"状态下单击，按【F6】键插入关键帧，单击"工具箱"中的"矩形工具"按钮，设置其"属性"面板上的"笔触颜色"为无，"填充颜色"为#00FFFF，"属性"面板如图6-84所示，在场景中绘制一个尺寸为160像素×300像素的矩形。

图6-83 创建新元件

图6-84 "属性"面板

Step 15 执行【插入】→【新建元件】命令，新建一个"名称"为"整体动画"的"影片剪辑"元件，如图6-85所示，在第11帧位置单击，按【F6】键插入关键帧，执行【文件】→【导入】→【导入到舞台】命令，将图像"光盘\实例素材源文件\第6章\素材\6-2-207.png"导入到场景中，如图6-86所示。

图6-85 创建新元件

图6-86 导入图像

Step 16 单击"工具箱"中的"选择工具"按钮，选择刚刚导入的图像，按【F8】键将图像转换成"名称"为"图形2"的"图形"元件，分别在第25帧和第57帧位置单击，依次按【F6】键插入关键帧，使用"选择工具"向上移动第11帧场景中的元件，并设置其"属性"面板中"颜色"样式下的Alpha值为0%，如图6-87所示，场景效果如图6-88所示。

图6-87 "属性"面板

图6-88 场景效果

Step 17 使用"选择工具"选择第25帧场景中的元件，设置其"属性"面板上"颜色"样式下的Alpha值为70%，场景效果如图6-89所示，向上移动第57帧场景中的元件，设置其"属性"面板上"颜色"样式下的Alpha值为70%，分别设置第11帧、第25帧和第57帧上的"补间"类型为"动画"，"时间轴"面板如图6-90所示，在第122帧位置单击，按【F5】键插入帧。

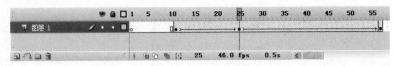

图6-89 完成后的场景效果　　　　　　　　　图6-90 "时间轴"面板

Step 18 单击"时间轴"面板上的"插入图层"按钮，新建"图层2"，在第18帧位置单击，按【F6】键插入关键帧，执行【文件】→【导入】→【导入到舞台】命令，将图像"光盘\实例素材源文件\第6章\素材\ 6-2-208.png"导入到场景中，调整图像在场景的位置，如图6-91所示。单击"工具箱"中的"选择工具"按钮，选择刚刚导入的图像，按【F8】键将图像转换成"名称"为"图形3"的"图形"元件，如图6-92所示。

图6-91 导入图像　　　　　　　　　图6-92 转换为元件

Step 19 分别在第32帧和第57帧位置单击，按【F6】键插入关键帧，使用"选择工具"向上移动第1帧场景中的元件，设置其"属性"面板上"颜色"样式下的Alpha值为0%，场景效果如图6-93所示，向上移动第57帧场景中的元件，如图6-94所示，分别设置第18帧和第32帧上的"补间"类型为"动画"。

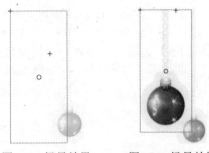

图6-93 场景效果　　　图6-94 场景效果

Step 20 单击"时间轴"面板上的"插入图层"按钮，新建"图层3"，在第52帧位置单击，按【F6】键插入关键帧，执行【文件】→【导入】→【导入到舞台】命令，将图像"光盘\实例素材源文件\第6章\素材\6-2-209.png"导入到场景中，调整图像在场景中的位置，如图6-95所示。使用"选择工具"选择刚刚导入的图像，按【F8】键将图像转换成"名称"为"图形4"的"图形"元件，如图6-96所示。

Step 21 在第70帧位置单击，按【F6】键插入关键帧，使用"选择工具"向上移动第52帧场景中的元件，设置其"属性"面板上"颜色"样式下的Alpha值为0%，场景效果如图6-97所示，设置第52帧上的"补间"类型为"动画"，"时间轴"面板如图6-98所示。

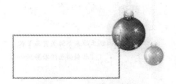

图6-95 导入图像

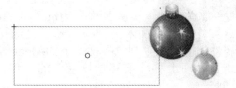

图6-97 场景效果

图6-96 转换为元件

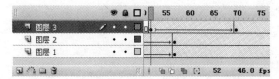

图6-98 "时间轴"面板

Step 22 单击"时间轴"面板上的"插入图层"按钮，新建"图层4"，在第24帧位置单击，按【F6】键插入关键帧，执行【文件】→【导入】→【导入到舞台】命令，将图像"光盘\实例素材源文件\第6章\素材\ 6-2-210.png"导入到场景中，调整图像在场景中的位置，如图6-99所示。使用"选择工具"选择刚刚导入的图像，按【F8】键将图像转换成"名称"为"图形5"的"图形"元件，如图6-100所示。

图6-99 导入图像

图6-100 转换为元件

Step 23 分别在第28帧、第35帧和第43帧位置单击，依次按【F6】键插入关键帧，单击"工具箱"中的"任意变形工具"按钮，将第24帧下的元件缩小，设置其"属性"面板上"颜色"样式下的Alpha值为0%，如图6-101所示，将第28帧下的元件扩大，设置其"属性"面板上"颜色"样式下的Alpha值为40%，如图6-102所示，将第35帧下的元件扩大，设置其"属性"面板上"颜色"样式下的Alpha值为80%，场景效果如图6-103所示，分别设置第24帧、第28帧和第35帧上的"补间"类型为"动画"。

图6-101 缩小场景中的元件

图6-102 扩大场景中的元件

图6-103 场景效果

Step 24 用步骤22～23的制作方法，制作出"图层5"的动画。单击"时间轴"面板上的"插入图层"按钮，新建"图层6"，执行【窗口】→【库】命令，打开"库"面板，将"礼品"元件从"库"面板拖入到场景中，"库"面板如图6-104所示，场景效果如图6-105所示。

○ **小技巧**

双击"库"面板中的元件可以进入到元件编辑状态。

图6-104 "库"面板

图6-105 场景效果

06
Chapter

6.1

6.2

6.3

6.4

6.5

Step 25 单击"工具箱"中的"选择工具"按钮，选择刚刚拖入的元件，设置其"属性"面板上的"实例名称"为bu，如图6-106所示，分别在第16帧和第30帧位置单击，依次按【F6】键插入关键帧，使用"选择工具"向上移动第16帧场景中的元件，设置其"属性"面板上"颜色"样式下的Alpha值为0%，场景效果如图6-107所示，再次使用"选择工具"向上移动第30帧场景中的元件，分别设置第1帧和第16帧上的"补间"类型为"动画"。

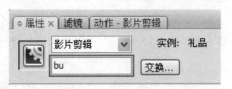

图6-106 "属性"面板

图6-107 场景效果

Step 26 单击"时间轴"面板上的"插入图层"按钮，新建"图层7"，在第30帧位置单击，按【F6】键插入关键帧，执行【窗口】→【库】命令，打开"库"面板，将"按钮1"元件从"库"面板中拖入到场景中，场景效果如图6-108所示。单击"工具箱"中的"选择工具"按钮，选择刚刚拖入的元件，执行【窗口】→【动作】命令，在弹出的"动作-按钮"面板中输入如图6-109所示的脚本语言。

图6-108 场景效果

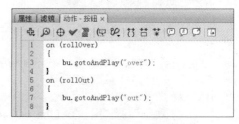

图6-109 输入脚本语言

Step 27 单击"时间轴"面板上的"插入图层"按钮，新建"图层8"，执行【文件】→【导入】→【打开外部库】命令，将"光盘\实例素材源文件\第6章\素材\ sucai.fla"文件打开，将"文字动画"元件拖入到场景中，"外部库"面板如图6-110所示，场景效果如图6-111所示。

图6-110 "外部库"面板

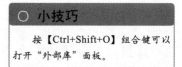

○ 小技巧

按【Ctrl+Shift+O】组合键可以打开"外部库"面板。

图6-111 场景效果

Step 28 单击"时间轴"面板上的"插入图层"按钮，新建"图层9"，单击第122帧位置，按【F6】键插入关键帧，执行【窗口】→【动作】命令，在弹出的"动作-帧"面板中输入"stop();"脚本语言。单击"编辑栏"上的"场景1"文字，返回到"场景1"编辑状态，执行【文件】→【导入】→【导入到舞台】命令，将图像"光盘\实例素材源文件\第6章\素材\ 6-2-201.jpg"导入到场景中，导入图像如图6-112所示。

图6-112 导入图像

Step 29 单击"时间轴"面板上的"插入图层"按钮，新建"图层2"，执行【窗口】→【库】命令，将"整体动画"元件拖入到场景中，"库"面板如图6-113所示，场景效果如图6-114所示。

图6-113 "库"面板

图6-114 场景效果

Step 30 执行【文件】→【保存】命令，将动画保存为6-2-2.fla文件。同时按【Ctrl+Enter】组合键测试动画，预览效果如图6-115所示。

图6-115 预览效果

6.3 制作场景动画

Flash CS3

做 Flash场景动画，最主要的是一个好的故事情节，有一个好的故事情节以后，便可以通过单个场景或多个场景将其表达给浏览者。

其表现形式可以采用MTV的形式或对白的形式来表达，多采用在动画中加入声音，这样才能够更好地表现出故事的内容。

6.3.1 场景的使用

1. 场景的概念

很多Flash电影都只有一个场景，但是一个场景的弊端也是很明显的，特别是当遇到制作比较复杂的动画时，一个场景是很难操作的。所以多个场景就出现了。执行【窗口】→【其他面板】→【场景】命令，即可打开场景面板，如图6-116所示。

许多场景构成的Flash动画中的每一个场景都有属于自己的时间轴。从表面上看，不同场景的时间轴都是从第1帧开始的。但是不同场景的时间轴在内部都是有联系的，播放时会形成一条完整的包含所有场景的所有帧的时间轴。可以把这条时间轴称为"总时间轴"，每个场景的时间轴只是这条时间线上的一段。

图6-116 "场景"面板

2. 场景的组织

随着影片越来越大，越来越复杂，需要添加更多的场景来更好地控制影片的组织结构。利用"场景"面板，可以根据需要添加任意数量的场景。

如果需要添加场景，执行【窗口】→【其他面板】→【场景】命令，打开"场景"面板，单击位于场景面板右下方的"添加场景"按钮 ＋，Flash会自在影片中添加一个新的场景。默认情况下，新场景会添加到当前场景的下面。新场景的默认名称按数字编排，如"场景1"、"场景2"等，如图6-117所示。

如果需要删除场景，只需要在"场景"面板中选中需要删除的场景，单击"场景"面板右下方的"删除场景"按钮 ，如图6-118所示，打开提示对话框，单击【确定】按钮，即可将选中的场景删除。

图6-117 添加场景

图6-118 删除场景

如果需要复制某个场景，可以在"场景"面板中选中需要复制的场景，单击"场景"面板右下方的"直接复制场景"按钮，在"场景"面板中会出现选定场景的副本，并在原来的名称上添加了"副本"字样，如图6-119所示。

如果需要重命名场景，只需要在"场景"面板中双击要更改名称的场景。双击后，就可以对场景名称进行编辑了，如图6-120所示。

图6-119 直接复制场景

图6-120 重命名场景

场景是按照它们在"场景"面板中的排列顺序依次播放的，如果要更改场景的播放顺序，直接单击场景并将它拖动到想要的位置。拖动鼠标时，指针将变成一条蓝色的线，显示出场景将要被放置的位置，移动到合适的位置处，释放鼠标按键即可。

3．切换场景

制作多场景动画时，经常需要在多个场景之间来回切换。Flash中提供了以下几个场景导航工具。

- "场景"面板：在"场景"面板中单击需要编辑的场景，就可以在影片的不同场景之间切换。

- "编辑场景"按钮：在"编辑"栏的右部有两个按钮，当单击最左边的按钮时，将会弹出一个列有当前影片中所有场景的菜单，从中选择一个场景，Flash将自动切换到该场景。

- 影片浏览器：利用"影片浏览器"对话框可以查看影片结构，它允许用户在整个影片中搜索元件或元件实例，并能够替换文本和字体。

因为场景是整个影片的一部分，它们将作为组织层次中最上层的项目显示在影片浏览器中。通过场景的名称可以定位场景，单击场景名称，Flash将自动切换到选定场景。

4．测试场景

在Flash创作环境中按【Enter】键可以播放影片，但是只能预览当前选定的活动场景。虽然导出影片后，影片将按顺序播放所有的场景，但是它不是在Flash中完成的。因此，需要执行下面的一项操作。

要测试当前场景以外的场景，可以在"场景"面板中选中它，然后按【Enter】键。另外，还可以执行【控制】→【测试场景】命令。

如果要测试整个影片，执行【控制】→【测试影片】命令或按【Ctrl+Enter】组合键。这样将在新的窗口中打开影片，并根据场景在"场景"面板中的顺序播放所有的场景。也可以执行【控制】→【播放所有场景】命令来播放所有的场景。

6.3.2 制作MTV

熟悉了基本的技术之后，下面将通过制作MTV的实例进一步学习场景的使用方法。

本实例最终效果图（见图6-121）：

图6-121 实例最终效果图

○ **设计思路**

懵懂的童年永远是那么让人怀念，怀念栀子花的味道，怀念你送我的礼物，一切都在这淡淡的幽香中。彼此怀念一生中最单纯的年代。

○ **练习要求**

通过上述学习，综合各种动画制作方法，通过制作MTV动画，了解场景在大动画中的作用。

制作流程预览

○ **制作重点**

1．在Flash中可以使用场景来实现画面的切换。

2．在添加运动引导层时，应注意元件的中心点在路径上的位置。

06

Chapter

6.1

6.2

6.3

6.4

6.5

Step
01
执行【文件】→【新建】命令，新建一个Flash文档，如图6-122所示，单击"属性"面板上的"文档属性"按钮，在弹出的"文档属性"对话框中设置"尺寸"为400像素×300像素，"背景颜色"为#FFFFFF，帧频为12fps，其他设置如图6-123所示。

图6-122　新建Flash文档　　　　　　　　　　　　图6-123　设置文档属性

Step
02
执行【插入】→【新建元件】命令，新建一个"名称"为"花朵动画"的"影片剪辑"元件，如图6-124所示，执行【文件】→【导入】→【导入到舞台】命令，将图像"光盘\实例素材源文件\第6章\素材\image3.png"导入到场景中，并调整位置及大小，如图6-125所示。

图6-124　创建新元件　　　　　　　　　　　　图6-125　图像效果

Step
03
选择刚刚导入到场景中的图像，按【F8】键将图像转换成"名称"为"花朵"的"图形"元件，在"属性"面板上设置"颜色"样式为"高级"，单击"属性"面板右侧的【设置】按钮，在弹出的"高级效果"对话框中进行设置，如图6-126所示，图像效果如图6-127所示。

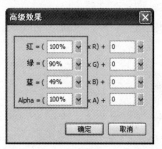

图6-126　"高级效果"对话框　　　　　　　　　　图6-127　图像效果

Step
04
单击"时间轴"面板上的"添加运动引导层"按钮添加引导层，在第40帧位置按【F5】键插入帧，"时间轴"面板如图6-128所示，使用"钢笔工具"在场景中绘制如图6-129所示的路径。

○ 小技巧

元件的中心点一定要在路径上。

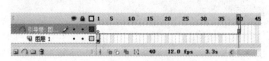

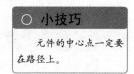

图6-128　"时间轴"面板　　　　　　　　　　图6-129　绘制路径

Step
05 在"图层1"第9帧位置，按【F6】键插入关键帧，将该帧上的元件适当地移动位置，如图6-130所示，在第40帧位置，按【F6】键插入关键帧，将该帧上的元件适当地移动位置，如图6-131所示。

图6-130　移动元件位置

图6-131　移动元件位置

Step
06 设置第1帧、第9帧上的"补间"类型为"动画"，"时间轴"面板如图6-132所示。分别选中第1帧、第40帧上的元件，设置其"属性"面板上"颜色"样式下的Alpha值为0%，场景效果如图6-133所示。

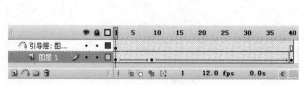
图6-132　"时间轴"面板

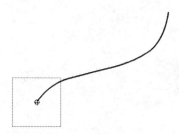
图6-133　场景效果

Step
07 执行【插入】→【新建元件】命令，新建一个"名称"为"人物动画"的"影片剪辑"元件，如图6-134所示。单击第1帧，执行【文件】→【导入】→【导入到舞台】命令，将图像"光盘\实例素材源文件\第6章\素材\image2.jpg"导入到场景中，并调整位置及大小，如图6-135所示。在第48帧位置按【F5】键插入帧。

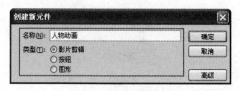
图6-134　创建新元件

图6-135　导入图像

Step
08 单击"时间轴"面板上的"插入图层"按钮，新建"图层2"，在第12帧位置，按【F6】键插入关键帧，执行【文件】→【导入】→【导入到舞台】命令，将图像"光盘\实例素材源文件\第6章\素材\ image4.png"导入到场景中，并调整位置及大小，如图6-136所示。选择刚刚导入到场景中的图像，按【F8】键将其转换成"名称"为"人物脸部2"的"图形"元件。在第17帧位置，按【F7】键插入空白关键帧，"时间轴"面板如图6-137所示。

06
Chapter

6.1

6.2

6.3

6.4

6.5

图6-136 导入图像

图6-137 "时间轴"面板

○ 小技巧

　　插入空白关键帧还可以右键单击"时间轴"面板上的帧，在弹出的快捷菜单中选择【插入空白关键帧】命令。

Step 09 在第25帧位置，按【F6】键插入关键帧，执行【文件】→【导入】→【导入到舞台】命令，将图像"光盘\实例素材源文件\第6章\素材\image6.png"导入到场景中，并调整位置及大小，如图6-138所示。选择刚刚导入到场景中的图像，按【F8】键将其转换成"名称"为"人物脸部1"的"图形"元件。在第29帧位置，按【F7】键插入空白关键帧，"时间轴"面板如图6-139所示。

图6-138 导入图像

图6-139 "时间轴"面板

○ 小技巧

　　在此处除了可以插入空白关键帧外，还可以插入关键帧，将该帧上的元件删除。

Step 10 在第40帧位置，按【F6】键插入关键帧，将"库"面板中的"人物脸部2"元件拖入到场景的适当位置，如图6-140所示。选中图层2第45～48帧，单击鼠标右键，在弹出的快捷菜单中选择【删除帧】命令，"时间轴"效果如图6-141所示。

Step 11 使用同样方法，单击"时间轴"面板上的"插入图层"按钮，新建"图层3"，依次将光盘中相应的素材导入到场景中并制作动画，场景效果如图6-142所示，"时间轴"面板如图6-143所示。

图6-142 导入图像

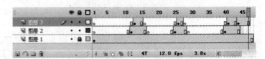

图6-140 拖入元件

图6-141 "时间轴"面板

图6-143 "时间轴"面板

Step 12 单击"时间轴"面板上的"插入图层"按钮，新建"图层4"，将"库"面板中的"花朵动画"拖入到场景的适当位置，并使用"任意变形工具"调整该元件的大小，如图6-144所示，使用同样方法新建其他图层，依次将"库"面板中的"花朵动画"元件拖入到场景的适当位置，并使用"任意变形工具"调整该元件的大小，如图6-145所示。

图6-144 拖入元件

图6-145 拖入元件

Step 13 单击"编辑栏"上的"场景1"文字，返回到场景1中，将"库"面板中的"人物动画"元件拖入到场景的适当位置，如图6-146所示，"时间轴"效果如图6-147所示。

Step 14 在第24帧、第77帧、第87帧位置，按【F6】键插入关键帧，依次选中第1帧、第88帧上的元件，设置其"属性"面板上"颜色"样式下的Alpha值为0%，"属性"面板如图6-148所示，场景效果如图6-149所示。

图6-146 拖入元件

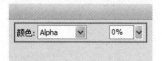

图6-148 "属性"面板

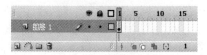

图6-147 "时间轴"面板

图6-149 场景效果

Step 15 设置第1帧、第24帧、第77帧上的"补间"类型为"动画"，"时间轴"面板如图6-150所示，场景效果如图6-151所示。

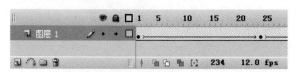

图6-150 "时间轴"面板

图6-151 场景效果

Step 16 单击"时间轴"面板上的"插入图层"按钮，新建"图层2"，执行【文件】→【导入】→【导入到库】命令，将声音文件"光盘\源文件\第6章\素材\ sound1. mp3"导入到"库"面板中，如图6-152所示，将"库"面板中的场景文件拖入到场景中，"时间轴"面板如图6-153所示。

06
Chapter
6.1
6.2
6.3
6.4
6.5

图6-152 "库"面板

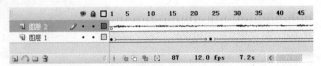

图6-153 "时间轴"面板

Step 17 执行【窗口】→【其他面板】→【场景】命令，打开"场景"面板，如图6-154所示，单击"场景"面板上的"添加场景"按钮 + ，添加"场景2"，如图6-155所示。

图6-154 "场景"面板

图6-155 添加场景

Step 18 在"场景2"中，单击"图层1"第148帧位置，按【F6】键插入关键帧，执行【文件】→【导入】→【导入到舞台】命令，将图像"光盘\实例素材源文件\第6章\素材\image8.jpg"导入到场景中，并调整位置及大小，如图6-156所示。选择刚刚导入到场景中的图像，按【F8】键将图像转换成"名称"为"场景图像2"的"图形"元件，如图6-157所示。

Step 19 在第160帧位置，按【F6】键插入关键帧，使用"选择工具"将该帧上的元件向上适当地移动位置，如图6-158所示，选中第148帧上的元件，设置其"属性"面板上"颜色"样式下的Alpha值为0%，元件效果如图6-159所示，在第206帧位置，按【F5】键插入帧。

图6-158 调整元件位置

图6-156 导入图像

图6-157 转换为元件

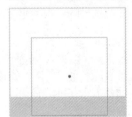

图6-159 "属性"面板

Step 20 单击"时间轴"面板上的"插入图层"按钮，新建"图层2"，在第156帧位置，按【F6】键插入关键帧，将"库"面板中的"花朵动画"元件拖入到适当位置并调整元件大小，如图6-160所示。使用同样方法新建"图层3"、"图层4"，分别在第156帧位置按【F6】键插入关键帧，依次将"库"面板中的"花朵动画"元件拖入到适当位置并调整元件方向及大小，如图6-161所示。

Step 21 单击"时间轴"面板上的"插入图层"按钮，新建"图层5"，在第194帧位置，按【F6】键插入关键帧，将"库"面板中的"人物动画"元件拖入到适当的位置并调整元件大小，如图6-162所示。在第206帧位置，按【F6】键插入关键帧，在第220帧位置，按【F5】键插入帧，设置第194帧上的"补间"类型为"动画"，场景效果如图6-163所示。

图6-160 拖入元件

图6-162 拖入元件

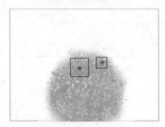

图6-161 拖入元件

图6-163 场景效果

Step 22 单击"时间轴"面板上的"插入图层"按钮，新建"图层6"，单击第1帧，将"库"面板中的"人物动画"元件拖入到场景的适当位置，分别在第25帧、第121帧、第149帧位置按【F6】键插入关键帧，依次将第25帧、第121帧上的元件移动到场景的适当位置，如图6-164所示，选中第1帧、第149帧上的元件，设置其"属性"面板上"颜色"样式下的Alpha值为0%，场景效果如图6-165所示。

图6-164 移动元件位置

图6-165 场景效果

Step 23 设置第1帧、第25帧、第121帧上的"补间"类型为"动画"，场景效果如图6-166所示，选中第150～220帧，单击鼠标右键，在弹出的快捷菜单中选择【删除帧】命令，"时间轴"面板如图6-167所示。

06
Chapter

6.1

6.2

6.3

6.4

6.5

图6-166 场景效果

图6-167 "时间轴"面板

Step 24 单击"时间轴"面板上的"插入图层"按钮，新建"图层7"，在第32帧位置，按【F6】键插入关键帧，单击"工具箱"中的"文本工具"按钮，设置其"属性"面板上的"字体"为"经典中圆简"，"字体大小"为20，"文本颜色"为#CC9900，如图6-168所示，在场景中的适当位置输入文字，如图6-169所示。

Step 25 选中刚刚在场景中输入的文字，按【F8】键，将文字转换成"名称"为"文字动画1"的"图形"元件，如图6-170所示，场景效果如图6-171所示。

图6-168 "属性"面板

图6-170 转换为元件

图6-169 输入文字

图6-171 场景效果

Step 26 分别在第54帧、第113帧、第133帧位置，按【F6】键插入关键帧，选中第32帧、第133帧上的元件，设置其"属性"面板上"颜色"样式下的Alpha值为0%，场景效果如图6-172所示。设置第32帧、第54帧、第113帧上的"补间"类型为"动画"，"时间轴"面板如图6-173所示。

图6-172 场景效果

图6-173 "时间轴"面板

Step 27 使用同样方法新建其他图层，在场景中输入文字并制作动画，场景效果如图6-174所示，"时间轴"面板如图6-175 所示。

图6-174　场景效果

图6-175　"时间轴"面板

Step 28　单击"时间轴"面板上的"插入图层"按钮，新建"图层13"，在第215帧位置，按【F6】键插入关键帧，将"库"面板中的"花朵动画"拖入到场景的适当位置，并使用"任意变形工具"调整元件的大小及方向，如图6-176所示。使用同样方法新建其他图层，并将"花朵动画"元件拖入到场景的适当位置，如图6-177所示。

图6-176　拖入元件

图6-177　拖入元件

Step 29　单击"时间轴"面板上"插入图层"按钮，新建一个图层，在第220帧位置，按【F6】键插入关键帧，执行【窗口】→【动作】命令，在弹出的"动作-帧"面板中输入"stop();"脚本语言，"时间轴"面板如图6-178所示。

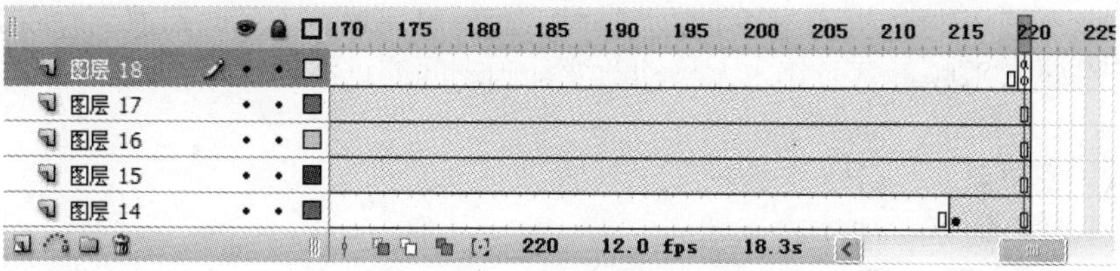

图6-178　"时间轴"面板

Step 30　执行【文件】→【保存】命令，将动画保存为6-3-2.fla文件，完成动画制作。同时按【Ctrl+Enter】组合键测试动画，预览效果如图6-179所示。

图6-179　预览效果

06
Chapter

6.1

6.2

6.3

6.4

6.5

6.4 本章技巧荟萃

1、在制作路径引导动画时，可能需要用到同一引导层，引导层可以重复使用吗？

答：引导层是可以重复使用的，但引导层必须是在所有的普通图层上面。

2、在制作遮罩动画时，可以把运动的元件作为遮罩层吗？

答：首先新建一个影片剪辑元件，在元件中制作动画，再把元件从"库"面板拖到场景中，把动画元件的图层转换成遮罩层即可。

6.5 学习效果测试

一、选择题

1. Flash 影片频率最大可以设置到多少？（　　　）

　（A）99　　　　　　（B）100

　（C）120　　　　　（D）150

2. 以下关于逐帧动画和补间动画的说法正确的是：（　　　）。

　（A）两种动画模式Flash MX2004 都必须记录完整的各帧信息

　（B）前者必须记录各帧的完整记录，而后者不用

　（C）前者不必记录各帧的完整记录，而后者必须记录完整的各帧记录

　（D）以上说法均不对

3. （　　　）是用来连接两个相邻的关键帧，过渡帧可以有不同的形态，它有时作为移动渐变动画产生的过渡帧，有时作为无移动渐变动画之间的过渡帧，还可以是空白关键帧之间的过渡。

　（A）空白帧　　（B）关键帧

　（C）转换帧　　（D）动画帧

4. 下列关于关键帧说法不正确的是：（　　　）。

　（A）关键帧是指在动画中定义的更改所在的帧

　（B）修改文档的帧动作的帧

　（C）Flash 不可以在关键帧之间补间或填充

　（D）可以在时间轴中排列关键帧，以便编辑动画中事件的顺序

5. 在"混色器"面板中可选择的色彩模式有：（　　　）。

　（A）RGB　　　　　（B）CMYK

　（C）HSB　　　　　（D）LAB

二、判断题

1. 引导线必须制作在引导层中，而需要使用引导线作为运动轨迹的物体所在层必须在引导层的下方。（　　　）

2. 在时间轴特效中，"效果"选项中包含了镜像、收缩、投影和模糊四个选项。（　　　）

3．投影特效的作用是通过改变对象的Alpha值、位置或缩放比例，创建运动模糊特效。
（　　　）

4．将一个或多个层链接到一个运动引导层，使一个或多个对象沿同一条路径运动的动画形式被称为引导线动画。（　　　）

5．"遮罩动画"是通过遮罩层来有选择地显示位于其下方的被遮罩层中的内容。（　　　）

三、填空题

1．引导线动画是由（　　　）和（　　　）两部分组成。

2．在一个遮罩动画中，（　　　）只有一个，（　　　）可以有任意个。

3．在Flash 8中实现"遮罩"效果有两种做法，一种是（　　　）的方法，另一种是（　　　）的方法。

四、操作题

使用图层制作一个Flash，效果如图6-180所示。

图6-180　Flash动画

 参考答案

Flash CS3

一、选择题

1．C　　2．B　　3．B　　4．C　　5．B

二、判断题

1．对　　2．错　　3．错　　4．对　　5．对

三、填空题

1．引导层　　引导线

2．遮罩层　　被遮罩层

3．用补间动画　　用actions 指令

读书笔记

第 7 章 元件的使用

学习提要

元件是Flash中最重要也是最基本的元素，对文件的大小和交互能力起着重要的作用。任何一个复杂的动画都是由元件组成的。元件存储在元件库中，不仅可以在同一个Flash文件中重复使用，也可以被其他文件共享使用。本章将详细介绍元件的类型及不同类型元件的创建、编辑和使用。使读者能够快速地掌握使用元件的技巧。

学习要点

- 元件的创建和编辑
- 元件的类型

07
Chapter

7.1

7.2

7.3

7.4

7.5

7.1 使用元件

元件的应用使得制作Flash动画变得十分方便。在制作一个动画时，如果要对使用过的图像元素重新编辑，则还需要对使用了该图像元素的所有对象进行编辑，这样就太过繁琐。通过使用元件，就不再需要进行这样的重复操作，只需要修改元件，其他对象中的相同元件就都会被修改。

7.1.1 元件简介

Flash中的元件可分为两种类型：内部Flash元件和导入的元件。内部Flash元件指的是直接在Flash中创建的元件，有影片剪辑、按钮和图形3种类型，如图7-1所示。导入的元件指的是在其他软件中创建并导入到Flash中的元件。在元件库中分别有内部Flash元件和导入的元件，如图7-2所示。

图7-2　内部和导入的元件

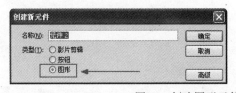

图7-1　三种类型元件

使用元件可以更加快速、高效地创建影片。对于内部Flash元件，只需要首先创建一个对象，然后在场景上对元件的实例进行修改，而不必每次重新创建对象。

使用元件还可以减小Flash作品的总文件大小，对于同一个元件生成的实例，Flash只需要存储它们之间不同的信息即可。

1. 内部Flash元件

每个元件都有一个惟一的时间轴和场景。创建元件时要选择元件类型，这取决于用户在文档中如何使用该元件。内部Flash元件有以下3种不同的类型。

图形元件▨：图形元件可用于静态图像，并可用来创建连接到主时间轴的可重用动画片段。图形元件与主时间轴同步运行。交互式控件和声音在图形元件的动画序列中不起作用，如图7-3所示。

图7-3　创建图形元件

按钮元件：使用按钮元件可以创建响应鼠标单击、滑过或其他动作的交互式按钮。可以定义与各种按钮状态关联的图形，然后将动作指定给按钮实例，如图7-4所示。

影片剪辑元件：影片剪辑是一种小型影片，既可以包含影片，也可以被放置在另一个影片中，并且还能够无限次嵌套使用。因此在一个影片剪辑中可以包含另一个影片剪辑，而在另一个影片剪辑中又可以包含其他的影片剪辑，如图7-5所示。

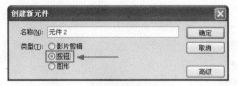

图7-4 创建按钮元件

图7-5 创建影片剪辑元件

影片剪辑拥有它们自己的独立于主时间轴的多帧时间轴。可以将影片剪辑看作是主时间轴内的嵌套时间轴，它们可以包含交互式控件、声音甚至其他影片剪辑实例。也可以将影片剪辑实例放在按钮元件的时间轴内，以创建丰富的按钮效果。

2．导入Flash元件

除了上述3种Flash内部元件外，还可以将其他类型的元件导入，如图7-6所示。

位图：当位图被导入到Flash中时，既可以直接导入到场景中，也可以导入到"库"面板中供用户使用。

音频：不同于图形元素，音频文件无法看见。因此，当导入音频后，它们只能被放置在元件库中，并且不能像导入位图一样拖入到场景中。

视频：在Flash中还可以导入和使用一系列不同的数字视频格式。如果系统上安装了适用于Windows系统的QuickTime 6.5或安装了Direct X9或更高版本，则可以导入多种文件格式的视频剪辑，包括MOV、AVI和MPG/MPEG等格式。还可以导入MOV格式的链接视频剪辑。

图7-6 导入外部元件

7.1.2 制作动态背景动画

熟悉了基本技术之后，下面将通过实际的案例来进一步掌握利用元件制作动画的方法。

本实例最终效果图（见图7-7）：

图7-7 实例最终效果图

○ **设计思路**

　　神奇的火枪手，宽阔的场地，豪华的住宅，接下来将会上演一出什么样的好戏，敬请期待吧！

○ **练习要求**

　　通过上述的学习，综合运用各种元件功能，掌握Flash制作动态背景动画的技巧和方法。

Flash CS3中文版入门实战与提高

07
Chapter

7.1
7.2
7.3
7.4
7.5

制作流程预览

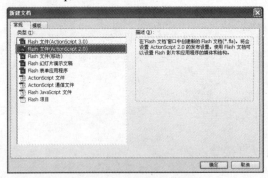

四平美景

Step 01 执行【文件】→【新建】命令，弹出"新建文档"对话框，单击【确定】按钮，新建一个Flash文档，如图7-8所示。单击"属性"面板上的"文档属性"按钮，在弹出的"文档属性"对话框中设置"尺寸"为600像素×191像素，"背景颜色"为#FFFFFF，"帧频"为30fps，如图7-9所示。

图7-8　新建Flash文档　　　　　　　　　　图7-9　文档属性

Step 02 执行【插入】→【新建元件】命令，新建一个"名称"为"过光动画"的"影片剪辑"元件，如图7-10所示，执行【文件】→【导入】→【导入到舞台】命令，将图像"光盘\实例素材源文件\第7章\素材\8-2-101.png"导入到场景中，导入图像如图7-11所示。

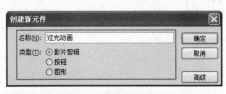

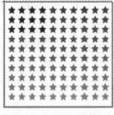

图7-10　创建新元件　　　　图7-11　导入图像

Step 03 单击"工具箱"中的"选择工具"按钮，选择刚刚导入的图像，按【F8】键将图像转换成"名称"为"图形1"的"图形"元件，在第30帧位置，按【F5】键插入帧。单击"时间轴"面板上的"插入图层"按钮，新建"图层2"，执行【窗口】→【库】命令，打开"库"面板，将"图形1"元件从"库"面板拖入场景中，"库"面板如图7-12所示，设置其"属性"面板上"颜色"样式下的"亮度"值为60%，"属性"面板如图7-13所示，场景效果如图7-14所示。

图7-12 "库"面板

图7-13 "属性"面板

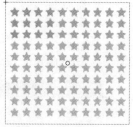

图7-14 场景效果

Step 04 单击"时间轴"面板上的"插入图层"按钮，新建"图层3"，单击"工具箱"中的 "椭圆工具"按钮 ，设置其"属性"面板上的"笔触颜色"为无，"填充颜色"为 #00FFFF，"属性"面板如图7-15所示，在场景中绘制如图7-16所示的椭圆。

图7-15 "属性"面板

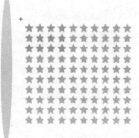

图7-16 场景效果

Step 05 单击"工具箱"中的"任意变形工具"按钮 ，将刚刚绘制的椭圆进行旋转，场景 效果如图7-17所示，在第30帧位置，按【F6】键插入关键帧，单击"工具箱"中的 "选择工具"按钮，移动椭圆在场景中的位置，场景效果如图7-18所示，设置第1帧上的 "补间"类型为"动画"。

○ **小技巧**

执行【窗口】→【变形】命 令，在"旋转"选项内可以准确 地输入旋转值。

图7-17 场景效果   图7-18 场景效果

Step 06 在"图层3"上单击鼠标右键，在弹出的菜单中选择【遮罩层】命令，如图7-19 所示，完成后的"时间轴"面板如图7-20所示，在"图层1"的第80帧位置，按 【F5】键插入帧。

07
Chapter

7.1

7.2

7.3

7.4

7.5

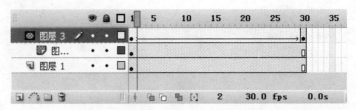

图7-19　遮罩层　　　　　　　　图7-20　完成后的"时间轴"面板

Step 07 执行【插入】→【新建元件】命令，新建一个"名称"为"背景动画"的"影片剪辑"元件，如图7-21所示，执行【文件】→【导入】→【导入到舞台】命令，将图像"光盘\实例素材源文件\第7章\素材\8-2-103.jpg"导入到场景中，导入图像如图7-22所示，单击"工具箱"中的"选择工具"按钮，选择刚刚导入的图像，按【F8】键将图像转换成"名称"为"图形2"的"图形"元件，如图7-23所示。

图7-21　创建新元件　　　图7-22　导入图像　　　图7-23　转换为元件

Step 08 分别在第90帧和第110帧位置，按【F6】键插入关键帧，使用"选择工具"选择第110帧位置场景中的元件，设置其"属性"面板上"颜色"样式下的"亮度"值为-100%，"属性"面板如图7-24所示，场景效果如图7-25所示，分别设置第1帧和第90帧上的"补间"类型为"动画"。

Step 09 单击"时间轴"面板上的"插入图层"按钮，新建"图层2"，在第110帧位置，按【F6】键插入关键帧，执行【文件】→【导入】→【导入到舞台】命令，将图像"光盘\实例素材源文件\第7章\素材\8-2-104.jpg"导入到场景中，导入图像如图7-26所示，单击"工具箱"中的"选择工具"按钮，选择刚刚导入的图像，按【F8】键将图像转换成"名称"为"图形3"的"图形"元件，如图7-27所示。

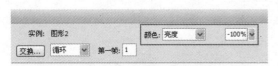

图7-24　"属性"面板　　　　　　　图7-26　导入图像

图7-25　场景效果　　　　　　　图7-27　转换为元件

Step 10 分别在第125帧、第195帧和第225帧位置，按【F6】键插入关键帧，单击"工具箱"中的"选择工具"按钮，选择第110帧位置场景中的元件，设置其"属性"面板上"颜色"样式下的"亮度"值为-100%，"属性"面板如图7-28所示，选择第225帧位置场景中的元件，设置其"属性"面板上"颜色"样式下的"亮度"值为-100%，"属性"面板如图7-29所示，分别设置第110帧、第125帧和第195帧上的"补间"类型为"动画"。

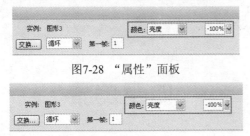

图7-28 "属性"面板

图7-29 "属性"面板

Step 11 用步骤09～10的制作方法，新建"图层3"和"图层4"并制作动画。单击"时间轴"面板上的"插入图层"按钮，新建"图层5"，执行【窗口】→【库】命令，打开"库"面板，将"图形2"元件从"库"面板中拖入到场景中，效果如图7-30所示。

图7-30 场景效果

○ **小技巧**

按【Ctrl+L】组合键可以打开"库"面板。

Step 12 在第445帧位置，按【F6】键插入关键帧，单击"工具箱"中的"选择工具"按钮，选择第420帧位置场景中的元件，设置其"属性"面板上"颜色"样式下的"亮度"值为-100%，"属性"面板如图7-31所示，场景效果如图7-32所示，设置第420帧上的"补间"类型为"动画"。

图7-31 "属性"面板

图7-32 场景效果

Step 13 执行【插入】→【新建元件】命令，新建一个"名称"为"动画1"的"影片剪辑"元件，如图7-33所示，在第26帧位置，按【F6】键插入关键帧，执行【窗口】→【库】命令，打开"库"面板，将"过光动画"元件从"库"面板拖入到场景中，"库"面板如图7-34所示，场景效果如图7-35所示。

图7-33 创建新元件

图7-34 "库"面板

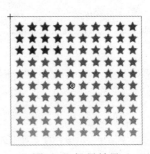

图7-35 场景效果

07
Chapter

7.1

7.2

7.3

7.4

7.5

Step **14** 分别在第39帧、第179帧和第188帧位置，按【F6】键插入关键帧，单击"工具箱"中的"选择工具"选择第26帧位置场景中的元件，设置其"属性"面板上"颜色"样式下的Alpha值为0%，"属性"面板如图7-36所示，场景效果如图7-37所示，用同样的制作方法，设置第188帧位置场景中的元件。分别设置第26帧、第39帧和第179帧上的"补间"类型为"动画"。

Step **15** 单击"时间轴"面板上的"插入图层"按钮，新建"图层2"，单击"工具箱"中的"文本工具"按钮 T ，设置其"属性"面板上的"字体"为"黑体"，"字体大小"为24，"文本颜色"为#2B0000，"切换粗体"，"属性"面板如图7-38所示，在场景中输入"四平美景"文字，场景效果如图7-39所示。

图7-36 "属性"面板

图7-38 "属性"面板

图7-37 场景效果

图7-39 场景效果

> ○ 小技巧
>
> 输入文字时可以通过复制、粘贴将外部文本粘贴到Flash中。

Step **16** 单击"工具箱"中的"选择工具"按钮，选择刚刚输入的文字，按【F8】键将文字转换成"名称"为"文字1"的"图形"元件，如图7-40所示，分别在第10帧、第179帧和第188帧位置，按【F6】键插入关键帧，单击"工具箱"中的"任意变形工具"按钮 ，将第1帧位置场景中的元件扩大，并设置其"属性"面板上"颜色"样式下的Alpha值为0%，"属性"面板如图7-41所示，场景效果如图7-42所示，用同样的方法设置第188帧位置场景中的元件，分别设置第1帧、第10帧和第179帧上的"补间"类型为"动画"。

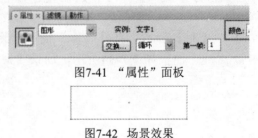

图7-41 "属性"面板

图7-40 转换为元件

图7-42 场景效果

Step **17** 单击"时间轴"面板上的"插入图层"按钮，新建"图层3"，在第25帧位置，按【F6】键插入关键帧，执行【文件】→【导入】→【导入到舞台】命令，将图像"光盘\实例素材源文件\第7章\素材\ 8-2-103.png"导入到场景中，导入图像如图7-43所示，单击"工具箱"中的"选择工具"按钮，选择刚刚导入的图像，按【F8】键将图像转换成"名称"为"图形6"的"图形"元件，如图7-44所示。

四平美景

图7-43　导入图像

图7-44　转换为元件

Step 18 分别在第37帧、第179帧和第188帧位置，按【F6】键插入关键帧，单击"工具箱"中的"任意变形工具"按钮，将第1帧场景中的元件缩小，设置其"属性"面板上"颜色"样式下的Alpha值为0%，"属性"面板如图7-45所示，场景效果如图7-46所示，选择第188帧场景中的元件，设置其"属性"面板上"颜色"样式下的Alpha值为0%，分别设置第25帧、第37帧和第179帧上的"补间"类型为"动画"。

Step 19 单击"时间轴"面板上的"插入图层"按钮，新建"图层4"，在第10帧位置，按【F6】键插入关键帧，执行【文件】→【导入】→【导入到舞台】命令，将图像"光盘\实例素材源文件\第7章\素材\ 8-2-102.png"导入到场景中，导入图像如图7-47所示，单击"工具箱"中的"选择工具"按钮，选择刚刚导入的图像，按【F8】键将图像转换成"名称"为"图形7"的"图形"元件，如图7-48所示。

图7-45　"属性"面板

图7-46　场景效果

图7-47　导入的图像

图7-48　转换为元件

图7-49　"属性"面板

图7-50　场景效果

Step 20 分别在第20帧、第179帧和第188帧位置，按【F6】键插入关键帧，单击"工具箱"中的"任意变形工具"按钮，将第10帧位置场景中的元件扩大，设置其"属性"面板上"颜色"样式下的Alpha值为0%，"属性"面板如图7-49所示。场景效果如图7-50所示。选择第188帧位置场景中的元件，设置其"属性"面板上"颜色"样式下的Alpha值为0%，设置第10帧、第20帧和第179帧上的"补间"类型为"动画"。

07

Chapter

7.1

7.2

7.3

7.4

7.5

Step 21 单击"编辑栏"上的"场景1"文字，返回到"场景1"编辑状态，执行【窗口】→【库】命令，打开"库"面板，将"背景动画"元件从"库"面板拖入到场景中，"库"面板如图7-51所示，场景效果如图7-52所示。

图7-51 "库"面板

图7-52 场景效果

Step 22 单击"时间轴"面板上的"插入图层"按钮，新建"图层2"，执行【文件】→【导入】→【导入到舞台】命令，将图像"光盘\实例素材源文件\第7章\素材\ 8-2-104.png"导入到场景中，导入图像如图7-53所示，单击"时间轴"面板上的"插入图层"按钮，新建"图层3"，执行【窗口】→【库】命令，打开"库"面板，将"动画1"元件从"库"面板拖入到场景中，使用"任意变形工具"将拖入的元件缩小，如图7-54所示。

Step 23 单击"时间轴"面板上的"插入图层"按钮，新建"图层4"，执行【文件】→【导入】→【导入到舞台】命令，将图像"光盘\实例素材源文件\第7章\素材\8-2-105.png"导入到场景中，导入图像如图7-55所示，完成后的"时间轴"面板如图7-56所示。

图7-55 导入图像

图7-53 导入图像

图7-54 场景效果

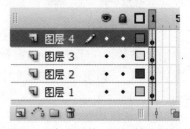

图7-56 完成后的"时间轴"面板

Step 24 执行【文件】→【保存】命令，将动画保存为7-1-2.fla文件。同时按【Ctrl+Enter】组合键测试动画，预览效果如图7-57所示。

图7-57　预览效果

7.2　创建元件

Flash CS3

用户可以通过场景上选定的对象来创建元件，也可以创建空元件，然后在元件编辑模式下制作或导入内容。通过使用包含动画的元件，用户可以在很小的文件中创建包含大量动作的Flash应用程序。如果有重复或循环的动作，如人物的眨眼、奔跑动作，就可以在元件中创建动画。

7.2.1　创建新元件

1．创建图形元件

图形元件适合制作静态图形，或创建与主时间轴关联的动画。在Flash中，图形元件的创建大多利用绘图和着色工具完成，然后将得到的矢量图形转换为图形元件。

在默认情况下，如果没有对元件命名，Flash将使用"元件1"、"元件2"等名称自动命名。但是在Flash动画制作中，常常需要大量的元件参与，为了保证动画制作时不会出现混淆，要为每个元件单独命名，如图7-58所示。

图7-58　创建图形元件

2．创建影片剪辑元件

与按钮元件和图形元件不同，影片剪辑所涉及的内容要更多。从本质上说，影片剪辑是独立的影片，其时间轴是独立于主时间轴的，并且可以嵌套在主影片中。也可以将影片剪辑理解成影片中的影片，如图7-59所示。

可以将影片剪辑和其他元件一同使用，也可以单独地在场景中使用。例如，可以将影片剪辑放置在按钮的一个状态中，创造出有动画效果的按钮。影片剪辑

与常规的时间轴动画最大的不同之处在于：常规的动画使用大量的帧和关键帧，

图7-59　创建影片剪辑

在主时间轴中插入影片剪辑后，就可以像处理所有的元件一样，使用"属性"面板进行处理，也可以在"库"面板中进行各种操作。

当把元件从"库"面板中拖入到舞台上，就创建了一个元件实例。可以在"属

而影片剪辑只需要在主时间轴上拥有一个关键帧就能够正常运行，如图7-60所示。

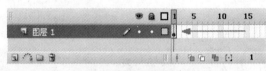

图7-60　使用影片剪辑

性"面板中为元件实例命惟一的实例名称，如图7-61所示。使用ActionScript脚本可以控制和处理位于主时间轴中的影片剪辑。制作动画时，常常需要将一个元件与另一个元件交换，可以单击"属性"面板中的"交换"按钮，如图7-62所示。

图7-61　命名实例名称

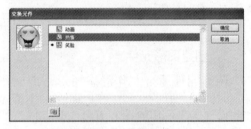

图7-62　交换元件

3．创建按钮元件

按钮元件实际上是4帧的交换影片剪辑。当为元件选择按钮行为时，Flash会创建一个4帧的时间轴，如图7-63所示。前3帧显示按钮的3种状态，第4帧定义按钮的活动区域。时间轴实际上并不播放，只是为了对指针运动和动作做出反应，跳到相应的帧。

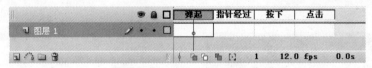

图7-63　按钮元件时间轴

"弹起"状态代表指针没有经过按钮时该按钮的状态；"指针经过"状态代表当指针滑过按钮时，该按钮的外观；"按下"状态代表单击按钮时，该按钮的外观；"点击"状态定义响应鼠标单击的区域。此状态上的元素在SWF预览时不可见。

要制作一个交互式按钮，可把该按钮元件的一个实例放在场景中，然后为该元

件实例指定动作。必须将动作指定给文档中按钮的实例，而不是指定给按钮时间轴中的帧。

除了直接制作按钮元件外，也可以使用影片剪辑或按钮组件创建按钮。两类按钮各有所长，应根据需要使用。使用影片剪辑创建按钮，可以添加更多的帧到按钮或添加更复杂的动画，如图7-64所示。但是，影片剪辑按钮的文件大小要大于按钮

元件。使用按钮组件允许将按钮绑到其他组件上，在应用程序中共享和显示数据，

图7-64 使用影片剪辑创建按钮

许多图形元件都是通过元件编辑器编辑而成的，还可以先创建任意一种元件，再将其转换为其他类型的元件。

如果在场景中创建了一个动画序列，并想在文档的其他地方重复使用，可以拖动选中动画时间轴，单击鼠标右键，在弹

如图7-65所示。按钮组件还包含预置功能并且可以进行自定义。

图7-65 使用组件

出的快捷菜单中选择【复制帧】命令，如图7-66所示。新建一个影片剪辑元件，在时间轴上单击鼠标右键，选择【粘贴帧】命令，如图7-67所示。即可完成时间轴动画到影片剪辑元件的转换。

图7-66 复制帧

图7-67 粘贴帧

7.2.2 制作栏目导航

熟悉了元件的基本属性之后，下面将通过实际的案例来具体了解元件在Flash动画中的作用。

本实例最终效果图（见图7-68）：

图7-68 实例最终效果图

制作流程预览

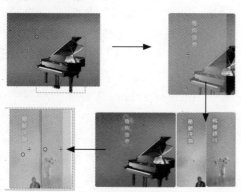

○ 设计思路

一切都按照所想的排列，同一个场景中可以显示多个栏目，想进入那个世界，只需点击，马上满足你。

○ 练习要求

通过上述学习，结合脚本语言的控制，实现多个栏目综合访问的效果。

○ 制作重点

1. 在Flash中，可以在"属性"面板中设置元件的"实例名称"。

2. 在"属性"面板中可以设置元件"颜色"的各种样式。

07
Chapter

7.1

7.2

7.3

7.4

7.5

Step 01 执行【文件】→【新建】命令，新建一个Flash文档，如图7-69所示，单击"属性"面板上的"文档属性"按钮，在弹出的"文档属性"对话框中设置"尺寸"为356像素×185像素，"背景颜色"为#FFFFFF，帧频为32fps，其他设置如图7-70所示。

图7-69 新建Flash文档

图7-70 设置文档属性

Step 02 执行【插入】→【新建图层】命令，新建一个"名称"为"动画1"的"影片剪辑"元件，如图7-71所示。执行【文件】→【导入】→【导入到舞台】命令，将图像"光盘\实例素材源文件\第7章\素材\ image1000.jpg"导入到场景中，并调整位置及大小，如图7-72所示。

Step 03 选择刚刚导入到场景中的图像，按【F8】键，将位图转换成"名称"为"图像1-1"的"图形"元件，如图7-73所示，场景效果如图7-74所示。

图7-71 创建新元件

图7-73 转换为元件

图7-72 导入图像

图7-74 场景效果

Step 04 在第24帧位置按【F6】键，插入关键帧，将该帧上的元件向右适当地移动位置，场景效果如图7-75所示，设置第1帧上的"补间"类型为"动画"，"时间轴"面板如图7-76所示。

Step 05 单击"时间轴"面板上的"插入图层"按钮，新建"图层2"，执行【文件】→【导入】→【导入到舞台】命令，将图像"光盘\实例素材源文件\第7章\素材\ image1100.png"导入到场景中，并调整位置及大小，如图7-77所示。选择刚刚导入到场景中的图像，按【F8】键，将图像转换成"名称"为"图像1-2"的"图形"元件，如图7-78所示。

图7-75 移动元件位置

图7-77 导入图像

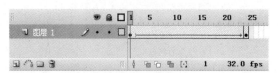

图7-76 "时间轴"面板

图7-78 转换为元件

Step 06 分别在第12帧、第24帧位置，按【F6】键插入关键帧，依次适当地移动各帧上元件的位置，如图7-79所示。

图7-79 移动元件位置

Step 07 单击"时间轴"面板上的"插入图层"按钮，新建"图层3"，执行【文件】→【导入】→【导入到舞台】命令，将图像"光盘\实例素材源文件\第7章\素材\image1200.png"导入到场景中，并调整位置及大小，如图7-80所示。选择刚刚导入到场景中的图像，按【F8】键，将图像转换成"名称"为"图像1-3"的"图形"元件，分别在第12帧、第23帧位置，按【F6】键插入关键帧，依次适当地移动各帧上元件的位置，如图7-81所示。

图7-80 导入图像

图7-81 移动元件位置

Step 08 分别选中第12帧、第23帧上的元件，依次设置其"属性"面板上"颜色"样式下的Alpha值为18%、0%，场景效果如图7-82所示。设置第1帧、第12帧上的"补间"类型为"动画"，"时间轴"面板如图7-83所示。

07
Chapter

7.1

7.2

7.3

7.4

7.5

图7-82 场景效果

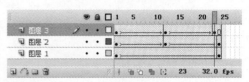

图7-83 "时间轴"面板

Step 09 单击"时间轴"面板上的"插入图层"按钮，新建"图层4"，执行【文件】→【导入】→【导入到舞台】命令，将图像"光盘\实例素材源文件\第7章\素材\image1300.png"导入到场景中，并调整位置及大小，如图7-84所示。选择刚刚导入到场景中的图像，按【F8】键，将图像转换成"名称"为"图像1-4"的"图形"元件，如图7-85所示。

Step 10 在第13帧位置，按【F6】键插入关键帧，将该帧上的元件向右适当地移动位置，如图7-86所示，设置第1帧上的"补间"类型为"动画"，"时间轴"面板如图7-87所示。

图7-84 导入图像

图7-86 移动元件位置

图7-85 转换为元件

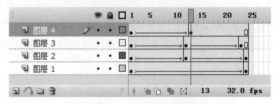

图7-87 "时间轴"面板

Step 11 使用同样方法，单击"时间轴"面板上的"插入图层"按钮，新建"图层5"，在第14帧位置插入关键帧，将光盘中相应的素材导入到场景中并制作动画，场景效果如图7-88所示，"时间轴"面板如图7-89所示。

Step 12 执行【插入】→【新建元件】命令，新建一个"名称"为"反应区1"的"按钮"元件，如图7-90所示，在"点击"帧位置，按【F6】键插入关键帧，使用"矩形工具"在场景中绘制一个202像素×182像素的矩形，如图7-91所示。

图7-88　场景效果

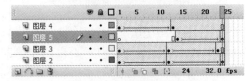

图7-89　"时间轴"面板

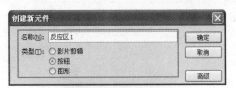

图7-90　创建新元件

图7-91　绘制矩形

Step 13 双击"库"面板中的"动画1"元件，进入该元件的编辑状态。选中"图层4"，单击"时间轴"面板上的"插入图层"按钮，在"图层4"上新建"图层6"，将"库"面板中的"反应区1"元件拖入到场景的适当位置，使用"任意变形工具"将其调整为70像素×182像素的大小，如图7-92所示。在第2帧位置，按【F6】键插入关键帧，使用"任意变形工具"将其调整为202像素×182像素的大小，如图7-93所示。

Step 14 单击"时间轴"面板上的"插入图层"按钮，新建"图层7"，使用"矩形工具"在场景中绘制一个74像素×182像素的圆角矩形，如图7-94所示，在第12帧位置，按【F7】键插入空白关键帧，使用"矩形工具"在场景中绘制一个202像素×182像素的圆角矩形，如图7-95所示。

图7-92　调整元件大小

图7-94　绘制圆角矩形1

图7-93　调整元件大小

图7-95　绘制圆角矩形2

Step 15 设置第1帧上的"补间"类型为"形状"，在"图层7"图层名处单击鼠标右键，在弹出的快捷菜单中选择【遮罩层】命令，将图层转换为遮罩层，并将"图层7"以下的图层全部转换为被遮罩层，场景效果如图7-96所示，"时间轴"如图7-97所示。

07
Chapter
7.1
7.2
7.3
7.4
7.5

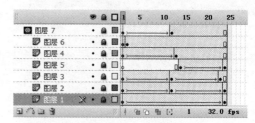

图7-96 场景效果　　　　　　　图7-97 "时间轴"面板

Step **16** 单击"时间轴"面板上的"插入图层"按钮，新建"图层8"，单击第1帧，执行【窗口】→【动作】命令，在"动作-帧"面板中输入"stop();"脚本语言，在第24帧位置，按【F6】键插入关键帧，在"动作-帧"面板中输入"stop();"脚本语言，"时间轴"面板如图7-98所示。

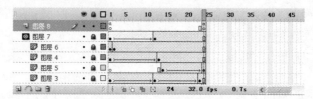

图7-98 "时间轴"面板

Step **17** 使用同样方法制作出"动画2"、"动画3"元件，如图7-99所示。

图7-99 制作"动画2"、"动画3"元件

Step **18** 单击"编辑栏"上的"场景1"文字，返回到场景1中，将"库"面板中的"动画1"元件拖入到场景的适当位置，如图7-100所示，设置其"属性"面板上的"实例名称"为a1，如图7-101所示。选中该元件，在"动作-影片剪辑"面板中输入以下脚本语言，如图7-102所示。

图7-100 拖入元件　　　图7-101 "属性"面板　　　图7-102 输入脚本语言

Step 19 分别单击"时间轴"面板上的"插入图层"按钮，新建"图层2"、"图层3"，依次将"库"面板中相应的元件拖入到场景的适当位置，如图7-103所示，并设置各元件的"实例名称"，"时间轴"面板如图7-104所示。

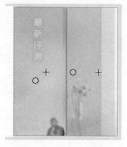

图7-103　拖入元件

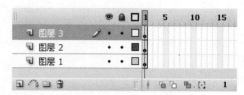

图7-104　"时间轴"面板

Step 20 单击"时间轴"面板上的"插入图层"按钮，新建"图层4"，在第1帧位置，在"动作-帧"面板中输入如下脚本语言，如图7-105所示。

```
function zgqplay(i1, i2)
{
    if (i1 != i2)
    {
        if (i1 == "a2" || i1 == "a3" && a2._x != -53)
        {
            a2._x = -53;
        }
        else if (i1 == "a1" && a2._x == -53)
        {
            a2._x = 77;
        } // end else if
        updateAfterEvent();
        eval(i2).gotoAndStop(1);
        eval(i1).gotoAndPlay(1);
    } // end if
} // End of the function
```

图7-105　输入脚本语言

Step 21 执行【文件】→【保存】命令，将动画保存为7-2-2.fla文件，完成动画制作。同时按【Ctrl+Enter】组合键测试动画，预览效果如图7-106所示。

图7-106　预览效果

7.3 使用库

Flash CS3

在Flash中，元件"库"面板默认是打开的，也可以通过执行【窗口】→【库】命令或使用快捷键【F11】实现对"库"面板的快捷操作。在一个Flash影片中，无论是图形元件、按钮元件、影片剪辑元件，还是各种被导入的元件，所有的元件都存放在"库"中，库还提供了方便快捷的预览动画和声音文件的功能。

07

Chapter

7.1

7.2

7.3

7.4

7.5

7.3.1 库的概念

Flash为了方便用户制作动画，还提供了自带的包含按钮、图形、影片剪辑和声音的范例库，可以将这些元素添加到Flash文档中。Flash范例库和用户自己创建的永久库都列在【窗口】→【公用库】菜单下，分为"学习交互"、"按钮"和"类"3种，如图7-107所示。可以将库资源作为SWF文件导出到一个URL，从而创建运行时的共享库。这允许用户从Flash文档链接到这些库资源，而这些文档在运行时共享导入元件。

图7-107 公用库

"库"面板由特定的信息和工具组成，这些信息和工具使元件管理及操作变得更加方便容易。在"库"面板中，按列的形式显示库中每个元件的信息。正常情况下，它可以显示所有列的内容，用户也可以拖动面板的左边缘和右边缘调整库的大小，如图7-108所示。

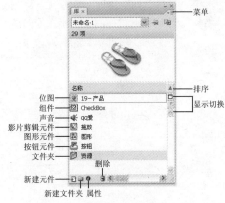

图7-108 "库"面板

单击"库"面板上的"宽库视图"按钮与"窄库视图"按钮，可以选择库面板是否显示库文件的详细信息，如图7-109和图7-110所示。

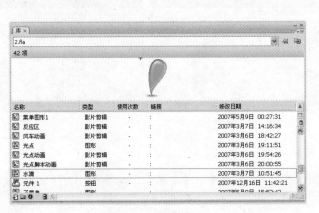

图7-109 宽库视图

图7-110 窄库视图

单击"库"面板右上方的按钮，显示"库"面板的其他选项，如图7-111所示。除了可以使用文件本身的库文件外，Flash还允许共享其他打开文件的"库"资料，如图7-112所示。

图7-111　"库"面板扩展菜单

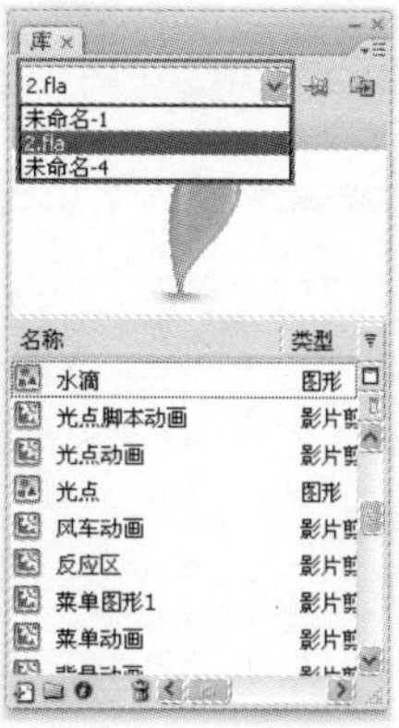

图7-112　共享资源库

7.3.2　制作悬挂广告

　　熟悉了库的概念后，下面将通过实际的案例了解在Flash中库的使用方法和技巧。

　　本实例最终效果图（见图7-113）：

○ 设计思路

　　见过流动人群，见过滚动的广告吗？快来访问吧，可以看到更多吸引你的快乐资讯！

○ 练习要求

　　通过上述的学习，通过使用元件和脚本语言，了解"库"在元件使用中的作用。

图7-113　实例最终效果图

制作流程预览

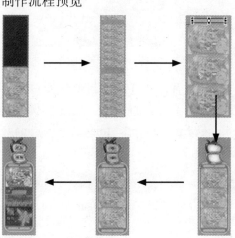

○ 制作重点

　　本实例通过为元件设置实例名称，再利用添加脚本语言来控制元件的播放。

07
Chapter

7.1

7.2

7.3

7.4

7.5

Step 01 执行【文件】→【新建】命令，新建一个Flash文档，如图7-114所示，单击"属性"面板上的"文档属性"按钮，在弹出的"文档属性"对话框中设置"尺寸"为137像素×407像素，"背景颜色"为#33CCFF，帧频为34fps，其他设置如图7-115所示。

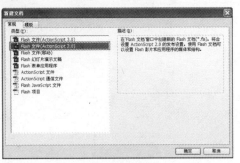

图7-114 新建Flash文档　　　　　　　　　图7-115 设置文档属性

Step 02 执行【插入】→【新建元件】命令，新建一个"名称"为"反应区1"的"按钮"元件，如图7-116所示。在"点击"帧位置，按【F6】键插入关键帧，使用"矩形工具"在场景中绘制一个106像素×76像素的矩形，如图7-117所示。

图7-116 创建新元件　　　　　　　　　图7-117 绘制矩形

Step 03 执行【插入】→【新建元件】命令，新建一个"名称"为"图片"的"影片剪辑"元件，如图7-118所示。执行【文件】→【导入】→【导入到舞台】命令，将图像"光盘\实例素材源文件\第7章\素材\ image2.png"导入到场景中，并调整位置及大小，如图7-119所示。

图7-118 创建新元件　　　　　　　　　图7-119 导入图像

Step 04 分别在第2帧、第3帧、第4帧、第5帧、第6帧位置，按【F7】键插入空白关键帧，依次执行【文件】→【导入】→【导入到舞台】命令，将图像"光盘\实例素材源文件\第7章\素材"文件夹中的image3.jpg、image4.png、image5.jpg、image6.jpg、image7.jpg导入到场景中，并调整位置及大小，如图7-120所示。

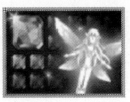

○ **小技巧**

可以先将图像导入到"库"面板中，再在"时间轴"面板上插入空白关键帧，依次将图像从"库"面板拖入到场景中。

图7-120　导入图像

Step 05　单击"时间轴"面板上的"插入图层"按钮，新建"图层2"，单击第1帧，执行【窗口】→【动作】命令，在"动作-帧"面板中输入"stop();"脚本语言，选中"图层2"第2～6帧，单击鼠标右键，在弹出的菜单中选择【删除帧】命令，"时间轴"面板如图7-121所示，场景效果如图7-122所示。

Step 06　执行【插入】→【新建元件】命令，新建一个"名称"为"图片2"的"影片剪辑"元件，如图7-123所示。将"库"面板中的"图片"元件拖入到场景中，选择该元件，设置其"属性"面板上的"实例名称"为img，如图7-124所示。

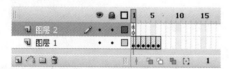

图7-121　"时间轴"面板

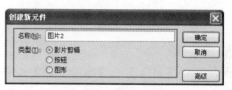

图7-123　创建新元件

图7-122　场景效果

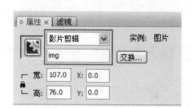

图7-124　"属性"面板

Step 07　单击"时间轴"面板上的"插入图层"按钮，新建"图层2"，将"库"面板中的"反应区1"元件拖入到场景中，如图7-125所示，选择该元件，设置其"属性"面板上的"实例名称"为btn，如图7-126所示。

图7-125　拖入元件

图7-126　"属性"面板

Step 08　单击"时间轴"面板上的"插入图层"按钮，新建"图层3"，在"动作-帧"面板中输入以下脚本语言。如图7-127所示。

Flash CS3中文版入门实战与提高

07
Chapter

7.1

7.2

7.3

7.4

7.5

```
1  mcNum = this._name.slice(4);
2  mcNum2 = this._parent._name.slice(3);
3  txt.gotoAndStop(mcNum);
4  img.gotoAndStop(mcNum);
5  btn.onRollOver = function ()
6  {
7      clearInterval(this._parent._parent._parent._parent.interval);
8      for (i = 1; i <= 6; i++)
9      {
10         this._parent._parent._parent["mc_" + i].alphaChange(50);
11     } // end of for
12     this._parent._parent._parent["mc_" + mcNum2].alphaChange(100);
13     for (i = 1; i <= this._parent._parent._parent.mcTotal; i++)
14     {
15         this._parent._parent["img_" + i].txt.alphaChange(50);
16         this._parent._parent["img_" + i].img.alphaChange(50);
17     } // end of for
18     txt.alphaChange(100);
19     img.alphaChange(100);
20  };
21  btn.onRollOut = function ()
22  {
23     this._parent._parent._parent._parent.interval = setInterval(this._parent._parent._parent._parent.timer, this._pa
24     for (i = 1; i <= 6; i++)
25     {
26         this._parent._parent._parent["mc_" + i].alphaChange(100);
27     } // end of for
28     for (i = 1; i <= this._parent._parent._parent._parent.mcTotal; i++)
29     {
30         this._parent._parent["img_" + i].txt.alphaChange(100);
31         this._parent._parent["img_" + i].img.alphaChange(100);
32     } // end of for
33  };
```

图7-127　输入脚本语言

Step 09　执行【插入】→【新建元件】命令，新建一个"名称"为"图片动画"的"影片剪辑"元件，如图7-128所示。将"库"面板中的"图片2"元件拖入到场景中，选择该元件，设置其"属性"面板上的"实例名称"为img_1，如图7-129所示。

图7-128　创建新元件

图7-129　"属性"面板

Step 10　单击"时间轴"面板上的"插入图层"按钮，新建"图层2"至"图层6"，依次将"图片2"元件拖入到场景的适当位置，并设置其"实例名称"，场景效果如图7-130所示，"时间轴"面板如图7-131所示。

图7-130　场景效果　　图7-131　"时间轴"面板

Step 11　单击"时间轴"面板上的"插入图层"按钮，新建"图层7"，单击第1帧，在"动作-帧"面板中输入如图7-132所示的脚本语言。

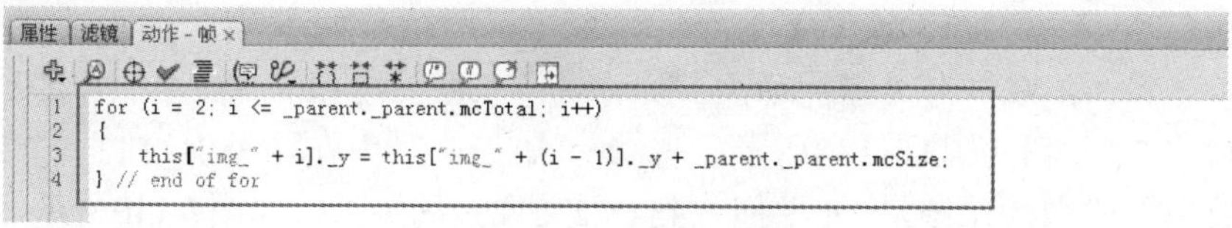

图7-132 输入脚本语言

Step
12 执行【插入】→【新建元件】命令，新建一个"名称"为"图片动画2"的"影片剪辑"元件，如图7-133所示。将"库"面板中的"图片动画"元件拖入到场景中，选择该元件，设置其"属性"面板上的"实例名称"为mc_1，如图7-134所示。

图7-133 创建新元件

图7-134 "属性"面板

Step
13 单击"时间轴"面板上的"插入图层"按钮，新建"图层2"、"图层3"，依次将"图片动画"元件拖入到场景的适当位置，并设置其"属性"面板上的"实例名称"，场景效果如图7-135所示，"时间轴"面板如图7-136所示。

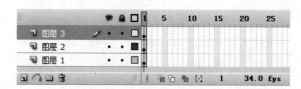

图7-135 场景效果

图7-136 "时间轴"面板

Step
14 单击"时间轴"面板上的"插入图层"按钮，新建"图层4"，单击第1帧，在"动作-帧"面板中输入如图7-137所示的脚本语言。

```
mc_2._y = 0;
mc_1._y = mc_2._y - mc_1._height;
mc_3._y = mc_2._y + mc_2._height;
```

图7-137 输入脚本语言

07
Chapter

7.1

7.2

7.3

7.4

7.5

Step 15 执行【插入】→【新建元件】命令，新建一个"名称"为"图片动画3"的"影片剪辑"元件，如图7-138所示。将"库"面板中的"图片动画2"元件拖入到场景中，选择该元件，设置其"属性"面板上的"实例名称"为mc，如图7-139所示。

Step 16 单击"时间轴"面板上的"插入图层"按钮，新建"图层2"，使用"矩形工具"在场景中绘制一个110像素×232像素的矩形，如图7-140所示，在"图层2"图层名处单击鼠标右键，在弹出的快捷菜单中选择【遮罩层】命令，将图层转换为遮罩层，如图7-141所示。

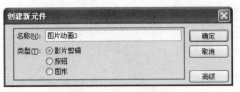

图7-138 创建新元件

图7-139 "属性"面板

图7-140 场景效果

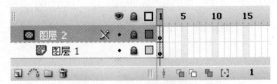

图7-141 "时间轴"面板

Step 17 单击"时间轴"面板上的"插入图层"按钮，新建"图层3"，将"库"面板中的"反应区1"元件拖入到场景的适当位置，使用"任意变形工具"将其调整至86像素×10像素大小，如图7-142所示，选中该元件，设置其"属性"面板上的"实例名称"为btn_prev，如图7-143所示。

Step 18 单击"时间轴"面板上的"插入图层"按钮，新建"图层4"，将"库"面板中的"反应区1"元件拖入到场景的适当位置，使用"任意变形工具"将其调整至86像素×10像素大小，如图7-144所示，选中该元件，设置其"属性"面板上的"实例名称"为btn_next，如图7-145所示。

图7-142 调整元件大小　图7-143 "属性"面板

图7-144 调整元件大小　图7-145 "属性"面板

Step 19 单击"时间轴"面板上的"插入图层"按钮，新建"图层5"，单击第1帧，在"动作-帧"面板中输入相应的脚本语言，如图7-146所示，详细脚本语言请查看源文件。

```
    1  function timer()
    2  {
    3      if (Num >= mcTotal)
    4      {
    5          mc._y = 0;
    6          Num = 1;
    7      }
    8      else if (Num <= -mcTotal)
    9      {
   10          mc._y = 0;
   11          Num = -1;
   12      }
   13      else
   14      {
   15          --Num;
   16      } // end else if
   17  } // End of the function
   18  mcSize = 7.750000E+001;
```

图7-146 输入脚本语言

<table>
<tr><td>**Step 20**</td><td>执行【插入】→【新建元件】命令，新建一个"名称"为"按钮1"的"影片剪辑"元件，如图7-147所示。执行【文件】→【导入】→【导入到舞台】命令，将图像"光盘\实例素材源文件\第7章\素材\ image9.png"导入到场景中，并调整位置及大小，如图7-148所示。</td><td>**Step 21**</td><td>选择刚刚导入到场景中的图像，按【F8】键，将图像转换成"名称"为"按钮图像1"的"影片剪辑"元件，如图7-149所示，场景效果如图7-150所示。</td></tr>
</table>

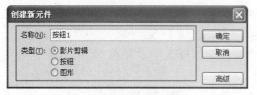

图7-147 创建新元件

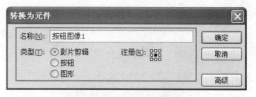

图7-149 转换为元件

图7-148 导入图像

图7-150 场景效果

<table>
<tr><td>**Step 22**</td><td>在第8帧位置，按【F6】键插入关键帧，选择该帧上的元件，在"属性"面板上设置"颜色"样式为"高级"，单击"属性"面板右侧的"设置"按钮，在弹出的"高级效果"对话框中进行设置，如图7-151所示，图像效果如图7-152所示。</td><td>**Step 23**</td><td>在第16帧位置，按【F6】键插入关键帧，选中该帧上的元件，设置其"属性"面板上的"颜色"样式为无，如图7-153所示，设置第1帧、第8帧上的"补间"类型为"动画"，场景效果如图7-154所示。</td></tr>
</table>

07
Chapter

7.1

7.2

7.3

7.4

7.5

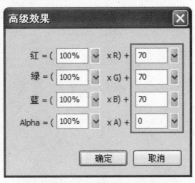

图7-151 "高级效果"对话框

图7-153 "属性"面板

图7-152 图像效果

图7-154 场景效果

Step 24 单击"时间轴"面板上的"插入图层"按钮,新建"图层2",将"库"面板中的"反应区1"元件拖入到场景的适当位置,使用"任意变形工具"将其调整至47像素×32像素大小,如图7-155所示,选中该元件,设置其"属性"面板上的"实例名称"为btn,如图7-156所示。

Step 25 单击"时间轴"面板上的"插入图层"按钮,新建"图层3",在第2帧位置,按【F6】键插入关键帧,设置其"属性"面板上的"帧标签"为over,如图7-157所示,在第9帧位置,按【F6】键插入关键帧,设置其"帧标签"为out,选中"图层3"第10~16帧,单击鼠标右键,在弹出的快捷菜单中选择【删除帧】命令,"时间轴"效果如图7-158所示。

图7-155 调整元件大小

图7-157 "属性"面板

图7-156 "属性"面板

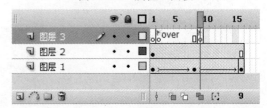

图7-158 "时间轴"面板

Step 26 单击"时间轴"面板上的"插入图层"按钮，新建"图层4"，在"动作-帧"面板中输入"this.stop();"脚本语言，在第8帧位置，按【F6】键插入关键帧，在"动作-帧"面板中输入"this.stop();"脚本语言，"时间轴"面板如图7-159所示。选中"图层4"第9～16帧，单击鼠标右键，在弹出的快捷菜单中选择【删除帧】命令。使用同样方法制作"按钮2"元件，如图7-160所示。

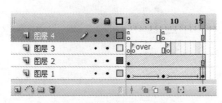

图7-159 "时间轴"面板

图7-160 制作"按钮2"元件

Step 27 单击"编辑栏"上的"场景1"文字，返回到场景1中，执行【文件】→【导入】→【导入到舞台】命令，将图像"光盘\实例素材源文件\第7章\素材\image10.png"导入到场景中，并调整位置及大小，如图7-161所示。单击"时间轴"面板上的"插入图层"按钮，新建"图层2"，将"库"面板中的"图片动画"元件拖入到场景中，如图7-162所示。

Step 28 分别单击"时间轴"面板上的"插入图层"按钮，新建"图层3"、"图层4"，将"库"面板中的"按钮1"、"按钮2"元件拖入到场景中的适当位置，如图7-163所示。

图7-161 导入图像　图7-162 拖入元件

图7-163 拖入元件

Step 29 单击"时间轴"面板上的"插入图层"按钮，新建"图层5"，在"动作-帧"面板中输入脚本语言，如图7-164所示，详细脚本语言请查看源文件。

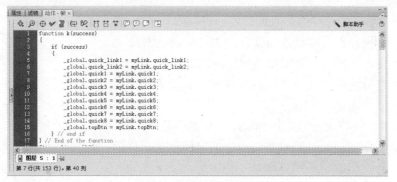

图7-164 输入脚本语言

07
Chapter
7.1
7.2
7.3
7.4
7.5

Step **30** 执行【文件】→【保存】命令，将动画保存为7-3-2.fla文件，完成动画制作。同时按【Ctrl+Enter】组合键测试动画，预览效果如图7-165所示。

图7-165　预览效果

7.4 本章技巧荟萃

Flash CS3

1、在Flash中元件可分为几种类型，分别是什么？

答：Flash中的元件可分为两种类型：内部Flash元件和导入的元件。内部Flash元件指的是直接在Flash中创建的元件，有影片剪辑、按钮和图形3种类型。

2、按钮的四种状态分别代表什么意思？

答："弹起"状态代表指针没有经过按钮时该按钮的状态；"指针经过"状态代表当指针滑过按钮时，该按钮的外观；"按下"状态代表单击按钮时，该按钮的外观；"点击"状态定义响应鼠标单击的区域。此状态上的元素在SWF预览时不可见。

3、如何指定渐变颜色的样式？

答：在"颜色"面板中修改颜色填充样式为线性或者放射状，可以设定填充效果为渐变效果。分别对渐变条上的控制点进行调整即可。

7.5 学习效果测试

Flash CS3

一、选择题

1. 以下关于使用元件的优点的叙述，正确的是：（　　）。
   （A）使用元件可以使发布文件的大小显著地缩减
   （B）使用元件可以使电影的播放更加流畅
   （C）使用元件可以使电影的编辑更加简单化
   （D）以上均是

2. 以下关于按钮元件时间轴的叙述，正确的是：（　　）。
   （A）按钮元件的时间轴与主电影的时间轴是一样的，而且它会通过跳转到不同的帧来响应鼠标指针的移动和动作
   （B）按钮元件中包含了4帧，分别是弹起、按下、指针经过和点击

（C）按钮元件时间轴上的帧可以被赋予帧动作脚本

（D）按钮元件的时间轴里只能包含4帧的内容

3．将舞台上的对象转换为元件的步骤是：（　　　）。

（A）选定舞台上的元素，选择【修改】→【转换为元件】命令，打开"转换为元件"对话框，在对话框中进行设置，并单击【确定】按钮

（B）选择【修改】→【转换为元件】命令，打开"转换为元件"对话框，选定舞台上的元素，在对话框中进行设置，并单击【确定】按钮

（C）选定舞台上的元素，并将选定元素拖到"库"面板上，选择【修改】→【转换为元件】命令，打开"转换为元件"对话框，在对话框中进行设置，并单击【确定】按钮

（D）选择【修改】→【转换为元件】命令，打开"转换为元件"对话框，选定舞台上的元素，并将选定元素拖到"库"面板上，在对话框中进行设置，并单击【确定】按钮

4．新建元件的快捷键是：（　　　）。

（A）【Ctrl+F8】

（B）【F5】

（C）【Shift+F5】

（D）【Shift+F6】

5．在Flash中，隐藏工具箱和面板的快捷键是：（　　　）。

（A）【Shift+Tab】

（B）【Tab】

（C）【Alt+F4】

（D）【F5】

二、判断题

1．影片剪辑是一种小型影片，既可以包含影片，也可以被放置在另一个影片中，并且还能够无限次嵌套使用。（　　　）

2．内部Flash元件有12种不同的类型。（　　　）

3．"库"面板中的元件只能用一次，不能多次使用。（　　　）

4．在Flash中，元件"库"面板默认是打开的，也可以通过执行【窗口】→【库】命令或使用快捷键【F11】实现对"库"面板的快捷操作。（　　　）

5．在默认情况下，如果没有对元件进行命名，Flash将使用"元件1"、"元件2"等名称自动命名。（　　　）

三、填空题

1．（　　　）是可以重复利用的，它能够在Flash文档中多次使用一个资源，而无需在文件中复制该资源。

2．元件分为（　　　）、"按钮"和"图形"3种类型。

3．通过在 Flash 文档中仅保存（　　　）的一个副本，可以使文档文件变小，更易于传输。

四、操作题

使用元件制作Flash动画，效果如图7-166所示。

图7-166　Flash动画

参考答案

Flash CS3

一、选择题

1．D　2．B　3．A　4．A　5．B

二、判断题

1．对　2．错　3．错　4．对　5．对

三、填空题

1．元件　2．"影片剪辑"　3．元件

第 8 章 按钮的使用

学习提要

按钮实际上是一种由四帧的交互组成的影片剪辑。当为元件选择按钮行为时，Flash 会创建一个四帧的时间轴。前三帧显示按钮的三种可能状态，第四帧定义按钮的活动区域。时间轴实际上并不播放，它只是对指针运动和动作做出反应，并跳到相应的帧。

学习要点

- 按钮的创建和编辑
- 按钮中四帧的特点

08

Chapter

8.1

8.2

8.3

8.4

8.5

8.1 使用按钮

要制作一个交互式按钮，需要把该按钮元件的一个实例放在舞台上，然后为该实例指定动作。必须将动作指定给文档中按钮的实例，而不是指定给按钮时间轴中的帧。也可以用影片剪辑元件创建按钮。使用影片剪辑创建按钮，可以添加更多的帧到按钮或添加更复杂的动画。但是，包含影片剪辑的按钮的文件大小要大于按钮元件。

8.1.1 "按钮"的简介

"按钮"元件是由四帧交互组成的影片剪辑。通过按钮的使用，用户可以在动画中完成动画的播放、停止、暂停、跳转等功能。同时，通过在按钮中使用各种特殊的动画效果和脚本，也会使动画效果更加炫目。

按钮元件中可包含声音，这样无需编写脚本语言就可以创建带有声音的按钮。

按钮元件的时间轴不同于"图形"元件的时间轴，它是由四帧组成的。并且每一帧都有其特定的功能，如图8-1所示。

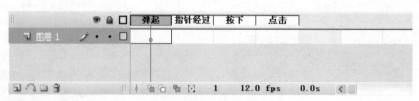

图8-1　按钮元件时间轴

"弹起"状态：当指针没有经过按钮时该按钮的一般状态。

"指针经过"状态：当指针滑过按钮时该按钮的状态。

"按下"状态：当单击按钮时该按钮的状态。

"点击"状态：响应鼠标单击的范围。

由于按钮的特殊性，通常按钮动画都是

鼠标移动到按钮上触发一个动作事件，产生动画，不需要有很复杂的动画过程，重要的是设计者一定要能够把握好按钮动画的风格与整个动画的风格的一致性。按钮的动态表现形式及风格的把握，需要读者多看成功的作品，多从创作者的角度思考问题，才能快速地提高设计制作水平，按钮效果如图8-2所示。

图8-2　按钮效果

8.1.2　制作登录按钮动画

　　熟悉了按钮的基础知识后，下面将通过实际的案例来进一步掌握按钮元件的制作方法。

　　本实例最终效果图（见图8-3）：

图8-3　实例最终效果图

○ **设计思路**

　　网络游戏是热情的，红色的火焰正印证了这一点，当点击它时，熊熊的火焰燃烧得更加剧烈。快快加入吧！

○ **练习要求**

　　通过上述学习，结合其他元件的使用，体会在按钮制作中时间轴上不同状态的含义。

制作流程预览

○ **制作重点**

　　1．在制作按钮元件时要注意在反应区上添加"实例名称"和脚本语言。

　　2．在制作按钮时文件尺寸不宜过大。

Step 01　执行【文件】→【新建】命令，弹出"新建文档"对话框，单击【确定】按钮，新建一个Flash文档，如图8-4所示。单击"属性"面板上的"文档属性"按钮，在弹出的"文档属性"对话框中设置"尺寸"为257像素×127像素，"背景颜色"为#FFFFFF，"帧频"为39fps，如图8-5所示。

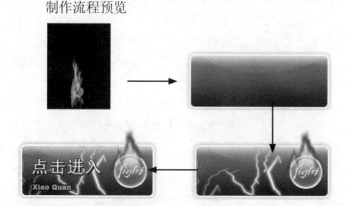

图8-4　新建Flash文档　　　　　　　图8-5　设置文档属性

Step 02　执行【插入】→【新建元件】命令，新建一个"名称"为"火焰动画"的"影片剪辑"元件，如图8-6所示，执行【文件】→【导入】→【导入到舞台】命令，将图像"光盘\实例素材源文件\第8章\素材\ 9-1-201.jpg"导入到场景中，在弹出的询问是否导入序列中的所示图像对话框中单击【是】按钮，导入图像如图8-7所示，"时间轴"面板如图8-8所示。

08
Chapter

8.1

8.2

8.3

8.4

8.5

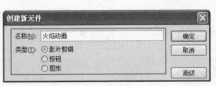

图8-6 创建新元件

图8-7 导入图像

○ 小技巧

在制作过程中为了方便使用和快速操作，在Flash中提供了大量的快捷键，导入图像可以按【Ctrl+R】组合键。

图8-8 "时间轴"面板

Step 03 执行【插入】→【新建元件】命令，新建一个"名称"为"按钮动画"的"影片剪辑"元件，如图8-9所示，执行【文件】→【导入】→【导入到舞台】命令，将图像"光盘\实例素材源文件\第8章\素材\ 9-1-2001.png"导入到场景中，如图8-10所示，在第15帧位置单击，按【F5】键插入帧。

Step 04 单击"时间轴"面板上的"插入图层"按钮，新建"图层2"，执行【文件】→【导入】→【导入到舞台】命令，将图像"CD\实例素材源文件\第8章\素材\9-1-2002.png"导入到场景中，调整图像在场景中的位置，如图8-11所示，单击"工具箱"中的"选择工具"按钮，选择刚刚导入的图像，按【F8】键将图像转换成"名称"为"背景"的"影片剪辑"元件。

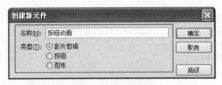

图8-9 创建新元件

图8-11 导入图像

○ 小技巧

转换为元件可以执行【修改】→【转换为元件】命令。

图8-10 导入图像

Step 05 在第5帧位置单击，按【F6】键插入关键帧，单击"工具箱"中的"选择工具"按钮，选择第5帧下场景中的元件，执行【窗口】→【滤镜】命令，打开"滤镜"面板，单击面板中的"添加滤镜"按钮，在弹出的菜单中选择"投影"选项，如图8-12所示，在"滤镜"面板中进行设置，如图8-13所示。

图8-12 投影

图8-13 设置"滤镜"面板1

Step **06** 分别在第10帧和第14帧位置单击，依次按【F6】键插入关键帧，单击"工具箱"中的"选择工具"按钮，选择第10帧场景中的元件，打开"滤镜"面板，在"滤镜"选项卡中进行设置，如图8-14所示，场景效果如图8-15所示。

图8-14 设置"滤镜"面板2

图8-15 场景效果

Step **08** 单击"时间轴"面板上的"插入图层"按钮，新建"图层3"，执行【文件】→【导入】→【导入到舞台】命令，将图像"光盘\实例素材源文件\第8章\素材\9-1-2003.png"导入到场景中，调整图像在场景中的位置，如图8-18所示，单击"工具箱"中的"选择工具"按钮，选择刚刚导入的图像，按【F8】键将图像转换成"名称"为"图形1"的"影片剪辑"元件，如图8-19所示。

图8-18 场景效果

图8-19 转换为元件

Step **07** 使用"选择工具"选择第14帧场景中的元件，打开"滤镜"面板，在"滤镜"选项卡中进行设置，如图8-16所示，分别设置第1帧、第5帧和第10帧上的"补间"类型为"动画"，完成后的"时间轴"面板如图8-17所示。

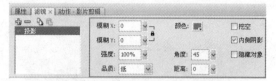

图8-16 设置"滤镜"面板3

图8-17 完成后的"时间轴"面板

Step **09** 分别在第4帧和第8帧位置单击，依次按【F6】键插入关键帧，使用"选择工具"选择第4帧场景中的元件，设置其"属性"面板上的"颜色"样式下的Alpha值为20%，如图8-20所示，场景效果如图8-21所示。

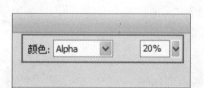

图8-20 "属性"面板

图8-21 场景效果

○ **小技巧**

在利用"属性"面板时，按【Ctrl+F3】组合键可以打开"属性"面板。

08
Chapter

8.1

8.2

8.3

8.4

8.5

Step 10 使用"选择工具"选择第8帧场景中的元件，设置其"属性"面板上"颜色"样式下的Alpha值为40%，场景效果如图8-22所示，设置第1帧和第4帧上的"补间"类型为"动画"，"时间轴"面板如图8-23所示。

图8-22 场景效果

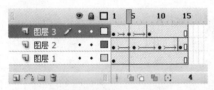

图8-23 "时间轴"面板

Step 11 单击"时间轴"面板上的"插入图层"按钮，新建"图层4"，执行【文件】→【导入】→【导入到舞台】命令，将图像"光盘\实例素材源文件\第8章\素材\ 9-1-2004.png"导入到场景中，调整图像在场景中的位置，如图8-24所示，单击"工具箱"中的"选择工具"按钮，选择刚刚导入的图像，按【F8】键将图像转换成"名称"为"图形2"的"影片剪辑"元件，如图8-25所示。

图8-24 导入图像

图8-25 转换为元件

Step 12 分别在第4帧和第8帧位置单击，依次按【F6】键插入关键帧，单击"工具箱"中的"选择工具"按钮，选择第4帧位置场景中的元件，设置其"属性"面板上"颜色"样式下的Alpha值为20%，场景效果如图8-26所示，选择第8帧场景中的元件，设置其"属性"面板上"颜色"样式下的Alpha值为40%，分别设置第1帧和第4帧上的"补间"类型为"动画"，"时间轴"面板如图8-27所示。

图8-26 场景效果

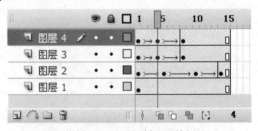

图8-27 "时间轴"面板

Step 13 单击"时间轴"面板上的"插入图层"按钮，新建"图层5"，执行【文件】→【导入】→【导入到舞台】命令，将图像"光盘\实例素材源文件\第8章\素材\ 9-1-2006.png"导入到场景中，调整图像在场景中的位置，如图8-28所示，单击"工具箱"中的"选择工具"按钮，选择刚刚导入的图像，按【F8】键将图像转换成"名称"为"图形3"的"影片剪辑"元件，如图8-29所示。

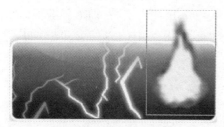

图8-28　导入图像

图8-29　转换为元件

Step 14 分别在第9帧和第13帧位置单击，依次按【F6】键插入关键帧，单击"工具箱"中的"选择工具"选择第9帧场景中的元件，执行【窗口】→【滤镜】命令，打开"滤镜"面板，在弹出的"滤镜"面板中单击"添加滤镜"按钮，在弹出的菜单中选择"模糊"选项，在右侧的选项中进行设置，如图8-30所示，场景效果如图8-31所示。

Step 15 使用"选择工具"选择第13帧场景中的元件，设置其"属性"面板上"颜色"样式下的Alpha值为20%，场景效果如图8-32所示。分别设置第1帧和第9帧上的"补间"类型为"动画"，"时间轴"面板如图8-33所示。

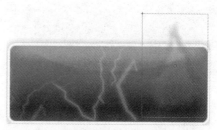

图8-32　场景效果

图8-30　"滤镜"面板

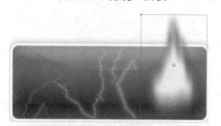

图8-31　场景效果

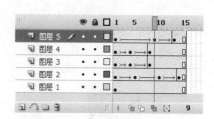

图8-33　"时间轴"面板

Step 16 用步骤13～15的制作方法，制作出"图层6"的动画。单击"时间轴"面板上的"插入图层"按钮，新建"图层7"，执行【文件】→【导入】→【导入到舞台】命令，将图像"光盘\实例素材源文件\第8章\素材\ 9-1-2009.png"导入到场景中，调整图像在场景中的位置，如图8-34所示，按【F8】键将图像转换成"名称"为"圆"的"影片剪辑"元件，如图8-35所示。

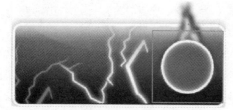

图8-34　导入图像

图8-35　转换为元件

08

Chapter

8.1

8.2

8.3

8.4

8.5

Step 17 分别在第5帧、第8帧、第11帧和第14帧位置单击，依次按【F6】键插入关键帧，"时间轴"面板如图8-36所示，单击"工具箱"中的"任意变形工具"按钮，按住【Shift】键将第8帧场景中的元件按比例缩小，如图8-37所示。

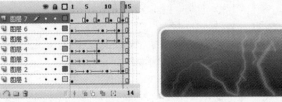

图8-36 "时间轴"面板　　图8-37 将元件缩小

○ 小技巧

可以在"属性"面板中输入准确数值来控制图像扩大或缩小。

Step 18 按住【Shift】键将第14帧场景中的元件按比例扩大，如图8-38所示，分别设置第1帧、第5帧、第8帧和第11帧上的"补间"类型为"动画"，"时间轴"面板如图8-39所示。

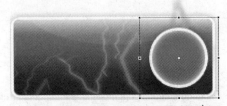

图8-38 将元件扩大

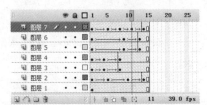

图8-39 "时间轴"面板

Step 19 单击"时间轴"面板上的"插入图层"按钮，新建"图层8"，在第8帧位置单击，按【F6】键插入关键帧，执行【窗口】→【库】命令，打开"库"面板，将"火焰动画"元件从"库"面板中拖入到场景中，"库"面板如图8-40所示，单击"工具箱"中的"任意变形工具"按钮，按住【Shift】键将场景中的元件按比例缩小，并将其旋转，场景效果如图8-41所示。

图8-40 "库"面板

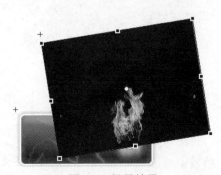

图8-41 场景效果

Step 20 选择场景中的元件，设置其"属性"面板上"颜色"样式下的Alpha值为0%，"混合"模式为"增加"，如图8-42所示，场景效果如图8-43所示。

Step 21 在第15帧位置单击，按【F6】键插入关键帧，使用"选择工具"选择场景中的元件，设置其"属性"面板上"颜色"样式下的Alpha值为100%，如图8-44所示，场景效果如图8-45所示，设置第8帧上的"补间"类型为"动画"。

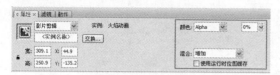

图8-42　"属性"面板

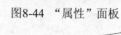

图8-44　"属性"面板

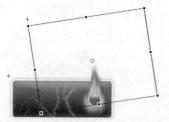

图8-43　场景效果

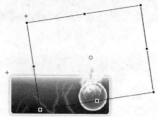

图8-45　场景效果

Step 22 单击"时间轴"面板上的"插入图层"按钮，新建"图层9"，在第8帧位置单击，按【F6】键插入关键帧，单击"工具箱"中的"矩形工具"按钮，设置其"属性"面板上的"笔触颜色"为无，"填充颜色"为#00FFFF，如图8-46所示，在场景中绘制一个尺寸为126像素×87像素的矩形，场景效果如图8-47所示。

图8-46　"属性"面板

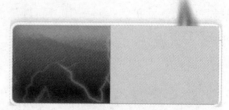

图8-47　场景效果

Step 23 在"图层9"上单击鼠标右键，在弹出的菜单中选择【遮罩层】命令，如图8-48所示，完成后的"时间轴"面板如图8-49所示。

图8-48　遮罩层

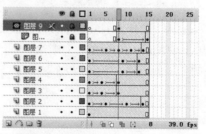

图8-49　完成后的"时间轴"面板

Step 24 单击"时间轴"面板上的"插入图层"按钮，新建"图层10"，执行【文件】→【导入】→【导入到舞台】命令，将图像"光盘\实例素材源文件\第8章\素材\ 9-1-2010.png"导入到场景中，调整图像在场景中的位置，如图8-50所示，按【F8】键将图像转换成"名称"为"文字"的"影片剪辑"元件，如图8-51所示。

Step 25 分别在第5帧和第8帧位置单击，依次按【F6】键插入关键帧，"时间轴"面板如图8-52所示，单击"工具箱"中的"任意变形工具"按钮，按住【Shift】键将场景中的元件按比例缩小，场景效果如图8-53所示，分别设置第1帧和第5帧上的"补间"类型为"动画"。

图8-50　导入图像

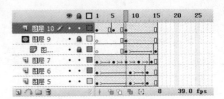

图8-52　"时间轴"面板

图8-51　转换为元件

图8-53　将元件缩小

Step 26　单击"时间轴"面板上的"插入图层"按钮，新建"图层11"，在第7帧位置单击，按【F6】键插入关键帧，执行【窗口】→【库】命令，打开"库"面板，将"文字"元件从"库"面板中拖入到场景中，场景效果如图8-54所示。分别在第9帧和第11帧位置单击，依次按【F6】键插入关键帧，使用"任意变形工具"按住【Shift】键将第9帧场景中的元件扩大，设置其"属性"面板上"颜色"样式下的Alpha值为80%，场景效果如图8-55所示。

图8-54　场景效果

图8-55　场景效果

Step 27　使用"选择工具"选择第11帧场景中的元件，设置其"属性"面板上"颜色"样式下的Alpha值为0%，如图8-56所示，场景效果如图8-57所示，分别设置第7帧和第9帧上的"补间"类型为"动画"。

图8-56　"属性"面板

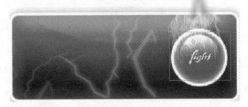

图8-57　场景效果

Step 28　单击拖动选择"图层11"第12～15帧之间所有的帧，如图8-58所示，在选择的帧上单击鼠标右键，在弹出的菜单中选择【删除帧】命令，如图8-59所示。

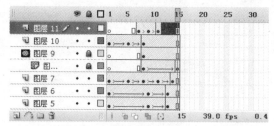

图8-58　选择帧后的"时间轴"面板

图8-59　删除帧

Step 29　单击"时间轴"面板上的"插入图层"按钮，新建"图层12"，执行【文件】→【导入】→【导入到舞台】命令，将图像"光盘\实例素材源文件\第8章\素材\ 9-1-2008.png"导入到场景中，调整图像在场景中的位置，如图8-60所示，按【F8】键将图像转换成"名称"为"图形5"的"影片剪辑"元件，如图8-61所示。

Step 30　分别在第5帧和第11帧位置单击，依次按【F6】键插入关键帧，单击"工具箱"中的"任意变形工具"按钮，按住【Shift】键将第5帧场景中的元件进行调整，执行【窗口】→【滤镜】命令，打开"滤镜"面板，单击"滤镜"面板中的"添加滤镜"按钮，在弹出的菜单中选择"模糊"选项，在右侧的选项中进行设置，如图8-62所示，场景效果如图8-63所示。

图8-60　导入图像

图8-62　"滤镜"面板

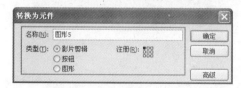

图8-61　转换为元件

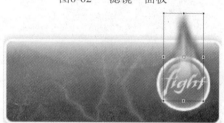

图8-63　场景效果

Step 31　使用"任意变形工具"，按住【Shift】键将第11帧场景中的元件进行调整，执行【窗口】→【滤镜】命令，打开"滤镜"面板，单击"滤镜"面板中的"添加滤镜"按钮，在弹出的菜单中选择"模糊"选项，在右侧的选项中进行设置，如图8-64所示，场景效果如图8-65所示。分别设置第5帧和第11帧上的"补间"类型为"动画"。

Step 32　用步骤29~31的制作方法，制作出"图层13"的动画。单击"时间轴"面板上的"插入图层"按钮，新建"图层14"，执行【文件】→【导入】→【导入到舞台】命令，将图像"光盘\实例素材源文件\第8章\素材\ 9-1-2011.png"导入到场景中，调整图像在场景中的位置，如图8-66所示，按【F8】键将图像转换成"名称"为"图形7"的"影片剪辑"元件，如图8-67所示。

Flash CS3中文版入门实战与提高

08
Chapter

8.1

8.2

8.3

8.4

8.5

图8-64 "滤镜"面板

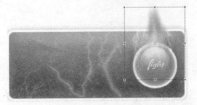

图8-65 场景效果

图8-66 导入图像

图8-67 转换为元件

Step 33 分别在第7帧和第13帧位置单击,依次按【F6】键插入关键帧,使用"选择工具"选择第7帧场景中的元件,执行【窗口】→【滤镜】命令,打开"滤镜"面板,单击"滤镜"面板中的"添加滤镜"按钮,在弹出的菜单中选择"模糊"选项,在右侧的选项中进行设置,如图8-68所示,场景效果如图8-69所示,分别设置第1帧和第7帧上的"补间"类型为"动画"。

Step 34 单击"时间轴"面板上的"插入图层"按钮,新建"图层15",执行【文件】→【导入】→【导入到舞台】命令,将图像"光盘\实例素材源文件\第8章\素材\9-1-2012.png"导入到场景中,调整图像在场景中的位置,如图8-70所示,按【F8】键将图像转换成"名称"为"图形8"的"影片剪辑"元件,如图8-71所示。

图8-68 "滤镜"面板

图8-70 导入图像

图8-69 场景效果

图8-71 转换为元件

Step 35 分别在第5帧、第7帧、第10帧和第13帧位置单击,依次按【F6】键插入关键帧,使用"选择工具"向左移动第7帧场景中的元件,执行【窗口】→【滤镜】命令,打开"滤镜"面板,单击"滤镜"面板中的"添加滤镜"按钮,在弹出的菜单中选择"模糊"选项,在右侧的选项中进行设置,如图8-72所示,场景效果如图8-73所示。

Step 36 使用"选择工具"选择第10帧场景中的元件,打开"滤镜"面板,单击"滤镜"面板中的"添加滤镜"按钮,在弹出的菜单中选择"模糊"选项,在右侧的选项中进行设置,如图8-74所示,场景效果如图8-75所示,分别设置第1帧、第5帧、第7帧和第10帧上的"补间"类型为"动画"。

图8-72　"滤镜"面板

图8-74　"滤镜"面板

图8-73　场景效果

图8-75　场景效果

Step 37 执行【插入】→【新建元件】命令，新建一个"名称"为"按钮"的"按钮"元件，如图8-76所示，单击"工具箱"中的"矩形工具"按钮，设置其"属性"面板上的"笔触颜色"为无，"填充颜色"为#00FFFF，如图8-77所示。

Step 38 在"点击"状态下单击，按【F6】键插入关键帧，如图8-78所示，在场景中绘制一个尺寸为257像素×127像素的矩形。执行【窗口】→【库】命令，打开"库"面板，双击名称为"按钮动画"的元件，进入元件编辑状态，单击"时间轴"面板上的"插入图层"按钮，新建"图层16"，打开"库"面板，将"按钮"元件从"库"面板中拖入到场景中，场景效果如图8-79所示。

图8-78　"时间轴"面板

图8-76　创建新元件

图8-77　"属性"面板

图8-79　场景效果

Step 39 使用"选择工具"选择刚刚拖入的元件，设置其"属性"面板上的"实例名称"为btn，如图8-80所示，执行【窗口】→【动作】命令，在弹出的"动作-按钮"面板中输入脚本语言，如图8-81所示。

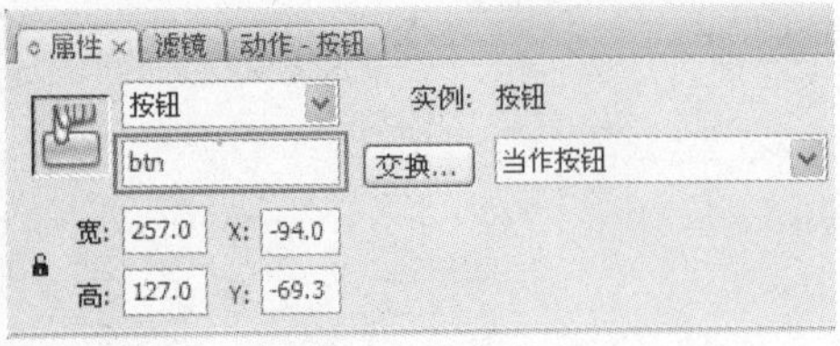

图8-80 "属性"面板

图8-81 输入脚本语言

Step 40 单击"时间轴"面板上的"插入图层"按钮，新建"图层17"，在第1帧位置单击，执行【窗口】→【动作】命令，在弹出的"动作-帧"面板中输入脚本语言，如图8-82所示。单击"编辑栏"上的"场景1"文字，返回到"场景1"编辑状态，执行【窗口】→【库】命令，打开"库"面板，将"按钮动画"元件从"库"面板中拖入到场景中，场景效果如图8-83所示。

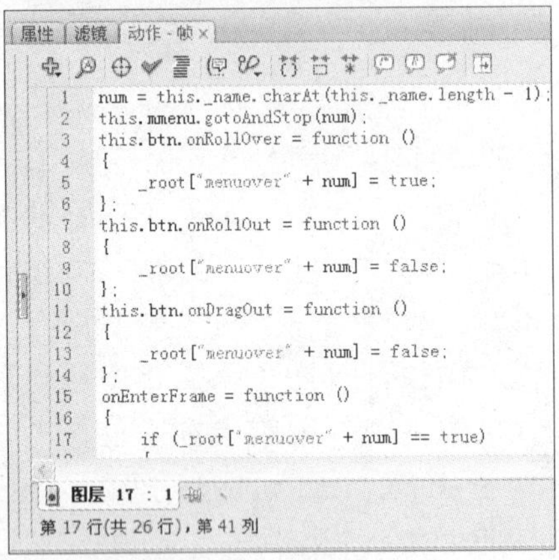

图8-82 输入脚本语言

图8-83 场景效果

Step 41 执行【文件】→【保存】命令，将动画保存为8-1-2.fla文件。同时按【Ctrl+Enter】组合键测试动画，预览效果如图8-84所示。

图8-84 预览效果

8.2 反应区的应用

Flash CS3

在 Flash中，利用反应区制作隐藏按钮是经常见到的，为了在动画中看不见按钮，利用反应区制作按钮则是很好的选择。

8.2.1　反应区介绍

在"按钮"元件中的第4帧位置就是用来放置反应区的。测试动画时，这个帧上的图形或元件在场景中是看不到的，制作隐形按钮就要利用这个帧，"时间轴"面板如图8-85所示。使用绘图工具来绘制反应区，可以根据需要制作不同的反应区形状，如图8-86所示，也可以将制作好的元件作为反应区。将制作好的反应区元件拖入到场景中时，只显示为淡蓝色，如图8-87所示。

图8-85　"时间轴"面板

图8-86　绘制反应区图形

图8-87　反应区元件

8.2.2　制作鼠标跟随动画

熟悉了反应区的应用后，下面将通过实际的案例来进一步了解其在动画制作中的运用。

本实例最终效果图（见图8-88）：

○ **设计思路**

繁华的都市中，高楼林立。忙碌的人群中要想寻找些东西将是多么困难。来吧，移动你的双眼，享受明媚的阳光吧！

○ **练习要求**

通过上述学习，结合其他动画的使用，体会反应区状态在按钮元件中的作用。

图8-88 实例最终效果图

制作流程预览

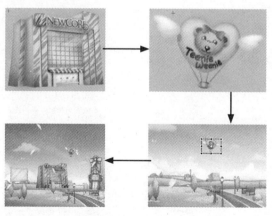

○ **制作重点**

1. 在Flash中可以在"动作"面板中添加相应的脚本语言来实现鼠标跟随的效果。

2. 还可以利用鼠标跟随来实现场景的移动等效果。

Step 01　执行【文件】→【新建】命令，新建一个Flash文档，如图8-89所示，单击"属性"面板上的"文档属性"按钮，在弹出的"文档属性"对话框中设置"尺寸"为535像素×185像素，"背景颜色"为#99CCFF，帧频为36fps，其他设置如图8-90所示。

08
Chapter

8.1

8.2

8.3

8.4

8.5

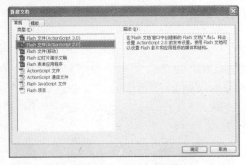

图8-89　新建Flash文档

图8-90　设置文档属性

Step 02 执行【插入】→【新建元件】命令，新建一个"名称"为"楼1"的"影片剪辑"元件，如图8-91所示。执行【文件】→【导入】→【导入到舞台】命令，将图像"光盘\实例素材源文件\第8章\素材\image15.png"导入到场景中，并调整位置及大小，如图8-92所示。

Step 03 单击"时间轴"面板上的"插入图层"按钮，新建"图层2"，执行【文件】→【导入】→【导入到舞台】命令，将图像"光盘\实例素材源文件\第8章\素材\ image17.png"导入到场景中，并调整位置及大小，如图8-93所示。选择刚刚导入到场景中的图像，按【F8】键将图像转换成"名称"为"楼1-1"的"影片剪辑"元件，如图8-94所示。

图8-91　创建新元件

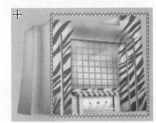

图8-93　导入图像

图8-94　转换为元件

图8-92　导入图像

Step 04 选中第1帧上的元件，设置其"属性"面板上"颜色"样式下的Alpha值为40%，"属性"面板如图8-95所示，场景效果如图8-96所示，在第180帧位置按【F5】键插入帧。

图8-95　"属性"面板

图8-96　场景效果

Step 05 单击"时间轴"面板上的"插入图层"按钮，新建"图层3"，执行【文件】→【导入】→【导入到舞台】命令，将图像"光盘\实例素材源文件\第8章\素材\image16.png"导入到场景中，并调整位置及大小，如图8-97所示。选择刚刚导入到场景中的图像，按【F8】键将图像转换成"名称"为"楼1-2"的"影片剪辑"元件，设置其"属性"面板上"颜色"样式下的Alpha值为40%，场景效果如图8-98所示。

图8-97 导入图像

图8-98 场景效果

Step 06 单击"时间轴"面板上的"插入图层"按钮，新建"图层4"，在第31帧位置按【F6】键插入关键帧，将"库"面板中的"楼1-2"元件拖入到场景的适当位置，如图8-99所示，"时间轴"面板如图8-100所示。

Step 07 单击"时间轴"面板上的"插入图层"按钮，新建"图层5"，在第31帧位置按【F6】键插入关键帧，使用"矩形工具"在场景中绘制一个114像素×124像素的矩形，如图8-101所示。选中绘制的矩形，按【F8】键将图形转换成"名称"为"遮罩1-1"的"图形"元件，如图8-102所示。

图8-99 拖入元件

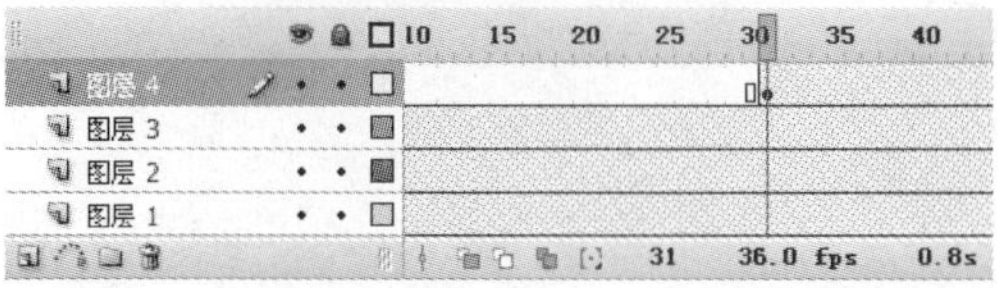

图8-101 绘制矩形

图8-100 "时间轴"面板

图8-102 转换为元件

Step 08 分别在第59帧、第152帧位置，按【F6】键插入关键帧，将各帧上的元件依次移动到场景的适当位置，如图8-103所示。在第180帧位置，按【F6】键插入关键帧，将该帧上的元件移动到场景的适当位置，如图8-104所示。

Step 09 设置第31帧、第59帧、第152帧上的"补间"类型为"动画"，"时间轴"面板如图8-105所示。在"图层5"图层名处单击鼠标右键，在弹出的快捷菜单中选择【遮罩层】命令，将图层转换为遮罩层，如图8-106所示。使用同样方法制作"图层6"、"图层7"上的动画。

08
Chapter

8.1

8.2

8.3

8.4

8.5

图8-105 "时间轴"面板

图8-103 调整元件位置　图8-104 调整元件位置

图8-106 场景效果

Step 10 分别单击"时间轴"面板上的"插入图层"按钮，新建"图层8"、"图层9"，依次执行【文件】→【导入】→【导入到舞台】命令，将图像"光盘\实例素材源文件\第8章\素材\"文件夹中的image18.png、image19.png导入到场景中，并调整位置及大小，如图8-107所示。

Step 11 执行【插入】→【新建元件】命令，新建一个"名称"为"鼠标动画"的"影片剪辑"元件，如图8-108所示。执行【文件】→【导入】→【导入到舞台】命令，将图像"光盘\实例素材源文件\第8章\素材\ image11.png"导入到场景中，并调整位置及大小，如图8-109所示。

图8-108 创建新元件

图8-107 导入图像

图8-109 导入图像

Step 12 单击"时间轴"面板上的"插入图层"按钮，新建"图层2"，执行【文件】→【导入】→【导入到舞台】命令，将图像"光盘\实例素材源文件\第8章\素材\image12.png"导入到场景中，并调整位置及大小，如图8-110所示。选择该图像，按【F8】键将图像转换成"名称"为"翅膀1"的"图形"元件，如图8-111所示。

Step 13 分别在第43帧、第80帧位置，按【F6】键插入关键帧，依次使用"任意变形工具"调整各帧上元件的方向，如图8-112所示。

图8-110 导入图像

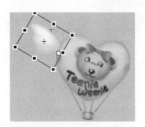

图8-111 转换为元件

图8-112 调整元件方向

设置第1帧、第43帧上的"补间"类型为"动画","时间轴"面板如图8-113所示,场景效果如图8-114所示。

使用同样方法制作"图层3"上的动画,"时间轴"面板如图8-115所示,场景效果如图8-116所示。

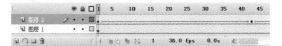

图8-113 "时间轴"面板

图8-115 "时间轴"面板

图8-114 场景效果

图8-116 场景效果

执行【插入】→【新建元件】命令,新建一个"名称"为"反应区1"的"按钮"元件,如图8-117所示。在"点击"帧位置,按【F6】键插入关键帧,使用"矩形工具"在场景中绘制一个如图8-118所示的矩形。

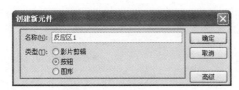

图8-117 创建新元件

图8-118 绘制矩形

执行【插入】→【新建元件】命令,新建一个"名称"为"人物动画"的"影片剪辑"元件,如图8-119所示。执行【文件】→【导入】→【导入到舞台】命令,将图像"光盘\实例素材源文件\第8章\素材\ image31.png"导入到场景中,并调整位置及大小,如图8-120所示。选择该图像,按【F8】键将图像转换成"名称"为"人物"的"图形"元件。

08
Chapter
8.1
8.2
8.3
8.4
8.5

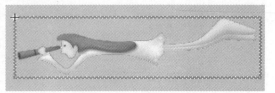

图8-119 创建新元件　　　　　　　　　　　图8-120 导入图像

Step 18 分别在第40帧、第90帧位置，按【F6】键插入关键帧，使用"选择工具"向上移动第40帧上的元件到场景中适当的位置，如图8-121所示。设置第1帧、第40帧上的"补间"类型为"动画"，"时间轴"面板如图8-122所示。

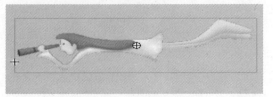

图8-121 调整元件位置　　　　　　　　　　图8-122 "时间轴"面板

Step 19 单击"编辑栏"上的"场景1"文字，返回到场景1中。执行【文件】→【导入】→【导入到舞台】命令，将图像"光盘\实例素材源文件\第8章\素材\ image1.jpg"导入到场景中，并调整位置及大小，如图8-123所示。

图8-123 导入图像

Step 20 分别单击"时间轴"面板上的"插入图层"按钮，新建"图层2"和"图层3"，依次执行【文件】→【导入】→【导入到舞台】命令，将图像"光盘\实例素材源文件\第8章\素材"文件夹中的image14.png、image21.png导入到场景中，并调整位置及大小，场景如图8-124所示。

图8-124 场景效果

Step 21 单击"时间轴"面板上的"插入图层"按钮,新建"图层4",将"库"面板中的"楼1"元件拖入到场景的适当位置,如图8-125所示。使用"任意变形工具"将该元件调整至如图8-126所示的形状。

图8-125 拖入元件　　图8-126 调整元件形状

Step 23 选中第1帧上的元件,设置其"属性"面板上"颜色"样式下的Alpha值为0%,"属性"面板如图8-128所示。设置第1帧、第19帧上的"补间"类型为"动画","时间轴"面板如图8-129所示。

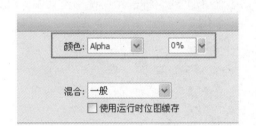

图8-128 "属性"面板

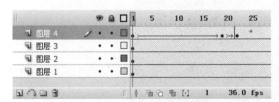

图8-129 "时间轴"面板

Step 22 分别在第19帧、第22帧位置,按【F6】键插入关键帧,依次使用"任意变形工具"调整各帧上元件的形状,如图8-127所示。

图8-127 调整元件形状

Step 24 单击"时间轴"面板上的"插入图层"按钮,新建"图层5",在第22帧位置,按【F6】键插入关键帧,将"库"面板中的"反应区1"元件拖入到场景的适当位置,使用"任意变形工具"将该元件调整至如图8-130所示的大小。使用同样方法,新建其他图层,并制作动画,场景效果如图8-131所示。

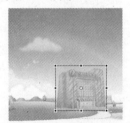

图8-130 调整元件大小

图8-131 场景效果

Step 25 分别单击"时间轴"面板上的"插入图层"按钮,新建图层,依次将光盘中相应的素材导入到场景中,场景效果如图8-132所示,"时间轴"面板如图8-133所示。

08
Chapter
8.1
8.2
8.3
8.4
8.5

图8-132 场景效果

图8-133 "时间轴"面板

Step
26 单击"时间轴"面板上的"插入图层"按钮，新建一个图层，执行【文件】→【导入】→【导入外部库】命令，将图像"光盘\实例素材源文件\第8章\素材\素材.fla"的库打开，如图8-134所示，将"库"面板中的"蝴蝶飞"元件拖入到场景的适当位置，如图8-135所示，使用同样方法，新建其他图层，依次将"蝴蝶飞"元件拖入到场景中。

图8-134 打开外部"库"

图8-135 拖入元件

Step
27 单击"时间轴"面板上的"插入图层"按钮，新建一个图层，将"库"面板中的"鼠标动画"拖入到场景的适当位置，使用"任意变形工具"将该元件调整至如图8-136所示的大小，选中该元件，在"动作-影片剪辑"面板中输入如图8-137所示的脚本语言。

图8-136 拖入元件

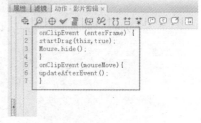

图8-137 输入脚本语言

Step
28 执行【文件】→【保存】命令，将动画保存为8-2-2.fla文件，完成动画制作。同时按【Ctrl+Enter】组合键测试动画，预览效果如图8-138所示。

图8-138 预览效果

8.3　按钮设计的原则

Flash CS3

创意原则：标新立异、能够与网站页面风格相统一，起到为页面画龙点睛的作用。

制作原则：制作Flash按钮的方法有很多种，如遮罩法等。

色彩原则：通常Flash按钮的颜色应该根据网站页面的色调而定，按钮的颜色一定要与网页色调统一。

动画原则：动画制作中，Flash按钮的动画不需要过于复杂，简单的动画效果突出按钮与页面风格统一即可。

脚本原则：在Flash按钮制作中，使用的脚本语言也较简单，只用一些基本的语句即可。

8.3.1　Flash按钮设计的表现形式

制作Flash按钮最重要的是创意。由于按钮的特殊性，通常按钮动画都是在鼠标移动到按钮上时触发一个动作事件，产生动画，不需要有很复杂的动画过程，重要的是设计者一定要能够把握好按钮动画的风格与整个页面风格的一致性，并且要给人留下深刻的印象。按钮的动态表现形式及风格的把握，需要读者多欣赏成功的作品，多从创作者的角度思考问题，才能快速地提高设计制作水平。

在Flash中可以根据需要制作出各式各样的按钮动画，如图8-139所示。

图8-139　制作各式各样的按钮动画

8.3.2　制作Flash按钮动画

熟悉了按钮的基础知识后，下面将通过实际的案例进一步学习按钮的制作技巧。

本实例最终效果图（见图8-140）：

○ **设计思路**

　　卡通的图案、圆角的矩形、可爱的字体都是益智类动画的特点，移动鼠标，旋转的风车会给你带来丝丝凉意。

○ **练习要求**

　　通过上述的学习，综合利用按钮的基本状态和反应区，体会按钮在动画制作中的作用。

图8-140　实例最终效果图

制作流程预览

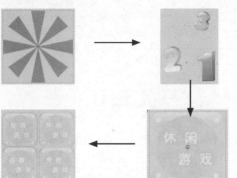

○ 制作重点

1. 在"属性"面板中设置"旋转"选项时应注意适当地设置旋转次数。

2. 使用按钮元件制作的反应区可以使用多次，使用时可以直接将"库"面板中的按钮元件拖到场景中。

Step 01 执行【文件】→【新建】命令，新建一个Flash文档，如图8-141所示，单击"属性"面板上的"文档属性"按钮，在弹出的"文档属性"对话框中设置"尺寸"为195像素×190像素，"背景颜色"为#FFCC33，帧频为45fps，其他设置如图8-142所示。

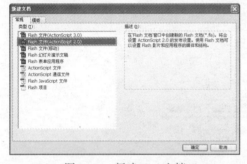

图8-141 新建Flash文档

图8-142 设置文档属性

Step 02 执行【插入】→【新建元件】命令，新建一个"名称"为"转动圆"的"影片剪辑"元件，如图8-143所示，执行【文件】→【导入】→【导入到舞台】命令，将图像"光盘\实例素材源文件\第8章\素材\ image33.png"导入到场景中，并调整位置及大小，如图8-144所示。

图8-143 创建新元件

Step 03 选中刚刚导入到场景中的图像，按【F8】键将图像转换成"名称"为"圆形"的"图形"元件，如图8-145所示，场景效果如图8-146所示。

图8-145 转换为元件

图8-144 导入图像

图8-146 场景效果

Step **04** 在第35帧位置，按【F6】键插入关键帧，设置第1帧上的"补间"类型为"动画"，"时间轴"面板如图8-147所示，场景效果如图8-148所示。

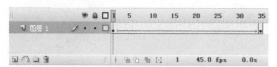

图8-147 "时间轴"面板

图8-148 场景效果

Step **06** 执行【插入】→【新建元件】命令，新建一个"名称"为"数字动画"的"影片剪辑"元件，如图8-151所示。执行【文件】→【导入】→【导入到舞台】命令，将图像"光盘\实例素材源文件\第8章\素材\ image0009.png"导入到场景中，并调整位置及大小，如图8-152所示。

图8-151 创建新元件

图8-152 导入图像

Step **05** 单击第1帧，设置其"属性"面板上的"旋转选项"为"顺时针"，"旋转数"为"1次"，如图8-149所示，场景效果如图8-150所示。

图8-149 "属性"面板

图8-150 场景效果

Step **07** 选择刚刚导入到场景中的图像，按【F8】键，将图像转换成"名称"为"数字1"的"图形"元件，如图8-153所示。分别在第5帧、第8帧、第11帧位置，按【F6】键插入关键帧，依次适当地移动各帧上元件的位置，设置第1帧、第5帧、第8帧上的"补间"类型为"动画"，"时间轴"面板如图8-154所示。

图8-153 拖入元件

图8-154 "属性"面板

Step **08** 分别在第21帧、第38帧位置，按【F6】键插入关键帧，在第76帧位置，按【F5】键插入帧，设置第11帧、第21帧上的"补间"类型为"动画"，"时间轴"面板如图8-155所示。选中第21帧，设置其"属性"面板上的"旋转选项"为"顺时针"，"旋转数"为"1次"，如图8-156所示。

Flash CS3中文版入门实战与提高

08

Chapter

8.1

8.2

8.3

8.4

8.5

○ 小技巧

此时在"属性"面板中还可以设置补间动画的缓动值。

图8-155 "时间轴"面板　　　　图8-156 "属性"面板

Step 09 使用同样方法制作"图层2"、"图层3"上的动画，场景效果如图8-157所示，"时间轴"面板如图8-158所示。

图8-157 场景效果

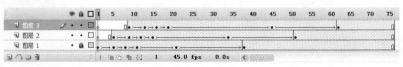

图8-158 "时间轴"面板

Step 10 单击"时间轴"面板上的"插入图层"按钮，新建"图层4"，在第21帧位置，按【F6】键插入关键帧，设置其"属性"面板上的"帧标签"为yoyo，如图8-159所示，选中"图层4"第22～76帧，单击鼠标右键，在弹出的快捷菜单中选择【删除帧】命令，"时间轴"面板如图8-160所示。

Step 11 单击"时间轴"面板上的"插入图层"按钮，新建"图层5"，在第76帧位置，按【F6】键插入关键帧，在"动作-帧"面板中输入"gotoAndPlay("yoyo");"脚本语言，场景效果如图8-161所示，"时间轴"面板如图8-162所示。

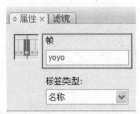

图8-159 "属性"面板

图8-161 场景效果

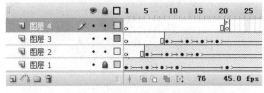

图8-160 "时间轴"面板

图8-162 "时间轴"面板

Step 12 执行【插入】→【新建元件】命令，新建一个"名称"为"文字动画1"的"影片剪辑"元件，如图8-163所示。执行【文件】→【导入】→【导入到舞台】命令，将图像"光盘\实例素材源文件\第8章\素材\ image00012.png"导入到场景中，并调整位置及大小，如图8-164所示。

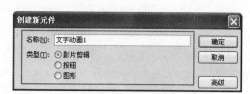

图8-163　创建新元件

图8-164　导入图像

Step 13　选择刚刚导入到场景中的图像，按【F8】键将图像转换成"名称"为"文字1"的"图形"元件。分别在第12帧、第15帧位置，按【F6】键插入关键帧，依次使用"任意变形工具"调整第1帧、第12帧上元件的大小，如图8-165所示，设置第1帧、第12帧上的"补间"类型为"动画"，"时间轴"面板如图8-166所示。

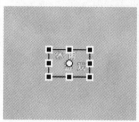

图8-165　调整元件大小

图8-166　"时间轴"面板

Step 14　单击"时间轴"面板上的"插入图层"按钮，新建"图层2"，在第15帧位置，按【F6】键插入关键帧，在"动作-帧"面板中输入"stop();"脚本语言，时间轴效果如图8-167所示，场景效果如图8-168所示。

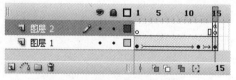

图8-167　"时间轴"面板

图8-168　场景效果

Step 15　执行【插入】→【新建元件】命令，新建一个"名称"为"反应区1"的"按钮"元件，如图8-169所示。在"点击"帧位置，按【F6】键插入关键帧，使用"矩形工具"在场景中绘制一个89像素×81像素的圆角矩形，如图8-170所示。选择刚刚绘制的圆角矩形，按【F8】键将图形转换成"名称"为"圆角矩形"的"图形"元件。

图8-169　创建新元件

图8-170　绘制圆角矩形

08

Chapter

8.1

8.2

8.3

8.4

8.5

Step 16 执行【插入】→【新建元件】命令，新建一个"名称"为"场景动画1"的"影片剪辑"元件，如图8-171所示。执行【文件】→【导入】→【导入到舞台】命令，将图像"光盘\实例素材源文件\第8章\素材\ image0008.png"导入到场景中，并调整位置及大小，如图8-172所示。选择刚刚导入到场景中的图像，按【F8】键将图像转换成"名称"为"图像1-1"的"图形"元件，在第15帧位置，按【F5】键插入帧。

Step 17 单击"时间轴"面板上的"插入图层"按钮，新建"图层2"，在第2帧位置，按【F6】键插入关键帧，执行【文件】→【导入】→【导入到舞台】命令，将图像"光盘\实例素材源文件\第8章\素材\ image0003.png"导入到场景中，并调整位置及大小，如图8-173所示。选择刚刚导入到场景中的图像，按【F6】键将图像转换成"名称"为"图像1-2"的"图形"元件，如图8-174所示。

图8-171 创建新元件

图8-173 导入图像

图8-172 导入图像

图8-174 转换为元件

Step 18 在第6帧位置，按【F6】键插入关键帧，设置第2帧上的"补间"类型为"动画"，"时间轴"面板如图8-175所示。选中第2帧上的元件，设置其"属性"面板上"颜色"样式下的Alpha值为0%，场景效果如图8-176所示。

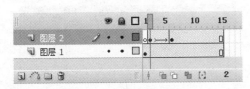

图8-175 "时间轴"面板

图8-176 场景效果

Step 19 单击"时间轴"面板上的"插入图层"按钮，新建"图层3"，在第2帧位置，按【F6】键插入关键帧，将"库"面板中的"转动圆"元件拖入到场景的适当位置，如图8-177所示，在第6帧位置，按【F6】键插入关键帧，设置第2帧上的"补间"类型为"动画"，"时间轴"面板如图8-178所示。选中第2帧上的元件，设置其"属性"面板上"颜色"样式下的Alpha值为0%。

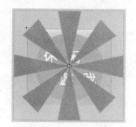

图8-177 拖入元件

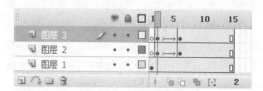

图8-178 "时间轴"面板

Step 20 单击"时间轴"面板上的"插入图层"按钮，新建"图层4"，在第6帧位置，按【F6】键插入关键帧，将"库"面板中的"数字动画"元件拖入到场景的适当位置，如图8-179所示。单击"时间轴"面板上的"插入图层"按钮，新建"图层5"，在第6帧位置，按【F6】键插入关键帧，将"库"面板中的"文字动画1"元件拖入到场景的适当位置，如图8-180所示。

图8-179 拖入元件

图8-180 拖入元件

Step 21 单击"时间轴"面板上的"插入图层"按钮，新建"图层6"，在第2帧位置，按【F6】键插入关键帧，执行【文件】→【导入】→【导入到舞台】命令，将图像"光盘\实例素材源文件\第8章\素材\image0004.png"导入到场景中，并调整位置及大小，如图8-181所示。选择刚刚导入到场景中的图像，按【F6】键将图像转换成"名称"为"透明图像"的"图形"元件，如图8-182所示。

Step 22 单击"时间轴"面板上的"插入图层"按钮，新建"图层7"，在第9帧位置按【F6】键插入关键帧，将"库"面板中的"图像1-1"元件拖入到场景中，如图8-183所示。在第15帧位置按【F6】键插入关键帧，设置第9帧上的"补间"类型为"动画"，"时间轴"面板如图8-184所示，选中第9帧上的元件，设置其"属性"面板上"颜色"样式下的Alpha值为0%。

图8-181 导入图像

图8-183 拖入元件

图8-182 转换为元件

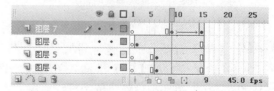

图8-184 "时间轴"面板

Flash CS3中文版入门实战与提高

08

Chapter

8.1

8.2

8.3

8.4

8.5

Step 23 单击"时间轴"面板上的"插入图层"按钮，新建"图层8"，将"库"面板中的"圆角矩形"元件拖入到场景的适当位置，在"图层8"图层名处单击鼠标右键，在弹出的快捷菜单中选择【遮罩层】命令，将图层转换为遮罩层，将"图层2"至"图层6"转换为"被遮罩层"，"时间轴"面板如图8-185所示，场景效果如图8-186所示。

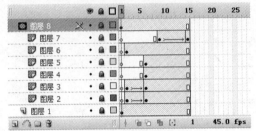

图8-185 "时间轴"面板

图8-186 场景效果

Step 24 单击"时间轴"面板上的"插入图层"按钮，新建"图层9"，将"库"面板中的"反应区1"元件拖入到场景的适当位置，如图8-187所示。选中该元件，在"动作-按钮"面板中输入如图8-188所示的脚本语言。

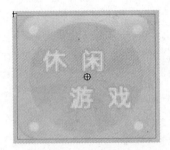

图8-187 拖入元件

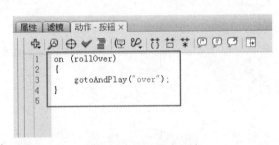

图8-188 输入脚本语言

Step 25 在第2帧位置，按【F7】键插入空白关键帧，将"库"面板中的"反应区1"元件拖入到场景的适当位置，选中该元件，在"动作-按钮"面板中输入如图8-189所示的脚本语言，选中"图层9"第9～15帧，单击鼠标右键，在弹出的快捷菜单中选择【删除帧】命令，"时间轴"面板如图8-190所示。

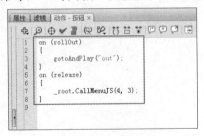

图8-189 输入脚本语言

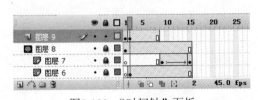

图8-190 "时间轴"面板

Step 26 单击"时间轴"面板上的"插入图层"按钮，新建"图层10"，在第2帧位置按【F6】键插入关键帧，设置其"属性"面板上的"帧标签"为over，如图8-191所示，在第9帧位置按【F6】键插入关键帧，设置其"属性"面板上的"帧标签"为out，选中"图层10"第10～15帧，单击鼠标右键，在弹出的快捷菜单中选择【删除帧】命令，"时间轴"面板如图8-192所示。

图8-191　"时间轴"面板

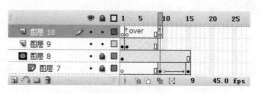

图8-192　场景效果

Step 27 单击"时间轴"面板上的"插入图层"按钮，新建"图层11"，单击第1帧，在"动作-帧"面板中输入"stop();"脚本语言，在第8帧位置，按【F6】键插入关键帧，在"动作-帧"面板中输入"stop();"脚本语言，选中"图层11"第9～15帧，单击鼠标右键，在弹出的快捷菜单中选择【删除帧】命令，"时间轴"面板如图8-193所示，场景效果如图8-194所示。

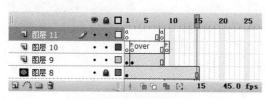

图8-193　"时间轴"面板

图8-194　场景效果

Step 28 使用同样方法，制作"场景动画2"、"场景动画3"、"场景动画4"元件，如图8-195所示。

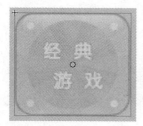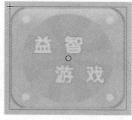

图8-195　制作其他元件

Step 29 单击"编辑栏"上的"场景1"文字，返回到场景1中。将"库"面板中的"场景动画1"元件拖入到场景的适当位置，如图8-196所示，单击"时间轴"面板上的"插入图层"按钮，新建其他图层，依次将"场景动画2"、"场景动画3"、"场景动画4"元件拖入到场景的适当位置，如图8-197所示。

图8-196　拖入元件

图8-197　拖入元件

08

Chapter

8.1

8.2

8.3

8.4

8.5

Step
30 执行【文件】→【保存】命令，将动画保存为8-3-2.fla文件，完成动画制作。同时按【Ctrl+Enter】组合键测试动画，预览效果如图8-198所示。

图8-198　预览效果

8.4　本章技巧荟萃

Flash CS3

1．在利用反应区按钮元件时，可能会多次使用，反应区可以共用吗？

答：反应区是可以共用的，在使用反应区时，可直接将"库"面板中的反应区元件拖入到场景中，使用"任意变形工具"调整其元件到合适大小。

2．文字按钮为什么不灵活？

答：因为在制作按钮的时候，没有指定按钮的触发区，特别在制作文字按钮时，一般定义一个矩形来作为按钮的触发区。如果未定义按钮的触发区，系统会将文字作为按钮的触发区，使用的时候自然不是很灵活。按钮的触发区域是隐藏的，在场景中并不会显示出来。

8.5　学习效果测试

Flash CS3

一、选择题

1．下面哪一项不属于按钮的四种状态？（　　）

（A）指针经过　　　　　　　　　（B）点击

（C）放开　　　　　　　　　　　（D）按下

2．下列哪个不是图形元件的动画播放方式？（　　）

（A）播放一次　　　　　　　　　（B）单帧

（C）循环　　　　　　　　　　　（D）无限

3．元件是（　　）重复利用的，它能够在 Flash 文档中多次使用一个资源，而无需在文件中复制该资源。（　　）

（A）可以　　　　　（B）不可以　　　　　（C）不固定

二、判断题

1．"按钮"元件是由四帧交互组成的影片剪辑。（　　）

2．按钮元件中绝对不可以包含声音，只有在编写脚本语言中才可以添加声音。
（　　）

3．将制作完成的反应区元件拖入到场景中时，制作时是哪种颜色就显示哪种颜色。
（　　）

4．"弹起"状态是指当指针没有经过按钮时该按钮的一般状态。（　　）

三、填空题

1．（　　）状态是指当指针滑过按钮时该按钮的状态。

2．要制作一个交互式按钮，可把该（　　）元件的一个实例放在舞台上，然后给该实例指定动作。

3．在"按钮"元件中（　　）是用来放置反应区的。

四、操作题

使用"文本工具"输入文本，再将文本拖入到按钮元件的不同帧上，利用按钮的四种状态制作点击效果。如图8-199所示。

图8-199　点击效果

 ## 参考答案

Flash CS3

一、选择题

1．C　　2．D　　3．A

二、判断题

1．对　　2．错　　3．错　　4．对

三、填空题

1．指针经过　　2．按钮　　3．第4帧

读书笔记

第 9 章　ActionScript编程

学习提要

在Flash中利用各种动画类型和元件可以制作出丰富的动画效果。但这并不是Flash赖以生存的法宝，能够实现人机交互才是Flash的特色。要实现这种交互效果，就必须了解Flash中的ActionScript脚本语言。通过使用脚本语言可以让Flash动画的制作变得更丰富多彩。本章通过对ActionScript脚本语言的学习，让读者快速掌握制作Flash交互动画的方法和技巧。

学习要点

- 脚本语言的基本规则
- 常用的Flash脚本

09
Chapter

9.1
9.2
9.3
9.4
9.5

9.1 基本元素

ActionScript是Flash的脚本语言，是一种面向对象的编程语言。使用ActionScript可以控制Flash创作交互动画和网络应用的能力。

9.1.1 语句、数据类型与变量

1．语句的使用

变量是保存信息的容器。变量在程序中起着存储数据、传递数据、比较数据、精炼代码、提高模块化程度和增加可移植性等重要作用。

2．数据类型的指定

变量是一种可以安全地保存数据的方法，而数据类型则是变量所保存的数据类型。Flash可以使用多种数据类型：字符串、数字、布尔、数组、对象，以及null和undefined。

1）字符串字符类型

任何一个由可显示的字符（数字、字母、标点符号）组成的串都可以被称为字符串，字符串必须由引号括住。"123456"、"胖鸟"、"！￥#￥@……"都是字符串。并且字符串可以通过"+"运算符串联起来。例如，

```
Fatbird="努力，"+"成功！";
```

Fatbird中保存的就是字符串"努力，成功！"。

2）数字数据类型

Flash中的数字类型和普通数字类似，同样可以实现数字运算功能。例如，

```
Fatbird=3+5;
```

这时Fatbird的值为8。如果一个字符串和数字相加得到的结果将会是什么？例如，

```
X="2"+5;
```

此时，Flash将"2"视为字符串，上例中X的值为"25"。

3）布尔数据类型

布尔（boolean）值分为两种，即true

输入以下代码：

```
desk=20;
```
就可以得到一个名为desk的变量，其当前保存了一个数字类型的值为20。

（真）和false（假）。布尔数据类型的变量经常被应用到程序中检测表单部分。例如，用户是不是正确填写了姓名、电子邮箱和电话号码等，当相应的布尔数据类型的变量有效时返回值为true，否则为false。例如，

```
if(nameBoolean && emailBoolean &&tele-
Boolean){
//用户正确填写表单后要执行的脚本
}
else {
//用户没有正确填写表单后要执行的脚本
}
```

4）null和undefined数据类型

null和undefined是两种特殊的数据类型。null表示空值数据类型，即无值；而undefined表示没有定义的数据类型。

赋予每一个新创建的变量一个初始值比让它处于undefined状态要更好。当在调用函数时，如果不想给某个参数传递值，可以给那个参数传递一个null，表示省略该参数。

将一个特定的数据类型的值赋予变量后，可以使用这个变量做以下几件事情。第一，可以访问它的值；第二，可以改变它的值；第三，可以将它的值与另一个变量表达式进行比较或将它的值传递给某个函数，以便这个函数使用它。

在ActionScript 2.0中针对变量，要严格指定数据类型。也就是说在声明变量时要

明确指定它只能保存的某种特定的数据类型。其声明形式如下：

```
var myOld: Number=30
```

var是一个语句，用来声明局部变量和时间轴变量。此变量保存一个数字值。在以上代码中，使用Number 指定该变量保存的值的类型，这称为数据类型指定。以上代码形式是在声明变量的同时给变量赋值，可以将声明变量和为其赋值分为以下两步。

```
var myOld: Number
```

3．变量的运用

在编程语言中，变量的存在是非常重要的，如果没有了变量的参与，程序语言就失去了存在的意义。接下来针对变量的作用进行学习。

1）存储数据

在变量存储数据的形式中，常常会被用作计数器。例如，

```
i=1;
while(i<=10)
{
    duplicateMovieClip("move",
    "move"+i,i);
    i=i+1;
}
```

此例中，名为i的变量初始值为1。while循环在当i<=10条件满足时就会执行其中的代码，复制出move影片剪辑的一个副本，同时对变量i加1。当i>10时，while循环就执行10次，复制出move影片剪辑的10个副本。

2）比较数据和传递数据

在很多情况下，需要比较或检查一个变量的值是等于、大于还是小于另一个变量的值。例如，

```
if(old>20)
{
    canVote=true;
}
```

此例中检查old的值是否大于20，如果大于20则输出true。当然，还可以利用另一个变量进行比较操作。

```
minold=20;
```

```
myOld=30
```

除了为变量严格指定数据类型外，还可以为函数中的参数严格指定数据类型。

```
function area(x:Number,y:Number)
{
    return x*y;
}
```

以上代码中的变量都是数字类型，如果赋予其他类型，例如，

```
rectangleArea=area("2","3");
```

将会提示数据类型有误。

```
if(old>(minold-1))
{
    canVote=true;
}
```

以上代码中，将old的值与表达式minold-1进行比较，这种方法在很多编程语言里都会运用到。这样的比较不会改变任何变量的值，只是用来作为执行另外代码的条件。

```
if(one==two)
{
//执行什么代码
}
```

双等号不会改变单个变量的值，只是对两个变量的内容进行比较。传递数据的最直接的表现形式就是调用函数时向函数的参数传递值。

3）提高模块化程度和增加可移植性

变量的存在，使得函数、类等模块化编程思想成为可能。没有变量，就没有函数和参数的概念；没有变量，类的属性和方法就无从谈起。

4）精简代码

使用变量可以使得代码变简练。如果有一个URL要在代码中多处出现，就可以把这个URL作为一个字符串保存到一个变量中，以后可以将此变量多次引用。例如，

```
myURL="http://www.5ifz.cn";
getURL(myURL,"_self");
```

9.1.2 图片广告动画

09

Chapter

9.1

9.2

9.3

9.4

9.5

熟悉了导入位图的方法和技巧后，下面将通过实际的案例来学习在Flash中如何使用位图。

本实例最终效果图（见图9-1）：

图9-1 实例最终效果图

○ 设计思路

精彩的活动，优厚的奖品，都是您参加极限活动的最佳动力。使用交互动画让平淡的广告成为立体的广告，不同的广告内容却出现在同一个广告范围。

○ 练习要求

通过上述的学习，在Flash中熟练使用位图，并理解位图在Flash动画制作中所起的作用。

制作流程预览

○ 制作重点

1. 在制作该动画时使用了按钮元件。理解按钮元件中点击状态的用途。

2. 制作动画跳转时，要使用Flash特有的ActionScript脚本。读者要注意基本跳转脚本的使用方法。

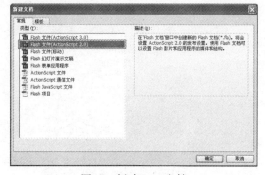

Step 01 执行【文件】→【新建】命令，新建一个Flash文档，如图9-2所示，单击"属性"面板上的"文档属性"按钮，在弹出的"文档属性"对话框中设置"尺寸"为405像素×245像素，"背景颜色"为#CCCCCC，帧频为7fps，其他设置如图9-3所示。

图9-2 新建Flash文档

图9-3 设置文档属性

Step 02 执行【插入】→【新建元件】命令，新建一个"名称"为"反应区1"的"按钮"元件，如图9-4所示，在"点击"帧位置，按【F6】键插入关键帧，使用"矩形工具"在场景中绘制一个如图9-5所示的图形。

Step 03 执行【插入】→【新建元件】命令，新建一个"名称"为"反应区2"的"按钮"元件，如图9-6所示，在"点击"帧位置，按【F6】键插入关键帧，使用"矩形工具"在场景中绘制一个如图9-7所示的图形。

图9-4　创建新元件

图9-6　创建新元件

图9-5　绘制矩形

图9-7　绘制矩形

Step 04 单击"编辑栏"上的"场景1"文字，返回到场景1中。执行【文件】→【导入】→【导入到舞台】命令，将图像"光盘\实例素材源文件\第9章\素材\image01.jpg"导入到场景中，并调整位置及大小，如图9-8所示，执行【修改】→【分离】命令，将刚刚导入到场景中的图像分离为图形，效果如图9-9所示。

图9-8　导入图像

图9-9　将图像分离

> ○ 小技巧
>
> 在导入图像时可以按【Ctrl+R】组合键直接将图像导入到场景中。

Step 05 选择刚刚分离的图像，按【F8】键将图像转换成"名称"为"转换图像"的"图形"元件，如图9-10所示，场景效果如图9-11所示。

Step 06 在第15帧位置，按【F7】键插入空白关键帧，执行【文件】→【导入】→【导入到舞台】命令，将图像"光盘\实例素材源文件\第9章\素材\ image02.jpg"导入到场景中，并调整位置及大小，如图9-12所示，执行【修改】→【分离】命令，将刚刚导入到场景中的图像分离为图形，效果如图9-13所示。

图9-10　转换为元件

图9-12　导入图像

图9-11　场景效果

图9-13　将图像打散

09
Chapter

9.1

9.2

9.3

9.4

9.5

Step 07 选择刚刚分离的图像，按【F8】键将图像转换成"名称"为"转换图像2"的"图形"元件，如图9-14所示，场景效果如图9-15所示。

图9-14 转换为元件

图9-15 场景效果

Step 08 在第30帧位置，按【F7】键插入空白关键帧，执行【文件】→【导入】→【导入到舞台】命令，将图像"光盘\实例素材源文件\第9章\素材\ image03.jpg"导入到场景中，并调整位置及大小，如图9-16所示，执行【修改】→【分离】命令，将刚刚导入到场景中的图像进行分离，如图9-17所示。

图9-16 导入图像

图9-17 将图像打散

○ 小技巧

选中图像后按【Ctrl+B】组合键可以直接将图像进行分离。

Step 09 选择刚刚打散的图像，按【F8】键将图像转换成"名称"为"转换图像3"的"图形"元件，场景效果如图9-18所示，在第45帧位置，按【F5】键插入帧，"时间轴"面板如图9-19所示。

图9-18 场景效果

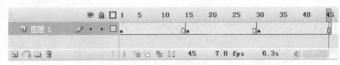

图9-19 "时间轴"面板

Step 10 单击"时间轴"面板上的"插入图层"按钮，新建"图层2"，将"库"面板中的"反应区1"元件拖入到场景的适当位置，如图9-20所示，"时间轴"面板如图9-21所示。选中该元件，在"动作-按钮"面板中输入如图9-22所示的脚本语言。

图9-20 拖入元件

图9-21 "时间轴"面板

图9-22 输入脚本语言

Step 11 分别在第15帧、第30帧位置，按【F6】键插入关键帧，依次将"库"面板中的"反应区1"元件拖入到场景的适当位置，选中元件，并在"动作-按钮"面板中输入脚本语言，如图9-23所示。

图9-23　输入脚本语言

Step 12 单击"时间轴"面板上的"插入图层"按钮，新建"图层3"，将"库"面板中的"反应区2"元件拖入到场景的适当位置，如图9-24所示，"时间轴"面板如图9-25所示。选中该元件，在"动作-按钮"面板中输入如图9-26所示的脚本语言。

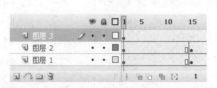

图9-24　拖入元件　　　图9-25　"时间轴"面板　　　图9-26　输入脚本语言

Step 13 使用同样方法，新建其他图层，分别将"库"面板中的"反应区2"元件拖入到场景中，依次在"动作-按钮"面板中输入脚本语言，场景效果如图9-27所示，"时间轴"面板如图9-28所示。详细脚本语言请查看源文件。

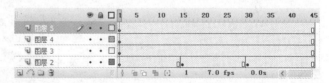

图9-27　场景效果　　　　　　　图9-28　"时间轴"面板

Step 14 执行【文件】→【保存】命令，将动画保存为9-1-2.fla文件，完成动画制作。同时按【Ctrl+Enter】组合键测试动画，测试效果如图9-29所示。

图9-29　预览效果

Flash CS3中文版入门实战与提高

09

Chapter

9.1
9.2
9.3
9.4
9.5

9.2 ActionScript脚本语言的使用

随着Flash技术的日益成熟，仅仅使用补间动画是无法满足各种动画需求的。使用脚本语言制作动画越来越受到欢迎。使用脚本制作动画，既提高了动画的多样性，也使Flash动画和外部数据库有了更多的交互机会。

9.2.1 基本语法

1. 点语法

在ActionScript中，点"."被用来指明与某个对象或影片剪辑相关的属性和方法，也用来标识指向影片剪辑或变量的目标路径。点语法表达式由对象或电影剪辑实例名开始，接着是一个点，最后是要指定的属性、方法或变量。例如，

```
book._alpha;  //调用对象book的alpha属性
```

点语法使用两个特殊的别名：_root和_parent，_root是指主时间轴，可以使用_root创建一个绝对路径，如下面的语句调用动画中电影剪辑Man的stop方法。

```
_root.Man.stop()
```

2. 括号

括号用于定义函数中的相关参数。例如，

```
Function line(x1,y1,x2,y2,)(……)
```

3. 大括号

动作脚本事件处理函数、类定义和函数用大括号"{}"组合在一起形成块。可以在声明同一行或下一行上放置一个左大括号。例如，

```
//事件处理函数
on(release){
    myDate=new Date();
    currentMonth=myDate.getMonth();
}
```

4. 分号

在ActionScript中，任何一条语句都是以分号结束的，但是即使省略了作为语句结束标志的分号，Flash同样可以成功地编译这个脚本。

5. 字母的大小写

在ActionScript中，只有关键字是区分大小写的，对于其他的ActionScript脚本语言则无此要求。例如，

```
Chair.hilite=true;
CHAIR.hilite=true;
```

但是，遵守一致的大小写约定是一个好习惯，这样在阅读ActionScript脚本语言时更容易区分函数和变量的名字。

6. 添加注释

添加注释有助于帮助设计人员或程序人员理解这些脚本语言的意义。注释这些语句以双斜杠"//"开始。例如，

```
On(release) {
//单击鼠标并放开时
gotoAndPlay(2);
    //跳转到当前场景的第2帧开始播放
}
```

在"动作"面板中，注释在默认情况下为灰色，如图9-30所示。

图9-30 "动作"面板中的注释

7. 关键字

ActionScript中保留一些单词专用于脚本语言中，因此不能用这些保留字作为变量、函数或标签的名称。注意这些关键字都是小写形式，不能写成大写形式。

9.2.2　产品广告

熟悉了脚本语言的基本概念后，下面将通过实际的案例来了解脚本语言在动画交互中的运用。

本实例最终效果图（见图9-31）：

图9-31　实例最终效果图

制作流程预览

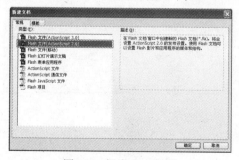

○ **设计思路**

小的物体大的作用，选择小的产品即可看到详细的介绍，滑动鼠标，马上可以看到多个产品，什么时候，选择也变得那么容易了？

○ **练习要求**

通过上述的学习，练习制作产品交互动画，了解使用脚本语言制作跳转的方法。

○ **制作重点**

1. 在"时间轴"面板的关键帧上添加脚本语言。

2. 理解并添加跳转帧脚本语言。

Step 01 执行【文件】→【新建】命令，新建一个Flash文档，如图9-32所示，单击"属性"面板上的"文档属性"按钮，在弹出的"文档属性"对话框中设置"尺寸"为369像素×158像素，"背景颜色"为#FFFFFF，帧频为40fps，其他设置如图9-33所示。

图9-32　新建Flash文档　　　　　　图9-33　设置文档属性

Step 02 执行【插入】→【新建元件】命令，新建一个"名称"为"图片类1"的"按钮"元件，如图9-34所示。执行【文件】→【导入】→【导入到舞台】命令，将图像"光盘\实例素材源文件\第9章\素材\image16.jpg"导入到场景中，并调整位置及大小，如图9-35所示。

Step 03 选择刚刚导入到场景中的图像，按【F8】键将图像转换成"名称"为"图像1-1"的"图形"元件，如图9-36所示，场景效果如图9-37所示。

Flash CS3中文版入门实战与提高

09

Chapter

9.1

9.2

9.3

9.4

9.5

图9-34 创建新元件

图9-36 转换为元件

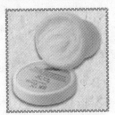

图9-35 导入图像

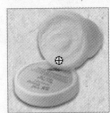

图9-37 场景效果

Step 04 分别在"指针经过"帧、"按下"帧位置,按【F6】键插入关键帧,"时间轴"面板如图9-38所示,场景效果如图9-39所示。

图9-38 "时间轴"面板

图9-39 场景效果

○ **小技巧**

此时也可直接在"按下"帧位置按【F5】键插入帧。

Step 05 在"点击"帧位置,按【F6】键插入关键帧,使用"矩形工具"在场景中绘制一个290像素×136像素的矩形,如图9-40所示,选择刚刚绘制的矩形,按【F8】键将图像转换成"名称"为"反应区"的"图形"元件,如图9-41所示。

图9-40 绘制矩形

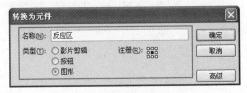

图9-41 转换为元件

Step 06 单击"时间轴"面板上的"插入图层"按钮,新建"图层2",单击"弹起"帧,使用"文本工具"在场景中输入如图9-42所示的文字,在"指针经过"帧、"按下"帧位置,按【F6】键插入关键帧。使用同样方法,新建"图层3",在场景中输入如图9-43所示的文字,并在"指针经过"帧、"按下"帧位置插入关键帧。

图9-42 输入文字1

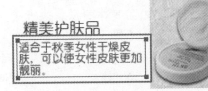

图9-43 输入文字2

Step
07

使用同样方法制作出"图片类2"、"图片类3"元件，如图9-44所示。

图9-44　制作其他元件

Step
08

执行【插入】→【新建元件】命令，新建一个"名称"为"图片按钮1"的"按钮"元件，如图9-45所示。执行【文件】→【导入】→【导入到舞台】命令，将图像"光盘\实例素材源文件\第9章\素材\image13.jpg"导入到场景中，并调整位置及大小，如图9-46所示。

Step
09

分别在"指针经过"帧、"按下"帧、"点击"帧位置，按【F6】键插入关键帧，"时间轴"面板如图9-47所示。使用同样方法制作"图片按钮2"、"图片按钮3"元件，如图9-48所示。

图9-45　创建新元件

图9-47　"时间轴"面板

图9-46　导入图像

图9-48　制作其他元件

Step
10

单击"编辑栏"上的"场景1"文字，返回到场景1中。执行【文件】→【导入】→【导入到舞台】命令，将图像"光盘\实例素材源文件\第9章\素材\image12.jpg"导入到场景中，并调整位置及大小，如图9-49所示。在第50帧位置，按【F5】键插入帧，"时间轴"面板如图9-50所示。

Step
11

单击"时间轴"面板上的"插入图层"按钮，新建"图层2"，将"库"面板中的"图片按钮1"元件拖入到场景的适当位置，如图9-51所示。选择该元件，在"动作-按钮"面板中输入如图9-52所示的脚本语言。

Flash CS3中文版入门实战与提高

09
Chapter

9.1

9.2

9.3

9.4

9.5

图9-49　导入图像

图9-51　拖入元件

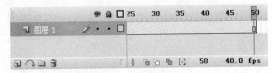

图9-50　"时间轴"面板

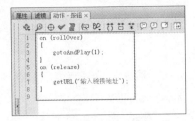

图9-52　输入脚本语言

Step 12 分别新建"图层3"、"图层4"，依次将"库"面板中的"图片按钮2"、"图片按钮3"元件拖入到场景的适当位置，如图9-53所示，"时间轴"面板如图9-54所示。选中拖入到场景中的元件，在"动作-按钮"面板中输入相应的脚本语言，详细脚本语言请查看源文件。

Step 13 单击"时间轴"面板上的"插入图层"按钮，新建"图层5"，将"库"面板中的"图片类1"元件拖入到场景中，如图9-55所示，选中该元件，在"动作-按钮"面板中输入如图9-56所示的脚本语言。

图9-53　拖入元件

图9-55　拖入元件

图9-54　"时间轴"面板

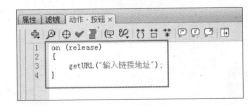

图9-56　输入脚本语言

Step 14 在第10帧位置，按【F6】键插入关键帧，设置第1帧上的"补间"类型为"动画"，"时间轴"面板如图9-57所示。选中第1帧上的元件，设置其"属性"面板上"颜色"样式下的Alpha值为0%，场景效果如图9-58所示。

Step 15 在第11帧位置，按【F7】键插入空白关键帧，使用同样方法，新建其他关键帧，依次将"图片类1"、"图片类3"元件拖入到场景的适当位置并制作动画，场景效果如图9-59所示，"时间轴"面板如图9-60所示。

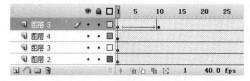

图9-57　"时间轴"面板

图9-58　场景效果

图9-59　制作其他动画

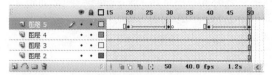

图9-60　"时间轴"面板

Step **16**　单击"时间轴"面板上的"插入图层"按钮，新建"图层6"，分别在第10帧、第30帧、第50帧位置，按【F6】键插入关键帧，依次在"动作-帧"面板中输入"stop();"脚本语言，"时间轴"面板如图9-61所示，场景效果如图9-62所示。

Step **17**　执行【文件】→【保存】命令，将动画保存为9-2-2.fla文件，完成动画制作。同时按【Ctrl+Enter】组合键测试动画，预览效果如图9-63所示。

图9-61　"时间轴"面板

图9-62　场景效果

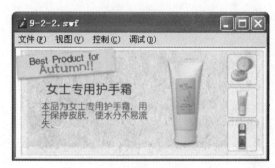

图9-63　预览效果

9.3　ActionScript中的常用命令

Flash CS3

使用ActionScript可以控制Flash动画中的对象，创建导航元素和交互元素，扩展Flash创作交互动画和网络应用的能力。ActionScript由不同类型的元素组成，如运算符、动作和对象等。将这些元素编写在一起，即构成脚本。用户可以对影片进行设置，通过事件触发脚本，然后由脚本控制影片要执行的操作。事件分为键盘和鼠标事件、影片剪辑事件和帧事件。

Flash CS3中文版入门实战与提高

09

Chapter

9.1

9.2

9.3

9.4

9.5

9.3.1　库的概念

1．浏览器控制指令函数

1）fscommand(cmd_string,arg_string)

功能说明：执行主机端指令。

参数说明：cmd_string指定所要执行的指令名，可为FlashPlayer的指令或浏览器JavaScript函数。arg_string声明该指令所用到的参数，如fscommand（"quit"）。

2）getURL(url,window,[mode])

功能说明：在指定的窗口中打开url的链接地址。

参数说明：

window：表示所使用的窗口，有以下几种方式打开新窗口。

- "_self"：在当前活动窗口中打开新窗口。
- "_blank"：在新窗口中打开。
- "_parent"：在当前页的上一级框架页中打开新窗口。
- "_top"：在当前框架的基层框架页中打开新窗口。

3）loadMovie("url",level/target[,variables])

功能说明：将SWF、JPEG、GIF文件从URL链接地址中加载到当前影片中。

参数说明：

- url：将要加载的SWF、JPEG、GIF文件的绝对或相对URL中不能够包含文件夹或磁盘驱动器说明。
- level：把SWF文件以层的形式载入到Movie中，若载入0层，则载入的SWF文件将取代当前播放的Movie，2层高于1层。
- target：可用路径拾取器取得并替换目标影片，载入的影片将拥有目标影片的位置、大小和旋转角度等属性。
- variables：可选参数，指定发送变量所使用的HTTP方法（GET/POST），如果没有则省略此参数。

4）loadVariables(url,target,mode)

从URL中加载变量，一般用在读取外部的ASP、CGI、PHP程序中，如论坛、聊天室等。

5）unloadMovie(mc)

功能说明：卸载影片片段mc，可以是原来就有的或用loadMovie或loadMovieNum载入的。

2．影片剪辑控制指令函数

1）duplicateMovieClip(mc,newname_string,depth)

功能说明：动态复制影片剪辑。

参数说明：目标为影片剪辑，新名称为newname，显示度次为depth。副本与源本在同一路径下，源本无论播放到哪一帧，副本都是从第1帧开始播放。

2）removeMovieClip(mc)

功能说明：删除动态创建的影片剪辑。

3）setProperty(mc,property,value)

功能说明：设置目标为对象属性值。

参数说明：mc为目标对象，property为属性名，value为属性值。

4）Start/StopDrag(mc,[lockcenter,[x1,y1,x2,y2]])

功能说明：开始/停止拖动mc。

参数说明：lockcenter指定是否把mc的中心点对准鼠标的热点，x1,y1,x2,y2是指定mc所能移动的范围。

5）updateAfterEvent(clipEvent)

只能用在影片剪辑的动作里，使得处理clipEvent事件后会刷新影片显示。

3．判断类动作

1）if\if...else

if语句称为条件语句，用于判断一个条件的值是true还是false。如果条件成立，动作脚本将会执行随后的语句。如果条件不成立，动作脚本将会跳到此脚本的下一条语句。if会经常与else结合使用，用于多重条件的判断和跳转执行。

2）ifFrameLoaded()

用来判断指定帧的内容是否已经加载完毕。该语句常用在制作Loading中。

4．循环类动作

1）while、do...while、for

使用while、do...while、for等脚本语言来创建循环语句时，可以将一个动作重复指定的次数，或者在特定的条件成立时，重复指定的次数。

2）continue

在嵌套循环中跳过终止循环，继续一个循环。

3）break

终止循环。

4）return()

返回函数值。

5．时间轴控制

1）gotoAndPlay：转到时间轴上的某一帧位置并开始播放影片。

2）gotoAndStop：转到时间轴上的某一帧位置并停止播放影片。

3）nextFrame：转到时间轴上的下一帧并停止播放。

4）Play：开始播放，可以为按钮元件添加开始动作。

5）Stop：停止影片的播放，用来控制影片的播放。

6）PrevFrame：转到时间轴上的前一帧播放。

7）prevScene：转到前一场景播放影片。

8）stopAllSounds：停止影片中所有声音的播放，但不停止动画的播放。

9.3.2　产品展示

熟悉了脚本的基本语句后，下面将通过实际的案例学习如何利用基本脚本制作动画。本实例最终效果图（见图9-64）：

图9-64　实例最终效果图

○ **设计思路**

小小的地鼠出来了，快！打！乐趣无穷，快乐自己找。驾驶太空飞车遨游宇宙，飞！向前！勇往直前，我做主！

○ **练习要求**

通过上述的学习，使用基本脚本语言，了解脚本在制作产品展示动画中的运用技巧。

制作流程预览

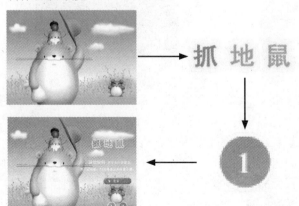

○ **制作重点**

通过设置Alpha值制作元件的淡入淡出效果，利用遮罩制作出文字的动画效果。

09
Chapter

9.1

9.2

9.3

9.4

9.5

Step 01　执行【文件】→【新建】命令，弹出"新建文档"对话框，单击【确定】按钮，新建一个Flash文档，如图9-65所示。单击"属性"面板上的"文档属性"按钮，在弹出的"文档属性"对话框中设置"尺寸"为565像素×400像素，"背景颜色"为#000066，"帧频"为24fps，如图9-66所示。

图9-65　新建Flash文档 　　　　　　　　　　　图9-66　设置文档属性

Step 02　执行【文件】→【导入】→【导入到舞台】命令，将图像"光盘\实例素材源文件\第9章\素材\ 9-2-201.png"导入到场景中，如图9-67所示，单击"工具箱"中的"选择工具"按钮，选择刚刚导入的图像，按【F8】键将图像转换成"名称"为"背景图1"的"图形"元件，如图9-68所示。

○ 小技巧

导入图像可以按【Ctrl+R】组合键。

图9-67　导入图像 　　　　　　　　图9-68　转换为元件

Step 03　分别在第169帧和第173帧位置单击，依次按【F6】键插入关键帧，使用"选择工具"选择第173帧场景中的元件，设置其"属性"面板上"颜色"样式下的Alpha值为0%，如图9-69所示，场景效果如图9-70所示。分别设置第1帧和第169帧上的"补间"类型为"动画"。

图9-69　"属性"面板 　　　　　　　　　　　　图9-70　场景效果

Step 04　在第174帧位置单击，按【F7】键插入空白关键帧，执行【文件】→【导入】→【导入到舞台】命令，将图像"光盘\实例素材源文件\第9章\素材\ 9-2-202.png"导入到场景中，如图9-71所示，使用"选择工具"选择刚刚导入的图像，按【F8】键将图像转换成"名称"为"背景图2"的"图形"元件，如图9-72所示。分别在第334帧和第341帧位置单击，按【F6】键插入关键帧，选择第341帧场景中的元件，设置其"属性"面板上"颜色"样式下的Alpha值为0%，分别设置第174帧和第334帧上的"补间"类型为"动画"。

图9-71　导入图像

图9-72　转换为元件

Step 05　单击"时间轴"面板上的"插入图层"按钮 📑，新建"图层2"，在第5帧位置单击，按【F6】键插入关键帧，执行【文件】→【导入】→【导入到舞台】命令，将图像"光盘\实例素材源文件\第9章\素材\9-2-203.png"导入到场景中，调整图像在场景中的位置，如图9-73所示，按【F8】键将图像转换成"名称"为"文字1"的"图形"元件，如图9-74所示。

Step 06　分别在第11帧、第169帧和第173帧位置单击，依次按【F6】键插入关键帧，使用"选择工具"将第5帧场景中的元件向左移动30像素，设置其"属性"面板上"颜色"样式下的Alpha值为0%，如图9-75所示，场景效果如图9-76所示，用同样的方法设置第173帧场景中的元件，分别设置第5帧、第11帧和第169帧上的"补间"类型为"动画"。

图9-73　导入图像

图9-75　"属性"面板

图9-74　转换为元件

图9-76　场景效果

Step 07　单击拖动鼠标选择"图层2"第174～341帧之间所有的帧，在选择的帧上单击鼠标右键，在弹出的菜单中选择【删除帧】命令。单击"时间轴"面板上的"插入图层"按钮，新建"图层3"，在第177帧位置单击，按【F6】键插入关键帧，执行【文件】→【导入】→【导入到舞台】命令，将图像"光盘\实例素材源文件\第9章\素材\9-2-204.png"导入到场景中，调整图像在场景中的位置，如图9-77所示，按【F8】键将图像转换成"名称"为"文字2"的"图形"元件，如图9-78所示。

Step 08　分别在第183帧、第334帧和第341帧位置单击，依次按【F6】键插入关键帧，使用"选择工具"将第177帧场景中的元件向左移动30像素，设置其"属性"面板上"颜色"样式下的Alpha值为0%，如图9-79所示，场景效果如图9-80所示。用同样的制作方法，调整第341帧场景中的元件。

09
Chapter

9.1

9.2

9.3

9.4

9.5

图9-77　导入图像

图9-79　"属性"面板

图9-78　转换为元件

图9-80　场景效果

Step 09 执行【插入】→【新建元件】命令，新建一个"名称"为"遮罩动画1"的"影片剪辑"元件，如图9-81所示，执行【文件】→【导入】→【导入到舞台】命令，将图像"光盘\实例素材源文件\第9章\素材\ 9-2-205.png"导入到场景中，如图9-82所示，在第40帧位置单击，按【F6】键插入关键帧。

图9-81　转换为元件

图9-82　导入图像

○ 小技巧

场景中的文字部分可以使用"文本工具"，在Flash中直接输入文字即可。

Step 10 单击"时间轴"面板上的"插入图层"按钮，新建"图层2"，单击"工具箱"中的"矩形工具"按钮▣，设置其"属性"面板上的"笔触颜色"为无，"填充颜色"为#00FFFF，如图9-83所示，在场景中绘制如图9-84所示的矩形。

Step 11 在第40帧位置单击，按【F6】键插入关键帧，单击"工具箱"中的"任意变形工具"按钮⬚，将场景中的图形拉长，如图9-85所示，设置第1帧上的"补间"类型为"形状"，如图9-86所示。在第80帧位置单击，按【F5】键插入帧。

图9-83　"属性"面板

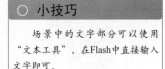

图9-85　场景效果

图9-84　场景效果

图9-86　"时间轴"面板

Step 12 使用"选择工具"选择"图层1"第1帧场景中的元件，按【Ctrl+C】组合键"复制"所选对象，单击"时间轴"面板上的"插入图层"按钮，新建"图层3"，在第40帧位置单击，按【F6】键插入关键帧，按【Ctrl+Shift+V】组合键将刚刚复制的对象粘贴到当前位置，在"图层2"单击鼠标右键，在弹出的菜单中选择【遮罩层】命令，如图9-87所示，完成后的"时间轴"面板如图9-88所示。

图9-87　选择【遮罩层】命令

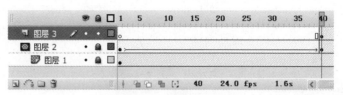

图9-88　"时间轴"面板

Step 13 单击"时间轴"面板上的"插入图层"按钮，新建"图层4"，在第40帧位置单击，按【F6】键插入关键帧，使用"矩形工具"设置其"属性"面板上的"笔触颜色"为无，"填充颜色"为#00FFFF，在场景中绘制如图9-89所示的矩形。在第80帧位置单击，按【F6】键插入关键帧，使用"任意变形工具"将图形拉长，如图9-90所示，设置第40帧上的"补间"类型为"形状"。

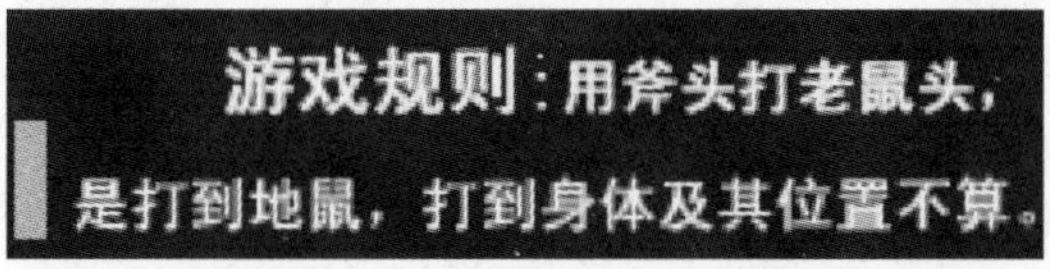

图9-89　在场景中绘制矩形 　　　　　　　　图9-90　使用"任意变形工具"调整图形

Step 14 在"图层4"上单击鼠标右键，在弹出的菜单中选择【遮罩层】命令。单击"时间轴"面板上的"插入图层"按钮，新建"图层5"，在第80帧位置单击，按【F6】键插入关键帧，执行【窗口】→【动作】命令，在弹出的"动作-帧"面板中输入"stop();"脚本语言，完成后的"时间轴"面板如图9-91所示。

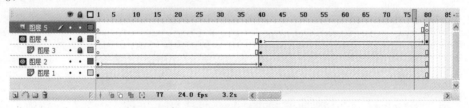

图9-91　完成后的"时间轴"面板

Step 15 用步骤09～14的制作方法，制作出"遮罩动画2"的动画。执行【插入】→【新建元件】命令，新建一个"名称"为"按钮1"的"按钮"元件，单击"工具箱"中的"矩形工具"按钮，设置其"属性"面板上的"笔触颜色"为无，"填充颜色"为#00FFFF，如图9-92所示，在"点击"状态下单击，如图9-93所示，按【F6】键插入关键帧，在场景中绘制出尺寸为260像素×150像素的矩形。

Step 16 执行【插入】→【新建元件】命令，新建一个"名称"为"按钮2"的"按钮"元件，如图9-94所示，执行【文件】→【导入】→【导入到舞台】命令，将图像"光盘\实例素材源文件\第9章\素材\ 9-2-207.png"导入到场景中，如图9-95所示，分别在"指针经过"、"按下"和"点击"状态下单击，依次按【F6】键插入关键帧。

09
Chapter

9.1

9.2

9.3

9.4

9.5

图9-92 "属性"面板

图9-94 创建新元件

图9-95 导入图像

图9-93 "时间轴"面板

Step 17 用步骤16的制作方法，制作出"按钮3"和"按钮4"的动画。单击"编辑栏"上的"场景1"文字，返回到"场景1"编辑状态，单击"时间轴"面板上的"插入图层"按钮，新建"图层4"，在第15帧位置单击，按【F6】键插入关键帧，执行【窗口】→【库】命令，打开"库"面板，将"遮罩动画1"元件从"库"面板中拖入到场景中，"库"面板如图9-96所示，场景效果如图9-97所示。

图9-96 "库"面板

图9-97 场景效果

Step 18 分别在第169帧和第173帧位置单击，依次按【F6】键插入关键帧，使用"选择工具"选择第173帧场景中的元件，设置其"属性"面板上"颜色"样式下的Alpha值为0%，如图9-98所示，分别设置第15帧和第169帧上的"补间"类型为"动画"。单击拖动选择"图层4"第174～341帧之间的所有帧，在选择的帧上单击鼠标右键，在弹出的菜单中选择【删除帧】命令。

图9-98 "属性"面板

○ 小技巧

删除帧可执行【编辑】→【时间轴】→【删除帧】命令来实现。

Step 19 用步骤17～18的制作方法，制作出"图层5"的动画。单击"时间轴"面板上的"插入图层"按钮，新建"图层6"，在第95帧位置单击，按【F6】键插入关键帧，执行【窗口】→【库】命令，打开"库"面板，将"按钮4"元件从"库"面板中拖入到场景中，场景效果如图9-99所示。分别在第105帧、第169帧和第173帧位置单击，按【F6】键插入关键帧，选择第95帧场景中的元件，设置其"属性"面板上"颜色"样式下的Alpha值为0%，场景效果如图9-100所示，用同样的方法设置第173帧场景中的元件，分别设置第95帧、第105帧和第169帧上的"补间"类型为"动画"。

图9-99 场景效果

图9-100 场景效果

Step 20 单击"时间轴"面板上的"插入图层"按钮，新建"图层7"，执行【窗口】→【库】命令，打开"库"面板，将"按钮2"元件从"库"面板中拖入到场景中，场景效果如图9-101所示。使用"选择工具"选择刚刚拖入的元件，执行【窗口】→【动作】命令，在弹出的"动作-按钮"面板中输入如图9-102所示的脚本语言。

Step 21 单击"时间轴"面板上的"插入图层"按钮，新建"图层8"，打开"库"面板，将"按钮3"元件从"库"面板中拖入到场景中，场景效果如图9-103所示。使用"选择工具"选择刚刚拖入的元件，执行【窗口】→【动作】命令，在弹出的"动作-按钮"面板中输入如图9-104所示的脚本语言。

图9-101 场景效果

图9-103 场景效果

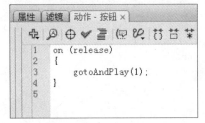

```
1  on (release)
2  {
3      gotoAndPlay(1);
4  }
5
```

图9-102 输入脚本语言

```
1  on (release)
2  {
3      gotoAndPlay(174);
4  }
```

图9-104 输入脚本语言

Flash CS3中文版入门实战与提高

09

Chapter

9.1

9.2

9.3

9.4

9.5

Step
22
单击"时间轴"面板上的"插入图层"按钮，新建"图层9"，打开"库"面板，将"按钮1"元件从"库"面板中拖入到场景中，场景效果如图9-105所示。单击拖动选择"图层6"到"图层9"第174～341帧之间的所有帧，在选择的帧上单击鼠标右键，在弹出的菜单中选择【删除帧】命令。

图9-105 场景效果

○ 小技巧

在输入脚本语言时应注意大小写的应用。

Step
23
单击"时间轴"面板上"插入图层"按钮，新建"图层10"，在第275帧位置单击，按【F6】键插入关键帧，执行【窗口】→【库】命令，打开"库"面板，将"按钮4"元件从"库"面板中拖入到场景中，场景效果如图9-106所示。分别在第285帧、第334帧和第341帧位置单击，依次按【F6】键插入关键帧，选择第275帧场景中的元件，设置其"属性"面板上"颜色"样式下的Alpha值为0%，场景效果如图9-107所示，用同样的方法设置第341帧场景中的元件，分别设置第275帧、第285帧和第334帧上的"补间"类型为"动画"。

图9-106 场景效果

图9-107 场景效果

Step
24
单击"时间轴"面板上的"插入图层"按钮，新建"图层11"，在第174帧位置单击，按【F6】键插入关键帧，执行【窗口】→【库】命令，打开"库"面板，将"按钮2"元件从"库"面板中拖入到场景中，场景效果如图9-108所示。使用"选择工具"选择刚刚拖入的元件，执行【窗口】→【动作】命令，在弹出的"动作-按钮"面板中输入如图9-109所示的脚本语言。

Step
25
单击"时间轴"面板上的"插入图层"按钮，新建"图层12"，在第174帧位置单击，打开"库"面板，将"按钮3"元件从"库"面板中拖入到场景中，场景效果如图9-110所示。使用"选择工具"选择刚刚拖入的元件，执行【窗口】→【动作】命令，在弹出的"动作-按钮"面板中输入如图9-111所示的脚本语言。

图9-108　场景效果

图9-110　场景效果

```
1  on (release)
2  {
3      gotoAndPlay(1);
4  }
5
```

图9-109　输入脚本语言

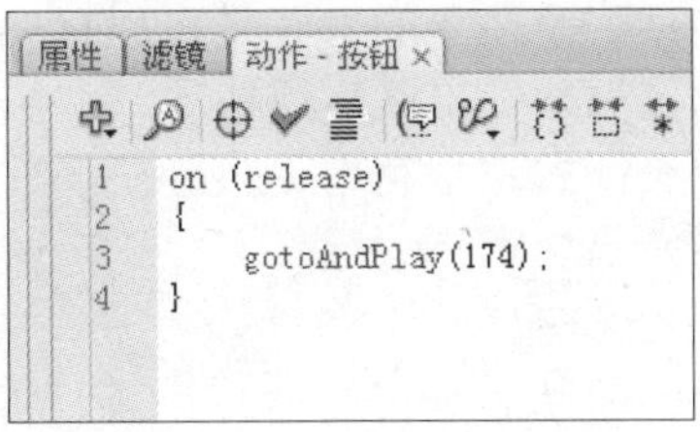

```
1  on (release)
2  {
3      gotoAndPlay(174);
4  }
```

图9-111　输入脚本语言

Step 26 单击"时间轴"面板上的"插入图层"按钮，新建"图层13"，在第174帧位置单击，按【F6】键插入关键帧，打开"库"面板，将"按钮1"元件从"库"面板中拖入到场景中，场景效果如图9-112所示。按【Ctrl+J】组合键，在弹出的"文档属性"对话框中设置"背景颜色"为#FFFFFF，如图9-113所示。

图9-112　场景效果

图9-113　设置文档属性

Step 27 执行【文件】→【保存】命令，将动画保存为9-3-2.fla文件。同时按【Ctrl+Enter】组合键测试影片，预览效果如图9-114所示。

图9-114　预览效果

09
Chapter

9.1

9.2

9.3

9.4

9.5

9.4 本章技巧荟萃

1．在ActionScript脚本语言中，"/:"与"/"有什么区别，各在什么时候使用？

答："/:"是表示某一路径下的变量，如/:a就表示根路径下的变量a，而/表示的是绝对路径。

2．如何改变调入后的SWF大小？

答：一个简单的方法是可以移动那个已经置入动画文件的影片剪辑，就像用来改变一张图的位置那样用鼠标拖动它。

另一个方法是利用setProperty来改变这个影片剪辑的位置。

```
setProperty("MC_Name", _x, "position_x");
setProperty("MC_Name", _y, "position_y");
```

MC_Name是影片剪辑的名字，_x和_y指的是X坐标和Y坐标点，而position_x与position_y是位置具体的数值。

3．如何在MC中载入外部动画或其他动画？

答：经常要用到在主动画中载入子动画（swf文件）的情况。但是，这种方式载入后，载入的动画往往不在我们需要的坐标位置上。有个简单的办法可解决这个问题。可以先建立一个空影片剪辑，将该影片剪辑拖到主场景中，并为之命名，如bb。然后在主场景的相应帧加上脚本控制语句，在"动作"面板中的URL中填入要载入的swf文件，在Location栏选择Target选项，在其后的空栏中填入/bb。这样子swf文件就载入到实例名为bb的影片剪辑中了。现在，只要控制该影片剪辑在场景中的位置，就可控制载入的子动画的精确坐标了。

9.5 学习效果测试

一、选择题

1. ActionScript脚本语言中引用图形元素的数据类型是：（　　　）。
   （A）电影剪辑　　　　　（B）对象
   （C）按钮　　　　　　　（D）图形元素

2. 标识Flash 的全局函数使用什么标识符？（　　　）
   （A）_global　　（B）global
   （C）var　　（D）只要定义在时间轴上就可以

3. Flash的动作中goto命令代表：（　　　）。
   （A）转到　　　（B）变换
   （C）播放　　　（D）停止

4. 在Flash MX中，对于Spark 视频编码解码器的说法错误的是：（　　　）。
   （A）由编码程序和解码程序两部分组成
   （B）编码程序（或压缩程序）是压缩视频内容的组件
   （C）解码程序是解压缩的组件

（D）Flash 播放器中不包含解码程序

5．Flash中Constrain to rectangle的Right属性的含义是：（　　　）。

（A）可移动范围的最左坐标值

（B）可移动范围的最底坐标值

（C）可移动范围的最右坐标值

（D）可移动范围的最高坐标值

二、判断题

1．变量是一种可以安全地保存数据的方法，而数据类型则是变量所保存的数据类型。（　　　）

2．gotoAndPlay代表转到时间轴上的某一帧位置并停止播放影片。（　　　）

3．Flash的动作中，goto命令代表停止。（　　　）

4．在ActionScript中，任何一条语句都是以分号结束的，但是即使省略了作为语句结束标志的分号，Flash同样可以成功地编译这个脚本。（　　　）

5．变量是保存信息的容器。变量在程序中起着存储数据、传递数据、比较数据、精炼代码、提高模块化程度和增加可移植性等重要作用。（　　　）

三、填空题

1．使用ActionScript脚本语言可以控制Flash 动画中的对象，创建（　　　）和（　　　），扩展 Flash 创作交互动画和网络应用的能力。

2．脚本助手旨在帮助规范脚本，以避免新手用户编写ActionScript脚本语言时可能会遇到的（　　　）和（　　　）。

3．在普通模式下，如果编辑的脚本程序有错误，错误的语句将以（　　　）显示出来。

四、操作题

制作Flash动画并添加脚本语言，效果如图9-115所示。

图9-115　Flash动画

09
Chapter

9.1

9.2

9.3

9.4

9.5

参考答案

Flash CS3

一、选择题

1．B　　2．A　　3．A　　4．D　　5．C

二、判断题

1．对　　2．错　　3．错　　4．对　　5．对

三、填空题

1．导航元素　　交互元素

2．语法　　逻辑

3．红色

第 10 章 测试和发布影片

学习提要

Flash动画的制作是面对很多行业的方方面面的。但是Flash制作完成的动画是不能够直接使用的，如果要使用制作的Flash动画，就必须通过发布功能，将文件的特有格式发布成为能够被各行各业使用的格式，然后运用到相关行业。本章通过对影片测试发布的学习，使读者快速掌握动画发布的方法和技巧。

学习要点

- 发布的步骤和流程
- Flash发布的常用格式

10.1 影片测试

10
Chapter

10.1
10.2
10.3
10.4

在Flash Player中运行SWF 文件时，Flash CS3中的调试器作为监视影片所有内部工作窗口，可以显示影片中所有的影片剪辑实例、层级和它们的属性。调试器还能跟踪影片给定的时间轴中所有活动的变量。这样当影片无法正常运行时，调试器能够帮助用户检查脚本的执行情况。

10.1.1　测试影片

1．影片的优化

经过优化后的Flash影片会影响文件的大小，同时也会对播放效果进行优化，这样可以使影片达到最佳的状态，下面将介绍如何优化影片。

- 对于重复出现的动画对象，应转换成元件。
- 在Flash制作中尽量减少对逐帧动画的使用，可以用补间动画代替。
- 尽量避免使用位图制作动画，因为位图的体积比较大，尽量将位图作为背景或者静止对象。
- 尽量将元素或组件进行群组。
- 尽量将动画中不动与变动的元素

制作到不同的图层上。

- 减少对一些特殊形状的矢量线的使用，如点线、虚线等。
- 在需要声音文件时，尽量将声音文件压缩设置为MP3格式。
- 执行【修改】→【优化】命令，减少矢量图形的形状复杂程度。
- 限制字体和字体样式的使用，在制作Flash时最好不要使用多种中文字体。
- 尽量避免在影片的开始出现停顿。
- 如果在最差的传输条件下测试作品，可将影片的绝大部分帧数据量控制在最高实时传输速度以下。

2．Flash影片的测试

执行【文件】→【保存】命令后，再执行【控制】→【测试影片】命令，可对影片进行测试。Flash内容将会在一个SWF文件窗口中进行播放，如图10-1所示。.fla是创作环境中的文件扩展名，.swf则是经过测试的、已导出的和已发布的Flash内容的扩展名。

图10-1　预览影片

10.1.2　制作下载动画

熟悉了动画测试的技术后，下面将通过实际的案例来进一步学习如何对Flash动画进行测试。

本实例最终效果图（见图10-2）：

图10-2　实例最终效果图

> **设计思路**
>
> 　　粉红的花朵处于粉红的梦境中，朦胧中又透出鬼灵精怪，闪动的图片才是你我的最爱。

> **练习要求**
>
> 　　通过上述的学习，结合基本动画的制作，使用脚本语言制作预载动画，掌握脚本语言的使用。

制作流程预览

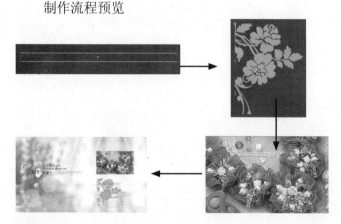

> **制作重点**
>
> 　　1．理解并熟悉下载动画的制作过程。
> 　　2．在测试影片时，应根据不同的下载速度来测试影片的下载情况，这样才能够使用户在浏览影片时保持流畅。

Step 01　执行【文件】→【新建】命令，新建一个Flash文档，如图10-3所示，单击"属性"面板上的"文档属性"按钮，在弹出的"文档属性"对话框中设置"尺寸"为861像素×489像素，"背景颜色"为#6B3847，帧频为45fps，其他设置如图10-4所示。

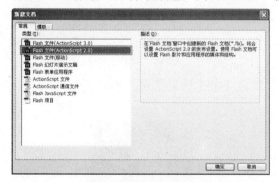

图10-3　新建Flash文档

图10-4　设置文档属性

Step 02　执行【插入】→【新建元件】命令，新建一个"名称"为"下载动画"的"影片剪辑"元件，如图10-5所示。单击第1帧，使用"矩形工具"在场景中绘制一个287像素×8.6像素的矩形，如图10-6所示。在第100帧位置，按【F5】键插入帧。

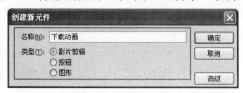

图10-5　创建新元件

图10-6　绘制矩形

Step 03 单击"时间轴"面板上的"插入图层"按钮，新建"图层2"，使用"矩形工具"在场景中绘制一个如图10-7所示的矩形，在第100帧位置，按【F6】键插入关键帧，使用"任意变形工具"调整该矩形的宽度，如图10-8所示。

图10-7 绘制矩形

○ **小技巧**

因为"图层2"将要被转换成遮罩层，所以在绘制该图层上的矩形时，矩形的"填充颜色"可以为任意色。

图10-8 调整矩形宽度

Step 04 设置第1帧上的"补间"类型为"形状"，"时间轴"面板如图10-9所示，在"图层2"图层名处单击鼠标右键，在弹出的快捷菜单中选择【遮罩层】命令，将图层转换为遮罩层，场景效果如图10-10所示。

图10-9 "时间轴"面板

图10-10 场景效果

Step 05 单击"时间轴"面板上的"插入图层"按钮，新建"图层3"，使用"线条工具"在场景中的适当位置绘制线条，如图10-11所示。

图10-11 绘制线条

Step 06 执行【插入】→【新建元件】命令，新建一个"名称"为"遮罩动画"的"影片剪辑"元件，如图10-12所示。执行【文件】→【导入】→【导入到舞台】命令，将图像"光盘\实例素材源文件\第10章\素材\ image9.png"导入到场景中，并调整位置及大小，如图10-13所示，将刚刚导入到场景中的图像按【F8】键转换成"名称"为"被遮罩图像"的"图形"元件。

图10-12 创建新元件

图10-13 导入图像

Step 07 在第59帧位置，按【F5】键插入帧。单击"时间轴"面板上的"插入图层"按钮，新建"图层2"，使用"椭圆工具"在场景中绘制一个如图10-14所示的圆形，选择刚刚绘制的圆形，按【F8】键将圆形转换成"名称"为"圆形遮罩"的"图形"元件，如图10-15所示。

图10-14　绘制圆形

图10-15　转换为元件

Step 08 在第18帧位置，按【F6】键插入关键帧，设置第1帧上的"补间"类型为"动画"，"时间轴"面板如图10-16所示，使用"任意变形工具"将第1帧上的元件适当地调整大小，如图10-17所示。

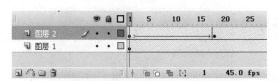

图10-16　"时间轴"面板

图10-17　场景效果

> ○ **小技巧**
>
> 在使用"任意变形工具"调整元件或图形大小时，按【Ctrl+Alt】组合键可以等比例放大或缩小。

Step 09 在"图层2"图层名处单击鼠标右键，在弹出的快捷菜单中选择【遮罩层】命令，将图层转换为遮罩层，"时间轴"面板如图10-18所示，场景效果如图10-19所示。

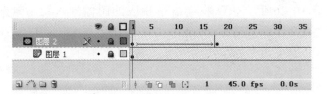

图10-18　"时间轴"面板

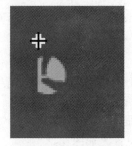

图10-19　场景效果

Step 10 使用同样方法，分别新建其他各图层，依次将"库"面板中的"被遮罩图像"和"圆形遮罩"元件拖入到场景中并制作动画，场景效果如图10-20所示，"时间轴"面板如图10-21所示。

图10-20　拖入元件并制作动画

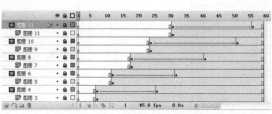

图10-21　"时间轴"面板

> ○ **小技巧**
>
> 为了使动画播放时更加流畅，要多制作几层遮罩动画。

10

Chapter

10.1

10.2

10.3

10.4

Step 11 单击"时间轴"面板上的"插入图层"按钮，新建"图层13"，在第59帧位置，按【F6】键插入关键帧，在"动作-帧"面板中输入"stop();"脚本语言，场景效果如图10-22所示，"时间轴"面板如图10-23所示。

图10-22　场景效果

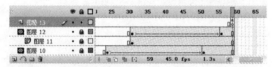

图10-23　"时间轴"面板

Step 13 在第30帧位置，按【F6】键插入关键帧，设置第1帧上的"补间"类型为"动画"，"时间轴"面板如图10-26所示。选中第1帧上的元件，设置"属性"面板上"颜色"样式为"高级"，单击【设置】按钮，在弹出的"高级效果"对话框中进行设置，如图10-27所示。

图10-26　"时间轴"面板

图10-27　"高级效果"对话框

Step 12 执行【插入】→【新建元件】命令，新建一个"名称"为"图像转换"的"影片剪辑"元件，如图10-24所示。执行【文件】→【导入】→【导入到舞台】命令，将图像"光盘\实例素材源文件\第10章\素材\image4.jpg"导入到场景中，并调整位置及大小，如图10-25所示，将刚刚导入到场景中的图像按【F8】键转换成"名称"为"转换图像1"的"图形"元件。

图10-24　创建新元件

图10-25　导入图像

Step 14 在第120帧位置，按【F5】键插入帧，使用同样方法，新建其他图层，依次将光盘中相应的图像导入到场景中并制作动画，"时间轴"面板如图10-28所示，场景效果如图10-29所示。

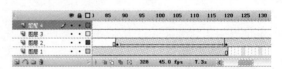

图10-28　"时间轴"面板

图10-29　场景效果

Step
15
单击"编辑栏"上的"场景1"文字，返回到场景1中。执行【文件】→【导入】→【导入到舞台】命令，将图像"光盘\实例素材源文件\第10章\素材\image1.jpg"导入到场景中，并调整位置及大小，如图10-30所示，在第7帧位置，按【F5】键插入帧，"时间轴"面板如图10-31所示。

图10-30　导入图像

图10-31　"时间轴"面板

Step
17
单击"时间轴"面板上的"插入图层"按钮，新建"图层3"，单击"工具箱"中的"文本工具"按钮[T]，设置其"属性"面板上的"文本类型"为"动态文本"，"字体"为Arial，"字体大小"为14，"文本颜色"为#EBAEC4，如图10-34所示，在场景中拖出一个文本框，如图10-35所示。

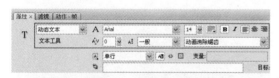

图10-34　"属性"面板

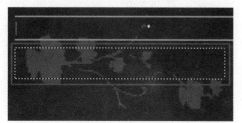

图10-35　场景效果

Step
16
单击"时间轴"面板上的"插入图层"按钮，新建"图层2"，将"库"面板中的"下载动画"元件拖入到场景中，如图10-32所示，选择该元件，设置其"属性"面板上的"实例名称"为"进度条"，如图10-33所示。

图10-32　拖入元件

图10-33　"属性"面板

Step
18
选择刚刚在场景中拖出的文本框，设置其"属性"面板上的"变量"为loadtxt，如图10-36所示，场景效果如图10-37所示。

图10-36　"属性"面板

图10-37　场景效果

Step 19 单击"时间轴"面板上的"插入图层"按钮，新建"图层4"，在第8帧位置，按【F6】键插入关键帧，执行【文件】→【导入】→【导入到舞台】命令，将图像"光盘\实例素材源文件\第10章\素材\image2.jpg"导入到场景中，并调整位置及大小，如图10-38所示，选择刚刚导入到场景中的图像，按【F8】键将图像转换成"名称"为"场景图像1"的"图形"元件，如图10-39所示。

图10-38 导入图像

图10-39 转换为元件

Step 20 在第48帧位置，按【F6】键插入关键帧，设置第8帧上的"补间"类型为"动画"，"时间轴"面板如图10-40所示。选中第8帧上的元件，设置其"属性"面板上"颜色"样式下的Alpha值为0%，场景效果如图10-41所示。在第374帧位置，按【F5】键插入帧。

图10-40 "时间轴"面板

图10-41 场景效果

Step 21 单击"时间轴"面板上的"插入图层"按钮，新建"图层5"，在第93帧位置，按【F6】键插入关键帧，将"库"面板中的"遮罩动画"元件拖到适当位置，如图10-42所示，"时间轴"面板如图10-43所示。

图10-42 拖入元件

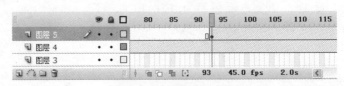

图10-43 "时间轴"面板

Step 22 单击"时间轴"面板上的"插入图层"按钮，新建"图层6"，在第63帧位置，按【F6】键插入关键帧，执行【文件】→【导入】→【导入到舞台】命令，将图像"光盘\实例素材源文件\第10章\素材\image8.png"导入到场景中，并调整位置及大小，如图10-44所示，选择刚刚导入到场景中的图像，按【F8】键将图像转换成"名称"为"场景图像2"的"图形"元件，如图10-45所示。

Step 23 在第93帧位置，按【F6】键插入关键帧，使用"选择工具"将该帧上的元件向上移动到场景的适当位置，如图10-46所示，设置第63帧上的"补间"类型为"动画"，"时间轴"面板如图10-47所示，选择该帧上的元件，设置其"属性"面板上"颜色"样式下的Alpha值为0%。

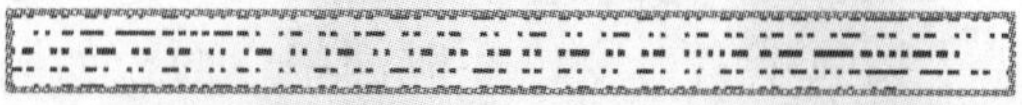

图10-44　导入图像

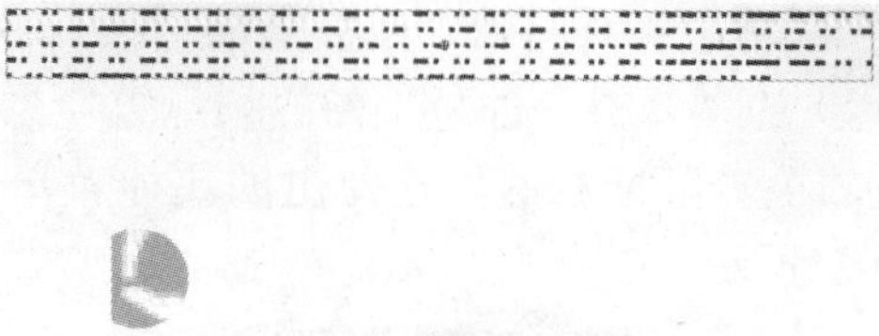

图10-46　移动元件位置

图10-45　转换为元件

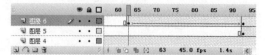

图10-47　"时间轴"面板

Step **24**　单击"时间轴"面板上的"插入图层"按钮，新建"图层7"，在第51帧位置，按【F6】键插入关键帧，将"库"面板中的"图像转换"元件拖入到场景的适当位置，如图10-48所示，"时间轴"面板如图10-49所示。

图10-48　拖入元件

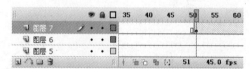

图10-49　"时间轴"面板

Step **25**　单击"时间轴"面板上的"插入图层"按钮，新建"图层8"，在第298帧位置，按【F6】键插入关键帧，执行【文件】→【导入】→【导入到舞台】命令，将图像"光盘\实例素材源文件\第10章\素材\image11.png"导入到场景中，并调整位置及大小，如图10-50所示，选择刚刚导入到场景中的图像，按【F8】键将图像转换成"名称"为"场景图像3"的"图形"元件，如图10-51所示。

图10-50　导入图像

图10-51　转换为元件

Step **26**　单击"时间轴"面板上的"插入图层"按钮，新建"图层8"，在第324帧位置，按【F6】键插入关键帧，设置第298帧上的"补间"类型为"动画"，"时间轴"面板如图10-52所示，选中该帧上的元件，设置其"属性"面板上"颜色"样式下的Alpha值为0%，场景效果如图10-53所示。

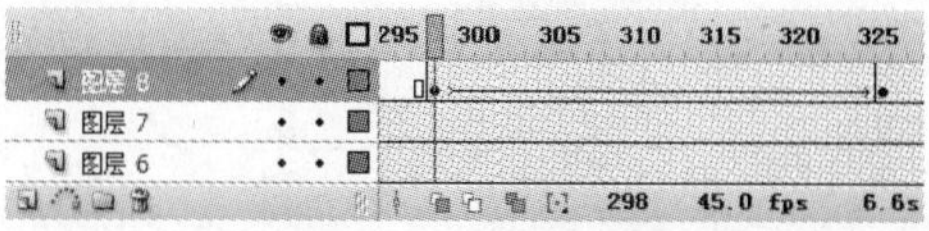

图10-52　"时间轴"面板

图10-53　场景效果

Step 27 单击"时间轴"面板上的"插入图层"按钮，新建"图层9"，单击第1帧，设置其"属性"面板上的"帧标签"为play，如图10-54所示，选中"图层9"第2～374帧，单击鼠标右键，在弹出的快捷菜单中选择【删除帧】命令，"时间轴"面板如图10-55所示。

图10-54 "属性"面板　　　　　　　　　　图10-55 "时间轴"面板

Step 28 单击"时间轴"面板上的"插入图层"按钮，新建"图层10"，单击第1帧，在"动作-帧"面板中输入如图10-56所示的脚本语言，详细脚本语言请查看源文件，"时间轴"面板如图10-57所示。

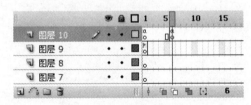

图10-56 输入脚本语言　　　　　　　　　　图10-57 "时间轴"面板

Step 29 在第6帧位置，按【F6】键插入关键帧，在"动作-帧"面板中输入如图10-58所示的脚本语言，"时间轴"面板如图10-59所示。

```
if (loaded == total)
{
    gotoAndStop(7);
}
else
{
    gotoAndPlay("play");
}
```

图10-58 输入脚本语言　　　　　　　　　　图10-59 "时间轴"面板

Step 30 使用同样方法，在第7帧位置，按【F6】键插入关键帧，在"动作-帧"面板中输入"gotoAndPlay(8);"脚本语言，"时间轴"面板如图10-60所示，在第374帧位置，按【F6】键插入关键帧，在"动作-帧"面板中输入"stop();"脚本语言，"时间轴"面板如图10-61所示。

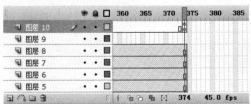

图10-60 "时间轴"面板　　　　　　　　　　图10-61 "时间轴"面板

Step **31** 执行【文件】→【保存】命令，将动画保存为10-1-2.fla文件，完成动画制作。在制作完成的Flash中执行【文件】→【导出】→【导出影片】命令，进入动画的预览效果界面，如图10-62所示。

图10-62 预览效果

Step **32** 在测试界面中执行【视图】命令，在弹出的菜单中提供了用于显示观察窗口和数据传输情况的命令，如图10-63所示，选择【下载设置】命令，打开级联菜单，如图10-64所示。

○ **小技巧**

下载设置：模拟下载带宽的设置，默认为56k(4.7kB/s)。

图10-63 【视图】菜单　　　图10-64 【下载设置】命令

Step **33** 在测试界面中执行【视图】→【带宽设置】命令，在动画测试窗口中将会出现带宽特性查看窗口，用来显示影片在浏览器中下载时的数据传输图表，如图10-65所示。

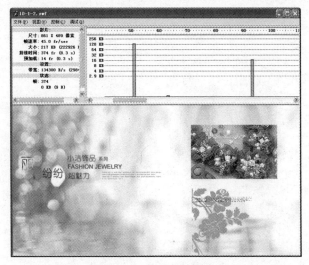

图10-65 数据传输图表

10.2 影片发布

　　Flash动画制作完成后，默认的存储格式并不能直接被应用到如互联网等地方。因为动画每个具体的应用都需要相应的格式来支持，所以通过将动画发布成需要的格式才能应用Flash动画。例如，发布成SWF、GIF、AVI等。

10.2.1 Flash影片的发布

　　要发布Flash影片，可以使用"发布设置"对话框选择发布文件的格式及对文件格式进行设置。执行【文件】→【发布】命令发布Flash文档。在"发布设置"对话框中指定的发布配置将随文档一起保存。也可以创建并命名发布配置文件，以便可以使用已建立的发布设置。

1．影片文件的快速输出

　　将文件保存，执行【控制】→【测试影片】命令，即可快速发布影片。

2．发布格式及其设置

　　要用选定的发布格式和设置来预览SWF文件，可以使用【发布预览】命令。该命令会导出文件，并在默认浏览器中打开影片。如果预览QuickTime格式的视频，执行【文件】→【发布预览】命令会启动QuickTime格式的视频，执行【发布预览】命令会启动QuickTime Video Player。如果预览放映文件，Flash会启动该放映文件。

3．图形文件的发布

1）GIF

　　GIF文件提供了一种简单的方法来导出绘画和简单动画，以供在Web中使用。标准GIF文件是一种简单的压缩位图。

　　GIF动画文件提供了一种简单的方法来导出简短的动画序列。Flash可以优化GIF动画文件，并且只存储逐帧更改的文件。

　　Flash可以为GIF文件生成一个图像映射，以保留原始文档中按钮的URL链接。使用"属性"面板，在想创建图像映射的关键帧中放入帧标签#Map。如果没有创建帧标签，Flash会使用SWF文件最后一帧中的按钮创建图像映射。只有在选择的模板中有$IM模板变量时，才可以创建图像映射。

2）JPEG

　　JPEG格式可将图像保存为高压缩比的24位位图。通常，GIF格式对于导出绘画效果较好，而JPEG格式更适合显示包含连续色调的图像。

　　除非输入帧标签#Static来标记要导出的其他关键帧，否则Flash会把SWF文件的第1帧导出为JPEG。

3）PNG

　　PNG是惟一支持透明度的跨平台位图格式。

　　除非输入帧标签#Static来标记要导出的其他关键帧，否则Flash只会把SWF文件中的第1帧导出为PNG。

4）HTML

　　根据所做的设置，Flash将向文档模板中插入HTML参数，模板可以是任何包含模板变量的文本文件，可以是一般的HTML文件，其中可包含解释性的语言脚本，可从下拉列表框中选择模板，其中有仅仅显示影片的最简单的模板，还可以创建自己的模板。

5）发布QuickTime

　　QuickTime发布设置选项会以计算机上安装的QuickTime格式来创建视频。

　　Flash文档在QuickTime视频中播放与在Flash Player播放完全相同，同样也保留了影片自身的所有交互功能。如果Flash文档也包含一个QuickTime视频，则Flash会将其复制到新QuickTime文件中自己的轨道上。

10.2.2 制作分类广告

熟悉了发布动画的知识后，下面将通过实际的案例来学习制作完成动画后发布的方法。

本实例最终效果图（见图10-66）：

○ **设计思路**

美酒永远是无法抗拒的，不同的产品要送不同的朋友，在众多的类别里，你将如何选择?

○ **练习要求**

通过上述的学习，结合其他制作动画的方法，通过发布一个动画掌握发布动画的方法。

图10-66 实例最终效果图

制作流程预览

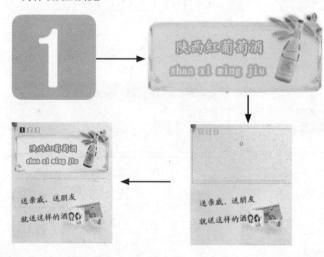

○ **制作重点**

1. 在本章的实例中要注意，一定要给"按钮"添加"实例名称"，否则动画将无法正常播放。

2. 在动画制作完成后，执行【发布设置】命令时应确认是否保存，没有保存过的文件是无法执行【发布设置】命令的。

Step 01 执行【文件】→【新建】命令，弹出"新建文档"对话框，单击【确定】按钮，新建一个Flash文档，如图10-67所示。单击"属性"面板上的"文档属性"按钮，在弹出的"文档属性"对话框中设置"尺寸"为235像素×275像素，"背景颜色"为#FFFFFF，"帧频"为40fps，如图10-68所示。

图10-67 新建Flash文档　　　　　　　　图10-68 设置文档属性

Step 02 执行【插入】→【新建元件】命令，新建一个"名称"为"按钮1"的"按钮"元件，如图10-69所示。单击"工具箱"中的"矩形工具"按钮，设置其"属性"面板上的"笔触颜色"为无，"填充颜色"为#00FFFF，如图10-70所示。

图10-69 创建新元件

图10-70 "属性"面板

Step 03 在"点击"状态下单击,按【F6】键插入关键帧,如图10-71所示,在场景中绘制出一个尺寸为205像素×86像素的矩形。执行【插入】→【新建元件】命令,新建一个"名称"为"小按钮"的"按钮"元件,在"点击"状态下单击,按【F6】键插入关键帧,单击"工具箱"中的"矩形工具"按钮,设置其"属性"面板上的"笔触颜色"为无,"填充颜色"为#00FFFF,"矩形边角半径"为12,如图10-72所示,在场景中绘制出一个尺寸为12像素×12像素的圆角矩形。

Step 04 执行【插入】→【新建元件】命令,新建一个"名称"为"按钮动画1"的"影片剪辑"元件,如图10-73所示,单击"工具箱"中的"矩形工具"按钮,设置其"属性"面板上的"笔触颜色"为无,"填充颜色"为#D2AD5F,"矩形边角半径"为12,如图10-74所示,在场景中绘制出一个尺寸为12像素×12像素的圆角矩形。

图10-71 "时间轴"面板

图10-73 创建新元件

图10-72 "属性"面板

图10-74 "属性"面板

Step 05 在第10帧位置单击,按【F6】键插入关键帧,单击"工具箱"中的"颜料桶工具"按钮,设置其"属性"面板上"填充颜色"为#4C2326,如图10-75所示,在场景中的圆角矩形上单击,场景效果如图10-76所示,设置第1帧上的"补间"类型为"形状"。

图10-75 "属性"面板

图10-76 场景效果

Step 06 单击"时间轴"面板上的"插入图层"按钮,新建"图层2",单击"工具箱"中的"文本工具"按钮,设置其"属性"面板上的"字体"为"黑体","字体大小"为12,"文本颜色"为#FFFFFF,切换粗体,如图10-77所示,在场景中输入数字"1",场景效果如图10-78所示。

图10-77 "属性"面板

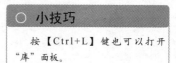

图10-78 场景效果

Step 07 单击"时间轴"面板上的"插入图层"按钮,新建"图层3",执行【窗口】→【库】命令,打开"库"面板,将"小按钮"元件从"库"面板中拖入到场景中,"库"面板如图10-79所示,场景效果如图10-80所示。

图10-79 "库"面板

图10-80 场景效果

○ 小技巧

　　按【Ctrl+L】键也可以打开"库"面板。

Step 08 单击"工具箱"中的"选择工具"按钮，选择刚刚拖入的元件,设置其"属性"面板上的"实例名称"为btn,如图10-81所示。单击"时间轴"面板上的"插入图层"按钮,新建"图层4",在第10帧位置单击,按【F6】键插入关键帧,执行【窗口】→【动作】命令,在弹出的"动作-帧"面板中输入"stop();"脚本语言,如图10-82所示。

Step 09 用步骤04~08的制作方法,制作出"按钮动画2"和"按钮动画3"元件。执行【插入】→【新建元件】命令,新建一个"名称"为"图片动画1"的"影片剪辑"元件,如图10-83所示,执行【文件】→【导入】→【导入到舞台】命令,将图像"光盘\实例素材源文件\第10章\素材\11-2-201.png"导入到场景中,如图10-84所示。

图10-81 "属性"面板

图10-83 创建新元件

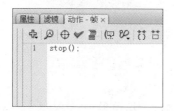

图10-82 输入脚本语言

图10-84 导入图像

Flash CS3中文版入门实战与提高

10

Chapter

10.1

10.2

10.3

10.4

Step 10 单击"工具箱"中的"选择工具"按钮，选择刚刚导入的图像，按【F8】键将图像转换成"名称"为"图形1"的"图形"元件，如图10-85所示，在第10帧位置单击，按【F6】键插入关键帧，使用"选择工具"选择第1帧场景中的元件，设置其"属性"面板上"颜色"样式下的Alpha值为0%，如图10-86所示，设置第1帧上的"补间"类型为"动画"。

图10-85 转换为元件

图10-86 "属性"面板

Step 12 用步骤09～11的制作方法，制作出"图片动画2"和"图片动画3"元件。执行【插入】→【新建元件】命令，新建一个"名称"为"整体动画"的"影片剪辑"元件，如图10-89所示，执行【窗口】→【库】命令，打开"库"面板，将"图片动画1"元件从"库"面板中拖入到场景中，使用"选择工具"选择刚刚拖入的元件，设置其"属性"面板上的"实例名称"为event1，如图10-90所示。

图10-89 创建新元件

Step 11 单击"时间轴"面板上的"插入图层"按钮，新建"图层2"，在第10帧位置单击，按【F6】键插入关键帧，执行【窗口】→【库】命令，打开"库"面板，将"按钮1"元件从"库"面板中拖入到场景中，场景效果如图10-87所示。单击"时间轴"面板上的"插入图层"按钮，新建"图层3"，在第10帧位置单击，按【F6】键插入关键帧，执行【窗口】→【动作】命令，在弹出的"动作-帧"面板中输入"stop();"脚本语言，如图10-88所示。

图10-87 场景效果

图10-88 输入脚本语言

Step 13 用步骤12的制作方法，将"图片动画2"和"图片动画3"元件分别拖入到"图层2"和"图层3"中，并分别设置"实例名称"。单击"时间轴"面板上的"插入图层"按钮，新建"图层4"，执行【窗口】→【库】命令，打开"库"面板，将"按钮动画1"元件从"库"面板中拖入到场景中，如图10-91所示，使用"选择工具"选择刚刚拖入的元件，设置其"属性"面板上的"实例名称"为num1，如图10-92所示。

图10-91 场景效果

图10-90 "属性"面板

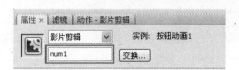

图10-92 "属性"面板

Step 14 用步骤13的制作方法，将"按钮动画2"和"按钮动画3"分别拖入到"图层5"和"图层6"中，并分别设置"实例名称"，完成后的场景效果如图10-93所示。单击"时间轴"面板上的"插入图层"按钮，新建"图层7"，执行【窗口】→【动作】命令，在弹出的"动作-帧"面板中输入如图10-94所示的脚本语言。

图10-93 完成后的场景效果

图10-94 输入脚本语言

Step 15 单击"编辑栏"上的"场景1"文字，返回到"场景1"编辑状态，执行【文件】→【导入】→【导入到舞台】命令，将图像"光盘\实例素材源文件\第10章\素材\11-2-204.png"导入到场景中，如图10-95所示。单击"时间轴"面板上的"插入图层"按钮，新建"图层2"，执行【窗口】→【库】命令，打开"库"面板，将"整体动画"元件从"库"面板中拖入到场景中，场景效果如图10-96所示。

图10-95 导入图像　　图10-96 场景效果

Step 16 执行【文件】→【保存】命令，将动画保存为10-2-2.fla文件。同时按【Ctrl+Enter】组合键测试动画，预览效果如图10-97所示。

图10-97 预览效果

Step 17 执行【文件】→【发布设置】命令，如图10-98所示，在弹出的"发布设置"对话框中，在"类型"选项组中选择"Flash(.swf)"、"HTML(.html)"、"Windows放映文件(.exe)"复选框，如图10-99所示。单击【发布】按钮，完成操作。将在文件保存的位置自动添加10-2-2.exe和10-2-2.html文件。

图10-98 选择【发布设置】命令

图10-99 "发布设置"对话框

10.3 本章技巧荟萃

Flash CS3

1. 如何解释标识符？

答：若要使用ActionScript从库中附加一个影片剪辑元件，必须为ActionScript导出该元件并为其指定一个惟一的链接标识符。可以在"库"面板中对存储的各种元件分配链接标识符，这表示可以向"舞台"附加图像或使用共享库中的资源。

2. MC、FS、AS代表什么意思？

答：MC就是MovieClip（动画片段）；FS就是Fscommand，是Flash的一个非常重要的命令集合；AS就是ActionScript，是Flash的编程语言。

3. 说明MC的详细运用，它和一般的层有什么区别？它用在什么情况下？

答：在Flash中可以把MC看成一个独立的对象，并且它是一段动画。它的特点就是无限嵌套。层是一个独立的空间，它可以更好地规划制作思路。一个层里有一个事件。

10.4　学习效果测试

一、选择题

1．以下说法不正确的有：（　　　）。

（A）getURL表示使浏览器浏览到指定页面

（B）gotoAndPlay表示跳转到指定页面

（C）gotoAndStop表示跳转到指定帧并停止播放

（D）loadMovie表示引入一个外部电影到指定层

2．若要使用刷子工具绘制的图形完全覆盖所经过的矢量图形线段和矢量色块应选择：（　　　）。

（A）标准绘画　　　　　（B）颜料填充

（C）内部绘画　　　　　（D）后面绘画

3．动作命令"on"的作用是：（　　　）。

（A）引出触发事件　　　（B）播放动画

（C）停止播放动画　　　（D）跳转到另一帧

4．按（　　　）键可打开"库"面板。

（A）【F11】　　　　　（B）【Ctrl+F11】

（C）【F8】　　　　　　（D）【Ctrl+F8】

5．增加或减少选择的对象，可以配合（　　　）键。

（A）【Ctrl】　　　　　（B）【Alt】

（C）【Tab】　　　　　（D）【Shift】

二、判断题

1．GIF文件提供了一种简单的方法来导出绘画和简单动画，以供在Web中使用。标准GIF文件是一种简单的压缩位图。（　　　）

2．要发布Flash影片，可以使用"文档属性"对话框选择发布文件格式及文件格式的设置。（　　　）

3．对于重复出现的动画对象，无须转换成元件。（　　　）

4．GIF动画文件提供了一种简单的方法来导出简短的动画序列。Flash可以优化GIF动画文件，并且只存储逐帧更改的文件。（　　　）

5．在Flash中发布设置只能发布SWF和HTML这两种格式。（　　　）

三、填空题

1．尽量少用渐变色，使用（　　　）填充要比纯色填充大概多需要50B的空间。

2．Flash文档在QuickTime视频中播放与在（　　　）播放完全相同，同样也保留了影片自身的所有交互功能。

3．使用铅笔工具绘制的线条，比使用刷子工具绘制的线条所需的（　　　）。

10

10.1

10.2

10.3

10.4

四、操作题

制作Flash动画并将其发布，效果如图10-100所示。

图10-100　Flash动画

参考答案

Flash CS3

一、选择题

1. B　2. A　3. A　4. A　5. D

二、判断题

1. 对　2. 错　3. 错　4. 对　5. 错

三、填空题

1. 渐变色　2. Flash Player　3. 内存要少

第 11 章 综合实例一

学习提要

利用Flash制作各种商业广告并应用到互联网上，是非常实用的功能。本章讲述了Flash CS3中商业广告的制作，通过制作商业广告，学习软件的各种常用的功能。在众多网站中，有很多形形色色的商业广告。内容丰富，视觉效果极佳的广告，在网站中特别抢眼。

学习要点

- 商业广告设计的表现形式
- 商业广告设计的类型

11.1 制作商业广告

伴随着网络的诞生及Flash制作软件的问世，广告又多了一种创作形式，可以通过一对一，一对多或多对多的形式将产品信息通过Flash广告传递给目标受众，使目标受众在潜移默化中对产品进行了解，而且不容易对产品广告产生反感，比起传统形式的广告，这种广告形式更容易让人们接受，能轻松地抓住人们的视线，更容易让人对所宣传的产品信息记忆深刻，使广告宣传成为一种寓"商"于乐的宣传，所以用Flash来制作广告已成为广告发展趋势所带来的必然结果。

11.1.1 Flash CS3商业广告动画概述

"突出主题，传递信息"是制作商业广告的基本原则，每一个商业广告都有自己的主题，有它所要传递的信息，并从宣传中获得效益，所以在制作商业广告时必须把握主题，并围绕着主题进行Flash的设计和制作。

1. Flash CS3商业广告动画的分类

1）服务广告（见图11-1）：这类广告以介绍服务的性质、内容、服务方式等为主要内容，达到说服消费者购买服务的目的。

2）商品广告（见图11-2）：这类广告是商业广告中最常见的形式，主要向消费者介绍商品的厂名、商标、性质和特点等，目的是促进商品销售。

图11-1　服务广告

图11-2　商品广告

3）企业形象广告（见图11-3）：此类广告主要介绍企业的经营方针、服务宗旨及企业文化等，其目的是为了加强企业自身的形象，沟通企业与消费者的公共关系，从而达到推销商品的目的。

图11-3　企业形象广告

2. 商业广告动画制作介绍

商业广告，在设计时应着重注意其商业价值，与其他类型的广告有所不同，设计时需要根据自身的行业来选择适当的表现形式，需要贴近企业文化，有鲜明的特色，具有历史的连续性、个体性和创新性。

整体风格同企业形象相符合，适合目标对象的特点。可以采用抽象的动画形象来表现出企业的特点，给浏览者耳目一新的感觉。既要表现出动画的特点，也要表达出所要宣传的内容。

11.1.2 制作商业广告动画

熟悉了基本的Flash功能后，下面将通过实际的案例来进一步学习制作广告动画的方法。

本实例最终效果图（见图11-4）：

图11-4 实例最终效果图

制作流程预览

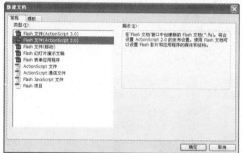

设计思路

游乐场的风格永远是明快、清新的。可爱的卡通和绚丽的花朵构成了一幅令人心旷神怡的画面。最新的优惠就要开始了，你还在等什么？

练习要求

通过上述的学习，综合运用各种功能，掌握Flash广告动画制作中的技巧和方法。

制作重点

1．在对图形或图片进行"属性"的设置之前必须将其转换成元件。

2．利用"遮罩层"把图像多余部分遮住，使场景中的图片排列整齐。

Step 01 执行【文件】→【新建】命令，弹出"新建文档"对话框，单击【确定】按钮，新建一个Flash文档，如图11-5所示。单击"属性"面板上的"文档属性"按钮，在弹出的"文档属性"对话框中设置"尺寸"为935像素×270像素，"背景颜色"为#FFFFFF，"帧频"为30fps，如图11-6所示。

图11-6 设置文档属性

图11-5 新建Flash文档

图11-7 创建新元件

Step 02 执行【插入】→【新建元件】命令，新建一个"名称"为"卡通动画1"的"影片剪辑"元件，如图11-7所示，执行【文件】→【导入】→【导入到舞台】命令，将图像"光盘\实例素材源文件\第11章\素材\12-1-201.png"导入到场景中，如图11-8所示。

小技巧

插入"新建元件"可以按【Ctrl+F8】组合键，在导入图像时可以按【Ctrl+R】组合键。

图11-8 导入图像

Flash CS3中文版入门实战与提高

11

Chapter

11.1

11.2

11.3

11.4

11.5

Step **03** 单击"工具箱"中的"选择工具"按钮，选择刚刚导入的图像，按【F8】键将图像转换成"名称"为"卡通1"的"图形"元件，如图11-9所示，在第30帧位置单击，按【F6】键插入关键帧，使用"选择工具"选择第1帧场景中的元件，向下移动15像素，设置其"属性"面板上"颜色"样式下的Alpha值为0%，如图11-10所示，设置第1帧上的"补间"类型为"动画"。

图11-9 转换为元件

图11-10 "属性"面板

Step **05** 用步骤02～04的制作方法，制作出其他元件动画。执行【插入】→【新建元件】命令，新建一个"名称"为"卡通车动画"的"影片剪辑"元件，如图11-13所示，执行【文件】→【导入】→【导入到舞台】命令，将图像"光盘\实例素材源文件\第11章\素材\12-1-210.png"导入到场景中，如图11-14所示，在第280帧位置单击，按【F5】键插入帧。

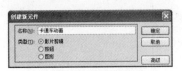

图11-13 创建新元件

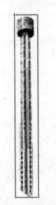

图11-14 导入图像

Step **04** 单击"时间轴"面板上的"插入图层"按钮，新建"图层2"，在第30帧位置单击，按【F6】键插入关键帧，在第30帧上单击，执行【窗口】→【动作】命令，在弹出的"动作-帧"面板中输入"stop();"脚本语言，如图11-11所示，完成后的"时间轴"面板如图11-12所示。

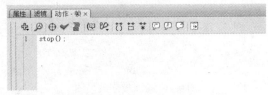

图11-11 输入脚本语言

图11-12 完成后的"时间轴"面板

Step **06** 单击"时间轴"面板上的"插入图层"按钮，新建"图层2"，执行【文件】→【导入】→【导入到舞台】命令，将图像"光盘\实例素材源文件\第11章\素材\12-1-211.png"导入到场景中，调整图像在场景中的位置，如图11-15所示，使用"选择工具"选择刚刚导入的图像，按【F8】键将图像转换成"名称"为"卡通8"的"图形"元件，如图11-16所示。

图11-15 导入图像

图11-16 转换为元件

Step **07** 分别在第8帧、第130帧、第138帧和第230帧位置单击，依次按【F6】键插入关键帧，向下移动第8帧场景中的元件，如图11-17所示，向下移动第138帧场景中的元件。分别设置第1帧、第8帧、第130帧和第138帧上的"补间"类型为"动画"。

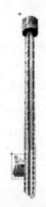

图11-17 场景效果

○ **小技巧**

"补间"类型可以在"属性"面板中设置。在其"属性"面板中可以对"补间"类型的参数进行修改。

Step **09** 单击"工具箱"中的"选择工具"按钮，选择刚刚导入的图像，按【F8】键将图像转换成"名称"为"花1"的"图形"元件，如图11-20所示，分别在第25帧、第30帧和第35帧位置单击，依次按【F6】键插入关键帧，使用"选择工具"将第1帧场景中的元件向下移动60像素，设置其"属性"面板上"颜色"样式下的Alpha值为0%，如图11-21所示。

Step **10** 使用"选择工具"选择第30帧场景中的元件，设置其"属性"面板上"颜色"样式下的Alpha值为50%，如图11-22所示，场景效果如图11-23所示，分别设置第1帧、第25帧和第30帧上的"补间"类型为"动画"，在第60帧位置单击，按【F5】键插入帧。

图11-22 "属性"面板

Step **08** 执行【插入】→【新建元件】命令，新建一个"名称"为"花动画"的"影片剪辑"元件，如图11-18所示，执行【文件】→【导入】→【导入到舞台】命令，将图像"光盘\实例素材源文件\第11章\素材\12-1-212.png"导入到场景中，如图11-19所示。

图11-18 创建新元件

图11-19 导入图像

图11-20 转换为元件

图11-21 "属性"面板

图11-23 场景效果

Flash CS3中文版入门实战与提高

11

Chapter

11.1

11.2

11.3

11.4

11.5

Step 11 单击"时间轴"面板上的"插入图层"按钮，新建"图层2"，在第10帧位置单击，按【F6】键插入关键帧，执行【文件】→【导入】→【导入到舞台】命令，将图像"光盘\实例素材源文件\第11章\素材\12-1-213.png"导入到场景中，调整图像在场景中的位置，如图11-24所示。使用"选择工具"选择刚刚导入的图像，按【F8】键将图像转换成"名称"为"花2"的"图形"元件，如图11-25所示。

图11-24 导入图像

图11-25 转换为元件

Step 13 用步骤11～12的制作方法，制作出"图层3"的动画，完成后的场景效果如图11-28所示。单击"时间轴"面板上的"插入图层"按钮，新建"图层4"，在第60帧位置单击，按【F6】键插入关键帧，执行【窗口】→【动作】命令，在弹出的"动作-帧"面板中输入"stop();"脚本语言，如图11-29所示。

图11-28 完成后的场景效果

图11-29 输入脚本语言

Step 12 分别在第35帧、第40帧和第45帧位置单击，按【F6】键插入关键帧，使用"选择工具"将第10帧场景中的元件向下移动40像素，设置其"属性"面板上"颜色"样式下的Alpha值为0%，如图11-26所示，选择第40帧场景中的元件，设置其"属性"面板上"颜色"样式下的Alpha值为50%，场景效果如图11-27所示，分别设置第10帧、第35帧和第40帧上的"补间"类型为"动画"。

图11-26 "属性"面板

图11-27 场景效果

Step 14 执行【插入】→【新建元件】命令，新建一个"名称"为"云动画1"的"影片剪辑"元件，如图11-30所示，执行【文件】→【导入】→【导入到舞台】命令，将图像"光盘\实例素材源文件\第11章\素材\12-1-215.png"导入到场景中，调整图像在场景中的位置，如图11-31所示。

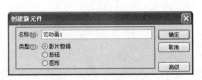

图11-30 创建新元件

图11-31 导入图像

Step 15 单击"工具箱"中的"选择工具"按钮，选择刚刚导入的图像，按【F8】键将图像转换成"名称"为"云1"的"图形"元件，如图11-32所示，在第50帧位置单击，按【F6】键插入关键帧，使用"选择工具"将场景中的元件向右移动40像素。选择第1帧场景中的元件，设置其"属性"面板上"颜色"样式下的Alpha值为0%，如图11-33所示。用同样的方法制作其他帧，分别设置第1帧、第50帧和第160帧上的"补间"类型为"动画"。

图11-32 转换为元件

图11-33 "属性"面板

Step 17 单击"时间轴"面板上的"插入图层"按钮，新建"图层2"，单击"工具箱"中的"矩形工具"按钮，设置其"属性"面板上的"笔触颜色"为无，"填充颜色"为#00FFFF，如图11-36所示，在场景中绘制一个尺寸为15像素×50像素的矩形，如图11-37所示。

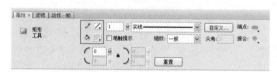

图11-36 "属性"面板

图11-37 场景效果

Step 19 在"图层2"上单击鼠标右键，在弹出的菜单中选择【遮罩层】命令，如图11-39所示，完成后的"时间轴"面板如图11-40所示。单击"时间轴"面板上的"插入图层"按钮，新建"图层3"，在第60帧位置单击，按【F6】键插入关键帧，执行【窗口】→【动作】命令，在弹出的"动作-帧"面板中输入"stop();"脚本语言。

Step 16 用步骤14～15的制作方法，制作"云动画2"元件。执行【插入】→【新建元件】命令，新建一个"名称"为"遮罩动画"的"影片剪辑"元件，如图11-34所示，执行【文件】→【导入】→【导入到舞台】命令，将图像"光盘\实例素材源文件\第11章\素材\12-1-217.png"导入到场景中，如图11-35所示，在第60帧位置单击，按【F5】键插入帧。

图11-34 创建新元件

图11-35 导入图像

Step 18 在第60帧位置单击，按【F6】键插入关键帧，单击"工具箱"中的"任意变形工具"按钮，将刚刚绘制的矩形拉长，如图11-38所示，设置第1帧上的"补间"类型为"形状"。

图11-38 场景效果

○ 小技巧

在调整图像大小时可以在"属性"面板中输入准确的数值，从而能够精确扩大或缩小。

图11-39 选择【遮罩层】命令

图11-40 完成后的"时间轴"面板

11
Chapter

11.1

11.2

11.3

11.4

11.5

Step 20 执行【插入】→【新建元件】命令，新建一个"名称"为"文字动画1"的"影片剪辑"元件，执行【文件】→【导入】→【导入到舞台】命令，将图像"光盘\实例素材源文件\第11章\素材\12-1-218.png"导入到场景中，如图11-41所示，单击"时间轴"面板上的"插入图层"按钮，新建"图层2"，将图像"光盘\实例素材源文件\第11章\素材\12-1-219.png"导入到场景中，调整图像在场景中的位置，如图11-42所示。

Step 21 执行【插入】→【新建元件】命令，新建一个"名称"为"文字动画2"的"影片剪辑"元件。执行【窗口】→【库】命令，打开"库"面板，将"文字动画1"元件从"库"面板中拖入到场景中，"库"面板如图11-43所示。在第35帧位置单击，按【F6】键插入关键帧，使用"选择工具"选择第1帧场景中的元件，设置其"属性"面板上"颜色"样式下的Alpha值为0%，如图11-44所示，设置第1帧上的"补间"类型为"动画"。单击"时间轴"面板上的"插入图层"按钮，新建"图层2"，在第35帧位置单击，按【F6】键插入关键帧，执行【窗口】→【动作】命令，在弹出的"动作-帧"面板中输入stop();脚本语言。

Step 22 执行【插入】→【新建元件】命令，新建一个"名称"为"花动画1"的"影片剪辑"元件，如图11-45所示，执行【文件】→【导入】→【导入到舞台】命令，将图像"光盘\实例素材源文件\第11章\素材\12-1-220.png"导入到场景中，如图11-46所示。

图11-41 导入图像

图11-42 导入图像

图11-43 "库"面板

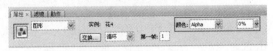

图11-44 "属性"面板

Step 23 单击"工具箱"中的"选择工具"按钮，选择刚刚导入的图像，按【F8】键将图像转换成"名称"为"花4"的"图形"元件，如图11-47所示，在第30帧位置单击，将第1帧场景中的元件向右移动40像素，设置其"属性"面板上"颜色"样式下的Alpha值为0%，如图11-48所示，设置第1帧上的"补间"类型为"动画"。

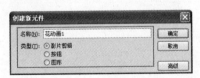

图11-45 创建新元件

图11-46 导入图像

图11-47 转换为元件

图11-48 "属性"面板

Step 24 用步骤22～23的制作方法，制作出"图层2"动画，完成后的场景效果如图11-49所示。单击"时间轴"面板上的"插入图层"按钮，新建"图层3"，在第30帧位置单击，按【F6】键插入关键帧，执行【窗口】→【动作】命令，在弹出的"动作-帧"面板中输入"stop();"脚本语言。完成后的"时间轴"面板如图11-50所示。

图11-49 完成后的场景效果

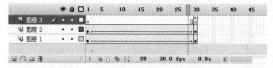

图11-50 "时间轴"面板

Step 26 单击"编辑栏"上的"场景1"文字，返回到"场景1"编辑状态，如图11-53所示。执行【文件】→【导入】→【导入到舞台】命令，将图像"光盘\实例素材源文件\第11章\素材\12-1-222.png"导入到场景中，调整图像在场景中的位置，如图11-54所示。在第200帧位置单击，按【F5】键插入帧。

Step 27 单击"时间轴"面板上的"插入图层"按钮，新建"图层2"，在第10帧位置单击，按【F6】键插入关键帧，执行【窗口】→【库】命令，打开"库"面板，将"云动画1"元件从"库"面板中拖入到场景中，如图11-55所示，单击"时间轴"面板上的"插入图层"按钮，新建"图层3"，在第10帧位置单击，按【F6】键插入关键帧，执行【窗口】→【库】命令，打开"库"面板，将"云动画2"元件从"库"面板中拖入到场景中，如图11-56所示。

Step 28 单击"时间轴"面板上的"插入图层"按钮，新建"图层4"，在第40帧位置单击，按【F6】键插入关键帧，执行【窗口】→【库】命令，打开"库"面板，将"卡通动画6"元件从"库"面板中拖入到场景中，如图11-57所示，单击"时

Step 25 执行【插入】→【新建元件】命令，新建一个"名称"为"按钮"的"按钮"元件，如图11-51所示。在"点击"状态下单击，按【F6】键插入关键帧，如图11-52所示，单击"工具箱"中的"矩形工具"按钮，设置其"属性"面板上的"笔触颜色"为无，"填充颜色"为#00FFFF，在场景中制作出一个尺寸为420像素×145像素的矩形。

图11-51 创建新元件

图11-52 "时间轴"面板

图11-53 编辑栏

图11-54 导入图像

图11-55 场景效果

图11-56 场景效果

间轴"面板上的"插入图层"按钮，新建"图层5"，在第40帧位置单击，按【F6】键插入关键帧，执行【窗口】→【库】命令，打开"库"面板，将"卡通动画5"元件从"库"面板中拖入到场景中，如图11-58所示。

11

Chapter

11.1

11.2

11.3

11.4

11.5

图11-57 场景效果

图11-58 场景效果

Step 29 单击"时间轴"面板上的"插入图层"按钮，新建"图层6"，执行【窗口】→【库】命令，打开"库"面板，将"卡通车动画"元件从"库"面板中拖入到场景中，如图11-59所示，按住左键不放将"图层1"拖到"图层6"的上边，如图11-60所示。

Step 30 单击"时间轴"面板上的"插入图层"按钮，新建"图层7"，在第50帧位置单击，按【F6】键插入关键帧，执行【窗口】→【库】命令，打开"库"面板，将"卡通动画3"元件从"库"面板中拖入到场景中，如图11-61所示，用同样的方法新建其他图层，并在相应的帧上插入关键帧，将"库"面板中的相应的元件拖入到图层中。单击"时间轴"面板上的"插入图层"按钮，新建"图层13"，执行【文件】→【导入】→【导入到舞台】命令，将图像"光盘\实例素材源文件\第11章\素材\12-1-223.png"导入到场景中，调整图像在场景中的位置，如图11-62所示。

图11-59 场景效果

图11-61 场景效果

<table>
<tr><td>图层 1</td><td></td></tr>
<tr><td>图层 6</td><td></td></tr>
<tr><td>图层 5</td><td></td></tr>
<tr><td>图层 4</td><td></td></tr>
<tr><td>图层 3</td><td></td></tr>
<tr><td>图层 2</td><td></td></tr>
</table>

图11-60 "时间轴"面板

Step 31 单击"时间轴"面板上的"插入图层"按钮，新建"图层14"，在第10帧位置单击，按【F6】键插入关键帧，执行【窗口】→【库】命令，打开"库"面板，将"花动画"元件从"库"面板中拖入到场景中，如图11-63所示。单击"时间轴"面板上的"插入图层"按钮，新建"图层15"，在第150帧位置单击，按【F6】键插入关键帧，执行【窗口】→【库】命令，打开"库"面板，将"卡通动画2"元件从"库"面板中拖入到场景中，如图11-64所示。

图11-62 导入图像

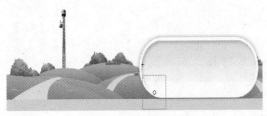

图11-63 场景效果

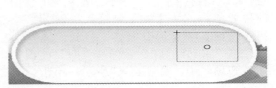

图11-64 导入图像

Step 32 单击"时间轴"面板上的"插入图层"按钮，新建"图层16"，在第150帧位置单击，按【F6】键插入关键帧，执行【窗口】→【库】命令，打开"库"面板，将"文字动画2"元件从"库"面板中拖入到场景中，如图11-65所示。单击"时间轴"面板上的"插入图层"按钮，新建"图层17"，单击"工具箱"中的"矩形工具"按钮，设置其"属性"面板上的"笔触颜色"为无，"填充颜色"为#00FFFF，"矩形边角半径"值为100，如图11-66所示，在场景中绘制出一个尺寸为420像素×145像素的圆角矩形。

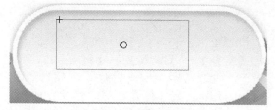

图11-65 场景效果

图11-66 "属性"面板

Step 33 按住左键不放将"图层17"拖到"图层15"下边，"时间轴"面板如图11-67所示，在"图层17"上单击鼠标右键，在弹出的菜单中选择【遮罩层】命令，如图11-68所示，分别将"图层15"和"图层16"依次拖到"图层17"下边。

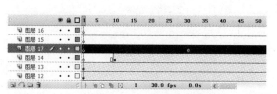

图11-67 "时间轴"面板

图11-68 选择【遮罩层】命令

Step 34 单击"时间轴"面板上的"插入图层"按钮，新建"图层18"，在第20帧位置单击，按【F6】键插入关键帧，执行【窗口】→【库】命令，打开"库"面板，将"遮罩动画"元件从"库"面板中拖入到场景中，如图11-69所示。单击"时间轴"面板上的"插入图层"按钮，新建"图层19"，执行【窗口】→【库】命令，打开"库"面板，将"按钮"元件从"库"面板中拖入到场景中，如图11-70所示。

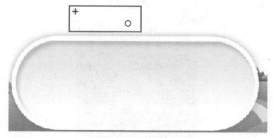

图11-69 场景效果

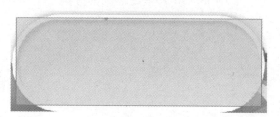

图11-70 场景效果

11

Chapter

11.1

11.2

11.3

11.4

11.5

Step 35 单击"时间轴"面板上的"插入图层"按钮，新建"图层20"，在第30帧位置单击，按【F6】键插入关键帧，执行【文件】→【导入】→【打开外部库】命令，将"光盘\实例素材源文件\第11章\素材\sucai.fla"文件打开，将"蜻蜓动画2"元件从"外部库"面板中拖入到场景中，"外部库"面板如图11-71所示，场景效果如图11-72所示。单击"时间轴"面板上的"插入图层"按钮，新建"图层21"，在第200帧位置单击，按【F6】键插入关键帧，执行【窗口】→【动作】命令，在弹出的"动作-帧"面板中输入"stop();"脚本语言。

图11-71 "外部库"面板

图11-72 场景效果

Step 36 执行【文件】→【保存】命令，将动画保存为11-1-2.fla文件。同时按【Ctrl+Enter】组合键测试动画，预览效果如图11-73所示。

图11-73 预览效果

11.2 制作网站按钮动画

Flash CS3

11.2.1 Flash CS3网站按钮动画概述

1．Flash CS3按钮动画的分类

1）单独类按钮（见图11-74）：通常该类按钮在页面中单独出现，按钮的风格需要与页面的风格相统一。

图11-74 单独类按钮

2）群组类按钮（见图11-75）：这类按钮通常是由几个按钮一起组成，群组按钮之间的风格相近，并且整体风格需要与页面风格一致。

图11-75 群组类按钮

3）综合类按钮（见图11-76）：这一类按钮通常并不是独立存在的，通常会和一些广告动画或场景动画制作在一起。

图11-76 综合类按钮

2. Flash CS3网站按钮动画制作介绍

制作Flash按钮最重要的是创意而不是技术，由于按钮的特殊性，通常按钮动画都是鼠标移动到按钮上触发一个动作事件，产生动画，不需要有很复杂的动画过程。重要的是设计者一定要能够把握好按钮动画的风格与整体页面的风格相一致，并且要给人留下深刻的印象。按钮的动态表现形式及风格的把握，需要读者多看成功的作品，多从创作者的角度思考问题，才能快速地提高设计制作水平。

11.2.2 制作教育类网站按钮动画

熟悉了基本的脚本语言后，下面将通过实际的案例来学习制作网站的按钮实例。

本实例最终效果图（见图11-77）：

设计思路

开始学习了，是向左还是向右？都由你的鼠标说了算，拖动吧，进入充满乐趣的童真年代。

图11-77 实例最终效果图

制作流程预览

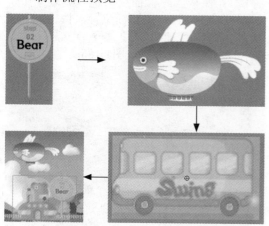

练习要求

通过上述的学习，结合动画和脚本语言，掌握制作网站按钮动画的流程和技巧。

○ 制作重点

1. 在按钮元件中添加声音时，可以为声音新建一个图层。

2. 在制作本动画时应注意配色，本动画主题为教育类广告动画，主要应以绿色为主。

11

Chapter

11.1

11.2

11.3

11.4

11.5

Step 01 执行【文件】→【新建】命令，新建一个Flash文档，如图11-78所示，单击"属性"面板上的"文档属性"按钮，在弹出的"文档属性"对话框中设置"尺寸"为778像素×276像素，"背景颜色"为#0099FF，帧频为30fps，其他设置如图11-79所示。

Step 02 执行【插入】→【新建元件】命令，新建一个"名称"为"站点牌1"的"图形"元件，如图11-80所示。使用"矩形工具"绘制如图11-81所示的矩形。

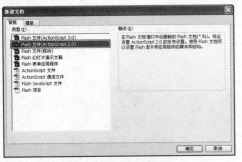

图11-78 新建Flash文档

图11-80 创建新元件

图11-79 设置文档属性

图11-81 绘制矩形

Step 03 单击"时间轴"面板上的"插入图层"按钮，新建"图层2"，使用"椭圆工具"绘制如图11-82所示的椭圆，单击"时间轴"面板上的"插入图层"按钮，新建"图层3"，使用"文本工具"在场景中输入文字，如图11-83所示。

Step 04 执行【插入】→【新建元件】命令，新建一个"名称"为"站牌动画1"的"影片剪辑"元件，执行【窗口】→【库】命令，打开"库"面板，将"站点牌1"元件从"库"面板中拖入到场景中，如图11-84所示。在第5帧位置，按【F6】键插入关键帧，使用"任意变形工具"调整该帧上元件的大小，如图11-85所示。

图11-82 绘制椭圆

图11-83 输入文字

图11-84 拖入元件

图11-85 调整元件大小

Step 05 设置第1帧上的"补间"类型为"动画","时间轴"面板如图11-86所示,单击"时间轴"面板上的"插入图层"按钮,新建"图层2",在该层中绘制如图11-87所示的形状。

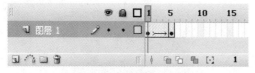

图11-86 "时间轴"面板

图11-87 绘制形状

Step 07 使用同样方法制作"站牌动画2"、"站牌动画3"元件,如图11-90所示。

图11-90 制作其他元件

Step 06 在"图层2"图层名处单击鼠标右键,在弹出的快捷菜单中选择【遮罩层】命令,将图层转换为遮罩层,场景效果如图11-88所示。单击"时间轴"面板上的"插入图层"按钮,新建"图层3",单击第1帧,在"动作-帧"面板中输入"stop();"脚本语言,选中"图层3"第2～5帧,单击鼠标右键,在弹出的快捷菜单中选择【删除帧】命令,"时间轴"效果如图11-89所示。

图11-88 场景效果

图11-89 "时间轴"面板

Step 08 执行【插入】→【新建元件】命令,新建一个"名称"为"气球动画"的"影片剪辑"元件,在场景中绘制一个如图11-91所示的鱼形球形状,并制作鱼形球闭眼睛及变形动画,场景效果如图11-92所示。

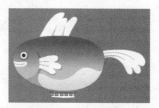

图11-91 绘制图形

图11-92 场景效果

11
Chapter

11.1

11.2

11.3

11.4

11.5

Step 09 执行【插入】→【新建元件】命令，新建一个"名称"为"烟气"的"影片剪辑"元件，如图11-93所示。使用"椭圆工具"在场景中绘制一个如图11-94所示的椭圆。选择刚刚绘制的椭圆，按【F8】键将图形转换成"名称"为"泡"的"图形"元件。

图11-93　创建新元件

图11-94　绘制椭圆

Step 11 执行【插入】→【新建元件】命令，新建一个"名称"为"烟气动画"的"影片剪辑"元件，如图11-97所示，将"库"面板中的"烟气"元件拖入到场景的适当位置，在第40帧位置，按【F5】键插入帧，使用同样方法，分别新建其他图层，依次将"烟气"元件拖入到场景中，场景效果如图11-98所示，"时间轴"面板如图11-99所示。

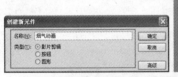

图11-97　创建新元件　　图11-98　场景效果

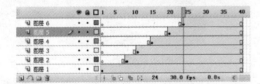

图11-99　"时间轴"面板

Step 10 在第30帧位置，按【F6】键插入关键帧，选中该帧上的元件，使用"选择工具"将其向右上方移动到场景的适当位置，并设置其"属性"面板上"颜色"样式下的Alpha值为0%，场景效果如图11-95所示，设置第1帧上的"补间"类型为"动画"，"时间轴"面板如图11-96所示。

图11-95　场景效果

图11-96　"时间轴"面板

Step 12 执行【插入】→【新建元件】命令，新建一个"名称"为"汽车动画"的"影片剪辑"元件。使用"矩形工具"在场景中绘制如图11-100所示的圆角矩形，在第16帧位置，按【F6】键插入关键帧，单击"时间轴"面板上的"插入图层"按钮，新建"图层2"，执行【文件】→【导入】→【导入到舞台】命令，将图像"光盘\实例素材源文件\第11章\素材\image17.png"导入到场景中，并调整位置及大小，如图11-101所示。

图11-100　绘制圆角矩形

图11-101　导入图像

Step **13** 选中刚刚导入到场景中的图像，将图像转换成"名称"为"汽车"的"图形"元件，分别在第5帧、第9帧、第13帧、第16帧位置，按【F6】键插入关键帧，依次使用"任意变形工具"调整各帧上元件的高度，如图11-102所示。

Step **14** 单击"时间轴"面板上的"插入图层"按钮，新建"图层3"，将"库"面板中的"烟气动画"元件拖入到场景的适当位置，如图11-103所示，"时间轴"面板如图11-104所示。

图11-103 拖入元件

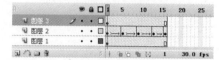

图11-104 "时间轴"面板

图11-102 调整元件高度

Step **15** 执行【插入】→【新建元件】命令，新建一个"名称"为"反应区1"的"按钮"元件，如图11-105所示。在"点击"帧位置，按【F6】键插入关键帧，使用"矩形工具"在场景中绘制一个如图11-106所示的矩形。

Step **16** 单击"时间轴"面板上的"插入图层"按钮，新建"图层2"，执行【文件】→【导入】→【导入到库】命令，将图像"光盘\实例素材源文件\第11章\素材\ sound1.wav"导入到"库"中，在"点击"帧位置，按【F6】键插入关键帧，将"库"面板中的声音文件sound1.wav拖入到场景中，"库"面板如图11-107所示，"时间轴"面板如图11-108所示。

图11-105 创建新元件

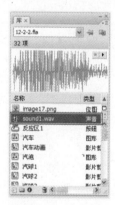

图11-107 导入声音文件

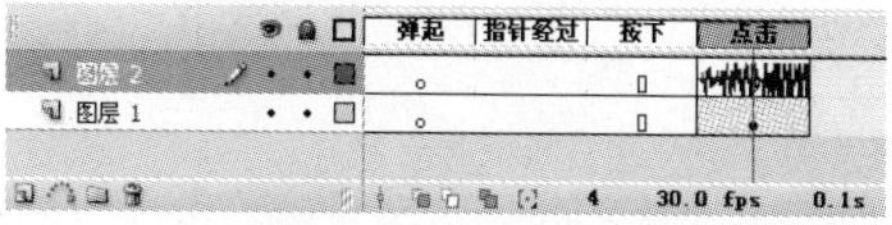

图11-106 绘制矩形

图11-108 "时间轴"面板

11

Chapter

11.1

11.2

11.3

11.4

11.5

Step 17 执行【插入】→【新建元件】命令，新建一个"名称"为"汽车动画2"的"影片剪辑"元件，执行【窗口】→【库】命令，打开"库"面板，将"汽车动画"元件从"库"面板中拖入到场景中，场景效果如图11-109所示，选中该元件，设置其"属性"面板上的"实例名称"为bus，如图11-110所示。

图11-109 拖入元件

图11-110 "属性"面板

Step 19 执行【插入】→【新建元件】命令，新建一个"名称"为"点击按钮1"的"按钮"元件。执行【文件】→【导入】→【导入到库】命令，将图像"光盘\实例素材源文件\第11章\素材\ sound2.wav"导入到"库"中，在"指针经过"帧位置，按【F6】键插入关键帧，将"库"面板中的声音文件sound2.wav拖入到场景中，分别在"按下"帧、"点击"帧位置，按【F7】键插入空白关键帧，单击"点击"帧，在场景中绘制如图11-113所示的图形，"时间轴"面板如图11-114所示。

Step 20 使用同样方法制作"点击按钮2"、"点击按钮3"元件，如图11-115所示。

Step 18 单击"时间轴"面板上的"插入图层"按钮，新建"图层2"，将"库"面板中的"反应区1"元件拖入到场景中，如图11-111所示，"时间轴"面板如图11-112所示。

图11-111 拖入元件

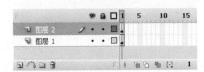

图11-112 "时间轴"面板

图11-113 绘制图形

图11-114 "时间轴"面板

 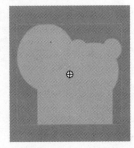

图11-115 制作其他元件

Step 21 单击“编辑栏”上的“场景1”文字，返回到场景1中，执行【文件】→【导入】→【导入到舞台】命令，将图像“光盘\实例素材源文件\第11章\素材\image2.jpg”导入到场景中，并调整位置及大小，如图11-116所示。

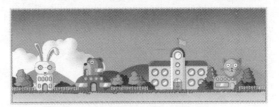

图11-116　导入图像

Step 22 单击“时间轴”面板上的“插入图层”按钮，新建“图层2”，执行【文件】→【导入】→【导入到舞台】命令，将图像“光盘\实例素材源文件\第11章\素材\ image3.png”导入到场景中，并调整位置及大小，如图11-117所示。选中刚刚导入到场景中的图像，按【F8】键将图像转换成“名称”为“云朵1”的“影片剪辑”元件，如图11-118所示。

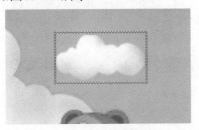

图11-117　导入图像

转换为元件
名称(N): 云朵1
类型(T): 影片剪辑
按钮
图形
注册(R):
确定
取消
高级

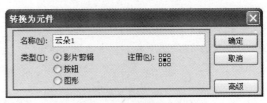

图11-118　转换为元件

Step 23 选中“云朵1”元件，在“动作-影片剪辑”面板中输入如图11-119所示的脚本语言，场景效果如图11-120所示。

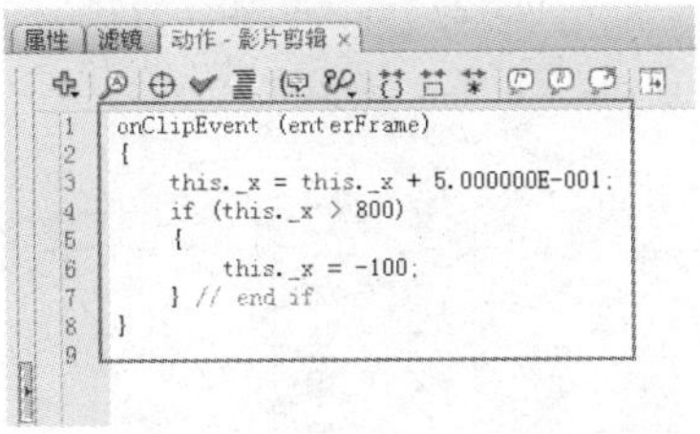
属性
滤镜
动作 - 影片剪辑
onClipEvent (enterFrame)
{
this._x = this._x + 5.000000E-001;
if (this._x > 800)
{
this._x = -100;
} // end if
}

图11- 119　输入脚本语言

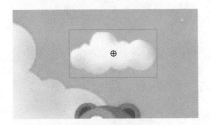

图11-120　场景效果

Step 24 使用同样方法新建“图层3”、“图层4”，将光盘中相应的图像导入到场景中并转换为元件，选中各元件，在“动作-影片剪辑”面板中输入脚本语言，场景效果如图11-121所示，“时间轴”面板如图11-122所示。

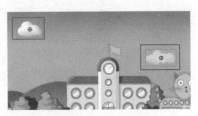

图11-121　场景效果

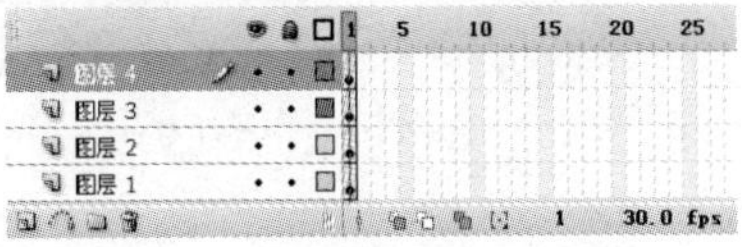
5
10
15
20
25
图层 4
图层 3
图层 2
图层 1
1
30.0 fps

图11-122　“时间轴”面板

Step 25 单击“时间轴”面板上的“插入图层”按钮，新建“图层5”，将“库”面板中的“球动画”元件拖入到场景中，如图11-123所示，选择该元件，在“动作-影片剪辑”面板中输入如图11-124所示的脚本语言。

11

Chapter

11.1

11.2

11.3

11.4

11.5

图11-123 拖入元件

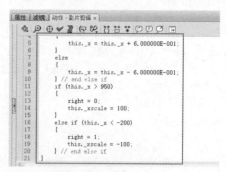

图11-124 输入脚本语言

Step 26 单击"时间轴"面板上的"插入图层"按钮,新建"图层6",将"库"面板中的"站牌动画1"元件拖入到场景中,如图11-125所示,选择该元件,设置其"属性"面板上的"实例名称"为sign2,如图11-126所示。

Step 27 选中"站牌动画1"元件,在"动作-影片剪辑"面板中输入如图11-127所示的脚本语言,"时间轴"面板如图11-128所示。

图11-127 输入脚本语言

图11-125 拖入元件

图11-126 "属性"面板

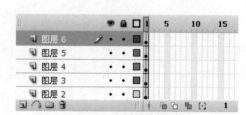

图11-128 "时间轴"面板

Step 28 单击"时间轴"面板上的"插入图层"按钮,新建"图层7",将"库"面板中的"站牌动画1"元件拖入到场景中,如图11-129所示,选择该元件,在"动作-按钮"面板中输入如图11-130所示的脚本语言。

图11-129 拖入元件

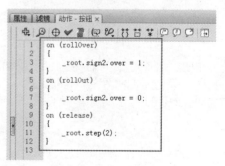

图11-130 输入脚本语言

Step 29 使用同样方法，分别新建"图层8"至"图层11"，依次将"库"面板中相应的元件拖入到场景中并制作动画，场景效果如图11-131所示，"时间轴"面板如图11-132所示。

图11-131 场景效果

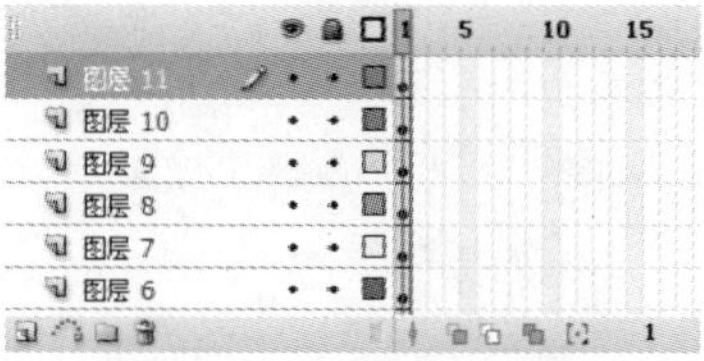

图11-132 "时间轴"面板

Step 30 单击"时间轴"面板上的"插入图层"按钮，新建"图层12"，将"库"面板中的"汽车动画2"元件拖入到场景的适当位置，如图11-133所示，选中该元件，设置其"属性"面板上的"实例名称"为bus，如图11-134所示。

图11-133 拖入元件

图11-134 "属性"面板

Step 31 选中"汽车动画2"元件，在"动作-影片剪辑"面板中输入如图11-135所示的脚本语言，"时间轴"面板如图11-136所示。

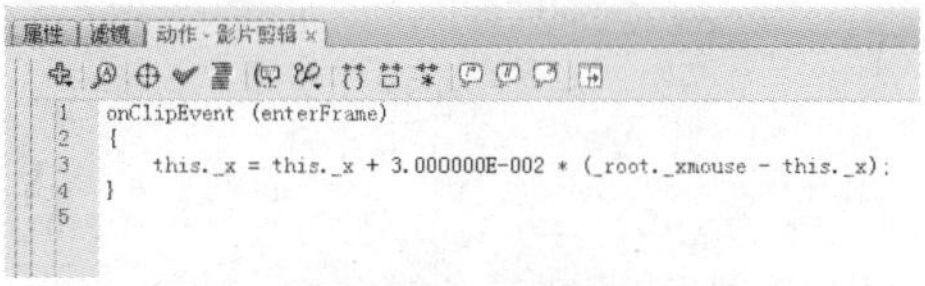

```
onClipEvent (enterFrame)
{
    this._x = this._x + 3.000000E-002 * (_root._xmouse - this._x);
}
```

图11-135 输入脚本语言

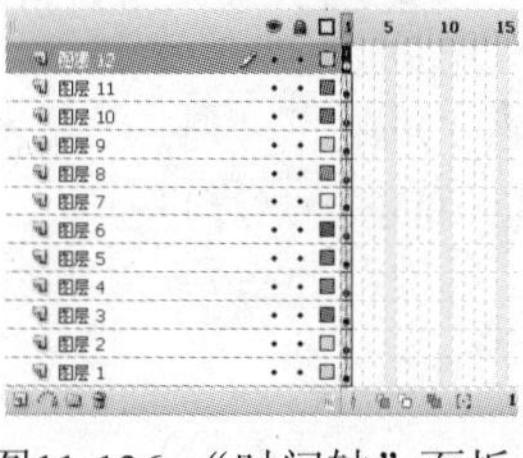

图11-136 "时间轴"面板

Step 32 单击"时间轴"面板上的"插入图层"按钮，新建"图层13"，使用"文本工具"在场景的适当位置输入如图11-137所示的字母。

图11-137 输入字母

Step 33 执行【文件】→【保存】命令，将动画保存为11-2-2.fla文件，完成动画制作。同时按【Ctrl+Enter】组合键测试动画，预览效果如图11-138所示。

图11-138 预览效果

11
Chapter

11.1

11.2

11.3

11.4

11.5

11.3　制作网站导航

Flash CS3

网站导航是可以方便用户浏览网站信息，获取网站服务，并且在整个过程中不致迷失，发现问题时可以及时找到在线帮助的所有形式的通称。

11.3.1　Flash CS3网站导航动画概述

1．Flash CS3网站导航动画分类

1）网站菜单导航（见图11-139）：网站菜单导航的基本作用是让用户在浏览网站过程中能够准确到达想到的位置，并且可以方便地回到网站首页及其他相关内容的页面。

图11-139　网站菜单导航

2）网站地图导航（见图11-140）：网站地图导航的基本作用是让浏览者可以对网站整体框架有个快速的了解，并且可以通过网站地图中各个栏目的链接直接进入相应的栏目，一个设置规范的网站地图还有另外一项重要作用，就是为搜索引擎检索网站内容提供方便，增加网站在搜索引擎中的排名优势。

图11-140　网站地图导航

2．Flash CS3网站导航动画介绍

网站菜单导航表现为网站的栏目菜单设置、辅助菜单、其他在线帮助等形式，而网站地图表现为一个表明了栏目结构并且设置了相应链接的网页。网页菜单导航设置是在网站栏目结构的基础上，进一步为用户浏览网站提供的提示系统，由于各个网站设计并没有统一的标准，不仅菜单设置各不相同，打开网页的方式也有区别，有些是在同一窗口打开新网页，有些则重新打开一个浏览器窗口。

11.3.2　制作网站导航动画

熟悉了各种Flash广告类型后，下面将通过实际的案例来进一步学习制作效果丰富的网站导航。

本实例最终效果图（见图11-141）：

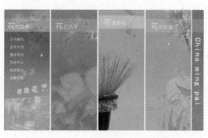

图11-141　实例最终效果图

○ **设计思路**

一个选择中还有多个选择，这正是导航要做的事，不同的颜色代表不同的心情，不同的心情就是不同的栏目，快快加入吧。

○ **练习要求**

通过上述的学习，结合脚本语言的应用，体会遮罩动画在动画制作中的作用。

制作流程预览

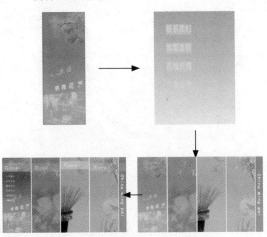

○ **制作重点**

1. 在本实例的制作中应注意颜色的搭配。
2. 在制作动画时利用遮罩层遮盖和显示，达到更完美的效果。

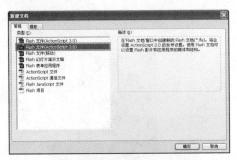

Step 01 执行【文件】→【新建】命令，弹出"新建文档"对话框，单击【确定】按钮，新建一个Flash文档，如图11-142所示。单击"属性"面板上的"文档属性"按钮，在弹出的"文档属性"对话框中设置"尺寸"为784像素×465像素，"背景颜色"为#EFEAE4，"帧频"为36fps，如图11-143所示。

Step 02 执行【插入】→【新建元件】命令，新建一个"名称"为"动画1"的"影片剪辑"元件，如图11-144所示，执行【文件】→【导入】→【导入到舞台】命令，将图像"光盘\实例素材源文件\第11章\素材\12-3-201.jpg"导入到场景中，如图11-145所示。

图11-144　创建新元件

图11-142　新建Flash文档

图11-143　设置文档属性

图11-145　导入图像

Step **03** 单击"工具箱"中的"选择工具"按钮，选择刚刚导入的图像，按【F8】键将图像转换成"名称"为"图片1"的"图形"元件，分别在第4帧和第6帧位置单击，依次按【F6】键插入关键帧，使用"选择工具"选择第4帧场景中的元件，设置其"属性"面板上"颜色"样式下的"色调"值为50%的#FFFF66，如图11-146所示，场景效果如图11-147所示，分别设置第1帧和第4帧上的"补间"类型为"动画"。

Step **04** 单击"时间轴"面板上的"插入图层"按钮，新建"图层2"，执行【文件】→【导入】→【导入到舞台】命令，将图像"光盘\实例素材源文件\第11章\素材\12-3-201.jpg"导入到场景中，调整图像在场景中的位置，如图11-148所示。单击"时间轴"面板上的"插入图层"按钮，新建"图层3"，在第6帧位置单击，按【F6】键插入关键帧，执行【窗口】→【动作】命令，在弹出的"动作-帧"面板中输入"stop();"脚本语言，如图11-149所示。

图11-146 "属性"面板

图11-147 场景效果

图11-148 导入图像

图11-149 输入脚本语言

Step **05** 执行【插入】→【新建元件】命令，新建一个"名称"为"动画2"的"影片剪辑"元件，如图11-150所示，执行【文件】→【导入】→【导入到舞台】命令，将图像"光盘\实例素材源文件\第11章\素材\12-3-203.jpg"导入到场景中，如图11-151所示。

图11-150 创建新元件

图11-151 导入图像

Step **06** 单击"工具箱"中的"选择工具"按钮，选择刚刚导入的图像，按【F8】键将图像转换成"名称"为"图片2"的"图形"元件，分别在第4帧和第7帧位置单击，按【F6】键插入关键帧，使用"选择工具"选择第4帧场景中的元件，设置其"属性"面板上的"颜色"样式下的"亮度"值为30%，如图11-152所示，场景效果如图11-153所示，选择第7帧场景中的元件，设置其"属性"面板上"颜色"样式下的Alpha值为0%，分别设置第1帧和第4帧上的"补间"类型为"动画"。

图11-152 "属性"面板

图11-153 场景效果

○ **小技巧**

"补间"类型可以在"属性"面板中设置。在其"属性"面板中可以对"补间"类型的参数进行修改。

Step **08** 单击"时间轴"面板上的"插入图层"按钮，新建"图层3"，执行【窗口】→【库】命令，打开"库"面板，将"光盘\实例素材源文件\第11章\素材\12-3-202.png"位图从"库"面板中拖入到场景中，如图11-156所示，场景效果如图11-157所示。单击"时间轴"面板上的"插入图层"按钮，新建"图层4"，在第7帧位置单击，执行【窗口】→【动作】命令，在弹出的"动作-帧"面板中输入"stop();"脚本语言。

Step **07** 单击"时间轴"面板上的"插入图层"按钮，新建"图层2"，执行【文件】→【导入】→【导入到舞台】命令，将图像"光盘\实例素材源文件\第11章\素材\12-3-204.jpg"导入到场景中，调整图像在场景中的位置，如图11-154所示。单击"工具箱"中的"选择工具"按钮，选择刚刚导入的图像，按【F8】键将图像转换成"名称"为"图片3"的"图形"元件，在第7帧位置单击，按【F6】键插入关键帧，使用"选择工具"将第1帧场景中的元件向下移动15像素，设置其"属性"面板上的"颜色"样式下的Alpha值为0%，如图11-155所示，设置第1帧上的"补间"类型为"动画"。

图11-154 导入图像

图11-155 "属性"面板

图11-156 "库"面板

图11-157 场景效果

11

Chapter

11.1

11.2

11.3

11.4

11.5

Step 09 用步骤05~08的制作方法，制作出"动画3"元件。执行【插入】→【新建元件】命令，新建一个"名称"为"矩形动画"的"影片剪辑"元件，如图11-158所示，在第2帧位置单击，按【F6】键插入关键帧，单击"工具箱"中的"矩形工具"按钮，设置其"属性"面板上的"笔触颜色"为无，"填充颜色"为#00FFFF，如图11-159所示，在场景中绘制一个尺寸为95像素×1.5像素的矩形。

图11-158 创建新元件

图11-159 "属性"面板

Step 11 单击"时间轴"面板上的"插入图层"按钮，新建"图层17"，使用"矩形工具"在场景中绘制一个尺寸为95像素×88像素的矩形，在第2帧位置单击，按【F7】键插入空白关键帧，在第50帧位置单击，按【F6】键插入关键帧，使用"矩形工具"在场景中绘制出一个尺寸为95像素×1.5像素的矩形，在第52帧位置单击，按【F6】键插入关键帧，使用"任意变形工具"将场景中的矩形调整成尺寸为95像素×5.5像素。设置第50帧上的"补间"类型为"形状"，单击"时间轴"面板上的"插入图层"按钮，新建"图层18"，在第52帧位置单击，按【F6】键插入关键帧，执行【窗口】→【动作】命令，在弹出的"动作-帧"面板中输入"stop();"脚本语言，"时间轴"面板如图11-161所示。

图11-161 "时间轴"面板

Step 10 在第5帧位置单击，按【F6】键插入关键帧，单击"工具箱"中的"任意变形工具"按钮，将场景中的矩形调整尺寸为95像素×5.5像素，设置第2帧上的"补间"类型为"形状"，用同样的制作方法，制作出其他图层的动画，"时间轴"面板如图11-160所示。

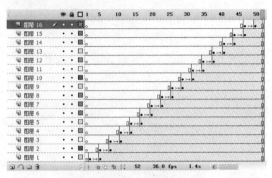

图11-160 "时间轴"面板

○ 小技巧

调整图形或图像大小可以在"属性"面板中直接输入准确的数值，这样能达到精确的扩大或缩小。

Step 12 执行【插入】→【新建元件】命令，新建一个"名称"为"遮罩动画1"的"影片剪辑"元件，如图11-162所示，执行【文件】→【导入】→【导入到舞台】命令，将图像"光盘\实例素材源文件\第11章\素材\ 12-3-207.jpg"导入到场景中，如图11-163所示。

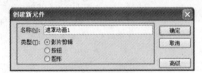

图11-162 创建新元件

图11-163 导入图像

Step **13** 单击"时间轴"面板上的"插入图层"按钮，新建"图层2"，执行【窗口】→【库】命令，打开"库"面板，将"矩形动画"元件从"库"面板中拖入到场景中，如图11-164所示，单击"工具箱"中的"任意变形工具"按钮，对刚刚拖入场景的元件进行调整，如图11-165所示。

Step **14** 在"图层2"上单击鼠标右键，在弹出的菜单中选择【遮罩层】命令，如图11-166所示，完成后的"时间轴"面板如图11-167所示。单击"时间轴"面板上的"插入图层"按钮，新建"图层3"，执行【窗口】→【动作】命令，在弹出的"动作-帧"面板中输入"stop();"脚本语言。

图11-166 选择【遮罩层】命令

图11-164 "库"面板 　　图11-165 场景效果

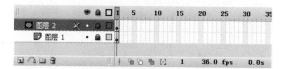

图11-167 "时间轴"面板

Step **15** 执行【插入】→【新建元件】命令，新建一个"名称"为"动画4"的"影片剪辑"元件。执行【文件】→【导入】→【导入到舞台】命令，将图像"光盘\实例素材源文件\第11章\素材\12-3-208.jpg"导入到场景中，如图11-168所示，单击"工具箱"中的"选择工具"按钮，选择刚刚导入的图像，按【F8】键将图像转换成"名称"为"图片6"的"图形"元件，如图11-169所示。

Step **16** 分别在第4帧和第7帧位置单击，按【F6】键插入关键帧，使用"选择工具"选择第4帧场景中的元件，设置其"属性"面板上"颜色"样式下的"色调"值为50%的#9999FF，如图11-170所示，场景效果如图11-171所示，分别设置第1帧和第4帧上的"补间"类型为"动画"。

图11-170 "属性"面板

图11-168 导入图像

图11-169 转换为元件

图11-171 场景效果

Flash CS3中文版入门实战与提高

11

Chapter

11.1

11.2

11.3

11.4

11.5

Step **17** 单击"时间轴"面板上的"插入图层"按钮，新建"图层2"，执行【窗口】→【库】命令，打开"库"面板，将"遮罩动画1"元件从"库"面板中拖入到场景中，如图11-172所示，单击"时间轴"面板上的"插入图层"按钮，新建"图层3"，执行【窗口】→【库】命令，打开"库"面板，将图像"光盘\实例素材源文件\第11章\素材\12-3-202.png"位图从"库"面板中拖入到场景中，单击"时间轴"面板上的"插入图层"按钮，新建"图层4"，在第7帧位置单击，按【F6】键插入关键帧，执行【窗口】→【动作】命令，在弹出的"动作-帧"面板中输入"stop();"脚本语言，完成后的"时间轴"面板如图11-173所示。

图11-172　场景效果

图11-173　"时间轴"面板

Step **19** 用步骤18的制作方法，制作出"图片按钮2"、"图片按钮3"和"图片按钮4"元件。执行【插入】→【新建元件】命令，新建一个"名称"为"小按钮"的"按钮"元件，如图11-176所示，在"点击"状态下单击，按【F6】键插入关键帧，单击"工具箱"中的"矩形工具"按钮，设置其"属性"面板上的"笔触颜色"为无，"填充颜色"为#00FFFF，如图11-177所示，在场景中绘制一个尺寸为56像素×17像素的矩形。

Step **18** 执行【插入】→【新建元件】命令，新建一个"名称"为"图片按钮1"的"按钮"元件，如图11-174所示，执行【窗口】→【库】命令，打开"库"面板，将"图片1"元件从"库"面板中拖入到场景中，如图11-175所示，在"指针经过"状态下单击，按【F7】键插入空白关键帧，打开"库"面板，将"动画1"元件从"库"面板中拖入到场景中，在"按下"状态下单击，按【F6】键插入关键帧，在"点击"状态下单击，按【F7】键插入空白关键帧，打开"库"面板，将"图片1"元件从"库"面板中拖入到场景中。

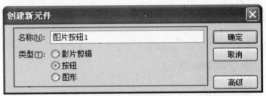

图11-174　创建新元件

图11-175　场景效果

图11-176　创建新元件

图11-177　"属性"面板

Step 20 执行【插入】→【新建元件】命令，新建一个"名称"为"文字动画1"的"影片剪辑"元件，单击"工具箱"中的"矩形工具"按钮，执行【窗口】→【颜色】命令，打开"颜色"面板，设置从Alpha值为29%的#000000 到Alpha值为0%的#000000 线性渐变效果，如图11-178所示。在场景中绘制一个尺寸为180像素×180像素的矩形，单击"工具箱"中的"渐变变形工具"按钮，调整刚刚绘制矩形的渐变角度，场景效果如图11-179所示。

图11-178 "颜色"面板　　图11-179 场景效果

Step 22 单击"时间轴"面板上的"插入图层"按钮，新建"图层3"，执行【窗口】→【库】命令，打开"库"面板，将"小按钮"元件从"库"面板中拖入到场景中，场景效果如图11-182所示。用同样的方法依次将"小按钮"元件从"库"面板中拖入到其他图层中，场景效果如图11-183所示。

图11-182 场景效果　　图11-183 场景效果

Step 21 单击"时间轴"面板上的"插入图层"按钮，新建"图层2"，单击"工具箱"中的"文本工具"按钮T，设置其"属性"面板上的"字体"为"经典中圆简"，"字体大小"为14，"文本颜色"为#FFFFFF，"切换粗体"，如图11-180所示，在场景中输入如图11-181所示的文本。

图11-180 "属性"面板

图11-181 场景效果

Step 23 用步骤20～22的制作方法，制作出"文字动画2"、"文字动画3"和"文字动画4"元件。单击"编辑栏"上的"场景1"文字，如图11-184所示，返回到"场景1"编辑状态，执行【文件】→【导入】→【导入到舞台】命令，将图像"光盘\实例素材源文件\第11章\素材\12-3-209.jpg"导入到场景中，如图11-185所示，在第110帧位置单击，按【F5】键插入帧。

图11-184 编辑栏

图11-185 导入图像

Flash CS3中文版入门实战与提高

11

Chapter

11.1

11.2

11.3

11.4

11.5

Step 24 单击"时间轴"面板上的"插入图层"按钮，新建"图层2"，执行【窗口】→【库】命令，打开"库"面板，将"图片按钮4"元件从"库"面板中拖入到场景中，如图11-186所示，使用"选择工具"选择场景中的元件，执行【窗口】→【动作】命令，在弹出的"动作-按钮"面板中输入如图11-187所示的脚本语言。

Step 25 用步骤24的制作方法，新建"图层3"、"图层4"和"图层5"，依次将"图片按钮3"、"图片按钮2"和"图片按钮1"元件拖入到相应的图层中，并在拖入的按钮上添加脚本语言，完成后的场景效果如图11-188所示，单击"时间轴"面板上的"插入图层"按钮，新建"图层6"，执行【文件】→【导入】→【导入到舞台】命令，将图像"光盘\实例素材源文件\第11章\素材\12-3-210.png"导入到场景中，如图11-189所示。

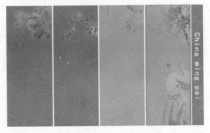

图11-186 场景效果

图11-188 完成后的场景效果

```
1  on (rollOver)
2  {
3      _root.menu_1.targetY = -101;
4      _root.menu_2.targetY = -101;
5      _root.menu_3.targetY = -81;
6      _root.menu_4.targetY = 245;
7  }
```

图11-187 输入脚本语言

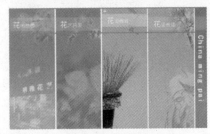

图11-189 导入图像

Step 26 单击"时间轴"面板上的"插入图层"按钮，新建"图层7"，执行【窗口】→【库】命令，打开"库"面板，将"文字动画4"元件从"库"面板中拖入到场景中，如图11-190所示，单击"工具箱"中的"选择工具"按钮，选择刚刚拖入的元件，设置"属性"面板上的"实例名称"为menu_1，执行【窗口】→【动作】命令，在弹出的"动作-影片剪辑"面板中输入如图11-191所示的脚本语言。

图11-190 场景效果

```
1  onClipEvent (load)
2  {
3      targetY = this._y;
4  }
5  onClipEvent (enterFrame)
6  {
7      this._y = this._y + 3.000000E-001 * (targetY - this._y);
8  }
9
```

图11-191 输入脚本语言

Step 27 用步骤26的制作方法，新建"图层8"、"图层9"和"图层10"，依次将"文字动画2"、"文字动画3"和"文字动画1"元件拖入到相应的图层中，并设置其"实例名称"和添加脚本语言，完成后的场景效果如图11-192所示。单击"时间轴"面板上的"插入图层"按钮，新建"图层11"，单击"工具箱"中的"矩形工具"按钮，设置其"属性"面板上的"笔触颜色"为无，"填充颜色"为#00FFFF，在场景中绘制一个尺寸为784像素×270像素的矩形，如图11-193所示。

图11-192　完成后的场景效果

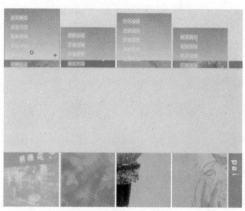

图11-193　场景效果

Step 28 按住左键不放将"图层11"拖到"图层8"下边，如图11-194所示，在"图层11"上单击鼠标右键，在弹出的菜单中选择【遮罩层】命令，依次将"图层8"、"图层9"和"图层10"拖到"图层11"下边，完成后的"时间轴"面板如图11-195所示。

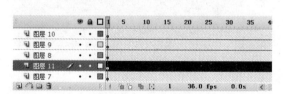

图11-194　移动图层

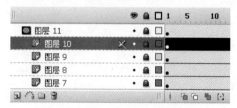

图11-195　"时间轴"面板

Step 29 单击"时间轴"面板上的"插入图层"按钮，新建"图层12"，执行【窗口】→【库】命令，打开"库"面板，将"小按钮"元件从"库"面板中拖入到场景中，单击"工具箱"中的"任意变形工具"将元件扩大，如图11-196所示，执行【窗口】→【动作】命令，在弹出的"动作-按钮"面板中输入如图11-197所示的脚本语言。

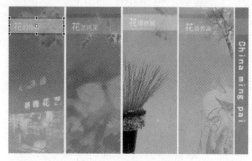

图11-196　场景效果

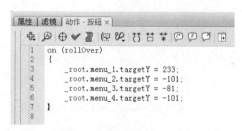

图11-197　输入脚本语言

Flash CS3中文版入门实战与提高

11
Chapter

11.1

11.2

11.3

11.4

11.5

Step **30** 用步骤29的制作方法，新建"图层13"、"图层14"和"图层15"，将"小按钮"元件分别拖入到新建的图层中，并添加脚本语言，场景效果如图11-198所示，单击"时间轴"面板上的"插入图层"按钮，新建"图层16"，在第1帧位置单击，执行【窗口】→【动作】命令，在弹出的"动作-帧"面板中输入如图11-199所示的脚本语言，在第109帧位置单击，执行【窗口】→【动作】命令，在弹出的"动作-帧"面板中输入"stop();"脚本语言。

图11-198 场景效果

图11-199 输入脚本语言

Step **31** 执行【文件】→【保存】命令，将动画保存为11-3-2.fla文件。同时按【Ctrl+Enter】组合键测试动画，预览效果如图11-200所示。

图11-200 预览效果

11.4 本章技巧荟萃

Flash CS3

1．如何把动画输出成动态的gif文件？

答：先执行【文件】→【发布设置】命令，在打开的对话框中单击"格式"标签，选中"GIF图像"复选框，如果fla文件中含有影片剪辑，那么GIF文件中将不会包含影片剪辑中的动画，而只将影片剪辑的第一帧转化为GIF图像。

2．如何进行多帧选取？

答：按【Shift+Alt+Ctrl】组合键，可以选取多帧，也可以单击，在要选的第一帧处按【Ctrl】键，然后按住【Shift】键，单击结束帧。

3．如何保持导入后的位图仍然透明？

答：尽管Flash动画是基于矢量图的动画，但如果有必要，仍然可以在其中使用位图，而且Flash支持透明位图。为了导入透明的位图，必须保证含有透明部分的GIF图片使用的是Web216色安全调色板，而不是其他调色板。以常用位图处理软件Photoshop为例，在将图片转化为GIF格式之前，可以选择调色板为"Web"调色板，再输出为GIF89a格式，这样的透明GIF图片导入Flash后，原来透明的部分仍能够保持透明。

11.5 学习效果测试

一、选择题

1．Flash中Constrain to rectangle的Top属性的含义是：（　　　）。
（A）可移动范围的最高坐标值
（B）可移动范围的最右坐标值
（C）可移动范围的最底坐标值
（D）可移动范围的最左坐标值

2．网络上播放的Flash电影最合适的帧频率fps是：（　　　）。
（A）每秒12帧
（B）每秒24帧
（C）每秒28帧
（D）每秒30帧

3．在Flash中，对帧频率描述正确的是：（　　　）。
（A）每小时显示的帧数
（B）每分钟显示的帧数
（C）每秒钟显示的帧数
（D）以上都不对

4．如果要打开"库"面板，可以选择【窗口】→【库】命令或按（　　　）键。
（A）【F9】
（B）【F10】
（C）【F11】
（D）【F12】

5．下面关于导入位图图像后说法错误的是：（　　　）。
（A）用户可以对图像进行压缩和消除锯齿操作
（B）用户还可以将导入的位图图像作为填充元素，填入某个形状的区域中
（C）用户可以将位图图像分离成可编辑的像素
（D）在Flash中不可以直接启动Fireworks或其他外部图像编辑程序编辑位图图象

二、判断题

1．在输入法为英文的状态，按键盘上的【V】键可切换到"选择工具"的使用状态。（　　　）

2．在Flash中创建动画时，如果按住键盘上的【Ctrl】键，可切换到"部分选择工具"的使用"状态。（　　　）

3．执行【插入】→【新建元件】命令，可弹出"创建新元件"对话框，按键盘上的【Ctrl+F8】组合键，也可以弹出"创建新元件"对话框。（　　　）

4．在使用"矩形工具"时，按住【Alt】键可限制矩形在点击的位置向外绘制。（　　　）

5．在使用"选择工具"移动对象时，如果按键盘上的【Alt】键，可以复制对象。（　　　）

Flash CS3中文版入门实战与提高

11
Chapter

11.1

11.2

11.3

11.4

11.5

三、填空题

1．要设置新文档或现有文档的大小、帧频、背景颜色和其他属性，可以单击"属性"面板上的"文档属性"按钮，弹出（   ）对话框，然后在其中进行设置。

2．可以执行【编辑】→【首选参数】命令，在（   ）对话框中选择需要的显示选项。

3．执行（   ）命令，打开"行为"面板，单击"行为"面板中的"添加行为"按钮，在弹出的菜单中选择"嵌入的视频"选项，在级联菜单中选择想要的控制行为。

四、操作题

制作一个Flash网站动画，效果如图11-201所示。

图11-201　Flash网站动画

参考答案

Flash CS3

一、选择题

1．A　2．A　3．C　4．C　5．D

二、判断题

1．对　2．错　3．对　4．对　5．对

三、填空题

1．文档属性　2．首选参数　3．【窗口】→【行为】

第 12 章 综合实例二

学习提要

Flash可以制作出各种各样不同类型的动画。不同的动画类型运用到不同的行业中，网络、媒体、动漫都有Flash动画的身影。本章通过制作互联网中几种经常使用的动画类型，让读者亲身体验实际工作中Flash动画制作的流程和步骤，让读者迅速成为Flash高手。

学习要点

- 网站快速导航的制作
- 导航动画的类型

12
Chapter

12.1

12.2

12.3

12.4

12.5

12.1 制作导航动画

网站导航菜单表现为网站的栏目菜单设置、辅助菜单、其他在线帮助等形式。网站导航菜单设置是在网站栏目结构的基础上，进一步为用户浏览网站提供的提示系统，由于各个网站设计并没有统一的标准，不仅菜单设置各不相同，打开网页的方式也有区别。Flash导航菜单动画在提供了网站导航菜单功能的基础上，加入了交互式的动画效果，使导航菜单更加富有个性和视觉效果。

12.1.1 制作网站快速导航动画

1、Flash快速导航的分类

1）网站栏目快速导航（见图12-1）：该类快速导航主要是为网站栏目服务的，如一些比较重要需要重点突出的栏目，或是网站的一些帮助信息的快速导航。

图12-1　网站栏目快速导航

3）活动快速导航（见图12-3）：通常该类快速导航主要是体现一些网站最新的活动标题和图片，以这种方式引起浏览者的注意，点击可以进入相关的活动页面。

2、Flash快速导航动画制作介绍

不管网站的系统多么复杂，我们都必须让浏览者觉得它既直接又简单。事实上，许多浏览者都是以一种跳跃的方式来访问网站的内容。为了使浏览者不在网站中迷失方向，最好的办法是为网站设计快速导航。

2）商品快速导航（见图12-2）：该类快速导航通常运用于电子商务类网站比较多，如最新推出的商品，或是特价的商品，或重点推荐的商品，都可以做成快速导航的样式，突出这些商品，让浏览者进入网站就可以看到。

图12-2　商品快速导航

图12-3　活动快速导航

制作Flash快速导航最重要的是创意而不是技术，由于快速导航是因为网站的需要而制作，最终也是运用到网页中去，所以设计者需要把握好快速导航的风格与网页的风格相统一，并且要给人留下深刻的印象。在快速导航的动画设计上尽量简单但一定要新颖，富有个性，这样才能给浏览者留下深刻的印象。

12.1.2 导航广告

熟悉了Flash的各项功能后，下面将通过实际的案例来学习制作一个网站导航动画。

本实例最终效果图（见图12-4）：

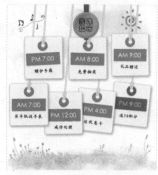

图12-4 实例最终效果图

设计思路

不同的时间要做不同的事情，选择不同的优惠同样要在不同的时间。不同的活动也要有不同时间才行，墙上的挂钟正说明了一切。

练习要求

通过上述的学习，了解在实际操作中导航类动画的制作方法与技巧。

制作流程预览

制作重点

1. 在本实例的制作过程中用到了大量的脚本语言，在输入脚本语言时应注意输入的格式。

2. 在添加"滤镜"效果时应注意，"图形"元件是不支持"滤镜"效果的。

Step 01 执行【文件】→【新建】命令，弹出"新建文档"对话框，单击【确定】按钮，新建一个Flash文档，如图12-5所示。单击"属性"面板上的"文档属性"按钮，在弹出的"文档属性"对话框中设置"尺寸"为500像素×538像素，"背景颜色"为#FFFFFF，"帧频"为50fps，如图12-6所示。

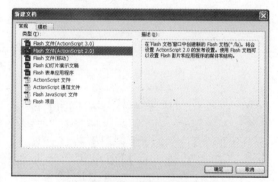

图12-5 新建Flash文档

图12-6 设置文档属性

12
Chapter

12.1

12.2

12.3

12.4

12.5

Step 02 执行【插入】→【新建元件】命令，新建一个"名称"为"标签动画1"的"影片剪辑"元件，如图12-7所示，执行【文件】→【导入】→【导入到舞台】命令，将图像"光盘\实例素材源文件\第12章\素材\13-1-201.png"导入到场景中，如图12-8所示。

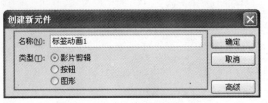

图12-7 创建新元件

图12-8 导入图像

Step 03 单击"时间轴"面板上的"插入图层"按钮，新建"图层2"，执行【文件】→【导入】→【导入到舞台】命令，将图像"光盘\实例素材源文件\第12章\素材\13-1-202.png"导入到场景中，调整图像在场景中的位置，如图12-9所示。单击"工具箱"中的"选择工具"按钮，选择刚刚导入的图像，按【F8】键将图像转换成"名称"为"图片1"的"影片剪辑"元件，如图12-10所示。

图12-9 导入图像

图12-10 转换为元件

○ **小技巧**

插入"新建元件"可以按【Ctrl+F8】组合键，在导入图像时可以按【Ctrl+R】组合键。

Step 04 在第10帧位置单击，按【F6】键插入关键帧，使用"选择工具"选择场景中的元件，执行【窗口】→【滤镜】命令，在"滤镜"面板中单击"添加滤镜"按钮，在弹出的菜单中选择"调整颜色"选项，设置"调整颜色"数值如图12-11所示，调整完成后的场景效果如图12-12所示，设置第1帧上的"补间"类型为"动画"。

图12-11 "滤镜"面板

○ **小技巧**

在为元件添加"滤镜"效果时，应注意只有"影片剪辑"元件和"按钮"元件能添加"滤镜"，"图形"元件是不可以添加"滤镜"效果的。

图12-12 场景效果

Step 05 单击"时间轴"面板上的"插入图层"按钮，新建"图层3"，执行【文件】→【导入】→【导入到舞台】命令，将图像"光盘\实例素材源文件\第12章\素材\13-1-203.png"导入到场景中，调整图像在场景中的位置，如图12-13所示。单击"时间轴"面板上的"插入图层"按钮，新建"图层4"，执行【文件】→【导入】→【导入到舞台】命令，将图像"光盘\实例素材源文件\第12章\素材\13-1-204.png"导入到场景中，调整图像在场景中的位置，如图12-14所示。

图12-13 导入图像　　图12-14 导入图像

Step 07 单击"编辑栏"上的"场景1"文字，如图12-17所示，返回"场景1"编辑状态，执行【文件】→【导入】→【导入到舞台】命令，将图像"光盘\实例素材源文件\第12章\素材\13-1-220.jpg"导入到场景中，如图12-18所示，在第164帧位置单击，按【F5】键插入帧。

图12-17 编辑栏

图12-18 导入图像

Step 06 用步骤02～05的制作方法，制作出其他"标签动画"元件。执行【插入】→【新建元件】命令，新建一个"名称"为"按钮1"的"按钮"元件，在"点击"状态下单击，按【F6】键插入关键帧，如图12-15所示，单击"工具箱"中的"矩形工具"按钮，设置其"属性"面板上的"笔触颜色"为无，"填充颜色"为#00FFFF，如图12-16所示，在场景中绘制出一个尺寸为130像素×130像素的矩形。

图12-15 "时间轴"面板

图12-16 "属性"面板

Step 08 单击"时间轴"面板上的"插入图层"按钮，新建"图层2"，在第25帧位置单击，按【F6】键插入关键帧，执行【文件】→【导入】→【导入到舞台】命令，将图像"光盘\实例素材源文件\第12章\素材\13-1-221.png"导入到场景中，调整图像在场景中的位置，如图12-19所示，使用"选择工具"选择刚刚导入的图像，按【F8】键将图像转换成"名称"为"背景1"的"图形"元件，如图12-20所示。

图12-19 导入图像

图12-20 转换为元件

12
Chapter

12.1
12.2
12.3
12.4
12.5

Step 09 分别在第90帧和第105帧位置单击，按【F6】键插入关键帧，使用"选择工具"选择第105帧场景中的元件，设置其"属性"面板上"颜色"样式下的Alpha值为0%，如图12-21所示，场景效果如图12-22所示，分别设置第25帧和第90帧上的"补间"类型为"动画"。

Step 10 单击"时间轴"面板上的"插入图层"按钮，新建"图层3"，在第125帧位置单击，按【F6】键插入关键帧，执行【窗口】→【库】命令，打开"库"面板，将"标签动画1"元件从"库"面板中拖入到场景中，"库"面板如图12-23所示，场景效果如图12-24所示。

图12-21 "属性"面板

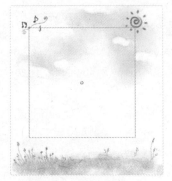

图12-22 场景效果

图12-23 "库"面板 　　　图12-24 场景效果

○ 小技巧

在执行打开"库"面板命令时，按【Ctrl+L】组合键也可以打开"库"面板。

Step 11 单击"工具箱"中的"选择工具"按钮，选择场景中的元件，设置其"属性"面板上的"实例名称"为a7，分别在第145帧和第152帧位置单击，依次按【F6】键插入关键帧，使用"选择工具"将第145帧场景中的元件向下移动300像素，如图12-25所示。将第152帧场景中的元件向下移动200像素，分别设置第125帧和第145帧上的"补间"类型为"动画"。使用"选择工具"选择第152帧场景中的元件，执行【窗口】→【动作】命令，在弹出的"动作-影片剪辑"面板中输入如图12-26所示的脚本语言。

图12-25 场景效果

```
1  onClipEvent (load)
2  {
3      n = 0;
4  }
5  onClipEvent (enterFrame)
6  {
7      if (n == 1)
8      {
9          this.nextFrame();
10     } // end if
11     if (n == 0)
12     {
13         prevFrame ();
14     } // end if
15  }
16
```

图12-26 输入脚本语言

Step 12 用步骤10～11的制作方法，新建其他图层并制作动画。单击"时间轴"面板上的"插入图层"按钮，新建"图层10"，在第25帧位置单击，执行【文件】→【导入】→【导入到舞台】命令，将图像"光盘\实例素材源文件\第12章\素材\13-1-222.png"导入到场景中，调整图像在场景中的位置，如图12-27所示，使用"选择工具"选择导入的图像，按【F8】键将图像转换成"名称"为"钟摆"的"图形"元件，如图12-28所示。

Step 13 在第50帧位置单击，按【F6】键插入关键帧，使用"选择工具"将场景中的元件向下移动50像素，如图12-29所示，分别在第105帧、第112帧和第145帧位置单击，依次按【F6】键插入关键帧，使用"选择工具"将第112帧场景中的元件向上移动40像素，将第145帧场景中的元件向上移动230像素，如图12-30所示，分别设置第25帧、第50帧、第105帧、第112帧和第145帧上的"补间"类型为"动画"。

图12-29　场景效果

图12-27　导入图像

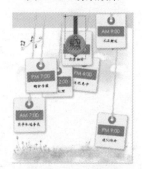

图12-30　场景效果

图12-28　转换为元件

Step 14 单击"时间轴"面板上的"插入图层"按钮，新建"图层11"，执行【文件】→【导入】→【导入到舞台】命令，将图像"光盘\实例素材源文件\第12章\素材\13-1-223.png"导入到场景中，调整图像在场景中的位置，如图12-31所示，使用"选择工具"选择刚刚导入的图像，按【F8】键将图像转换成"名称"为"钟"的"影片剪辑"元件，如图12-32所示。

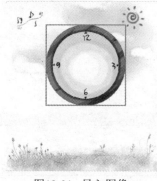

图12-31　导入图像

图12-32　转换为元件

12
Chapter

12.1

12.2

12.3

12.4

12.5

Step 15 分别在第5帧、第10帧、第25帧、第105帧、第112帧和第145帧位置单击，依次按【F6】键插入关键帧，使用"选择工具"选择第1帧场景中的元件，设置其"属性"面板上"颜色"样式下的Alpha值为0%，选择第5帧场景中的元件，执行【窗口】→【滤镜】命令，在弹出的"滤镜"面板中单击"添加滤镜"按钮➕，在弹出的菜单中选择"模糊"选项，在右侧进行设置，如图12-33所示，场景效果如图12-34所示。

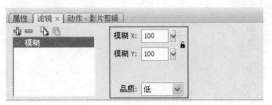

图12-33 "滤镜"面板

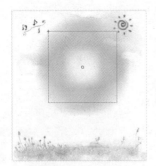

图12-34 场景效果

Step 17 使用"选择工具"将第112帧场景中的元件向下移动40像素，如图12-37所示，将第145帧场景中的元件向上移动230像素，如图12-38所示，分别设置第1帧、第5帧、第10帧、第25帧、第105帧和第112帧上的"补间"类型为"动画"。

图12-37 场景效果

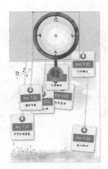

图12-38 场景效果

Step 16 使用"选择工具"选择第10帧场景中的元件，添加"模糊"效果并设置其"滤镜"面板，如图12-35所示，场景效果如图12-36所示。

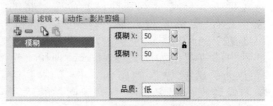

图12-35 "滤镜"面板

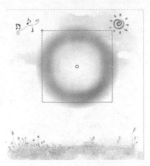

图12-36 场景效果

Step 18 单击"时间轴"面板上的"插入图层"按钮，新建"图层12"，在第25帧位置单击，执行【文件】→【导入】→【导入到舞台】命令，将图像"光盘\实例素材源文件\第12章\素材\ 13-1-224.png"导入到场景中，调整图像在场景中的位置，如图12-39所示，使用"选择工具"选择刚刚导入的图像，按【F8】键将图像转换成"名称"为"时针"的"影片剪辑"元件，如图12-40所示。

图12-39 导入图像

图12-40 转换为元件

Step 19 分别在第42帧和第90帧位置单击,按【F6】键插入关键帧,单击"工具箱"中的"任意变形工具"按钮,调整第25帧场景中的元件的中心点,如图12-41所示,设置其"属性"面板上"颜色"样式下的Alpha值为0%,将第42帧场景中的元件进行旋转,如图12-42所示。

Step 20 使用"任意变形工具"将第90帧场景中的元件旋转,场景效果如图12-43所示,分别在第105帧、第112帧和第145帧位置单击,按【F6】键插入关键帧,使用"选择工具"将第112帧场景中的元件向下移动40像素,将第145帧场景中的元件向上移动230像素,如图12-44所示,分别设置第25帧、第42帧、第90帧、第105帧和第112帧上的"补间"类型为"动画"。

图12-41 场景效果

图12-42 场景效果

图12-43 场景效果

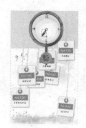

图12-44 场景效果

Step 21 用步骤18~20的制作方法,制作出"图层13"和"图层14"的动画。单击"时间轴"面板上的"插入图层"按钮,新建"图层15",在第164帧位置单击,按【F6】键插入关键帧,执行【窗口】→【库】命令,打开"库"面板,将"按钮1"元件从"库"面板中拖入到场景中,场景效果如图12-45所示,使用"选择工具"选择刚刚导入的元件,执行【窗口】→【动作】命令,在弹出的"动作-按钮"面板中输入如图12-46所示的脚本语言。

Step 22 用步骤21的制作方法,将"按钮1"元件依次拖入到其他图层中,并输入脚本语言,完成后的场景效果如图12-47所示,单击"时间轴"面板上的"插入图层"按钮,新建"图层22",在第90帧位置单击,按【F6】键插入关键帧,执行【窗口】→【动作】命令,在弹出的"动作-帧"面板中输入如图12-48所示的脚本语言,在第164帧位置单击,按【F6】键插入关键帧,执行【窗口】→【动作】命令,在弹出的"动作-帧"面板中输入"stop();"脚本语言。

图12-45 场景效果

图12-47 场景效果

图12-46 输入脚本语言

图12-48 输入脚本语言

Flash CS3中文版入门实战与提高

12
Chapter

12.1

12.2

12.3

12.4

12.5

Step 23 执行【文件】→【保存】命令，将动画保存为12-1-2.fla文件。同时按【Ctrl+Enter】组合键测试动画，预览效果如图12-49所示。

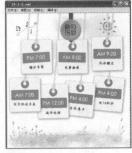

图12-49 预览效果

12.2 制作产品展示动画

Flash CS3

产品展示动画，在设计时应着重注意其商业价值，与其他类型的广告有所不同，设计时需要根据自身的行业来选择适当的表现形式，需要贴近企业文化，有鲜明的特色，具有连续性、个体性和创新性。

整体风格同企业形象相符合，适合目标对象的特点。可以采用抽象的动画形象来表现出企业的特点。给浏览者耳目一新的感觉。既要表现出动画的特点，也要表达出所要展示的内容。

12.2.1 基本语法

1. Flash幻灯片的分类

1）产品展示类（见图12-50）：产品展示类幻灯片动画的制作，应重点突出产品信息，多通过产品的位图图片加上一些创意性的文本来表达。

2）休闲娱乐类（见图12-51）：休闲娱乐类幻灯片动画的制作，应突出其内容的休闲性，多以卡通形象来表达想要表达的信息，可以通过多个不同画面来展现多方面内容。

图12-50 产品展示类

图12-51 休闲娱乐类

3）商业广告类（见图12-52）：商业广告类幻灯片动画的制作，应注意实现其商业目的和价值，既可以达到宣传作用，又可以增加网站页面的美观性。

图12-52 商业广告类

2. Flash幻灯片动画制作介绍

产品展示幻灯片动画的制作，达到展示产品的目的即可，但也不可以忽视动画制作的最基本的原则，同时要多加考虑动画的色彩搭配与整体的美观性。

多采用所要展示的产品图片来传递信息，通过控制不同图片间的相互转换，来达到一个动画展示多个信息的目的。既节省了页面的空间，又可以表现出丰富的产品信息，使页面更具有动感效果。

12.2.2 制作产品展示幻灯片动画

熟悉了基本的技术之后，下面将通过实际的案例来进一步掌握制作幻灯片动画的方法与技巧。

本实例最终效果图（见图12-53）：

○ 设计思路

优惠的信息在页面中一览无余，靓丽的色彩，丰富的优惠活动，都是让人注目的理由。

○ 练习要求

利用前面学习过的相关知识，通过制作幻灯片动画，掌握在实际工作中制作动画的方法与技巧。

制作流程预览

○ 制作重点

1. 在制作元件时应注意图像在场景中x轴及y轴坐标上的位置。

2. 在制作商业广告时，应注意色彩的搭配，使用户第一眼看到的即是广告的主要内容。

图12-53 实例最终效果图

Step **01** 执行【文件】→【新建】命令，新建一个Flash文档，如图12-54所示，单击"属性"面板上的"文档属性"按钮，在弹出的"文档属性"对话框中设置"尺寸"为335像素×218像素，"背景颜色"为#33CCCC，帧频为36fps，其他设置如图12-55所示。

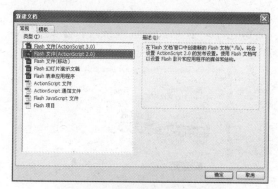

图12-54 新建Flash文档

图12-55 设置文档属性

Flash CS3中文版入门实战与提高

12
Chapter

12.1

12.2

12.3

12.4

12.5

Step 02 执行【插入】→【新建元件】命令，新建一个"名称"为"反应区1"的"按钮"元件，如图12-56所示，在"点击"帧位置，按【F6】键插入关键帧，使用"矩形工具"在场景中绘制一个335像素×218像素的矩形，如图12-57所示。

Step 03 执行【插入】→【新建元件】命令，新建一个"名称"为"图像动画1"的"影片剪辑"元件，如图12-58所示。执行【文件】→【导入】→【导入到舞台】命令，将图像"光盘\实例素材源文件\第12章\素材\ image1.bmp"导入到场景中，并调整位置及大小，如图12-59所示。

图12-56 创建新元件

图12-58 创建新元件

图12-57 绘制矩形

图12-59 导入图像

Step 04 在第16帧位置，按【F7】键插入空白关键帧，执行【文件】→【导入】→【导入到舞台】命令，将图像"光盘\实例素材源文件\第12章\素材\ image2.bmp"导入到场景中，并调整位置及大小，如图12-60所示，在第30帧位置按【F5】键插入帧，"时间轴"面板如图12-61所示。

Step 05 使用同样方法制作"图像动画2"、"图像动画3"元件，如图12-62所示。

图12-60 导入图像

图12-62 制作其他元件

图12-61 "时间轴"面板

○ **小技巧**

按【Ctrl+R】组合键也可以将图像导入到场景中。

Step **06** 执行【插入】→【新建元件】命令，新建一个"名称"为"图像转换动画"的"影片剪辑"元件。将"库"面板中的"图像动画1"元件拖入到场景中，如图12-63所示，单击"时间轴"面板上的"插入图层"按钮，新建"图层2"，将"库"面板中的"反应区1"元件拖入到场景的适当位置，如图12-64所示。

图12-63　拖入元件

图12-64　拖入元件

Step **08** 使用同样方法，新建其他图层，依次将"库"面板中相应的元件拖到场景中，并在"动作-按钮"面板中输入脚本语言，场景效果如图12-67所示，"时间轴"面板如图12-68所示。

图12-67　制作其他图像动画

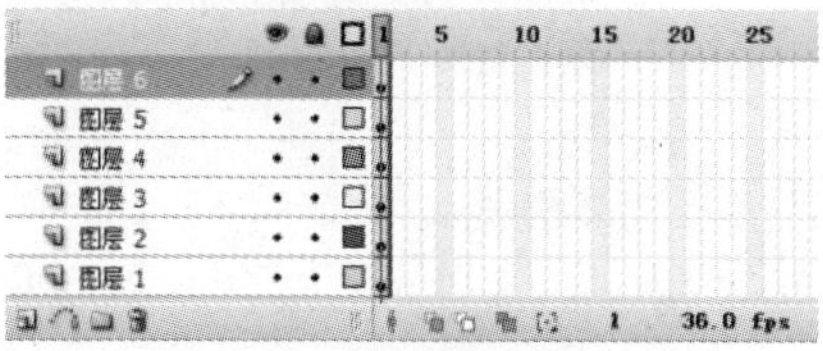

图12-68　"时间轴"面板

Step **07** 选中场景中的"反应区1"元件，在"动作-按钮"面板中输入如图12-65所示的脚本语言，"时间轴"面板如图12-66所示。

图12-65　输入脚本语言

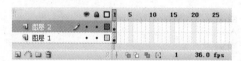

图12-66　"时间轴"面板

Step **09** 执行【插入】→【新建元件】命令，新建一个"名称"为"数字1"的"影片剪辑"元件，如图12-69所示。执行【文件】→【导入】→【导入到舞台】命令，将图像"光盘\实例素材源文件\第12章\素材\ image8.png"导入到场景中，并调整位置及大小，如图12-70所示，在第2帧位置按【F5】键插入帧。

图12-69　创建新元件

图12-70　导入图像

Step 10 单击"时间轴"面板上的"插入图层"按钮，新建"图层2"，将"库"面板中的"反应区1"元件拖入到场景中，使用"任意变形工具"调整该元件的大小，如图12-71所示。选中该元件，在"动作-按钮"面板中输入如图12-72所示的脚本语言。单击"时间轴"面板上的"插入图层"按钮，新建"图层3"，在"动作-帧"面板中输入"stop();"脚本语言，选中"图层3"第2帧，单击鼠标右键，在弹出的快捷菜单中选择【删除帧】命令，将第2帧删除。

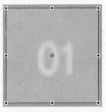

图12-71 拖入元件

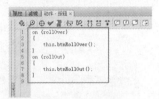

图12-72 输入脚本语言

Step 11 使用同样方法制作"数字2"、"数字3"元件，如图12-73所示。

小技巧

在Flash中使用"变形"面板也可以调整元件的大小。

图12-73 制作其他元件

Step 12 单击"编辑栏"上的"场景1"文字，返回到场景1中。单击第1帧，将"库"面板中的"图像转换动画"元件拖入到场景的适当位置，如图12-74所示，选中该元件，设置其"属性"面板上的"实例名称"为slideImg，如图12-75所示。

图12-74 拖入元件

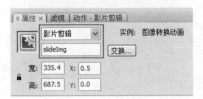

图12-75 "属性"面板

Step 13 单击"时间轴"面板上的"插入图层"按钮，新建"图层2"，执行【文件】→【导入】→【导入到舞台】命令，将图像"光盘\实例素材源文件\第12章\素材\image001.png"导入到场景中，并调整位置及大小，如图12-76所示，"时间轴"面板如图12-77所示。

图12-76 导入图像

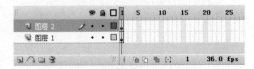

图12-77 "时间轴"面板

Step 14 单击"时间轴"面板上的"插入图层"按钮，新建"图层3"，单击第1帧，在场景中绘制如图12-78所示的图形，按【F8】键将该图形转换成"名称"为"移动动画"的"影片剪辑"元件，如图12-79所示。

图12-78　绘制图形

图12-79　转换为元件

Step 16 单击"时间轴"面板上的"插入图层"按钮，新建"图层4"，使用"矩形工具"在场景中绘制一个35像素×173像素的矩形，如图12-82所示，在"图层4"图层名处单击鼠标右键，在弹出的快捷菜单中选择【遮罩层】命令，将图层转换为遮罩层，如图12-83所示。

图12-82　绘制图形

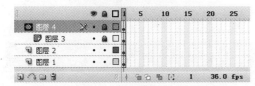

图12-83　"时间轴"面板

○ **小技巧**

将图层转换为遮罩层还可以双击该图层，在弹出的"图层属性"对话框中选择"遮罩层"选项。

Step 15 选中"移动动画"元件，设置其"属性"面板上的"实例名称"为boxMc，如图12-80所示，场景效果如图12-81所示。

图12-80　"属性"面板

图12-81　场景效果

Step 17 单击"时间轴"面板上的"插入图层"按钮，新建"图层5"，将"库"面板中的"数字1"元件拖入到场景的适当位置，如图12-84所示，选中该元件，设置其"属性"面板上的"实例名称"为slideMc1，如图12-85所示。

图12-84　拖入元件

图12-85　"属性"面板

12
Chapter

12.1

12.2

12.3

12.4

12.5

Step 18 使用同样方法，分别新建"图层6"、"图层7"，依次将"库"面板中的"数字2"、"数字3"元件拖入到场景的适当位置，如图12-86所示。

图12-86 拖入元件

Step 19 单击"时间轴"面板上的"插入图层"按钮，新建"图层8"，单击第1帧，在"动作-帧"面板中输入如图12-87所示的脚本语言，详细脚本语言请查看源文件。

图12-87 输入脚本语言

Step 20 执行【文件】→【保存】命令，将动画保存为12-2-2.fla文件，完成动画制作。同时按【Ctrl+Enter】组合键测试动画，预览效果如图12-88所示。

图12-88 预览效果

12.3 制作Flash游戏动画

Flash CS3

游戏制作是Flash动画制作中较高级的动画制作类型，动画的制作方法基本上都是通过Action脚本语言控制各种元件完成的，动画中常常会涉及各种动画类型。并且通过脚本语言可以实现因特网上的对战游戏，实现与数据库的交互等。

12.3.1 Flash游戏动画概述

1．Flash游戏的分类

游戏可以分成许多不同的种类，每种游戏在制作时所用的技术和思路也完全不同，所以在制作游戏之前应先确定将要制作游戏的种类，在Flash可实现的范围内，游戏可分为以下三种类型。

1）动作类游戏（见图12-89）：动作类游戏是一种必须依靠玩家的反应来进行的游戏，一般此类游戏都被称为"动作游戏"，这类游戏是最受欢迎的，在网上也是最常见的，因为游戏的制作方法并不复杂，而且游戏可以用键盘或鼠标进行控制，增加了游戏的方便性。

2）益智类游戏（见图12-90）：利用Flash制作此类游戏也是比较常见的，相对于动作游戏的快节奏，益智类游戏的特点就是游戏的节奏比较缓慢，以情节吸引玩家，此类游戏可以培养玩家在某方面的智力和反应能力。

图12-89 动作类游戏

图12-90 益智类游戏

3）射击类游戏（见图12-91）：射击类游戏在Flash游戏中画面的精美性一直是排在前几位，它以制作简单和爽快的打击感赢得了玩家的青睐。

图12-91 射击类游戏

2．Flash游戏制作介绍

角色扮演类游戏就是由玩家扮演游戏中的主角，按照游戏中的剧情来进行游戏，游戏过程中会有一些解谜或者和敌人战斗的情节，这类游戏在技术上不算难，但是因为游戏规模之大，所以在制作上会很复杂。

12.3.2 制作游戏动画

熟悉了制作广告类动画后，下面将通过实际的案例来制作一些效果更加复杂的动画。

本实例最终效果图（见图12-92）：

图12-92 实例最终效果图

12
Chapter

12.1

12.2

12.3

12.4

12.5

○ 设计思路

　　绿色的草坪，沸腾的人群，你的眼中只能有它。选择合适的角度和力度你就能获得久违的胜利。

○ 练习要求

　　通过综合使用前面所学过的各种知识制作Flash游戏，来进一步学习Flash中制作动画的技巧。

制作流程预览

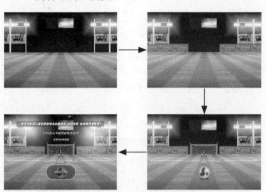

○ 制作重点

　　1．根据不同种类的游戏来设计游戏的配色。
　　2．在游戏的制作过程中，应注意游戏策划、颜色搭配都要具有游戏的韵味。

Step 01　执行【文件】→【新建】命令，新建一个Flash文档，如图12-93所示，单击"属性"面板上的"文档属性"按钮，在弹出的"文档属性"对话框中设置"尺寸"为1 000像素×571像素，"背景颜色"为#00CCFF，帧频为24fps，其他设置如图12-94所示。

Step 02　执行【插入】→【新建元件】命令，新建一个"名称"为"背景1"的"图形"元件，如图12-95所示，使用"矩形工具"在场景中绘制一个1 000像素×415像素的矩形，如图12-96所示。

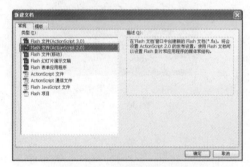

图12-93　新建Flash文档

图12-94　设置文档属性

图12-95　创建新元件

图12-96　绘制矩形

Step 03 单击"时间轴"面板上的"插入图层"按钮，新建"图层2"，执行【文件】→【导入】→【导入到舞台】命令，将图像"光盘\实例素材源文件\第12章\素材\ image100.png"导入到场景中，如图12-97所示，将刚刚导入到场景中的图像调整至场景的适当位置，如图12-98所示。

图12-97　导入图像

图12-98　调整图像位置

Step 05 单击"时间轴"面板上的"插入图层"按钮，新建"图层2"，执行【文件】→【导入】→【打开外部库】命令，将图像"光盘\实例素材源文件\第12章\素材\素材.fla"的"库"面板打开，如图12-101所示，将外部库中的"灯光动画2"元件拖入到场景中的适当位置，如图12-102所示。

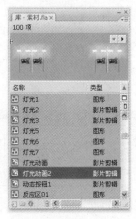

图12-101　打开外部"库"

Step 04 执行【插入】→【新建元件】命令，新建一个"名称"为"游戏动画"的"影片剪辑"元件，如图12-99所示，单击第1帧，将"库"面板中的"背景1"元件拖入到场景的适当位置，如图12-100所示。

图12-99　创建新元件

图12-100　拖入元件

小技巧

按【Ctrl+Shift+O】组合键也可以将"外部库"打开。

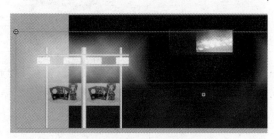

图12-102　拖入外部库元件

12

Chapter

12.1

12.2

12.3

12.4

12.5

Step 06 选中刚刚拖入到场景中的元件，设置其"属性"面板上的"实例名称"为ssa，如图12-103所示，"时间轴"面板如图12-104所示。

图12-103 "属性"面板

图12-104 "时间轴"面板

○ 小技巧

选中图像后，执行【修改】→【转换为元件】命令也可以将图像转换为元件。

Step 08 单击"时间轴"面板上的"插入图层"按钮，新建"图层4"，将外部库中的"广告位"元件拖入到场景的适当位置，如图12-107所示，选中"广告位"元件，设置其"属性"面板上"颜色"样式为"高级"，在弹出的"高级效果"对话框中进行设置，场景效果如图12-108所示。

Step 07 单击"时间轴"面板上的"插入图层"按钮，新建"图层3"，执行【文件】→【导入】→【导入到舞台】命令，将图像"光盘\实例素材源文件\第12章\素材\ image101.jpg"导入到场景中，并调整位置及大小，如图12-105所示。选中刚刚导入到场景中的图像，按【F8】键将图像转换成"名称"为"草地"的"图形"元件，如图12-106所示。

图12-105 导入图像

图12-106 转换为元件

图12-107 拖入元件

图12-108 场景效果

Step 09 单击"时间轴"面板上的"插入图层"按钮，新建"图层5"，使用"矩形工具"在场景中绘制一个1 015像素×1.5像素的矩形，部分场景效果如图12-109所示，选择绘制的矩形，按【F8】键将矩形转换成"名称"为"矩形1"的"图形"元件，如图12-110所示。

图12-109 绘制矩形

图12-110 转换为元件

单击"时间轴"面板上的"插入图层"按钮,新建"图层6",将外部"库"面板中的"踢球动画1"元件拖入到场景的适当位置,如图12-111所示,选择该元件,设置其"属性"面板上的"实例名称"为aa,如图12-112所示。

图12-111 拖入元件

图12-112 "属性"面板

单击"时间轴"面板上的"插入图层"按钮,新建"图层7",将外部库中的"声音01"元件拖入到场景的适当位置,如图12-113所示,选中该元件,设置其"属性"面板上的"实例名称"为sound,如图12-114所示。

图12-113 拖入元件

图12-114 "属性"面板

> ○ **小技巧**
>
> 在最后测试游戏动画时,该元件不会出现在场景中,所以该元件可以拖入到舞台以外的任意位置。

图12-115 绘制图形

单击"时间轴"面板上的"插入图层"按钮,新建"图层8",使用"矩形工具"在场景中绘制如图12-115所示的图形,选中绘制的图形,按【F8】键将图形转换成"名称"为"场景线"的"图形"元件。

单击"时间轴"面板上的"插入图层"按钮,新建"图层9",将外部库中的"按钮3"元件拖入到场景的适当位置,如图12-116所示,选中该元件,设置其"属性"面板上的"实例名称"为a3,如图12-117所示。

图12-116 拖入元件

图12-117 "属性"面板

12

Chapter

12.1

12.2

12.3

12.4

12.5

Step 14 选中"按钮3"元件,在"动作-按钮"面板中输入如图12-118所示的脚本语言,"时间轴"面板如图12-119所示。

图12-118　输入脚本语言

图12-119　"时间轴"面板

Step 16 选中"按钮4"元件,在"动作-按钮"面板中输入如图12-122所示的脚本语言。使用同样方法,新建"图层11",将外部库中的"按钮5"元件拖入到场景中,在"属性"面板上设置其元件的"实例名称",并在"动作-按钮"面板中输入相应的脚本语言,场景效果如图12-123所示。

图12-122　输入脚本语言

图12-123　场景效果

Step 15 单击"时间轴"面板上的"插入图层"按钮,新建"图层10",将外部库中的"按钮4"元件拖入到场景的适当位置,如图12-120所示,选中该元件,设置其"实例名称"为a1,如图12-121所示。

图12-120　拖入元件

图12-121　"属性"面板

Step 17 单击"时间轴"面板上的"插入图层"按钮,新建"图层12",将外部库中的"灯光3"元件拖入到场景的适当位置,如图12-124所示,选中该元件,设置其"属性"面板上的"实例名称"为ssa1,如图12-125所示。

图12-124　拖入元件

图12-125　"属性"面板

Step 18 单击"时间轴"面板上的"插入图层"按钮，新建"图层13"，使用"文本工具"在场景中的适当位置输入如图12-126所示的文字，选中输入的文字，按【F8】键将文字转换成"名称"为"射球大比拼"的"图形"元件，如图12-127所示。

图12-126 输入文字

图12-127 转换为元件

Step 19 单击"时间轴"面板上的"插入图层"按钮，新建"图层14"，使用"矩形工具"在场景的适当位置绘制一个如图12-128所示的圆角矩形，选中圆角矩形，按【F8】键将图形转换成"名称"为"圆角矩形"的"图形"元件。

图12-128 绘制圆角矩形

Step 20 单击"时间轴"面板上的"插入图层"按钮，新建"图层15"，使用"文本工具"在场景中的适当位置输入如图12-129所示的文字，选中输入的文字，按【F8】键将文字转换成"名称"为"参加报名"的"图形"元件。

Step 21 使用同样方法，新建"图层16"，在场景中的适当位置输入文字，并将文字转换成元件，场景效果如图12-130所示。

图12-129 输入文字

图12-130 场景效果

Step 22 单击"时间轴"面板上的"插入图层"按钮，新建"图层17"，将外部库中的"提示文字动画"元件拖入到场景的适当位置，如图12-131所示，选中该元件，设置其"属性"面板上的"实例名称"为iop，如图12-132所示。

图12-131 拖入元件

图12-132 "属性"面板

12

Chapter

12.1

12.2

12.3

12.4

12.5

Step **23** 单击"时间轴"面板上的"插入图层"按钮，新建"图层18"，将外部库中的"射门角度提示动画"元件拖入到场景的适当位置，如图12-133所示，选中该元件，设置其"属性"面板上的"实例名称"为rr，如图12-134所示。

图12-133 拖入元件

图12-134 "属性"面板

Step **25** 在"图层19"图层名处单击鼠标右键，在弹出的快捷菜单中选择【遮罩层】命令，将图层转换为遮罩层，并将"图层1"至"图层18"转换为被遮罩层，场景效果如图12-137所示，"时间轴"面板如图12-138所示。

图12-137 场景效果

图12-138 "时间轴"面板

Step **24** 单击"时间轴"面板上的"插入图层"按钮，新建"图层19"，使用"矩形工具"在场景的适当位置绘制一个1 015像素×580像素的矩形，如图12-135所示，选中矩形，按【F8】键将图形转换成"名称"为"矩形遮罩"的"图形"元件，如图12-136所示。

图12-135 绘制矩形

图12-136 转换为元件

Step **26** 单击"编辑栏"上的"场景1"文字，如图12-139所示，返回到场景1中。将"库"面板中的"游戏动画"元件拖入到场景的适当位置，如图12-140所示。

图12-139 返回到场景1

图12-140 拖入元件

Step 27 执行【文件】→【保存】命令，将动画保存为12-3-2.fla文件，完成动画制作。同时按【Ctrl+Enter】组合键测试动画，预览效果如图12-141所示。

图12-141 预览效果

12.4 本章技巧荟萃

Flash CS3

1．在Flash中可以看到许多动画中会有模糊的效果，这种效果是怎么实现的呢？

答：首先，要把制作模糊效果的图形或图像转换成"影片剪辑"元件，在"滤镜"面板中添加"模糊"效果，然后进行相应的设置即可，如图12-142和12-143所示。

图12-142 设置"滤镜"参数

图12-143 添加"模糊"效果

2．在绘制图形或调整图形及其他图像时，有时候需要绘制或调整图像大小，但要求尺寸非常精确，这应该怎么办？

答：执行【窗口】→【属性】命令，打开"属性"面板，在"属性"面板中的"宽"、"高"文本框中输入准确数值即可，如图12-144所示。

图12-144 "属性"面板

12

Chapter

12.1

12.2

12.3

12.4

12.5

12.5 学习效果测试

一、选择题

1. Flash锁定编辑对象的快捷键是：（　　）。

（A）【Ctrl+Down】

（B）【Ctrl+Shift+Down】

（C）【Ctrl+Alt+L】

（D）【Ctrl+Alt+Shift+L】

2. 在Flash中按住键盘上的（　　）键，切换到抓手工具。

（A）【Ctrl】　　（B）【Alt】　　（C）【Shift】　（D）空格

3. 在播放Flash影片时，可按键盘上的（　　）组合键，窗口将以全屏幕显示。

（A）【Ctrl+F】　　　　　　　　（B）【Alt+F】

（C）【Shift+F】　　　　　　　　（D）【Alt+Ctrl+F】

4. 在Flash中执行【文件】→【导入】→【打开外部库】命令的快捷键是：（　　）。

（A）【Ctrl+N】　　　　　　　　（B）【Ctrl+F8】

（C）【Ctrl+F3】　　　　　　　　（D）【Ctrl+Shift+O】

5. 下面哪个不是Flash CS3中内置的组件：（　　）。

（A）CheckBox（复选框）

（B）RadioButton（单选钮）

（C）ScrollPane（滚动窗格）

（D）Jump Menu（跳转菜单）

二、判断题

1. Flash幻灯片大体可分为产品展示类、休闲娱乐类和商业广告类。（　　）

2. 网站栏目快速导航：通常该类快速导航主要是体现在一些网站最新的活动标题和图片上，以这种方式引起浏览者的注意，点击进入相关的活动页面。（　　）

3. Flash游戏可分为动作类游戏、益智类游戏、射击类游戏三种类型，其他都不属于Flash游戏。（　　）

4. 商业广告类：商业广告类幻灯片动画，应注意实现其商业目的和价值，既可以达到宣传作用，又可以增加网站页面的美观性。（　　）

5. 休闲娱乐类：休闲娱乐类幻灯片动画，应突出其内容的休闲性，多以卡通形象来表达想要表达的信息，可以通过多个不同画面来展现多方面内容。（　　）

三、填空题

1. 选择椭圆工具，按住（　　）拖动可以将形状限制为圆形。

2. 单击"工具箱"上的"直线工具"按钮，选择直线工具。在场景中单击鼠标（　　），并拖动出想要直线的长度和方向，即可绘制出想要的直线。

3. 在Flash中，有两个对象与XML相关，一个是（　　）对象，另一个是XML对象。

四、操作题

根据前面所学的知识，制作一个网站导航，效果如图12-145所示。

图12-145 网站导航

 参考答案

Flash CS3

一、选择题

1．C　2．D　3．A　4．D　5．C

二、判断题

1．对　2．错　3．错　4．对　5．对

三、填空题

1．【Shift】键　2．左键　3．XMLSocket

读书笔记

第 13 章 综合实例三

学习提要

本章主要讲解在Flash CS3中如何制作产品宣传动画及游戏菜单导航动画，通过网站各种动画的制作来学习软件的各种常用功能。通过不同动画类型的详细制作，讲解Flash动画制作技巧，使读者能够深刻理解在Flash中各种动画的设计与制作。

学习要点

- 宣传类型动画制作
- 导航类型动画制作

13
Chapter

13.1

13.2

13.3

13.4

13.5

13.6

13.1 产品宣传动画

产品宣传动画，应用于产品销售网站中，通过Flash的动态效果将各种产品展示出来，或者将同一产品的不同功能和用途用法等表现出来，使浏览者在观看动画时即可了解产品的具体功能。

13.1.1 产品宣传动画

○ **设计思路**

　　产品的知名度，大部分都是靠宣传让人们知道的，本实例将制作一个产品宣传动画。

○ **练习要求**

　　熟练掌握常用脚本的添加和按钮元件的制作。

○ **制作重点**

　　设置元件的"实例名称"，旋转元件，制作元件的抖动效果。

制作流程预览

Step 01 执行【文件】→【新建】命令，弹出"新建文档"对话框，单击【确定】按钮，新建一个Flash文档，如图13-1所示。单击"属性"面板上的"文档属性"按钮，在弹出的"文档属性"对话框中设置"尺寸"为860像素×545像素，"背景颜色"为#FFFF99，"帧频"为50fps，如图13-2所示。

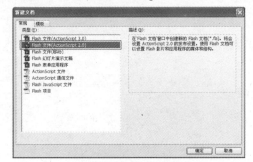

图13-1 新建Flash文档

图13-2 设置文档属性

Step 02 执行【插入】→【新建元件】命令，新建一个"名称"为"美食动画"的"影片剪辑"元件，如图13-3所示，执行【文件】→【导入】→【导入到舞台】命令，将图像"光盘\实例素材源文件\第13章\素材\image3.png"导入到场景中，如图13-4所示。

Step 03 选中刚刚导入到场景中的图像，按【F8】键将图像转换成"名称"为"美食图像1"的"图形"元件，如图13-5所示，分别在第6帧、第10帧位置单击，按【F6】键插入关键帧，将该帧下场景中的元件向上移动，如图13-6所示。

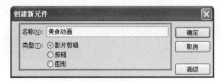

图13-3 创建新元件

图13-5 转换为元件

图13-4 导入图像

图13-6 移动元件位置

Step 04 设置第1帧、第6帧上的"补间"类型为"动画","时间轴"面板如图13-7所示，在第175帧位置单击，按【F5】键插入帧，"时间轴"面板如图13-8所示。

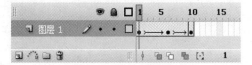

图13-7 "时间轴"面板

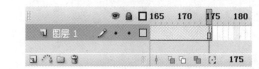

图13-8 "时间轴"面板

Step 05 执行【插入】→【新建元件】命令，新建一个"名称"为"美食动画2"的"影片剪辑"元件，如图13-9所示，执行【文件】→【导入】→【导入到舞台】命令，将图像"光盘\实例素材源文件\第13章\素材\ image1.png"导入到场景中，如图13-10所示。

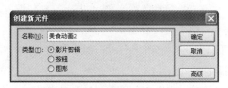

图13-9 创建新元件

图13-10 导入图像

Step 06 选中刚刚导入到场景中的图像，按【F8】键将图像转换成"名称"为"美食图像2"的"影片剪辑"元件，分别在第5帧、第9帧、第12帧位置单击，按【F6】键插入关键帧，分别使用"任意变形工具"将第5帧、第9帧下场景中的元件调整至如图13-11所示的位置。

Step 07 设置第1帧、第5帧、第9帧上的"补间"类型为"动画"，"时间轴"面板如图13-12所示，在第200帧位置单击，按【F5】键插入帧，"时间轴"面板如图13-13所示。

13
Chapter

13.1

13.2

13.3

13.4

13.5

13.6

图13-11　调整元件位置

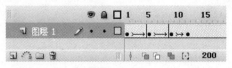

图13-12　"时间轴"面板

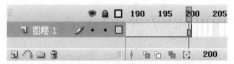

图13-13　"时间轴"面板

Step 08 使用同样方法，根据制作"美食动画2"，制作出"文字动画1"的"影片剪辑"元件，如图13-14所示，"时间轴"面板如图13-15所示。

Step 09 执行【插入】→【新建元件】命令，新建一个"名称"为"文字动画2"的"影片剪辑"元件，如图13-16所示，单击"工具箱"中的"文本工具"按钮 T ，设置其"属性"面板上的"字体"为"幼圆"，"字体大小"为24像素，"填充颜色"为#660000，如图13-17所示。

图13-14　制作"文字动画1"元件

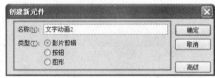

图13-16　创建新元件

图13-17　"属性"面板

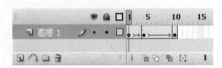

图13-15　"时间轴"面板

Step 10 在场景中输入如图13-18所示的文本，选中该文本，按【F8】键将文本转换成"名称"为"文字1"的"图形"元件，如图13-19所示。

Step 11 在第3帧位置单击，按【F6】键插入关键帧，单击"工具箱"中的"任意变形工具"按钮，将该帧下场景中的元件调整至如图13-20所示的方向，在第7帧位置单击，按【F6】键插入关键帧，使用"任意变形工具"将该帧下场景中的元件调整至如图13-21所示的方向。

图13-18　输入文本

图13-20　调整元件方向

图13-19　转换为元件

图13-21　调整元件方向

Step 12 设置第1帧、第3帧上的"补间"类型为"动画","时间轴"面板如图13-22所示,在第25帧位置单击,按【F5】键插入帧,"时间轴"面板如图13-23所示。

Step 13 使用同样方法,根据"文字动画2"元件的制作方法,制作出"文字动画3"、"文字动画4"元件,如图13-24所示。

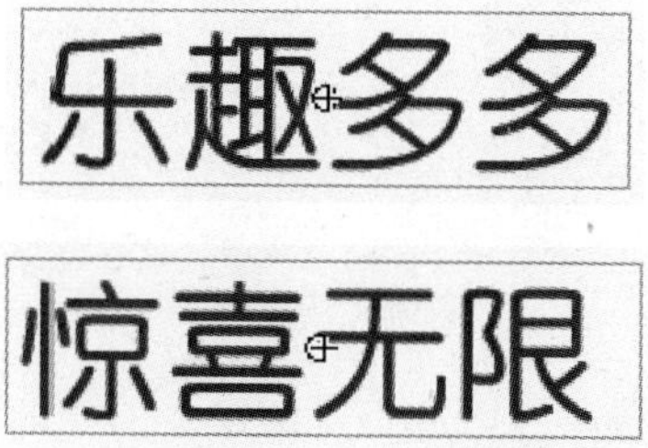

图13-22 "时间轴"面板

图13-23 "时间轴"面板

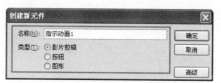

图13-24 制作其他元件

Step 14 执行【插入】→【新建元件】命令,新建一个"名称"为"反应区"的"按钮"元件,如图13-25所示,在"点击"帧位置单击,按【F6】键插入关键帧,单击"工具箱"中的"矩形工具"按钮,在场景中绘制一个如图13-26所示的矩形。

Step 15 执行【插入】→【新建元件】命令,新建一个"名称"为"指示动画1"的"影片剪辑"元件,如图13-27所示,执行【文件】→【导入】→【导入到舞台】命令,将图像"光盘\实例素材源文件\第13章\素材\ image9.png"导入到场景中,如图13-28所示。

图13-25 创建新元件

图13-27 创建新元件

图13-26 绘制矩形

图13-28 导入图像

Step 16 选中刚刚导入到场景中的图像,按【F8】键将图像转换成"名称"为"指示图像1"的"图形"元件,如图13-29所示,分别在第5帧、第10帧位置单击,按【F6】键插入关键帧,依次选中第1帧、第10帧上的元件,并设置其"属性"面板上"颜色"样式下的Alpha值为0%,如图13-30所示。

Step 17 选中第5帧上的元件,将该元件向上移动至如图13-31所示的位置,设置第1帧、第5帧上的"补间"类型为"动画","时间轴"面板如图13-32所示。

Flash CS3中文版入门实战与提高

13

Chapter

13.1

13.2

13.3

13.4

13.5

13.6

图13-29 转换为元件

图13-31 移动元件位置

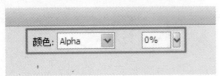

图13-30 "属性"面板

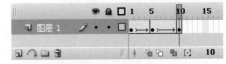

图13-32 "时间轴"面板

Step 18 单击"时间轴"面板上的"插入图层"按钮,新建"图层2",在第1帧位置单击,执行【窗口】→【动作】命令,打开"动作"面板,在"动作-帧"面板中输入"stop();"脚本语言,如图13-33所示,在第5帧位置单击,按【F6】键插入关键帧,在"动作-帧"面板中输入"stop();"脚本语言,"时间轴"面板如图13-34所示。

图13-33 输入脚本语言

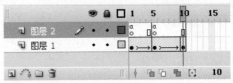

图13-34 "时间轴"面板

Step 19 根据"指示动画1"元件的制作方法,制作出"指示动画2"、"指示动画3"、"指示动画4"元件,如图13-35所示。

图13-35 制作其他元件

Step 20 单击"编辑栏"上的"场景1"文字,返回到场景1中。执行【文件】→【导入】→【导入到舞台】命令,将图像"光盘\实例素材源文件\第13章\素材\ image13.jpg"导入到场景中,如图13-36所示。在第75帧位置单击,按【F5】键插入帧,"时间轴"面板如图13-37所示。

图13-36 导入图像

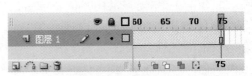

图13-37 "时间轴"面板

Step 21 单击"时间轴"面板上的"插入图层"按钮，新建"图层2"，在第20帧位置单击，按【F6】键插入关键帧，将"美食图像1"元件从"库"面板拖入到场景中，如图13-38所示，分别在第26帧、第30帧位置单击，按【F6】键插入关键帧，"时间轴"面板如图13-39所示。

Step 22 选中第20帧下场景中的元件，单击"工具箱"中的"任意变形工具"按钮，将该元件调整至如图13-40所示大小，并设置其"属性"面板上"颜色"样式下的Alpha值为0%，选中第26帧下场景中的元件，使用"任意变形工具"将该元件调整至如图13-41所示的大小。

图13-40　调整元件大小

图13-38　拖入元件

图13-41　调整元件大小

图13-39　"时间轴"面板

Step 23 在第50帧位置单击，按【F7】键插入空白关键帧，将"美食动画"元件从"库"面板拖入到场景中，如图13-42所示，在第75帧位置单击，按【F7】键插入空白关键帧，将"美食图像1"元件从"库"面板拖入到第50帧上元件位置处，设置第20帧、第26帧上的"补间"类型为"动画"，"时间轴"面板如图13-43所示。

Step 24 单击"时间轴"面板上的"插入图层"按钮，新建"图层3"，在第10帧位置单击，按【F6】键插入关键帧，执行【文件】→【导入】→【导入到舞台】命令，将图像"光盘\实例素材源文件\第13章\素材\image2.png"导入到场景中，如图13-44所示。选中该图像，按【F8】键将图像转换成"名称"为"美食图像3"的"图形"元件，如图13-45所示。

图13-42　拖入元件

图13-44　导入图像

图13-43　"时间轴"面板

图13-45　转换为元件

13

Chapter

13.1

13.2

13.3

13.4

13.5

13.6

Step 25 分别在第17帧、第21帧位置单击，按【F6】键插入关键帧，选中第10帧下场景中的元件，单击"工具箱"中的"任意变形工具"按钮，将该元件调整至如图13-46所示大小，并设置其"属性"面板上"颜色"的Alpha值为0%，选中第17帧下场景中的元件，使用"任意变形工具"将该元件调整至如图13-47所示的大小。

图13-46 调整元件大小　　　　　　　　　　　图13-47 调整元件大小

Step 26 设置第10帧、第17帧上的"补间"类型为"动画"，"时间轴"面板如图13-48所示。

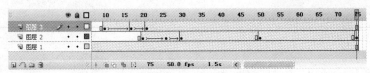

图13-48 "时间轴"面板

Step 27 单击"时间轴"面板上的"插入图层"按钮，新建"图层4"，将"美食图像2"元件从"库"面板拖入到场景中，并根据制作"图层2"的动画，制作出"图层4"的动画，场景效果如图13-49所示，"时间轴"面板如图13-50所示。

图13-49 场景效果　　　　　　　　　　图13-50 "时间轴"面板

Step 28 单击"时间轴"面板上的"插入图层"按钮，新建"图层5"，在第34帧位置单击，按【F6】键插入关键帧，执行【文件】→【导入】→【导入到舞台】命令，将图像"光盘\实例素材源文件\第13章\素材\ image4.png"导入到场景中，如图13-51所示。选中该图像，按【F8】键将图像转换成"名称"为"人物图像1"的"图形"元件，如图13-52所示。

图13-51 导入图像　　　　　　　　　　图13-52 转换为元件

Step **29** 在第37帧位置单击，按【F6】键插入关键帧，将该帧下场景中的元件向上移动至如图13-53所示的位置，设置第34帧上的"补间"类型为"动画"，"时间轴"面板如图13-54所示。

Step **30** 单击"时间轴"面板上的"插入图层"按钮▣，新建"图层6"，在第34帧位置单击，按【F6】键插入关键帧，执行【文件】→【导入】→【导入到舞台】命令，将图像"光盘\实例素材源文件\第13章\素材\ image5.png"导入到场景中，如图13-55所示。选中该图像，按【F8】键将图像转换成"名称"为"人物图像2"的"图形"元件，如图13-56所示。

图13-53　移动元件位置

图13-55　导入图像

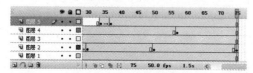

图13-54　"时间轴"面板

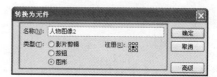

图13-56　转换为元件

Step **31** 在第38帧位置单击，按【F6】键插入关键帧，将该帧下场景中的元件移动至如图13-57所示的位置，在第41帧位置单击，按【F6】键插入关键帧，将该帧下场景中的元件移动至如图13-58所示的位置。

图13-57　移动元件位置

图13-58　移动元件位置

Step **32** 选中第34帧下的元件，设置其"属性"面板上"颜色"的Alpha值为0%，设置第34帧、第38帧上的"补间"类型为"动画"，"时间轴"面板如图13-59所示。

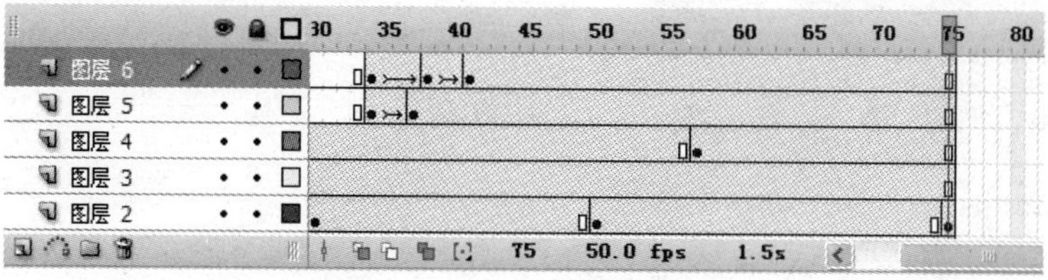

图13-59　"时间轴"面板

Step 33 依次单击"时间轴"面板上的"插入图层"按钮，新建"图层7"、"图层8"，并根据制作"图层6"的动画，制作出"图层7"、"图层8"的动画，场景效果如图13-60所示，"时间轴"面板如图13-61所示。

图13-60 场景效果

图13-61 "时间轴"面板

Step 35 选中第44帧下场景中的元件，单击"工具箱"中的"任意变形工具"按钮，将该元件调整至如图13-64所示大小，并设置其"属性"面板上"颜色"的Alpha值为0%，选中第48帧下场景中的元件，使用"任意变形工具"将该元件调整至如图13-65所示大小，设置第44帧、第48帧上的"补间"类型为"动画"。

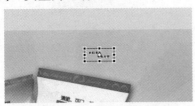

图13-64 调整元件大小

图13-65 调整元件大小

Step 34 单击"时间轴"面板上的"插入图层"按钮，新建"图层9"，在第44帧位置单击，按【F6】键插入关键帧，将"文字动画1"元件从"库"面板拖入到场景中，如图13-62所示，分别在第48帧、第52帧位置单击，按【F6】键插入关键帧，"时间轴"面板如图13-63所示。

图13-62 拖入元件

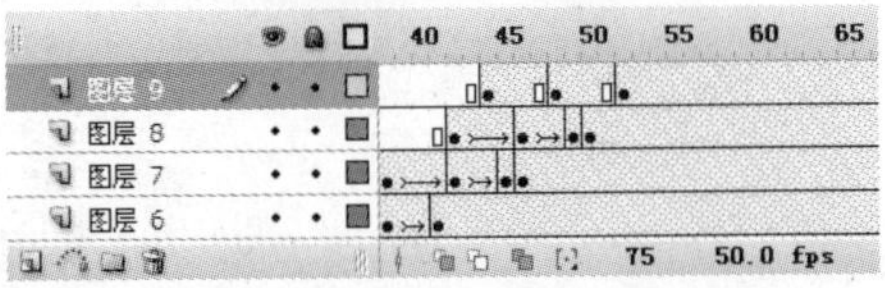

图13-63 "时间轴"面板

Step 36 依次单击"时间轴"面板上的"插入图层"按钮，新建"图层10"、"图层11"、"图层12"、"图层13"，并根据制作"图层9"的动画，制作出"图层10"、"图层11"、"图层12"、"图层13"的动画，场景效果如图13-66所示，"时间轴"面板如图13-67所示。

图13-66 场景效果

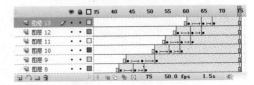

图13-67 "时间轴"面板

Step 37 单击“时间轴”面板上的“插入图层”按钮，新建“图层14”，在第75帧位置单击，按【F6】键插入关键帧，将“反应区”元件从“库”面板拖入到场景中，如图13-68所示，选中该元件，在“动作-按钮”面板中输入如图13-69所示的脚本语言。

图13-68　拖入元件

```
on (rollOver)
{
    tellTarget("_root.m1")
    {
        gotoAndPlay(1);
    } // End of TellTarget
}
on (rollOut)
{
    tellTarget("_root.m1")
    {
        gotoAndPlay(6);
    } // End of TellTarget
}
```

图13-69　输入脚本语言

Step 38 依次单击“时间轴”面板上的“插入图层”按钮，新建“图层15”、“图层16”、“图层17”，并根据“图层14”的动画制作方法，制作出“图层15”、“图层16”、“图层17”的动画，场景效果如图13-70所示，“时间轴”面板如图13-71所示。

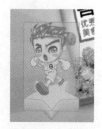

图13-70　场景效果

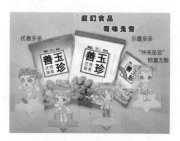

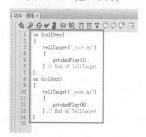

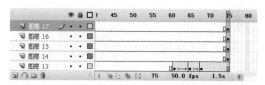

图13-71　“时间轴”面板

Step 39 单击“时间轴”面板上的“插入图层”按钮，新建“图层18”，在第75帧位置单击，按【F6】键插入关键帧，将“指示动画1”元件从“库”面板拖入到场景中，如图13-72所示，选中该元件，设置其“属性”面板上的“实例名称”为m1，如图13-73所示。

图13-72　拖入元件

图13-73　“属性”面板

Step 40 依次单击“时间轴”面板上的“插入图层”按钮，新建“图层19”、“图层20”、“图层21”，并根据“图层18”的动画制作方法，制作出“图层19”、“图层20”、“图层21”的动画，场景效果如图13-74所示，“时间轴”面板如图13-75所示。

图13-74　场景效果

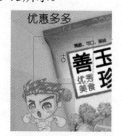

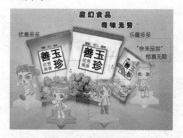

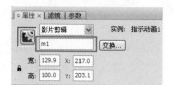

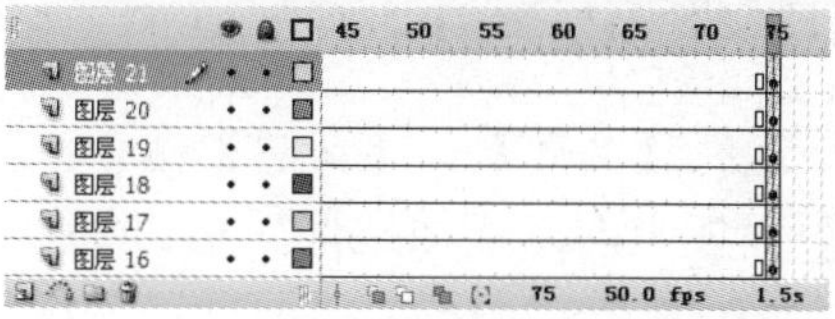

图13-75　“时间轴”面板

13

Chapter

13.1

13.2

13.3

13.4

13.5

13.6

Step **41** 单击"时间轴"面板上的"插入图层"按钮，新建"图层22"，在第75帧位置单击，按【F6】键插入关键帧，在"动作-帧"面板中输入"stop();"脚本语言，如图13-76所示，"时间轴"面板如图13-77所示。

Step **42** 执行【文件】→【保存】命令，将动画保存在"光盘\实例素材源文件\第13章\13-1.fla"，完成制作。同时按【Ctrl+Enter】组合键测试动画，预览效果如图13-78所示。

图13-76 输入脚本语言

图13-77 "时间轴"面板

图13-78 预览效果

13.2 游戏导航动画

Flash CS3

游戏导航动画的基本作用是让浏览者在浏览网站过程中能够准确到达想到的位置，并且可以方便地回到网站首页及其他相关内容的页面。

○ 设计思路

在繁琐的网页中，往往需要连续进入多个页面后，才能到达想到的页面，导航可以帮助浏览者方便快捷地到达相关的页面。

○ 练习要求

通过本实例的学习让读者了解在Flash中模糊滤镜的应用。

○ 制作重点

通过利用模糊滤镜制作出文字的动感效果。

制作流程预览

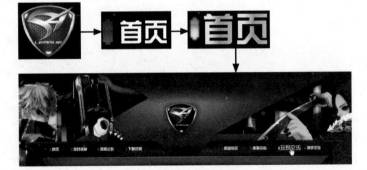

Step **01** 执行【文件】→【新建】命令，新建一个Flash文档，如图13-79所示。单击"属性"面板上的"文档属性"按钮 550 x 400 像素 ，在弹出的"文档属性"对话框中设置"尺寸"为980像素×261像素，"背景颜色"为#000000，"帧频"为49fps，如图13-80所示。

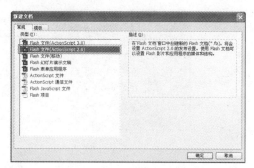

图13-79 新建Flash文档

图13-80 设置"文档属性"

Step 02 执行【文件】→【导入】→【导入到舞台】命令，将图像"光盘\实例素材源文件\第13章\素材\bj.jpg"导入到场景中，如图13-81所示。按【F8】键将图像转换成一个"名称"为"背景图像"，"类型"为"图形"的元件，如图13-82所示。在第10帧位置单击，按【F5】键插入帧。

Step 03 单击"时间轴"面板上的"插入图层"按钮，新建"图层2"，执行【文件】→【导入】→【导入到舞台】命令，将图像"光盘\实例素材源文件\第13章\素材\dh.png"导入到场景中，并使用"选择工具"调整图像的位置，如图13-83所示。按【F8】键将图像转换为一个"名称"为"导航背景"，"类型"为"图形"的元件，如图13-84所示。

图13-81 导入图像

图13-83 导入图像

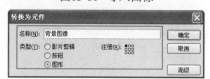

图13-82 "转换为元件"对话框

图13-84 "转换为元件"对话框

Step 04 执行【插入】→【新建元件】命令，新建一个"名称"为"图标反应区"，"类型"为"按钮"的元件，如图13-85所示。在"点击"状态位置单击，按【F6】键插入关键帧，执行【文件】→【导入】→【导入到舞台】命令，将图像"光盘\实例素材源文件\第13章\素材\tb2.png"导入到场景中，如图13-86所示。

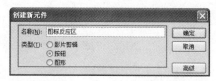

图13-85 "创建新元件"对话框

图13-86 导入图像

Step 05 执行【插入】→【新建元件】命令，新建一个"名称"为"图像动画"，"类型"为"影片剪辑"的元件，如图13-87所示。执行【文件】→【导入】→【导入到舞台】命令，将图像"光盘\实例素材源文件\第13章\素材\tb.png"导入到场景中，如图13-88所示。

13

Chapter

13.1

13.2

13.3

13.4

13.5

13.6

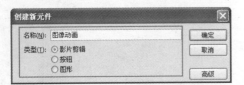

图13-87 "创建新元件"对话框

图13-88 导入图像

Step 06 单击"工具箱"中的"选择工具"按钮，将刚刚导入的图像选中后，按【F8】键将图像转换为一个"名称"为"图标"，"类型"为"图形"的元件，如图13-89所示。在第30帧位置单击，按【F5】键插入帧。单击"时间轴"面板上的"插入图层"按钮，新建"图层2"，在第2帧位置单击，按【F6】键插入关键帧，执行【窗口】→【库】命令，打开"库"面板，将图像tb.png从"库"面板中拖入到场景中，如图13-90所示。

Step 07 使用"选择工具"将刚刚导入的图像选中后，按【F8】键将图像转换为一个"名称"为"图标效果"，"类型"为"图形"的元件，如图13-91所示。并设置其"属性"面板上"颜色"样式为"高级"选项，单击"选项"按钮 选项... ，打开"高级效果"对话框，设置如图13-92所示。

图13-91 "转换为元件"对话框

图13-89 "转换为元件"对话框

图13-90 导入图像并调整位置

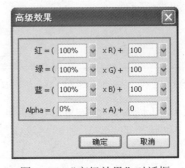

图13-92 "高级效果"对话框

Step 08 在第30帧位置单击，按【F6】键插入关键帧，在第15帧位置单击，按【F6】键插入关键帧，单击"工具箱"中的"选择工具"按钮，将"图标效果"元件选中后，单击其"属性"面板上的"选项"按钮 选项... ，打开"高级效果"对话框，设置如图13-93所示。分别设置第2帧、第15帧和第30帧上的"补间"类型为"动画"，"时间轴"效果如图13-94所示。

Step 09 单击"时间轴"面板上的"插入图层"按钮，新建"图层3"，打开"库"面板，将"图标反应区"元件从"库"面板中拖入到场景中，如图13-95所示。单击"工具箱"中的"选择工具"按钮，将刚刚拖入的元件选中后，执行【窗口】→【动作】命令，打开"动作"面板，输入如图13-96所示的脚本语言。

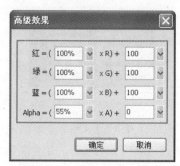

高级效果
红 = (100% × R) + 100
绿 = (100% × G) + 100
蓝 = (100% × B) + 100
Alpha = (55% × A) + 0
确定
取消
图13-93 “高级效果”对话框

图13-95 拖入元件

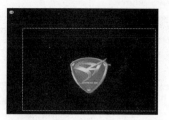

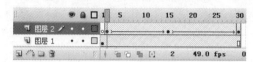

图层 2
图层 1
5 10 15 20 25 30
2 49.0 fps 0
图13-94 “时间轴”效果

动作 - 按钮
on (release)
{
getURL("链接地址");
}
on (rollOver)
{
_root.btnClick2 = true;
}
on (rollOut)
{
_root.btnClick2 = false;
}
图13-96 “动作-按钮”面板

Step 10 单击“时间轴”面板上的“插入图层”按钮，新建“图层4”，在第1帧位置单击，执行【窗口】→【动作】命令，打开“动作”面板，输入如图13-97所示的脚本语言。在第30帧位置单击，执行【窗口】→【动作】命令，打开“动作”面板，输入“gotoAndPlay(2);”脚本语言。如图13-98所示。

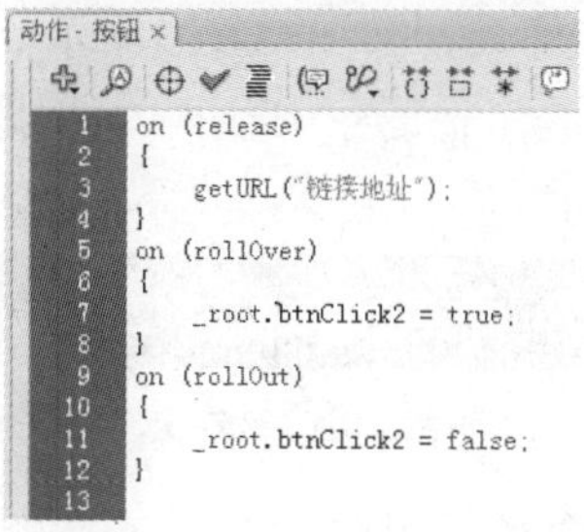

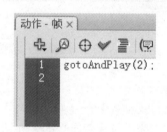

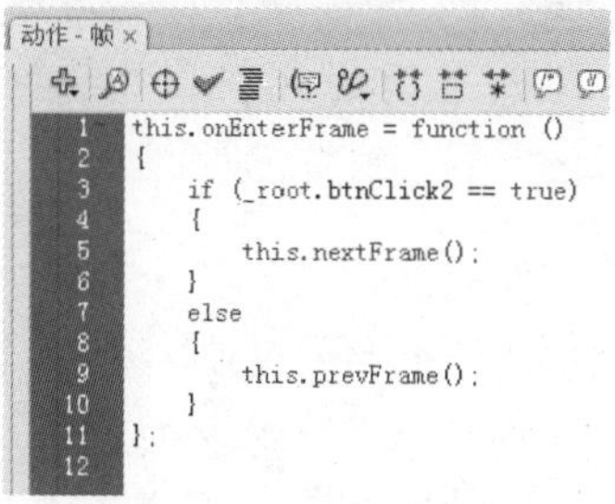

动作 - 帧
this.onEnterFrame = function ()
{
if (_root.btnClick2 == true)
{
this.nextFrame();
}
else
{
this.prevFrame();
}
};
图13-97 “动作-帧”面板

动作 - 帧
gotoAndPlay(2);
图13-98 “动作-帧”面板

Step 11 单击“编辑栏”上的“场景1”文字，返回“场景1”编辑状态，单击“时间轴”面板上的“插入图层”按钮，新建“图层3”，执行【窗口】→【库】命令，打开“库”面板，将“图标动作”元件从“库”面板中拖入到场景中，如图13-99所示。

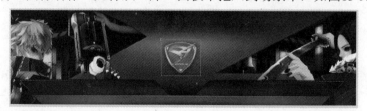

图13-99 拖入元件

Step 12 执行【插入】→【新建元件】命令，新建一个“名称”为“文本动画”，“类型”为“影片剪辑”的元件，如图13-100所示。单击“工具箱”中的“文本工具”按钮，设置“字体”为“经典综艺体简”，“字体大小”为10像素，“文本颜色”为#FFFFFF，其他设置为默认，在场景中输入“首页”文字，如图13-101所示。

13

Chapter

13.1

13.2

13.3

13.4

13.5

13.6

图13-100 "创建新元件"对话框

图13-101 输入文字

Step 13 单击"工具箱"中的"任意变形工具"按钮，按住【Alt】键将文本的高度调整到5像素，如图13-102所示。在第2帧位置单击，按【F7】键插入空白关键帧，使用"文本工具"在场景中输入"游戏资料"文字，并使用"任意变形工具"调整文本，如图13-103所示。

图13-102 调整文本

图13-103 调整文本

Step 14 用同样的制作方法，在第3帧至第8帧上制作出同样的文本效果，如图13-104所示。"时间轴"效果如图13-105所示。

图13-104 文本效果

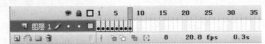

图13-105 "时间轴"效果

Step 15 执行【插入】→【新建元件】命令，新建一个"名称"为"效果文本动画"，"类型"为"影片剪辑"的元件，如图13-106所示。单击"工具箱"中的"文本工具"按钮，执行【窗口】→【颜色】命令，打开"颜色"面板，设置"笔触颜色"为无，"填充颜色"类型为"线性"，设置一个从Alpha值为100%的#EFFD7D到Alpha值为100%的#91B12C，到Alpha值为100%的#B6D556的线性渐变，"颜色"面板如图13-107所示。

Step 16 设置"字体大小"为15像素，在场景中输入"首页"文字，如图13-108所示。执行【修改】→【分离】命令，执行2次，将文本分离为图形，打开"颜色"面板，设置"填充颜色"为"线性"，将图形填充线性渐变场景效果，如图13-109所示。

![创建新元件对话框]

图13-106 "创建新元件"对话框

图13-107 "颜色"面板

图13-108　输入文字

图13-109　分离并填充

用同样的制作方法，在第2帧、第3帧、第4帧、第5帧、第6帧、第7帧和第8帧中输入相应的文字，场景效果与"时间轴"效果如图13-110所示。

图13-110　场景效果与"时间轴"效果

执行【插入】→【新建元件】命令，新建一个"名称"为"直线动画"，"类型"为"影片剪辑"的元件，如图13-111所示。单击"工具箱"中的"线条工具"按钮，在场景中绘制出一个长度为44像素的水平直线，如图13-112所示。

图13-111　"创建新元件"对话框

图13-112　绘制直线

使用"选择工具"将刚刚绘制出的直线选中后，按【F8】键将直线转换成一个"名称"为"直线"，"类型"为"图形"的元件，如图13-113所示。分别在第3帧和第8帧位置单击，依次按【F6】键插入关键帧，在第2帧位置单击，按【F6】键插入关键帧，使用"选择工具"将元件选中后，设置其长度为74像素，如图13-114所示。在第5帧位置单击，按【F6】键插入关键帧，使用"选择工具"将元件选中后，设置其长度为90像素，如图13-115所示。

图13-113　"转换为元件"对话框

图13-114　调整元件

图13-115　调整元件

13

Chapter

13.1

13.2

13.3

13.4

13.5

13.6

Step 20 执行【插入】→【新建元件】命令，新建一个"名称"为"首页文本动画"，"类型"为"影片剪辑"的元件，如图13-116所示。单击"工具箱"中的"文本工具"按钮 T，在场景中输入"首页"文字，如图13-117所示。

Step 21 使用"选择工具"将文本选中后，按【F8】键将元件转换成一个"名称"为"首页"，"类型"为"图形"的元件，如图13-118所示。分别在第2帧、第3帧、第4帧和第5帧位置单击，依次按【F6】键插入关键帧，分别将第2帧和第5帧上的元件选中后，依次设置其"属性"面板上"颜色"样式下的Alpha值为0%，如图13-119所示。

图13-116 "创建新元件"对话框

图13-118 "转换为元件"对话框

图13-117 输入文字

图13-119 "属性"面板

Step 22 在第4帧位置单击，使用"选择工具"将元件选中后，设置其"属性"面板上"颜色"样式下的Alpha值为55%，如图13-120所示。在第6帧位置单击，按【F7】键插入空白关键帧，打开"库"面板，将"文本动画"元件从"库"面板中拖入到场景中，如图13-121所示。在第16帧位置单击，按【F6】键插入关键帧。并设置第6帧上的"补间"类型为"动画"，"时间轴"效果如图13-122所示。

图13-120 "属性"面板

图13-121 拖入元件

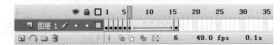

图13-122 "时间轴"效果

Step 23 单击"时间轴"面板上的"插入图层"按钮，新建"图层2"，执行【文件】→【导入】→【导入到舞台】命令，将图像"光盘\实例素材源文件\第13章\素材\li1.png"导入到场景中，如图13-123所示。按【F8】键将图像转换成一个"名称"为"LI"，"类型"为"图形"的元件，如图13-124所示。

图13-123 导入图像

图13-124 "转换为元件"对话框

Step **24** 分别在第2帧、第3帧、第4帧、第5帧位置单击，依次按【F6】键插入关键帧，分别将第2帧和第5帧上的元件选中后，依次设置其"属性"面板上"颜色"样式下的Alpha值为0%，在第4帧位置单击，使用"选择工具"将元件选中后，设置其"属性"面板上"颜色"样式下的Alpha值为55%，场景效果如图13-125所示。在第8帧位置单击，按【F7】键插入空白关键帧，"时间轴"效果如图13-126所示。

Step **25** 单击"时间轴"面板上的"插入图层"按钮，新建"图层3"，在第7帧位置单击，按【F6】键插入关键帧，打开"库"面板，将"直线动画"元件从"库"面板中拖入到场景中，设置其"属性"面板上的"实例名称"为line，并调整其宽度为10像素，如图13-127所示。"属性"面板如图13-128所示。

图13-125 场景效果

图13-126 "时间轴"效果

图13-127 拖入元件

图13-128 "属性"面板

Step **26** 执行【窗口】→【属性】→【滤镜】命令，打开"滤镜"面板，单击"添加滤镜"按钮，在弹出的下拉菜单中选择"模糊"选项，如图13-129所示。添加"模糊"滤镜，设置"模糊"值为1像素，如图13-130所示。

图13-129 选择"模糊"选项

图13-130 "滤镜"面板

Step **27** 在第10帧位置单击，按【F6】键插入关键帧，使用"选择工具"将直线选中后，设置其"属性"面板上的"宽"为37像素，场景效果如图13-131所示。设置第7帧位置上的"补间"类型为"动画"，"时间轴"效果如图13-132所示。

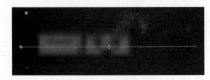

图13-131 场景效果

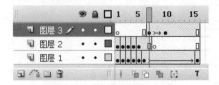

图13-132 "时间轴"效果

13

Chapter

13.1

13.2

13.3

13.4

13.5

13.6

Step 28 单击"时间轴"面板上的"插入图层"按钮■，新建"图层4"，在第12帧位置单击，按【F6】键插入关键帧，执行【文件】→【导入】→【导入到舞台】命令，将图像"光盘\实例素材源文件\第13章\素材\li2.png"导入到场景中，如图13-133所示。按【F8】键将图像转换成一个"名称"为"效果LI"，"类型"为"影片剪辑"的元件，如图13-134所示。

图13-133 导入图像

图13-134 "转换为元件"对话框

Step 30 在第16帧位置单击，按【F6】键插入关键帧，使用"选择工具"将元件选中后，打开"滤镜"面板，设置"模糊"滤镜中的"模糊X"值为0像素，"模糊Y"值为0像素，如图13-137所示。设置第12帧上的"补间"类型为"动画"，如图13-138所示。

图13-137 "滤镜"面板

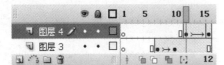

图13-138 "时间轴"效果

Step 29 单击"工具箱"中的"选择工具"，将元件选中后，设置其"属性"面板上的"实例名称"为oblt，如图13-135所示。打开"滤镜"面板，单击"添加滤镜"按钮，在弹出的下拉菜单中选择"模糊"选项，设置"模糊X"值为7像素，"模糊Y"值为0像素，再单击"添加滤镜"按钮，在弹出的下拉菜单中选择"发光"选项，设置如图13-136所示。

图13-135 "属性"面板

图13-136 "滤镜"面板

Step 31 单击"时间轴"面板上的"插入图层"按钮■，新建"图层5"，在第10帧位置单击，按【F6】键插入关键帧，打开"库"面板，将"效果文本动画"元件从"库"面板中拖入到场景中，如图13-139所示。设置其"属性"面板上的"实例名称"为o2menu，如图13-140所示。

图13-139 拖入元件

图13-140 "属性"面板

Step 32 打开"滤镜"面板，单击"添加滤镜"按钮，在弹出的下拉菜单中选择"模糊"选项，设置"模糊X"值为10像素，"模糊Y"值为0像素，如图13-141所示。单击"添加滤镜"按钮，在弹出的下拉菜单中选择"发光"选项，设置"模糊X"值为7像素，"模糊Y"值为7像素，"强度"为50%，如图13-142所示。

Step 33 在第13帧位置单击，按【F6】键插入关键帧，使用"选择工具"选中元件后，打开"滤镜"面板，设置"模糊"滤镜中的"模糊X"值为5像素，"模糊Y"值为3像素，如图13-143所示。在第16帧位置单击，按【F7】键插入空白关键帧，用制作"效果文本动画"元件的方法，制作出如图13-144所示的图形。设置第10帧上的"补间"类型为"动画"。

图13-141 "滤镜"面板

图13-143 "滤镜"面板

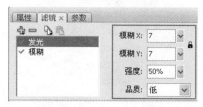

图13-142 "滤镜"面板

图13-144 图形效果

Step 34 单击"时间轴"面板上的"插入图层"按钮，新建"图层6"，执行【窗口】→【动作】命令，打开"动作-帧"面板，输入如图13-145所示的脚本语言。在第7帧位置单击，按【F6】键插入关键帧，打开"动作-帧"面板，输入如图13-146所示的脚本语言。

图13-145 "动作-帧"面板

图13-146 "动作-帧"面板

Step 35 在第10帧位置单击，按【F6】键插入关键帧，打开"动作-帧"面板，输入如图13-147所示的脚本语言。在第16帧位置单击，按【F6】键插入关键帧，打开"动作-帧"面板，输入如图13-148所示的脚本语言。

图13-147 "动作-帧"面板

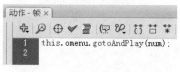

图13-148 "动作-帧"面板

13
Chapter

13.1
13.2
13.3
13.4
13.5
13.6

Step
36 用制作"首页文本动画"元件的制作方法，制作出"游戏资料动画"元件、"新闻公告动画"元件、"下载注册动画"元件、"购物专区动画"元件、"客服中心动画"元件、"玩家交流动画"元件和"游戏论坛动画"元件，并返回"场景1"编辑状态，将元件分别拖入到不同的图层，如图13-149所示。"时间轴"效果如图13-150所示。并设置元件的"实例名称"分别为menu01至menu08，如图13-151所示。

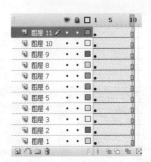

图13-149 场景效果

图13-150 "时间轴"效果

图13-151 "属性"面板

Step
37 执行【插入】→【新建元件】命令，新建一个"名称"为"反应区"，"类型"为"按钮"的元件，如图13-152所示。在"点击"状态单击，按【F6】键插入关键帧，单击"工具箱"中的"矩形工具"按钮，设置"笔触颜色"为"无"，在场景中绘制一个矩形，如图13-153所示。

图13-152 "创建新元件"对话框

图13-153 绘制矩形

Step
38 单击"编辑栏"上的"场景1"文字，返回到"场景1"编辑状态，单击"时间轴"面板上的"插入图层"按钮，新建"图层12"，打开"库"面板，将"反应区"元件从"库"面板中拖入到场景中，如图13-154所示。并设置其"属性"面板上的"实例名称"为btn01，如图13-155所示。

图13-154 拖入元件

图13-155 "属性"面板

Step 39 用同样的制作方法，新建"图层13"至"图层19"，分别将"反应区"元件拖入到不同的图层中，并移动到相应的位置，如图13-156所示。"时间轴"效果如图13-157所示。并按照顺序将"反应区"元件的"实例名称"分别设置为btn02至btn08，如图13-158所示。

图13-156 场景效果

图13-157 "时间轴"效果

图13-158 "属性"面板

Step 40 单击"时间轴"面板上的"插入图层"按钮，新建"图层20"，在第1帧位置单击，执行【窗口】→【动作】命令，打开"动作-帧"面板，输入如图13-159所示的脚本语言，在第10帧位置单击，按【F6】键插入关键帧，打开"动作-帧"面板输入如图13-160所示的脚本语言。

```
function mMenuOver (num)
{
    _root.mMenuAction (num);
    if (_root.depth1 != num)
    {
        _root["mover" + _root.depth1] = false;
        _root["sover" + num + ""] = _root.depth2] = false;
    }
    _root["mover" + num] = true;
    _root.mCode = num;
}
function mMenuOut (num)
{
    _root.mMenuAction (num);
    if (_root.depth1 != num)
    {
        _root["mover" + num] = false;
    }
    _root["mover" + _root.depth1] = true;
    _root["sover" + num + ""] = _root.depth2] = true;
    _root.mCode = _root.depth1;
}
function mMenuClick (num)
{
    this.tgURL = _root["m" + num + "_"];
    getURL(this.tgURL, "");
}
function mMenuAction (num)
{
    _root["menu0" + num].onEnterFrame = function ()
    {
        if (_root.mCode == 1)
        {
            xpos = [BX1, BX2 + 10, BX3 + 10, BX4 + 10, BX5 + 10, BX6 + 10, BX7 + 10, BX8 + 10, BX9 + 10];
        }
        else if (_root.mCode == 2)
        {
            xpos = [BX1 - 10, BX2 - 8, BX3 + 10, BX4 + 10, BX5 + 10, BX6 + 10, BX7 + 10, BX8 + 10, BX9 + 10];
        }
        else if (_root.mCode == 3)
        {
```

图13-159 "动作-帧"面板

```
this.stop();
mCode = depth1;
mMenuAction(depth1);
_root["sover" + depth1] = true;
```

图13-160 "动作-帧"面板

Flash CS3中文版入门实战与提高

13

Chapter

13.1

13.2

13.3

13.4

13.5

13.6

Step 41 执行【文件】→【保存】命令，将动画保存为"光盘\实例素材源文件\第13章\13-2. fla"，按【Ctrl+Enter】组合键测试影片，预览动画效果如图13-161所示。

图13-161　预览动画效果

13.3 网站展示动画

Flash CS3

网站展示动画，要突出网站的主题，最主要的是要让浏览者在浏览网站时，感觉浏览的网站与其他网站不同，浏览时有种豁然开朗的感觉。

制作流程预览

○ **设计思路**

为了让更多的人能浏览到丰富漂亮的网站，网站宣传和展示就成了不可忽视的重要部分。本实例将详细讲解与制作网站展示动画，通过本实例的学习，让读者对网站展示动画的制作有更进一步了解。

○ **练习要求**

通过本实例的学习让读者了解与掌握遮罩动画的制作，以及外部库的使用。

○ **制作重点**

通过利用"模糊"滤镜制作房子的动感效果，利用"发光"滤镜制作太阳的发光效果。

Step 01 执行【文件】→【新建】命令，弹出"新建文档"对话框，单击【确定】按钮，新建一个Flash文档，如图13-162所示。单击"属性"面板上的"文档属性"按钮，在弹出的"文档属性"对话框中设置"尺寸"为950像素×574像素，"背景颜色"为#003366，"帧频"为30fps，如图13-163所示。

Step 02 执行【插入】→【新建元件】命令，新建一个"名称"为"房屋动画"的"影片剪辑"元件，如图13-164所示，执行【文件】→【导入】→【导入到舞台】命令，将图像"光盘\实例素材源文件\第13章\素材\ image49.png"导入到场景中，如图13-165所示。

图13-162 新建Flash文档

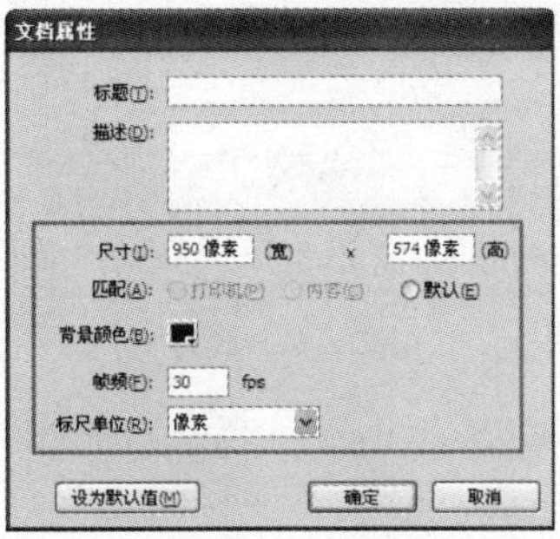

图13-164 创建新元件

图13-163 文档属性

图13-165 导入图像

Step 03 选中刚刚导入到场景中的图像,按【F8】键将图像转换成"名称"为"房屋图像"的"影片剪辑"元件,选中该元件,在"滤镜"面板上单击"添加滤镜"按钮 ,在弹出菜单中选择"模糊"选项,设置模糊值如图13-166所示,图像效果如图13-167所示。

Step 04 在第10帧位置单击,按【F6】键插入关键帧,选中该帧下场景中的元件,将"滤镜"面板的"模糊"选项修改至如图13-168所示的设置,图像效果如图13-169所示。

图13-166 "滤镜"面板

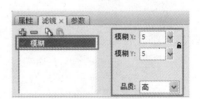

图13-168 "滤镜"面板

图13-167 图像效果

图13-169 图像效果

13
Chapter

13.1

13.2

13.3

13.4

13.5

13.6

Step 05 设置第1帧上的"补间"类型为"动画",在第40帧位置单击,按【F5】键插入帧,"时间轴"面板如图13-170所示。

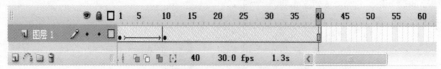

图13-170 "时间轴"面板

Step 06 单击"时间轴"面板上的"插入图层"按钮，新建"图层2"，将"房屋图像"从"库"面板拖入到场景中，选中该元件，在"滤镜"面板上单击"添加滤镜"按钮，在弹出菜单中选择"模糊"选项，设置模糊值如图13-171所示，图像效果如图13-172所示。

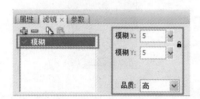

图13-171 "滤镜"面板

图13-172 图像效果

Step 07 再次选中该元件，设置其"属性"面板上"颜色"样式下的Alpha值为70%，图像效果如图13-173所示，分别在第24帧、第40帧位置单击，按【F6】键插入关键帧，选中第40帧下场景中的元件，设置其"属性"面板上"颜色"样式下的Alpha值为0%，设置第24帧上的"补间"类型为"动画"，"时间轴"面板如图13-174所示。

图13-173 图像效果

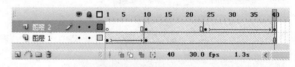

图13-174 "时间轴"面板

Step 08 单击"时间轴"面板上的"插入图层"按钮，新建"图层3"，在第10帧位置单击，按【F6】键插入关键帧，单击"工具箱"中的"椭圆工具"按钮，在场景中绘制一个如图13-175所示的椭圆，在第25帧位置单击，按【F6】键插入关键帧，单击"工具箱"中的"任意变形工具"按钮，将该帧下场景中的椭圆调整至如图13-176所示的大小。

图13-175 绘制椭圆

图13-176 调整椭圆大小

Step 09 设置第10帧上的"补间"类型为"形状",在"图层3"上单击鼠标右键,在弹出的快捷菜单中选择【遮罩层】命令,完成后的"时间轴"面板如图13-177所示。

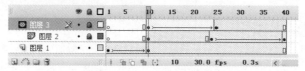

图13-177 "时间轴"面板

Step 10 根据"图层2"、"图层3"的制作方法,制作出"图层4"、"图层5"、"图层6"、"图层7"动画,"时间轴"面板如图13-178所示,场景效果如图13-179所示。

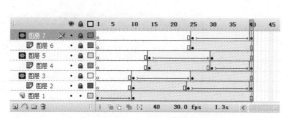

图13-178 "时间轴"面板

图13-179 场景效果

Step 11 单击"时间轴"面板上的"插入图层"按钮,新建"图层8",在第40帧位置单击,按【F6】键插入关键帧,执行【窗口】→【动作】命令,打开"动作"面板,在"动作-帧"面板中输入"stop();"脚本语言,如图13-180所示,"时间轴"面板如图13-181所示。

图13-180 输入脚本语言

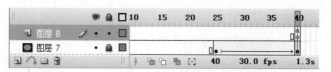

图13-181 "时间轴"面板

Step 12 执行【插入】→【新建元件】命令,新建一个"名称"为"人物动画"的"影片剪辑"元件,如图13-182所示,执行【文件】→【导入】→【导入到舞台】命令,将图像"光盘\实例素材源文件\第13章\素材\ image38.png"导入到场景中,如图13-183所示。

图13-182 创建新元件

图13-183 导入图像

Step 13 选中刚刚导入到场景中的图像,按【F8】键将图像转换成"名称"为"人物1"的"图形"元件,如图13-184所示,在第25帧位置单击,按【F5】键插入帧,"时间轴"面板如图13-185所示。

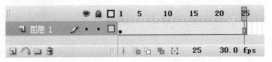

图13-184 导入图像   图13-185 "时间轴"面板

Step 14 单击"时间轴"面板上的"插入图层"按钮，新建"图层2"，在第18帧位置单击，按【F6】键插入关键帧，执行【文件】→【导入】→【导入到舞台】命令，将图像"光盘\实例素材源文件\第13章\素材\image39.png"导入到场景中，如图13-186所示，选中该图像，按【F8】键将图像转换成"名称"为"人物2"的"图形"元件，如图13-187所示。

图13-186 导入图像   图13-187 转换为元件

Step 15 单击"时间轴"面板上的"插入图层"按钮，新建"图层3"，在第20帧位置单击，按【F6】键插入关键帧，将"人物1"元件从"库"面板拖入到场景中，如图13-188所示，使用同样方法，单击"时间轴"面板上的"插入图层"按钮，新建"图层4"、"图层5"，分别将"人物2"、"人物1"元件从"库"面板拖入到场景中，单击"时间轴"面板上的"插入图层"按钮，新建"图层6"，在第25帧位置单击，按【F6】键插入关键帧，在"动作-帧"面板中输入"stop();"脚本语言，"时间轴"面板如图13-189所示。

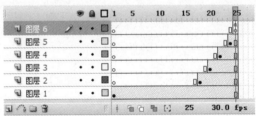

图13-188 拖入元件   图13-189 "时间轴"面板

Step 16 执行【插入】→【新建元件】命令，新建一个"名称"为"人物动画2"的"影片剪辑"元件，执行【文件】→【导入】→【导入到舞台】命令，将图像"光盘\实例素材源文件\第13章\素材\ image41.png"导入到场景中，如图13-190所示，选中该图像，按【F8】键将图像转换成"名称"为"人物3"的"图形"元件，如图13-191所示。

图13-190 导入图像   图13-191 转换为元件

Step 17 在第14帧位置单击，按【F6】键插入关键帧，将该帧下场景中的元件向右下方移动，选中第1帧下场景中的元件，设置其"属性"面板上"颜色"样式下的Alpha值为0%，如图13-192所示，设置第1帧上的"补间"类型为"动画"，在第26帧位置单击，按【F5】键插入帧，"时间轴"面板如图13-193所示。

图13-192　"属性"面板

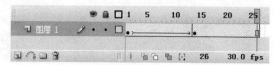

图13-193　"时间轴"面板

Step 18 根据制作"图层1"动画的方法，制作出"图层2"、"图层3"、"图层4"动画，单击"时间轴"面板上的"插入图层"按钮，新建"图层5"，在第26帧位置单击，按【F6】键插入关键帧，在"动作-帧"面板中输入"stop();"脚本语言，场景效果如图13-194所示，"时间轴"面板如图13-195所示。

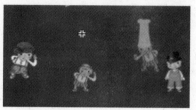

图13-194　场景效果

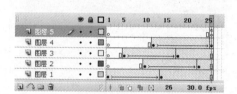

图13-195　"时间轴"面板

Step 19 执行【插入】→【新建元件】命令，新建一个"名称"为"圆点"的"影片剪辑"元件，如图13-196所示，单击"工具箱"中的"椭圆工具"按钮，设置其"属性"面板上的"笔触颜色"为无，"填充颜色"为#FFFF66，在场景中绘制一个如图13-197所示的圆形。

图13-196　创建新元件

图13-197　绘制圆形

Step 20 在第3帧位置单击，按【F6】键插入关键帧，单击"工具箱"中的"椭圆工具"按钮，设置其"属性"面板上的"笔触颜色"为无，"填充颜色"为#FF0000，如图13-198所示，在场景中绘制一个如图13-199所示的圆形。

图13-198　"属性"面板

图13-199　绘制圆形

13

Chapter

13.1

13.2

13.3

13.4

13.5

13.6

Step 21 使用同样方法，在其他帧上插入关键帧，并使用"椭圆工具"绘制圆形，场景效果如图13-200所示，单击"时间轴"面板上的"插入图层"按钮，新建"图层2"，在第10帧位置单击，按【F6】键插入关键帧，在"动作-帧"面板中输入"stop();"脚本语言，"时间轴"面板如图13-201所示。

图13-200 场景效果

图13-201 "时间轴"面板

Step 22 执行【插入】→【新建元件】命令，新建一个"名称"为"指示动画"的"影片剪辑"元件，如图13-202所示，执行【文件】→【导入】→【导入到舞台】命令，将图像"光盘\实例素材源文件\第13章\素材\image46.png"导入到场景中，如图13-203所示，选中该图像，按【F8】键将图像转换成"名称"为"箭头"的"图形"元件。

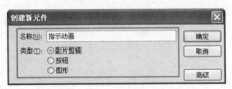

图13-202 创建新元件

图13-203 导入图像

Step 23 分别在第21帧、第41帧位置单击，按【F6】键插入关键帧，选中第21帧下场景中的元件，设置其"属性"面板上"颜色"为"高级"，单击"设置"按钮 设置...，在弹出的"高级效果"对话框中进行设置，如图13-204所示，图像效果如图13-205所示，设置第1帧、第21帧上的"补间"类型为"动画"，"时间轴"面板如图13-206所示。

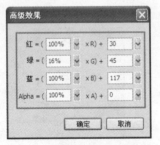

图13-204 "高级效果"对话框

图13-205 图像效果

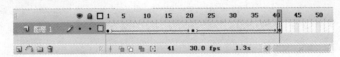

图13-206 "时间轴"面板

Step 24 单击"时间轴"面板上的"插入图层"按钮，新建"图层2"，将"圆点"元件从"库"面板拖入到场景中，如图13-207所示，在第2帧位置单击，按【F7】键插入空白关键帧，单击"工具箱"中的"椭圆工具"按钮，设置其"属性"面板上的"笔触颜色"为无，"填充颜色"为#FFFF66，在场景中绘制一个如图13-208所示的圆形。

图13-207 拖入元件

图13-208 绘制圆形

Step 25 使用同样方法，在其他帧上插入关键帧，并使用"椭圆工具"绘制圆形，场景效果如图13-209所示，选中第22帧至第41帧，单击鼠标右键，在弹出的快捷菜单中选择【删除】命令，"时间轴"面板如图13-210所示。

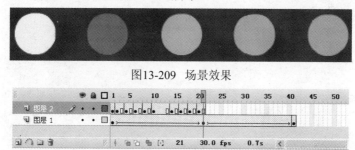

图13-209 场景效果

图13-210 "时间轴"面板

Step 26 单击"时间轴"面板上的"插入图层"按钮，新建"图层3"，单击第1帧位置，在"动作-帧"面板中输入"stop();"脚本语言，在第41帧位置单击，按【F6】键插入关键帧，在"动作-帧"面板中输入"gotoAndPlay(2);"脚本语言，"时间轴"面板如图13-211所示。

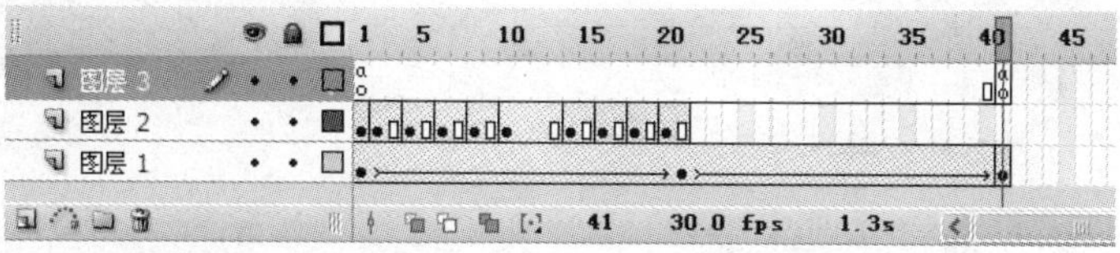

图13-211 "时间轴"面板

Step 27 执行【插入】→【新建元件】命令，新建一个"名称"为"反应区"的"按钮"元件，如图13-212所示，在"点击"帧位置单击，按【F6】键插入关键帧，单击"工具箱"中的"矩形工具"按钮，在场景中绘制一个如图13-213所示的矩形。

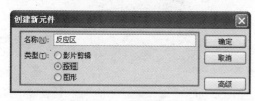

图13-212 创建新元件

图13-213 绘制矩形

Step 28 执行【插入】→【新建元件】命令，新建一个"名称"为"指示牌"的"影片剪辑"元件，如图13-214所示，执行【文件】→【导入】→【导入到舞台】命令，将图像"光盘\实例素材源文件\第13章\素材\ image45.png"导入到场景中，如图13-215所示，选中该图像，按【F8】键将图像转换成"名称"为"标牌"的"影片剪辑"元件。

图13-214　创建新元件

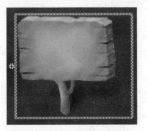

图13-215　导入图像

Step 29 在第13帧位置单击，按【F6】键插入关键帧，将该帧上的元件向左移动，如图13-216所示，在第32帧位置单击，按【F5】键插入帧，设置第1帧上的"补间"类型为"动画"，"时间轴"面板如图13-217所示。

Step 30 选中第1帧下场景中的元件，在"滤镜"面板上单击"添加滤镜"按钮 ，在弹出菜单中选择"模糊"选项，设置模糊值如图13-218所示，图像效果如图13-219所示。

图13-218　"滤镜"面板

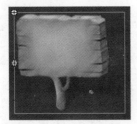

图13-216　移动元件位置

图13-217　"时间轴"面板

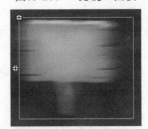

图13-219　图像效果

Step 31 单击"时间轴"面板上的"插入图层"按钮，新建"图层2"，在第10帧位置单击，按【F6】键插入关键帧，执行【文件】→【导入】→【导入到舞台】命令，将图像"光盘\实例素材源文件\第13章\素材\ image47.png"导入到场景中，如图13-220所示，选中该图像，按【F8】键将图像转换成"名称"为"点击进入"的"图形"元件，如图13-221所示。

图13-220　导入图像

图13-221　转换为元件

Step 32 在第22帧位置单击，按【F6】键插入关键帧，选中第10帧下场景中的元件，设置其"属性"面板上"颜色"样式下的Alpha值为0%，如图13-222所示，设置第10帧上的"补间"类型为"动画"，"时间轴"面板如图13-223所示。

图13-222 "属性"面板

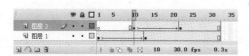

图13-223 "时间轴"面板

Step 33 单击"时间轴"面板上的"插入图层"按钮，新建"图层3"，根据"图层2"动画的制作方法，制作出"图层3"动画，场景效果如图13-224所示，"时间轴"面板如图13-225所示。

图13-224 场景效果

图13-225 "时间轴"面板

Step 34 单击"时间轴"面板上的"插入图层"按钮，新建"图层4"，在第9帧位置单击，按【F6】键插入关键帧，将"指示动画"元件从"库"面板拖入到场景中，如图13-226所示，在第14帧位置单击，按【F6】键插入关键帧，选中第9帧上的元件，设置其"属性"面板上"颜色"样式下的Alpha值为0%，再次选中该元件，设置其"属性"面板上的"实例名称"为dd，如图13-227所示，设置第9帧上的"补间"类型为"动画"。

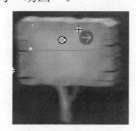

图13-226 拖入元件

图13-227 "属性"面板

Step 35 单击"时间轴"面板上的"插入图层"按钮，新建"图层5"，将"反应区"元件从"库"面板拖入到场景中，如图13-228所示，选中该元件，在"动作-按钮"面板中输入如图13-229所示的脚本语言。

图13-228 拖入元件

图13-229 输入脚本语言

13
Chapter

13.1

13.2

13.3

13.4

13.5

13.6

Step 36 单击"时间轴"面板上的"插入图层"按钮 ，新建"图层6"，在第32帧位置单击，按【F6】键插入关键帧，在"动作-帧"面板中输入"stop();"脚本语言，"时间轴"面板如图13-230所示。

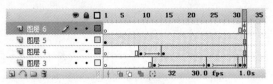

图13-230 "时间轴"面板

Step 37 执行【插入】→【新建元件】命令，新建一个"名称"为"太阳动画"的"影片剪辑"元件，如图13-231所示，执行【文件】→【导入】→【导入到舞台】命令，将图像"光盘\实例素材源文件\第13章\素材\ image37.png"导入到场景中，如图13-232所示，选中该图像，按【F8】键将图像转换成"名称"为"太阳"的"影片剪辑"元件。

Step 38 分别在第43帧、第65帧位置单击，按【F6】键插入关键帧，选中第43帧下场景中的元件，在"滤镜"面板上单击"添加滤镜"按钮 ，在弹出菜单中选择"模糊"选项，设置模糊值如图13-233所示，图像效果如图13-234所示，设置第1帧、第43帧上的"补间"类型为"动画"。

图13-231 创建新元件

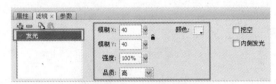

图13-233 "滤镜"面板

图13-232 导入图像

图13-234 图像效果

Step 39 单击"时间轴"面板上的"插入图层"按钮，新建"图层2"，在第65帧位置单击，按【F6】键插入关键帧，在"动作-帧"面板中输入如图13-235所示的脚本语言，"时间轴"面板如图13-236所示。

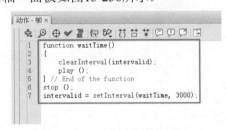

图13-235 输入脚本语言

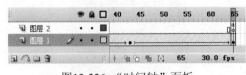

图13-236 "时间轴"面板

Step 40 单击"编辑栏"上的"场景1"文字，返回到"场景1"中。执行【文件】→【导入】→【导入到舞台】命令，将图像"光盘\实例素材源文件\第13章\素材\ image1.jpg"导入到场景中，如图13-237所示，在第55帧位置单击，按【F5】键插入帧，如图13-238所示。

图13-237 导入图像

图13-238 "时间轴"面板

Step 41 单击"时间轴"面板上的"插入图层"按钮，新建"图层2"，在第55帧位置单击，按【F6】键插入关键帧，执行【文件】→【导入】→【打开外部库】命令，将"光盘\实例素材源文件\第13章\素材\素材.fla"的库打开，如图13-239所示，将"飘雪动画"元件从"库-素材"面板中拖入到场景中，如图13-240所示。

Step 42 单击"时间轴"面板上的"插入图层"按钮，新建"图层3"，将"房子动画"从"库"面板拖入到场景中，如图13-241所示，单击"时间轴"面板上的"插入图层"按钮，新建"图层4"，将"太阳"从"库"面板拖入到场景中，如图13-242所示。

图13-239 打开外部库

图13-241 拖入元件

图13-240 拖入元件

图13-242 拖入元件

Step 43 在第54帧位置单击，按【F6】键插入关键帧，将该帧下场景中的元件移动至如图13-243所示的位置，选中第20帧下场景中的元件，设置其"属性"面板上"颜色"样式下的Alpha值为0%，设置第20帧上的"补间"类型为"动画"，在第55帧位置单击，将"太阳动画"从"库"面板拖入至第54帧场景下元件的所在位置，"时间轴"面板如图13-244所示。

Step 44 选中"时间轴"面板上的"图层4"，单击"时间轴"面板上的"添加运动引导层"按钮，为"图层4"添加运动引导层，单击"工具箱"中的"钢笔工具"按钮，在场景中绘制一条曲线，如图13-245所示，"时间轴"面板如图13-246所示。

图13-243　移动元件的位置

图13-245　绘制曲线

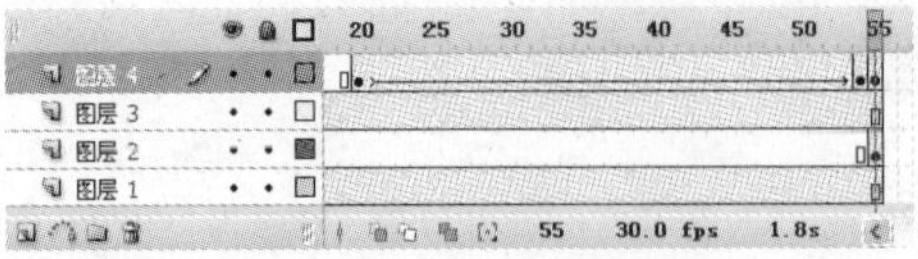

图13-244　"时间轴"面板

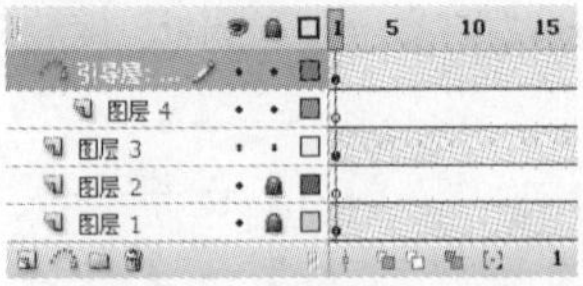

图13-246　"时间轴"面板

Step 45 单击"时间轴"面板上的"插入图层"按钮，新建"图层6"，在第55帧位置单击，按【F6】键插入关键帧，将"指示牌"元件从"库"面板拖入到场景中，如图13-247所示，选中该元件，设置其"属性"面板上的"实例名称"为pan，如图13-248所示。

Step 46 单击"时间轴"面板上的"插入图层"按钮，新建"图层7"，将"喷泉动画"从"库"面板拖入到场景中，选中该元件，设置其"属性"面板上的"混合模式"为"萤幕"，如图13-249所示，场景效果如图13-250所示。

图13-247　拖入元件

图13-249　"属性"面板

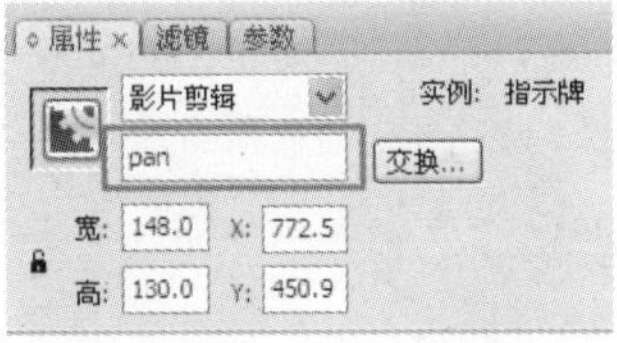

图13-248　"属性"面板

图13-250　场景效果

Step 47 单击"时间轴"面板上的"插入图层"按钮，新建"图层8"，将"人物动画"元件从"库"面板拖入到场景中，如图13-251所示，在第30帧位置，按【F6】键插入关键帧，将该帧下场景中的元件移动至如图13-252所示的位置，选中第20帧下场景中的元件，设置其"属性"面板上"颜色"样式下的Alpha值为0%，设置第20帧上的"补间"类型为"动画"。

Step 48 单击"时间轴"面板上的"插入图层"按钮，新建"图层9"，在第10帧位置单击，按【F6】键插入关键帧，将"飘旗元件"从"库-素材"面板中拖入到场景中，如图13-253所示，在第30帧位置单击，按【F6】键插入关键帧，选中第10帧下场景中的元件，设置其"属性"面板上"颜色"样式下的Alpha值为0%，设置第10帧上的"补间"类型为"动画"，"时间轴"面板如图13-254所示。

图13-253　拖入元件

图13-251　拖入元件　　图13-252　移动元件位置

图13-254　"时间轴"面板

Step 49 单击"时间轴"面板上的"插入图层"按钮 ，新建"图层10"，在第40帧位置单击，按【F6】键插入关键帧，将"人物动画2"元件从"库"面板拖入到场景中，如图13-255所示，单击"时间轴"面板上的"插入图层"按钮 ，新建"图层11"，在第20帧位置单击，按【F6】键插入关键帧，将"广告文字"元件从"库-素材"面板拖入到场景中，如图13-256所示。

图13-255　拖入元件

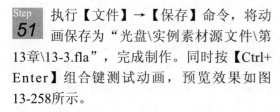

图13-256　拖入元件

Step 50 单击"时间轴"面板上的"插入图层"按钮 ，新建"图层12"，在第55帧位置单击，按【F6】键插入关键帧，在"动作-帧"面板中输入"stop();"脚本语言，"时间轴"面板如图13-257所示。

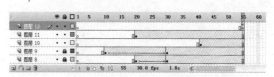

图13-257　"时间轴"面板

Step 51 执行【文件】→【保存】命令，将动画保存为"光盘\实例素材源文件\第13章\13-3.fla"，完成制作。同时按【Ctrl+Enter】组合键测试动画，预览效果如图13-258所示。

图13-258　预览效果

13.4 教育宣传动画

教育宣传不可忽视，每个人都需要良好的教育，每位家长都有义务和责任让孩子受到良好的教育，所以教育就成为每个人在成长中重要的一部分。

○ 设计思路

教育不仅是个人的责任，也是社会关注的问题，就教育这个问题本实例将利用Flash制作一个教育宣传动画。

○ 练习要求

了解与掌握引导层的原理，以及套索工具的使用。

○ 制作重点

通过利用引导层制作车子的行驶轨道。

制作流程预览

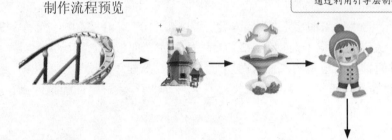

Step 01 执行【文件】→【新建】命令，新建一个Flash文档，如图13-259所示。单击"属性"面板上的"文档属性"按钮 `550 x 400 像素`，在弹出的"文档属性"对话框中设置"尺寸"为980像素×619像素，"背景颜色"为#FFFFFF，"帧频"为50fps，如图13-260所示。

Step 02 执行【文件】→【导入】→【导入到舞台】命令，将图像"光盘\实例素材源文件\第13章\素材\bj1.jpg"导入到场景中，如图13-261所示。按【F8】键将图像转换成一个"名称"为"背景图像"，"类型"为"图形"的元件，如图13-262所示。在第10帧位置单击，按【F5】键插入帧。

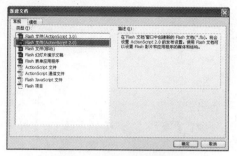

图13-259 新建Flash文档

图13-261 导入图像

图13-260 设置"文档属性"

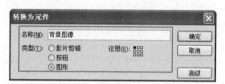

图13-262 "转换为元件"对话框

<table>
<tr><td>Step
03</td><td>单击"时间轴"面板上的"插入图
层"按钮，新建"图层2"，在第</td></tr>
</table>

单击"时间轴"面板上的"插入图层"按钮，新建"图层2"，在第10帧位置单击，按【F6】键插入关键帧，执行【文件】→【导入】→【导入到舞台】命令，将图像"光盘\实例素材源文件\第13章\素材\pd.png"导入到场景中，并使用"选择工具"调整图像位置，如图13-263所示。按【F8】键将图像转换为一个"名称"为"跑道"，"类型"为"图形"的元件，如图13-264所示。

图13-263 导入图像

图13-264 "转换为元件"对话框

Step 04 分别在第17帧和第20帧上单击，依次按【F6】键插入关键帧，在第10帧位置单击，单击"工具箱"中的"任意变形工具"按钮，按住【Alt】键将图像调整到如图13-265所示形状。在第17帧位置单击，单击"工具箱"中的"任意变形工具"按钮，按住【Alt】键将图像调整到如图13-266所示形状。分别设置第10帧和第17帧上的"补间"类型为"动画"，如图13-267所示。

图13-265 调整图像

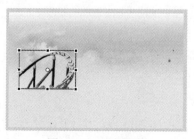

图13-266 调整图像

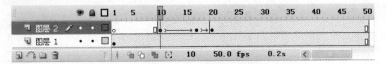

图13-267 "时间轴"效果

13
Chapter

13.1

13.2

13.3

13.4

13.5

13.6

Step 05 执行【插入】→【新建元件】命令，新建一个"名称"为"城铁动画"，"类型"为"影片剪辑"的元件，如图13-268所示。执行【文件】→【导入】→【导入到舞台】命令，将图像"光盘\实例素材源文件\第13章\素材\che.png"导入到场景中，如图13-269所示。

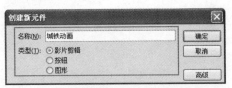

图13-268 "创建新元件"对话框

图13-269 导入图像

Step 06 使用"选择工具"将刚刚插入的图像选中后，按【F8】键将图像转换成一个"名称"为"城铁"，"类型"为"图形"的元件，如图13-270所示。单击"编辑栏"上的"场景1"文字，返回到"场景1"编辑状态，单击"时间轴"面板上的"插入图层"按钮，新建"图层3"，在第20帧位置单击，按【F6】键插入关键帧，执行【窗口】→【库】面板，打开"库"面板，将"城铁动画"元件从"库"面板中拖入到场景中，如图13-271所示。

图13-270 "转换为元件"对话框

图13-271 拖入元件

Step 07 在刚刚拖入的元件上双击，进入"城铁动画"元件编辑状态，使用"任意变形工具"将元件调整到如图13-272所示大小。在"图层1"的图层名称位置单击鼠标右键，在弹出的快捷菜单中选择【添加引导层】命令，如图13-273所示。

图13-272 调整元件

图13-273 【添加引导层】命令

Step 08 单击"工具箱"中的"钢笔工具"按钮 ，在场景中绘制一条路径，如图13-274所示。在第95帧位置单击，按【F5】键插入帧，在"图层1"上的第40帧位置单击，按【F6】键插入关键帧，使用"任意变形工具"将元件调整到如图13-275所示大小。

图13-274 绘制引导线

图13-275 调整元件

Step 09 在第95帧位置单击，按【F6】键插入关键帧，使用"任意变形工具"将元件调整到如图13-276所示大小。分别设置第1帧和第40帧上的"补间"类型为"动画"，在第190帧位置单击，按【F5】键插入帧，"时间轴"效果如图13-277所示。

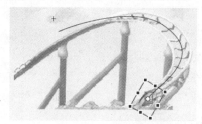

图13-276 调整图形

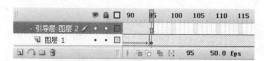

图13-277 "时间轴"效果

Step 10 单击"编辑栏"上的"场景1"文字，返回到"场景1"编辑状态，单击"时间轴"面板上的"插入图层"按钮 ，新建"图层4"，在第5帧位置单击，按【F6】键插入关键帧，执行【文件】→【导入】→【导入到舞台】命令，将图像"光盘\实例素材源文件\第13章\素材\fang1.png"导入到场景中，如图13-278所示。按【F8】键将图像转换为一个"名称"为"房屋1"，"类型"为"图形"的元件，如图13-279所示。

图13-278 拖入图像

图13-279 "转换为元件"对话框

Step 11 分别在第15帧和第20帧上单击，依次按【F6】键插入关键帧，在第5帧位置单击，单击"工具箱"中的"任意变形工具"按钮 ，按住【Alt】键将图像调整到如图13-280所示形状。在第15帧位置单击，单击"工具箱"中的"任意变形工具"按钮 ，按住【Alt】键将图像调整到如图13-281所示形状。分别设置第5帧和第15帧上的"补间"类型为"动画"，"时间轴"效果如图13-282所示。

13
Chapter

13.1

13.2

13.3

13.4

13.5

13.6

图13-280 调整元件

图13-281 调整元件

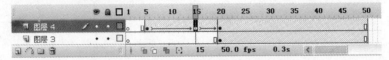

图13-282 "时间轴"效果

Step 12 用制作"图层4"的方法，制作出"图层5"，如图13-283所示，"时间轴"效果如图13-284所示。

Step 13 单击"时间轴"面板上的"插入图层"按钮，新建"图层6"，执行【文件】→【导入】→【导入到舞台】命令，将图像"光盘\实例素材源文件\第13章\素材\tb.png"导入到场景中，如图13-285所示。按【F8】键将图像转换为一个"名称"为"雪地"，"类型"为"图形"的元件，如图13-286所示。

图13-283 场景效果

图13-285 拖入图像

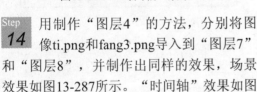

图13-284 "时间轴"效果

图13-286 "转换为元件"对话框

Step 14 用制作"图层4"的方法，分别将图像ti.png和fang3.png导入到"图层7"和"图层8"，并制作出同样的效果，场景效果如图13-287所示。"时间轴"效果如图13-288所示。

Step 15 单击"时间轴"面板上的"插入图层"按钮，新建"图层9"，在第20帧位置单击，按【F6】键插入关键帧，执行【文件】→【导入】→【导入到舞台】命令，将图像"光盘\实例素材源文件\第13章\素材\shu.png"导入到场景中，如图13-289所示。按【F8】键将图像转换为一个"名称"为"松树"，"类型"为"图形"的元件，如图13-290所示。

图13-287 场景效果

图13-289 拖入图像

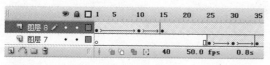

图13-288 "时间轴"效果

图13-290 "转换为元件"对话框

Step 16 执行【插入】→【新建元件】命令，新建一个"名称"为"遮罩"，"类型"为"图形"的元件，如图13-291所示，执行【文件】→【导入】→【导入到舞台】命令，将图像"光盘\实例素材源文件\第13章\素材\tu.png"导入到场景中，如图13-292所示。

图13-291 "创建新元件"对话框

图13-292 拖入图像

Step 17 执行【修改】→【分离】命令，将图像分离为图形，单击"工具箱"中的"套索工具"按钮，单击"工具箱"下方的"魔术棒工具"按钮，按住【Shift】键在场景中图形的白色区域单击，将白色区域全部选中，如图13-293所示。选中后按【Del】键将选中的区域删除。单击"编辑栏"上的"场景1"文字，单击"时间轴"面板上的"插入图层"按钮，新建"图层10"，在第20帧位置单击，按【F6】键插入关键帧，打开"库"面板，将"遮罩"元件从"库"面板中拖入到场景中，如图13-294所示。

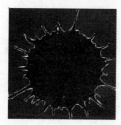

图13-293 选中白色区域

图13-294 拖入元件

Step 18 在第20帧位置单击，使用"任意变形工具"按住【Shift】键将元件等比例缩小，如图13-295所示。在第40帧位置单击，使用"任意变形工具"按住【Shift】键将元件等比例扩大，如图13-296所示。设置第20帧上的"补间"类型为"动画"，在"图层10"的图层名称位置单击鼠标右键，在弹出的快捷菜单中选择【遮罩层】命令，"时间轴"效果如图13-297所示。

13

Chapter

13.1

13.2

13.3

13.4

13.5

13.6

图13-295 调整图像　　　　　　　　图13-296 调整图像

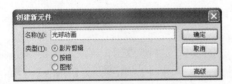

图13-297 "时间轴"效果

Step 19 执行【插入】→【新建元件】命令，新建一个"名称"为"光球动画"，"类型"为"影片剪辑"的元件，如图13-298所示。单击"工具箱"中的"椭圆工具"按钮，执行【窗口】→【颜色】命令，打开"颜色"面板，设置"笔触颜色"为"无"，"填充颜色"类型为"径向"，设置一个从Alpha值为100％的#FFFFFF到Alpha值为100％的#EFE7FD的径向渐变，"颜色"面板如图13-299所示。

图13-299 "颜色"面板

图13-298 "创建新元件"对话框

Step 20 按住【Shift】键在场景中绘制一个渐变正圆，如图13-300所示。按【F8】键将图形转换成一个"名称"为"光环"，"类型"为"图形"的元件，如图13-301所示。

图13-300 绘制渐变正圆　　　　　　　图13-301 "转换为元件"对话框

Step 21 在第30帧位置单击，按【F6】键插入关键帧，使用"任意变形工具"按住【Shift】键将元件等比例扩大，并设置其"属性"面板上"颜色"样式下的Alpha值为0％，场景效果如图13-302所示。设置第1帧上的"补间"类型为"动画"，"时间轴"效果如图13-303所示。

图13-302 调整元件

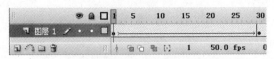

图13-303 "时间轴"效果

Step 22 单击"时间轴"面板上的"插入图层"按钮，新建"图层2"，执行【文件】→【导入】→【导入到舞台】命令，将图像"光盘\实例素材源文件\第13章\素材\qiu.png"导入到场景中，如图13-304所示。按【F8】键将图像转换为一个"名称"为"光球"，"类型"为"图形"的元件，如图13-305所示。

图13-304 拖入图像

图13-305 "转换为元件"对话框

Step 23 执行【插入】→【新建元件】命令，新建一个"名称"为"双手动画"，"类型"为"影片剪辑"的元件，如图13-306所示。执行【文件】→【导入】→【导入到舞台】命令，将图像"光盘\实例素材源文件\第13章\素材\shou1.png"导入到场景中，如图13-307所示。

图13-306 "创建新元件"对话框

图13-307 导入图像

Step 24 使用"选择工具"将图像选中后，按【F8】键将图像转换成一个名称为"右手"，"类型"为"图形"的元件，如图13-308所示。使用"任意变形工具"将元件的中心点调整到如图13-309所示位置。

图13-308 "转换为元件"对话框

图13-309 导入图像

Step 25 在第60帧位置单击，按【F6】键插入关键帧，在第30帧位置单击，按【F8】键插入关键帧，使用"任意变形工具"将元件进行旋转，如图13-310所示，分别设置第1帧和第30帧上的"补间"类型为"动画"，用"图层1"的制作方法，制作出"图层2"，场景效果如图13-311所示，"时间轴"效果如图13-312所示。

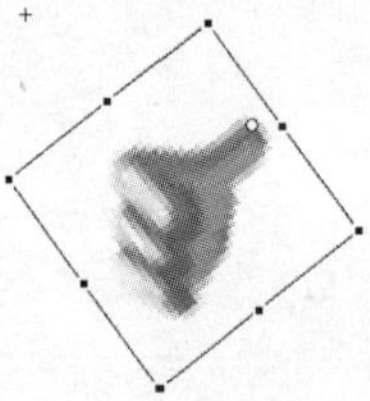

13

Chapter

13.1

13.2

13.3

13.4

13.5

13.6

图13-310　调整元件

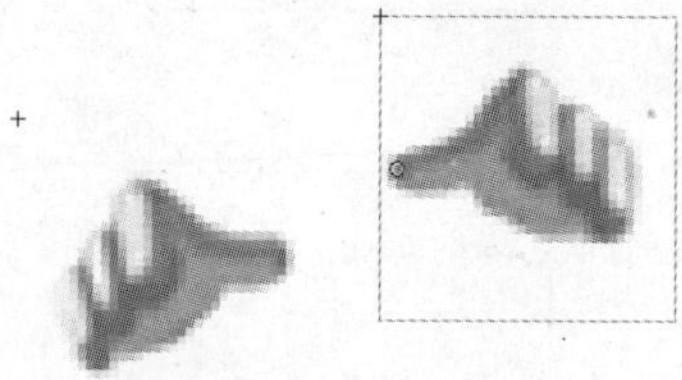

图13-311　场景效果

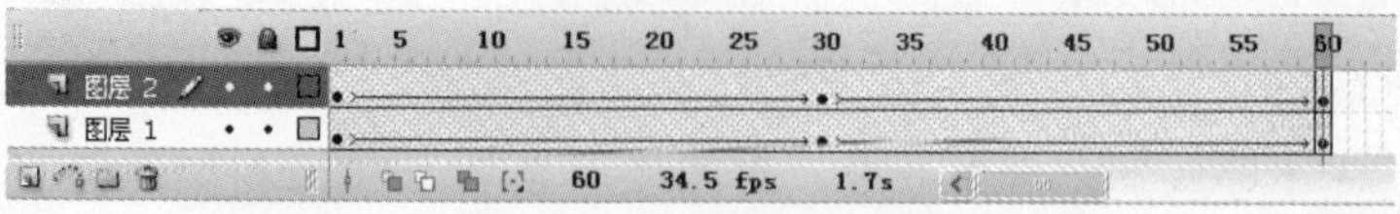

图13-312　"时间轴"效果

Step
26 单击"时间轴"面板上的"插入图层"按钮，新建"图层3"，在第60帧位置单击，按【F6】键插入关键帧，执行【窗口】→【动作】命令，打开"动作"面板输入"gotoAndPlay(2)"脚本语言，如图13-313所示。"时间轴"效果如图13-314所示。

Step
27 执行【插入】→【新建元件】命令，新建一个"名称"为"星星动画"，"类型"为"影片剪辑"的元件，如图13-315所示。执行【文件】→【导入】→【导入到舞台】命令，将图像"光盘\实例素材源文件\第13章\素材\xing1.png"导入到场景中，如图13-316所示。

图13-313　"动作-帧"面板

图13-315　"创建新元件"对话框

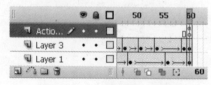

图13-314　"时间轴"效果

图13-316　导入图像

Step
28 使用"选择工具"将图像选中后，按【F8】键将图像转换成一个名称为"星星"，"类型"为"图形"的元件，如图13-317所示。在第10帧位置单击，按【F6】键插入关键帧，在第1帧位置单击，使用"选择工具"将元件选中后，设置其"属性"面板上"颜色"样式下的Alpha值为0%，如图13-318所示。

Step
29 在第45帧位置单击，按【F6】键插入关键帧，使用"选择工具"将元件垂直向上移动，并设置其"属性"面板上"颜色"样式下的Alpha值为0%，分别设置第1帧和第10帧上的"补间"类型为"动画"，如图13-319所示。用"图层1"的制作方法，制作出"图层2"、"图层3"和"图层4"，完成后的"时间轴"效果如图13-320所示。

图13-317　"转换为元件"对话框

图13-319　调整元件

图13-318　场景效果

图13-320　"时间轴"效果

Step **30** 执行【插入】→【新建元件】命令，新建一个"名称"为"石台动画"，"类型"为"影片剪辑"的元件，如图13-321所示。执行【文件】→【导入】→【导入到舞台】命令，将图像"光盘\实例素材源文件\第13章\素材\tai.png"导入到场景中，如图13-322所示。

Step **31** 使用"选择工具"将图像选中后，按【F8】键将图像转换成一个名称为"石台"，"类型"为"图形"的元件，如图13-323所示。单击"时间轴"面板上的"插入图层"按钮，新建"图层2"，打开"库"面板，将"光球动画"元件从"库"面板中拖入到场景中，如图13-324所示。

图13-321　"创建新元件"对话框

图13-323　"转换为元件"对话框

图13-322　导入图像

图13-324　拖入元件

Step **32** 单击"时间轴"面板上的"插入图层"按钮，新建"图层3"，打开"库"面板，将"双手动画"元件从"库"面板中拖入到场景中，如图13-325所示。单击"时间轴"面板上的"插入图层"按钮，新建"图层4"，打开"库"面板，将"星星动画"元件从"库"面板中拖入到场景中，如图13-326所示。

Step **33** 单击"编辑栏"上的"场景1"文字，返回到"场景1"编辑状态，单击"时间轴"面板上的"插入图层"按钮，新建"图层11"，在第35帧位置单击，按【F6】键插入关键帧，打开"库"面板，将"石台动画"元件从"库"面板中拖入到场景中，如图13-327所示。执行【插入】→【新建元件】命令，新建一个"名称"为"遮罩2"，"类型"为"图形"的元件，如图13-328所示。

13

Chapter

13.1

13.2

13.3

13.4

13.5

13.6

图13-327　拖入元件

图13-325　拖入元件　　　图13-326　拖入元件　　　图13-328　"创建新元件"对话框

Step 34 执行【文件】→【导入】→【导入到舞台】命令，将图像"光盘\实例素材源文件\第13章\素材\tu2.png"导入到场景中，如图13-329所示。执行【修改】→【分离】命令，将图像分离为图形，单击"工具箱"中的"套索工具"按钮，单击"工具箱"下方的"魔术棒工具"按钮，在场景中图形的白色区域单击，将白色区域选中，如图13-330所示。选中后按【Del】键将选中的区域删除。

图13-329　导入图像　　　　　　　　　　图13-330　选中图形中的白色区域

Step 35 单击"编辑栏"上的"场景1"文字，返回到"场景1"编辑状态，单击"时间轴"面板上的"插入图层"按钮，新建"图层12"，在第35帧位置单击，按【F6】键插入关键帧，打开"库"面板，将"遮罩2"元件从"库"面板中拖入到场景中，如图13-331所示。在第50帧位置单击，按【F6】键插入关键帧，使用"选择工具"将元件垂直将上移动，如图13-332所示。并设置第35帧上的"补间"类型为"动画"，在"图层12"的图层名称位置单击鼠标右键，在弹出的快捷菜单中选择【遮罩层】命令，"时间轴"效果如图13-333所示。

图13-331　拖入元件　　　　　　　　　　图13-332　移动元件

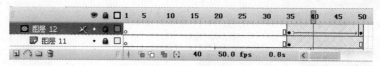

图13-333　"时间轴"效果

Step 36　单击"时间轴"面板上的"插入图层"按钮 ，新建"图层13"，执行【文件】→【导入】→【导入到舞台】命令，将图像"光盘\实例素材源文件\第13章\素材\xr.png"导入到场景中，如图13-334所示。按【F8】键将图像转换为一个"名称"为"雪人"，"类型"为"图形"的元件，如图13-335所示。

图13-334　导入图像

图13-335　"转换为元件"对话框

Step 37　单击"时间轴"面板上的"插入图层"按钮 ，新建"图层14"，在第40帧位置，按【F6】键插入关键帧，打开"库"面板，将"遮罩"元件从"库"面板中拖入到场景中，然后使用"任意变形工具"按住【Shift】键将元件等比例缩小，如图13-336所示。在第50帧位置单击，按【F6】键插入关键帧，使用"任意变形工具"按住【Shift】键将元件等比例扩大，如图13-337所示。设置第40帧上的"补间"类型为"动画"，在"图层14"的"图层名称"位置单击鼠标右键，在弹出的快捷菜单中选择【遮罩层】命令，"时间轴"效果如图13-338所示。

图13-336　调整元件

图13-337　调整元件

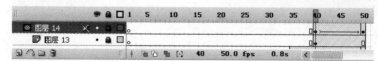

图13-338　"时间轴"效果

Step 38　执行【插入】→【新建元件】命令，新建一个"名称"为"人物动画1"，"类型"为"影片剪辑"的元件，执行【文件】→【导入】→【导入到舞台】命令，将图像"光盘\实例素材源文件\第13章\素材\rw1.png"导入到场景中，如图13-339所示。在第10帧位置单击，按【F7】键插入空白关键帧，执行【文件】→【导入】→【导入到舞台】命令，将图像"光盘\实例素材源文件\第13章\素材\rw2.png"导入到场景中，如图13-340所示。在第20帧位置单击，按【F5】键插入帧。

图13-339 导入图像　　　　　　　　　图13-340 导入图像

13
Chapter
13.1
13.2
13.3
13.4
13.5
13.6

Step **39** 执行【插入】→【新建元件】命令，新建一个"名称"为"人物动画2"，"类型"为"影片剪辑"的元件，执行【文件】→【导入】→【导入到舞台】命令，将图像"光盘\实例素材源文件\第13章\素材\rw3.png"导入到场景中，如图13-341所示。在第20帧位置单击，按【F7】键插入空白关键帧，执行【文件】→【导入】→【导入到舞台】命令，将图像"光盘\实例素材源文件\第13章\素材\rw4.png"导入到场景中，如图13-342所示。在第50帧位置单击，按【F5】键插入帧。

图13-341 导入图像　　　　　　　　　图13-342 导入图像

Step **40** 单击"编辑栏"上的"场景1"文字，返回到"场景1"编辑状态，单击"时间轴"面板上的"插入图层"按钮，新建"图层15"，在第30帧位置单击，按【F6】键插入关键帧，打开"库"面板，将"人物动画1"元件从"库"面板中拖入到场景中，如图13-343所示。单击"时间轴"面板上的"插入图层"按钮，新建"图层16"，在第30帧位置单击，按【F6】键插入关键帧，打开"库"面板，将"遮罩"元件从"库"面板中拖入到场景中，并调整大小，如图13-344所示。

图13-343 拖入元件　　　　　　　　　图13-344 拖入并调整元件

Step **41** 在第40帧位置单击，按【F6】键插入关键帧，使用"任意变形工具"按住【Shift】键将元件等比例扩大，如图13-345所示。设置第30帧上的"补间"类型为"动画"，在"图层16"的图层名称位置单击鼠标右键，在弹出的下拉菜单中选择【遮罩层】命令，用制作"图层15"和"图层16"的方法，制作出"图层17"、"图层18"、"图层19"、"图层20"，场景效果如图13-346所示。"时间轴"效果如图13-347所示。

图13-345　拖入元件

图13-346　拖入并调整元件

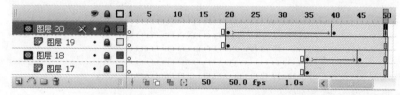

图13-347　"时间轴"效果

Step 42 单击"时间轴"面板上的"插入图层"按钮，新建"图层21"，执行【文件】→【导入】→【导入到舞台】命令，将图像"光盘\实例素材源文件\第13章\素材\yun.png"导入到场景中，如图13-348所示。按【F8】键将图像转换成一个"名称"为"导航背景"的元件，如图13-349所示。单击"时间轴"面板上的"插入图层"按钮，新建"图层22"，单击"工具箱"中的"文本工具"按钮，选择"字体"为"经典中圆简"，"字体大小"为10像素，"文本颜色"为#014BA7，在场景中分别输入文字，如图13-350所示。

图13-348　导入图像

图13-349　"转换为元件"对话框

图13-350　场景效果

Step 43 单击"时间轴"面板上的"插入图层"按钮，新建"图层23"，单击"工具箱"中的"椭圆工具"按钮，执行【窗口】→【颜色】命令，打开"颜色"面板，设置"笔触颜色"为"无"，"填充颜色"类型为"径向"，设置一个从Alpha值为100%的#0269C9到Alpha值为100%的#0269C9，到Alpha值为0%的#FFFFFF的径向渐变，如图13-351所示。按住【Shift】键在场景中绘制一个渐变正圆，如图13-352所示。

图13-351 "颜色"面板

图13-352 绘制渐变正圆

Step 44 使用"选择工具"将刚刚绘制的正圆选中后，按【F8】键将图形转换成一个"名称"为"LI"，"类型"为"图形"的元件，如图13-353所示。使用"选择工具"将元件水平向右复制出几个同样的元件，如图13-354所示。

图13-353 "转换为元件"对话框

图13-354 场景效果

Step 45 执行【插入】→【新建元件】命令，新建一个"名称"为"反应区"，"类型"为"按钮"的元件，如图13-355所示。使用"矩形工具"在场景中绘制一个矩形，如图13-356所示。

图13-355 "创建新元件"对话框

图13-356 绘制矩形

Step 46 单击"编辑栏"上的"场景1"文字，返回到"场景1"编辑状态，单击"时间轴"面板上的"插入图层"按钮，新建"图层24"，打开"库"面板，将"反应区"元件从"库"面板中拖入到场景中，并使用"任意变形工具"调整元件大小，如图13-357所示。执行【窗口】→【动作】命令，打开"动作-影片剪辑"面板，输入如图13-358所示的脚本语言。

图13-357 拖入元件

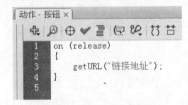

图13-358 "动作-按钮"面板

Step 47 用同样的制作方法，将"反应区"元件多次拖入到场景中，并输入脚本语言，场景效果如图13-359所示。

图13-359 场景效果

Step 48 单击"时间轴"面板上的"插入图层"按钮 ，新建"图层25"，在第25帧位置单击，按【F6】键插入关键帧，执行【窗口】→【动作】命令，打开"动作-帧"面板，输入如图13-360所示的脚本语言。

```
1  _global.active = PageNum;
2  _global.over = active;
3  link = new Array();
4  link[4] = "链接地址";
5  link[5] = "链接地址";
6  link[6] = "链接地址";
7  frame = new Array();
8  frame[4] = "_self";
9  frame[5] = "_self";
10 frame[6] = "_self";
11 numOfMainBtn = 10;
12 for (i = 1; i <= numOfMainBtn; i++)
13 {
14     this[i].mainText.gotoAndStop(i);
15     this[i].sub.gotoAndStop(i);
16     this[i].bg.onRollOver = function ()
17     {
18         _global.over = this._parent._name;
19     };
20     this[i].bg.onRollOut = this[i].bg.onDragOut = function ()
21     {
22         _global.over = active;
23     };
24     this[i].bg.onRelease = function ()
25     {
26         getURL(link[this._parent._name], frame[this._parent._name]);
27     };
28     this[i].onEnterFrame = function ()
29     {
30         if (this._name == over)
31         {
32             this.nextFrame();
33         }
34         else
35         {
36             this.prevFrame();
37         }
38     };
39 }
40 stop ();
41
```

图13-360　"动作-帧"面板

Step 49 执行【文件】→【保存】命令，将动画保存为"光盘\实例素材源文件\第13章\13-4.fla"，按【Ctrl+ Enter】组合键测试影片，预览动画效果如图13-361所示。

图13-361　预览动画效果

13.5 本章技巧荟萃

Flash CS3

1. 有时在制作元件时，一个元件多次使用，但是元件的颜色不同，那就一定要一个一个地制作吗？

答：选择要设置颜色的元件，执行【窗口】→【属性】→【属性】命令，打开"属性"面板，在"属性"面板中设置"色调"颜色即可。

2．元件创建后还可以更改其类型吗？

答：可以，打开"属性"面板，更改"实例行为"就可以了，"属性"面板如图13-362所示。

图13-362　"属性"面板

13.6 学习效果测试

Flash CS3

一、选择题

1．分离操作不会对被分离的对象造成以下后果：（　　　）。

（A）切断元件的实例和元件之间的关系

（B）如果分离的是动画元件，则只保留当前帧

（C）将位图图像转换为填充对象

（D）将位图图像转换为矢量图形

2．在Flash中导入外部素材的快捷键是：（　　　）。

（A）【Ctrl+Shift+S】

（B）【Ctrl+R】

（C）【Ctrl+Alt+Shift+S】

（D）【Ctrl+P】

3．在绘制图形的时候，要擦除颜色可以使用什么工具：（　　　）。

（A）套索工具　　　　　　　　　　　（B）魔术棒工具

（C）橡皮擦工具　　　　　　　　　　（D）水龙头工具

4．将文字转换成图形后，仍可以使用文本工具修改文本内容，这句话描述（　　　）。

（A）正确　　　　　　　　　　　　　（B）不正确

（C）有时正确有时不正确　　　　　　（D）不完全正确

5．Flash所提供的遮罩功能，是将指定的（　　　）设置为具有遮蔽的属性，使用遮蔽功能可以产生类似聚光灯扫射的效果。

（A）遮蔽　　　　　　（B）图层　　　　　　（C）时间轴　　　　　　（D）属性

二、判断题

1．在时间轴中单击一个帧，按【F6】键可以在该帧上创建一个空白关键帧。（　　　）

2．在使用"选择工具"移动对象时，如果按住【Alt】键，可以复制对象到移动的位置。（　　　）

3. 当启动Flash以后，"滤镜"面板将与"属性"面板并列在一起。（   ）

4. 尽量少用渐变色，使用渐变色填充要比使用纯色填充大概多需要50Byte的空间。（   ）

三、填空题

1. 在"属性"面板的（   ）下拉列表框中选择Alpha选项，再在右侧的文本框中输入需要的透明度的数值即可实现元件的淡出效果。

2. 如果要选择不连续的多个帧，可先选中第一个帧，然后再按住（   ）键单击其他需要选择的帧。

3. 如果要将多个元素作为一个对象来处理，那么需要对它们执行（   ）命令。

四、操作题

根据前面所学的知识，制作一个食品宣传动画，效果如图13-363所示。

图13-363　食品宣传动画

参考答案

Flash CS3

一、选择题

1．D　2．B　3．C　4．B　5．B

二、判断题

1．错　2．对　3．对　4．对

三、填空题

1．颜色　2．Ctrl　3．组合

反侵权盗版声明

电子工业出版社依法对本作品享有专有出版权。任何未经权利人书面许可，复制、销售或通过信息网络传播本作品的行为；歪曲、篡改、剽窃本作品的行为，均违反《中华人民共和国著作权法》，其行为人应承担相应的民事责任和行政责任，构成犯罪的，将被依法追究刑事责任。

为了维护市场秩序，保护权利人的合法权益，我社将依法查处和打击侵权盗版的单位和个人。欢迎社会各界人士积极举报侵权盗版行为，本社将奖励举报有功人员，并保证举报人的信息不被泄露。

举报电话：（010）88254396；（010）88258888

传　　真：（010）88254397

E-mail：dbqq@phei.com.cn

通信地址：北京市万寿路 173 信箱

电子工业出版社总编办公室

邮　　编：100036